Heidi Swain

Zimtsterne am Kaminfeuer

Roman

Aus dem Englischen
von Veronika Dünninger

 PENGUIN VERLAG

Die Originalausgabe erschien 2020
unter dem Titel *Snowflakes and Cinnamon Swirls at the Winter Wonderland*
bei Simon & Schuster, London.

Penguin Random House Verlagsgruppe FSC® N001967

1. Auflage
Copyright © 2020 der Originalausgabe by Heidi Swain
Copyright © 2024 der deutschsprachigen Ausgabe by Penguin Verlag
in der Penguin Random House Verlagsgruppe GmbH,
Neumarkter Straße 28, 81673 München
Redaktion: Lisa Wolf
Umschlaggestaltung: bürosüd
Umschlagabbildungen: mauritius images /
Steve Vidler, www.buerosued.de
Satz: Uhl + Massopust, Aalen
Druck und Bindung: GGP Media GmbH, Pößneck
Printed in Germany
ISBN 978-3-328-11186-3
www.penguin-verlag.de

Für Diane.
Leidenschaftlich, inspirierend
und gelegentlich zum Schreien komisch
ist sie zufällig auch meine Mum.

Kapitel 1

Als ich die Treppe zur Küche von Wynthorpe Hall hinunterging und der Staubsauger hinter mir herpolterte, fiel mir auf, wie ungewöhnlich still es im Herrenhaus war. Normalerweise herrschte um die Mittagszeit reger Betrieb, da sich die Familie, zu der auch wir Angestellten zählten, dann um den Tisch versammelte, um sich das köstlichen Mittagessen, das die Köchin des Hauses, Dorothy, den Vormittag über zubereitet hatte, schmecken zu lassen. Ich nahm an, dass die ungewohnte Stille mit Anna zu tun hatte, irgendetwas hatte sie ausgeheckt, und ich entschied, einfach mitzuspielen. Obwohl ich es heute, ganz im Gegensatz zu sonst, kaum erwarten konnte, zurück in die Stadt zu fahren.

Ich hatte die Tür gerade mal einen Spalt geöffnet, als ein mitreißender Chor von »Hier kommt die Braut« ausbrach. Der Staubsauger wurde mir aus den Händen gerissen, und das Geräusch knallender Korken und Konfettikanonen erfüllte die Luft.

»Ihr Trottel«, sagte ich lachend, während Anna mich zu einer erdrückenden Umarmung an sich zog. »Heute Abend ist nur meine Verlobungsparty, nicht mein Hochzeitstag!«

»Das wissen wir, Hayley«, erwiderte sie, während sie mich noch fester drückte, »und deshalb ist das hier ja auch nur ein kleiner Vorgeschmack auf das, was wir hier auf Wynthorpe Hall geplant haben, wenn der große Tag endlich da ist.«

Anna war großartig. Es gab niemand Besseres für die Rollen der Hochzeitsplanerin und der ersten Brautjungfer.

»Und wann dürfen wir damit rechnen, den gut aussehenden zukünftigen Bräutigam zu Gesicht zu bekommen?«, fragte Angus, während er mir eine mit Champagner gefüllte Kristallflöte reichte. »Ich nehme an, der sexy Gerüstbauer holt dich ab?«

Angus Connelly, ein exzentrische Gentleman, der mit Catherine, der Besitzerin des Herrenhauses, verheiratet war, hatte den passenden Spitznamen für meinen Verlobten gefunden. Gavin Garford, auch bekannt als »der sexy Gerüstbauer«, war zu unserer Highschoolzeit bereits der Schwarm der gesamten Schule gewesen, und in den darauffolgenden Jahren – in denen er sich für einen Job entschied, der darin bestand, Gerüste auf- und wieder abzubauen – war er zu einem überaus ansehnlichen Exemplar von Mann herangewachsen.

Gavin und seine Arbeitskumpel waren in diesem Jahr nach Wynthorpe Hall gerufen worden, um einen Gerüstturm zu errichten, der, wie wir alle hofften, für Angus' Sicherheit sorgen würde, während er in luftigen Höhen arbeitete. Gavin hatte keine Zeit verloren, mich um ein Date zu bitten, und die stürmische Romanze, die zu seinem Heiratsantrag im Herbst geführt hatte, wurde den hitzigen Fantasien, die ich als Teenager von ihm gehabt hatte, mehr als gerecht.

»Leider nein«, seufzte ich, während ich sanft mit Annas Glas anstieß. »Er arbeitet heute auf der anderen Seite von Peterborough und wird erst am Spätnachmittag zurückkommen.«

»Gibt sein Boss ihm denn nicht den Tag frei?«, fragte Jamie stirnrunzelnd. »Drüben im Pub müsst ihr doch sicher noch einiges vorbereiten.«

Offensichtlich war Jamie – Angus' und Catherines jüngster Sohn und Erbe des Herrenhauses – nicht sonderlich beeindruckt von der Abwesenheit meines Verehrers.

»Das ist uns beiden durchaus bewusst«, erwiderte ich mit einem frechen Grinsen, »aber manche von uns sind eben keine stolzen Besitzer eines prächtigen Familienanwesens. Wir müssen so viel arbeiten, wie wir können, um lächerliche Anzahlungen zusammenzuknausern, nur um uns ein winziges Zimmerchen in der Stadt zu kaufen.«

»Hat sich immer noch nichts ergeben auf dem Wohnungsmarkt?«, erkundigte sich Mick, der Hausmeister von Wynthorpe Hall, der ebenfalls vor Ort lebte.

»Leider nein«, seufzte ich. »Wenn das so weitergeht, werden wir in Rente sein, bevor die Stadt auch nur die Baupläne genehmigt.«

»Du weißt, dass ihr hier immer willkommen seid«, warf Catherine freundlich ein. »Wir würden uns freuen, dich und Gavin hier einzuquartieren, wenn das heißen würde, dass ihr euch euer eigenes Zuhause früher leisten könnt.«

Catherine bot mir seit meinem letzten Schuljahr immer wieder ein Zimmer im Herrenhaus an. Damals war ich ungewollt schwanger und von meinen Eltern verstoßen worden. Meine Oma hatte zu dem Zeitpunkt als Reinigungskraft auf Wynthorpe Hall gearbeitet, und ihr viel zu früher Tod, zusammen mit meiner Fehlgeburt, führten dazu, dass ich nie eine Ausbildung abgeschlossen hatte. Ich war bald nach Omas Beerdigung nach Hause zurückgekehrt, hatte dafür aber ihren alten Job übernommen. Ich liebte es, mit den Antiquitäten, Gemälden und Nippessachen zu arbeiten, und war zu einer Art selbsternannten Expertin für Denkmalschutz geworden.

»Danke, Catherine«, wandte ich mich lächelnd an meine herzensgute Arbeitgeberin. »Das ist mir bewusst und wie immer weiß ich dein großzügiges Angebot zu schätzen ...«

»Aber du wirst es nicht annehmen«, schnitt Jamie mir das Wort ab.

»Und stets zur Stelle sein, um deine Hosen aufzuheben, Jamie Connelly?«, gab ich zurück, während Anna kicherte und Dorothy missbilligend den Kopf schüttelte. »Wohl kaum.«

Die Kleider der Familie zu waschen, war nie Teil meines Jobs gewesen, aber Jamie mit seinen schlampigen Gewohnheiten in Sachen Schmutzwäsche aufzuziehen, war weitaus einfacher, als zu erklären, warum ich zu Hause wohnen musste. Mum und ich hatten in der Vergangenheit zwar unsere Differenzen gehabt, aber ich konnte sie unmöglich Dad und seinem streitlustigen Temperament schutzlos ausliefern. Irgendwann würde auch für mich die Zeit kommen, nach vorn zu blicken, aber noch war es nicht so weit.

»Und außerdem«, ergänzte ich, »haben wir nächste Woche bereits November. Ihr werdet viel zu beschäftigt mit den Weihnachtsvorbereitungen sein, und das Haus wird bis unters Dach mit mehr Verwandten und Freunden vollgestopft sein, als euch lieb ist, meinst du nicht auch?«

Das Gespräch auf Weihnachten zu lenken, war ein Geniestreich. Die bloße Erwähnung sorgte dafür, dass Angus auf seinem Platz ganz zappelig wurde. Ich konzentrierte meine Aufmerksamkeit darauf, Dorothys köstliche Sandwiches zu verschlingen, um den Schampus aufzusaugen, und achtete kaum auf die Ideen, die Angus herunterrasselte, bis irgendwann das Wort »Winterwunderland« fiel und ich den Kopf hob, um zu sehen, wie Catherines Miene sich schlagartig verdüsterte.

»Auf gar keinen Fall«, sagte sie streng.

»Aber …«

»Nein, Angus«, sagte sie noch einmal. »Wir werden auch so schon an unsere Grenzen stoßen, mit dem Weihnachtsbaumwettbewerb *und* der Party, zusätzlich zu den üblichen Schlittenfahrten.«

»Was denn für ein Weihnachtsbaumwettbewerb?«, erkundigte ich mich, während ich meinen Teller beiseiteschob.

»Hast du denn gar nicht zugehört?«, fragte Anna kopfschüttelnd. »Wir richten dieses Jahr den Baumschmuckwettbewerb aus, da die Kirche für so viele Dezemberhochzeiten gebucht ist, dass sie zwischen den Kirchenbänken keinen Platz für die ganzen Bäume haben.«

»Es wird spektakulär werden«, meldete sich Angus wieder zu Wort. Er schien es sich jetzt schon geradezu bildlich vorzustellen. »Letztes Jahr gab es fast dreißig Bäume, jeder von einer anderen Gemeindegruppe geschmückt.

Der vom Eisenwarenladen war über und über mit Miniaturwerkzeugen und DIY-Materialien verziert. Ich fand ihn mit Abstand am besten.«

»Und damit, zusammen mit der Party, um Spenden für das Hilfsprojekt zu sammeln«, rief Catherine ihrem Mann rasch in Erinnerung, »glaube ich kaum, dass wir die Zeit oder die Arbeitskräfte haben werden, um dieses Winterwunderland aufzubauen, das du dir ausgedacht hast.«

»Aber wie du uns eben selbst in Erinnerung gerufen hast, Mum, haben wir den Schlitten bereits«, warf Jamie ein, während er den Blick seines Vaters auffing, »und nichts von dem, was Dad vorschwebt, würde das Herrenhaus in Beschlag nehmen. Nur ein paar zusätzliche Handgriffe draußen, das war's.«

»Wir könnten eine Schneemaschine leihen«, meinte Angus wehmütig.

»Schlägst du dich etwa auf die Seite deines Vaters, Jamie?«, fragte Anna.

Sie klang so verblüfft, wie sich der Rest von uns zweifellos fühlte.

»Na ja«, schluckte Jamie, »das Hilfsprojekt wird den ganzen Dezember über ruhen, daher könnten wir den Platz im Hof für etwas anderes nutzen, und bis dahin hätten wir außerdem ein zusätzliches Paar Hände vor Ort, das uns unterstützt. Ein durchaus *kräftiges* Paar Hände.«

Anna und Catherine zogen genau im selben Atemzug die Augenbrauen hoch.

»Ich ergreife nicht wirklich für ihn Partei«, murmelte Jamie. »Ich glaube nur nicht, dass es wahnsinnig kompliziert wäre, es aufzubauen, das ist alles.«

Das war für Angus so gut wie ein grünes Licht, und ich ahnte, dass ein paar anstrengende Wochen vor uns lagen. Ich hatte die allgemeine Aufmerksamkeit vielleicht von meiner Weigerung, Catherines Angebot anzunehmen, abgelenkt, hatte damit aber in ein höllisches lamettabehängtes Wespennest gestochen.

»Und wem soll dieses zusätzliche Paar Hände gehören?«, erkundigte sich Molly, die auf einmal im Türrahmen erschienen war, ihr hübsches Gesicht umrahmt von ihren wilden, roten Locken.

Molly besaß ein unheimliches Talent dafür, aus heiterem Himmel aufzutauchen. Für mich sah sie immer aus, als würde sie auf einem Kissen aus Luft schweben, nicht die Füße auf festen Boden setzen wie der Rest von uns Normalsterblichen.

»Wird es jemand sein, der auf der Durchreise ist, oder jemand, der für immer bleibt?«

»Seit wann ist hier denn irgendjemand mit Durchreisen davongekommen?«, meinte Mick, während er erst auf sich selbst, dann auf mich, dann auf Dorothy und schließlich auf Anna zeigte.

Wir waren alle mit der Vorstellung, dass wir nicht lange bleiben würden, nach Wynthorpe Hall gekommen, aber so lief das hier nicht. Sobald Catherine, Angus, die Hunde und das Herrenhaus den Weg in unsere Herzen gefunden hatten, waren wir in seinen Bann gezogen – für immer.

»Das stimmt.« Molly lachte, ließ sich auf den Platz neben mir fallen und bedachte mich mit einer nach Weihrauch duftenden Umarmung. »Ich wollte nur kurz vorbeischauen, um dir für heute Abend viel Glück zu wünschen, Hayley, nur für den Fall, dass ich später nicht mehr die Gelegenheit bekomme.«

»Danke, Molly.« Ich lächelte und drückte sie ebenfalls.

Ich wusste es zu schätzen, dass sie extra aus ihrem winzigen Cottage im Wald hergekommen war, aber Glück brauchte ich nun wirklich nicht. Es war Molly selbst gewesen, die mir im Frühjahr die Tarotkarten gelesen und mir gesagt hatte, die Liebe würde in meinem Leben vor Jahresende dramatisch in Erscheinung treten. Ich gebe zu, zu dem Zeitpunkt hatte ich es abgetan, aber dann war Gavin in seinem viel zu engen Unterhemd aufgetaucht und hatte mein Herz zum Hämmern gebracht. Sicher, er hatte einen gewissen Ruf, aber wer hatte den nicht?

»Also, wer kommt, um zu bleiben?«, hakte Molly nach.

»Ein Kumpel von mir«, erklärte Jamie. »Jemand, den ich seit einer Ewigkeit kenne und mit dem ich in Afrika zusammengearbeitet habe. Er war schon einmal zu Besuch hier, aber das ist Jahre her. Er hat sich bereit erklärt, die Outdoor-Aktivitäten zu übernehmen, die wir im Zentrum anbieten, und noch ein paar andere, die er selbst entwickelt hat.«

»Ich dachte, du wärst für das alles zuständig, Mick?«

»Das war ich«, antwortete er, »aber ich werde auch nicht jünger, und dieser Kerl hat noch andere Fähigkeiten, die Jamie gut gebrauchen kann.«

»Du wirst aber nicht in den Ruhestand verabschieden, oder?«, neckte ich ihn.

»Nein«, erwiderte er, »natürlich nicht. Ich will einfach wieder zurück in den Garten. Die Studenten vom Gartenbau-College, die jede Woche kommen, haben einen Riesenunterschied gemacht, und Catherine und ich denken, dass es jetzt an der Zeit ist, über eine richtige Instandsetzung nachzudenken.«

Er klang verletzt. Offenbar weil ich angedeutet hatte, er würde sich zurückziehen wollen, daher zwinkerte ich ihm zu, um ihm zu verstehen zu geben, dass ich ihn nur aufgezogen hatte.

»Du änderst dich wohl nie, was, Missy?«, meinte er kopfschüttelnd. »Ich hoffe, mit einer Hochzeit, die du zu planen hast, wirst du dich bald mehr für deine eigenen Belange interessieren als für die aller anderen.«

Darüber musste ich lachen. »Verlass dich lieber nicht drauf«, sagte ich zu ihm. »Und was die Angelegenheiten anderer Leute angeht. Kommt dieser Kumpel von dir zufällig mit tragischem Gepäck, Jamie?« Es war ein ungeschriebenes Gesetz – inzwischen eher eine Art Voraussetzung –, dass jeder, der beim Herrenhaus aufschlug, irgendeine Art von Gepäck mit sich trug, von dem er befreit werden musste. Wir alle hatten eine Leidensgeschichte zu erzählen. »Und was noch wichtiger ist: Wann kommt er und wo wird er wohnen? Schließlich muss ich sein Zimmer herrichten.«

»Spätestens Ende des nächsten Monats wird er hier sein«, erklärte Jamie, »und er zieht ins Pförtnercottage, das heißt, wenn du das gründlich durchlüften könntest, wäre das großartig.«

Mir fiel auf, dass er nichts zu dem Gepäck seines Freundes gesagt hatte, aber ich fragte ihn nicht weiter aus. Ich war sicher, früher oder später würde alles ans Licht kommen. Das tat es immer, ob wir wollten oder nicht.

»Ich heize gleich morgen früh ein«, sagte ich zu ihm, »und kräftig durchlüften.«

»Und in der Zwischenzeit, Hayley«, sagte Anna, während sie ihren Stuhl zurückschob, »müssen wir dich in die Stadt bringen, damit du dich auf deine Verlobungsparty heute Abend vorbereiten kannst. Bist du bereit?«

»Und ob ich das bin.« Ich lächelte und holte einmal tief Luft, während ich mich innerlich für all das wappnete, was mich erwartete.

Kapitel 2

»Bin zu Hause!«, rief ich, während ich die Hintertür mit der Schulter aufdrückte, sie hinter mir zuknallen ließ und meine Tasche auf den Tisch warf. »Du hast die Tür also noch immer nicht in Ordnung gebracht?«

Den Teil mit der Tür rief ich nicht laut. Mein Dad und seine Launen waren immer schwer einzuschätzen, wenn man ihn nicht im Auge hatte. In letzter Zeit hing seine Stimmung davon ab, wie gut er sich auf seinen bevorzugten Online-Glücksspielseiten geschlagen hatte.

»Aber ich bleibe nicht lange!«, ergänzte ich, während ich nach dem Wasserkocher griff und einen Blick auf die Uhr warf. »Ich will sicherstellen, dass im Pub alles hergerichtet ist, bevor ich anfange, darüber nachzudenken, was ich anziehen soll.«

Anna, Molly und ich hatten einen Shoppingtrip nach Norwich unternommen, um Outfits für die Party auszusuchen, aber ich war noch immer nicht überzeugt, dass das eher zurückhaltende Kleid, für das wir uns entschieden hatten, wirklich das Richtige für mich war. Eigentlich trug ich lieber enge Tops und Skinny Jeans.

»Und was ist mit meinem Abendessen?«, kam Dads schroffe Stimme.

»Evelyn baut ein Büfett auf«, rief ich ihm in Erinnerung, »es wird jede Menge zu futtern geben. Wo ist Mum?«

»Sie hat gesagt, sie würde direkt zum Heim fahren, wenn sie in der Schule fertig ist.«

Dad war nicht berufstätig. Ich konnte mich kaum erinnern, dass er tagsüber je das Haus verlassen hatte, um irgendwohin zu gehen außer zum Pub oder zu den Buchmachern. Mum dagegen hatte immer mehrere Jobs gleichzeitig. Reinigungskraft und Kantinenfrau – oder Mittagsaufsicht, wie sie heutzutage genannt wurden – in einer Schule und Hauswirtschaftshilfe in einem Pflegeheim war die derzeitige Kombination.

Bei der Hurren-Familie zu Hause zu leben, war etwas völlig anderes, als bei den Connellys im Herrenhaus zu arbeiten, aber ich schaffte es, diese beiden gegensätzlichen Teile meines Lebens unter einen Hut zu bringen. Meistens.

Sosehr ich mich auch danach sehnte, Catherines freundliches Angebot anzunehmen, wusste ich doch, dass Mum mich brauchte, wenn Dad mal wieder betrunken sein ganzes Geld verprasst hatte.

»Machst du mir jetzt was zum Abendessen, oder was?«, bellte Dad.

»Ich habe dir doch eben gesagt, es wird ein Büfett geben.«

»Winzige Sandwiches und diese stinkenden russischen Eier, die Evelyn am laufenden Band fabriziert?«, stöhnte er. »Ich brauch was Richtiges, um den Abend zu überstehen.«

Angesichts seines Tonfalls würde ich sagen, dass es in den Kasinos nicht zu seinen Gunsten gelaufen war. Ich warf einen kurzen Blick in den Kühlschrank, schaltete den Wasserkocher wieder aus und nahm mein Portemonnaie aus der Handtasche.

»Ich laufe rasch zur Pommesbude«, sagte ich resigniert. Mein Trip zum Mermaid musste also warten. »Sie müssten die Fritteusen inzwischen angeworfen haben.«

»Für mich einen großen Kabeljau«, rief Dad zurück.

Ich ließ meinen Ärger an der kaputten Hintertür aus und ging die Straße hoch in die Stadt.

»Großen Kabeljau, große Pommes und zwei Brötchen, bitte, Sharon«, bat ich, während ich in meinem Portemonnaie kramte, um zu sehen, ob ich genug Kleingeld zusammenkratzen konnte. Die Familie Connelly zahlte gut, aber meinen Lohn weit genug zu strecken, um einen so großen Appetit wie den meines Vaters zu befriedigen, war nicht immer leicht.

»Ich kann nicht glauben, dass du in diesen Jeans genug Platz hast, um das alles hineinzustopfen«, hörte ich eine vertraute Stimme dicht an meinem Ohr. »Und wolltest du dich nicht mit Kohlehydraten zurückhalten, bis wir vor den Traualtar stehen?«

»Was tust du denn hier?«, sagte ich lachend und schnellte herum. »Ich dachte, du müsstest heute Nachmittag lange arbeiten?«

»Ich wollte dich überraschen.« Gavin grinste und nagelte mich mit seinen durchdringenden blauen Augen fest, bevor er mir vor allen Leuten einen leidenschaftlichen Kuss auf die Lippen drückte.

»Und du hast einen Abstecher zur Pommesbude unternommen, weil …?«

»Ich wollte deinem Dad was zu essen mitbringen«, schnitt er mir das Wort ab. »Du weißt doch genauso gut wie ich, dass er den ganzen Abend eine miese Laune haben wird, wenn er den Bauch nicht voll hat, und ich werde nicht zulassen, dass er uns unsere Party verdirbt, weil die Sandwiches zu klein sind.«

Das war typisch Gavin. Er fand immer irgendeine Möglichkeit, im Hurren-Haushalt die Wogen zu glätten. Wir waren kaum zusammengekommen, als er schon herausgefunden hatte, dass frische Blumen der Weg zu Mums Herz waren, während er Dad am glücklichsten machte, indem er mit einem Sixpack Lagerbier unter dem Arm auftauchte.

»Bist du immer noch mit den Jungs zum Vorglühen verabredet?«, fragte ich, um einen leichten Ton bemüht, während ich anfing, Kleingeld abzuzählen.

Ich war nicht gerade begeistert von der Idee, aber Gavins Kumpel hatten darauf bestanden, ihren Anführer, wenn sie ihn schon verlieren würden, stilvoll zu verabschieden. Ich hatte vorgeschlagen, dass sie sich so etwas besser für den Junggesellenabschied aufheben sollten, den sie bereits in Dublin planten, aber darauf waren sie gar nicht eingegangen.

»Nein«, antwortete Gavin und reichte Sharon einen frischen Zwanziger. Sie konnte es sich nicht verkneifen, vor ihm mit den Wimpern zu klimpern, obwohl sie wusste, dass er vergeben war.

»Im Ernst?«, fragte ich stirnrunzelnd.

»Im Ernst.« Er grinste. »Ich habe ihnen gesagt, dass ich heute Abend nur dir gehöre. Mein Platz ist jetzt an deiner Seite, Hayley.«

»Mum?«, rief ich, als ich wieder nach Hause kam und sah, dass sie ihre Jacke über eine Stuhllehne geworfen hatte.

»Ich komme gleich runter.«

Ich schnappte mir zwei Teller und begann damit, einen mit dem Essen zu füllen und eine Handvoll Pommes und das zusätzliche Brötchen auf den anderen zu legen.

»Ich dachte, du wärst arbeiten«, sagte ich, als sie schließlich hereinkam.

»Ich durfte früher Schluss machen.« Sie verdrehte die Augen, als sie die Teller bemerkte. »Hast du ihm gesagt, dass es ein Büfett geben wird?«

»Natürlich«, antwortete ich, »aber der hier ist für dich. Lass es ihn nur nicht sehen.«

»Danke, Liebes.« Sie lächelte. »Seit dem Frühstück habe ich nichts mehr gegessen.«

»Rate mal, wem ich in der Pommesbude über den Weg gelaufen bin.«

»Wem denn?«

»Gavin.« Ich grinste. »Er hat auch früher Schluss gemacht. Er wollte nur noch auf einen Sprung zum Lebensmittelladen, das heißt, er wird gleich hier sein.«

»Na, das sollte er aber auch«, meinte Mum, während sie begann, das Brötchen mit Pommes frites zu beladen. »Es wird ein denkwürdiger Abend werden.«

Ich bekam kein Wort des Dankes von meinem Vater, als ich ihm sein frühes Abendessen auf einem Tablett servierte und es ihm auf den Schoß stellte.

»Das hat ja ganz schön lange gedauert«, schnauzte er mich an und scheuchte mich mit einer Handbewegung beiseite, weil ich zwischen ihm und dem Fernseher stand.

»Gern geschehen.«

»Sie knausern schon wieder bei den Pommes«, knurrte er, als er schließlich auf seinen Teller sah. »Und was soll ich mit einem einzigen winzigen Brötchen anfangen?«

Etwas, was The Codfather niemals tat, war es, bei den Portionsgrößen zu knausern, aber ich würde ihn nicht korrigieren oder ihn wissen lassen, dass ich einen Teil davon für Mum abgezweigt hatte, die sich bereits den Arsch abgearbeitet hatte, lange bevor er aus dem Bett gerollt war.

»Gavin wird gleich hier sein«, sagte ich stattdessen. »Er ist früher von der Arbeit gekommen und noch zum Laden gegangen, um dir ein paar Bier mitzubringen.«

»Mit dem hast du einen richtig guten Fang gemacht, Mädchen«, murmelte Dad, wobei er leicht besänftigt klang. »Er hätte jede Frau in dieser Stadt haben können – auch wenn ich annehme, dass er das vermutlich immer noch kann.«

Seine letzte Bemerkung ignorierte ich. Ich hatte das ein oder andere Gerücht gehört, aber da die von einer von Gavins Ex-Freundinnen stammten, entschied ich, ihnen keinen Glauben zu schenken.

»Also sorg besser dafür, dass du es nicht vermasselst.«

»Da besteht keine Gefahr«, sagte in diesem Augenblick mein wundervoller Verlobter, während er den Kopf ins Zimmer steckte und mir die gekühlten Bierdosen reichte. »Ihre Hayley ist einmalig, Mr. Hurren. Man könnte sagen, ich bin es, der hier einen Volltreffer gelandet hat«, ergänzte er mit einem Augenzwinkern in meine Richtung.

»Ja, na ja«, meinte Dad, während er sein erstes Lagerbier des Tages aufriss, »darüber weiß ich nichts, aber nach der

Geschichte mit diesem Kunstlehrer damals auf der Schule bin ich einfach froh, dass wir sie vom Hals haben.«

»Apropos dein alter Kunstlehrer«, sagte Gavin, während er es sich auf meinem Bett bequem machte, um zuzusehen, wie ich mich nach meinem Bad abtrocknete und anzog, »hast du diese Woche wieder irgendetwas gezeichnet?«

Als Gavin und ich zusammenkamen, hatten sich seine Kumpel lediglich wegen meines berüchtigten Rufs in der elften Klasse an mich erinnert, wohingegen sich mein sexy Gerüstbauer gleich nach meinem künstlerischen Talent erkundigt hatte.

»Deine Arbeit war phänomenal«, hatte er gesagt, wobei er aufrichtig beeindruckt klang. »Du hast drei Jahre in Folge die Jahresabschluss-Ausstellung gewonnen, stimmt's? Inzwischen bist du doch bestimmt noch besser geworden.«

Ich war geschmeichelt, dass er sich erinnerte, aber ich erzählte ihm nicht, dass ich meine Farben zusammen mit meinen Erinnerungen an diese letzten Wochen an der Schule, bevor die Sommerferien überhaupt angefangen hatten, weggepackt hatte.

»Willst du uns allen Ernstes sagen, dass du dich an ihre Bilder erinnern kannst«, zogen Gavins sogenannte Freunde ihn auf, »aber nicht daran, dass sie von einem Lehrer geschwängert wurde, der alt genug war, um ihr Vater zu sein?«

Ich hatte ihre gehässigen Kommentare mit einem Schulterzucken abgetan, und Gavin sorgte dafür, dass sie den Mund hielten, sobald wir begannen, ernsthaft miteinander zu gehen. Dafür ließ er bei etwas anderem nicht locker.

In einem unvorsichtigen Moment hatte ich ihm anvertraut, dass ich, seit ich mich erinnern konnte, immer dann am glücklichsten gewesen war, wenn ich zeichnete, entwarf und malte, und wie ich einmal vorgehabt hatte, es nach meinem Schulabschluss auf die Kunsthochschule zu schaffen. Er sagte, es sei ein Jammer, dass es nicht geklappt hätte, aber die Tatsache, dass das Leben mir ein paar harte Lektionen erteilt hätte, sei kein Grund, nie wieder einen Pinsel in die Hand zu nehmen.

Sobald er wusste, wie ich mich fühlte, ließ er bei dem Thema nicht mehr locker, und eines verregneten Sonntagnachmittags half er mir, meine Staffelei auf dem Dachboden auszugraben. Niemand sonst wusste davon. Nicht mal Anna.

»Ich habe ein paar grobe Zeichnungen zustandegebracht«, sagte ich jetzt zu Gavin. Ich verdrängte alle Gedanken an den Kunstlehrer, der mich damals mit leeren Blättern und einem unglaublich schlechten Gewissen zurückgelassen hatte. »Und ich habe die mit den Hunden, die zusammengerollt vor dem Herd liegen, fertiggestellt.«

Floss und Suki, die beiden kleinen Kläffer von Wynthorpe Hall, waren die perfekten Modelle. Sie konnten stundenlang vor sich hin dösen, solange sie die Bäuche voll hatten. Ich hatte rasch ein paar vorläufige Skizzen angefertigt, als ich mit ihnen allein war, und ein paar Schnappschüsse mit meinem Handy gemacht, um danach in aller Ruhe daran weiterarbeiten zu können.

»Kann ich sie sehen?«

»Später vielleicht.« Ich wies mit einem Nicken auf die Uhr auf dem Nachttisch. »Wir müssen jetzt wirklich los.«

»Seid ihr zwei so weit?«, rief Mum, kaum dass ich meinen Satz beendet hatte, die Treppe hoch. »Es kann nichts schaden, ein bisschen früher da zu sein und noch einmal zu überprüfen, dass auch alles so ist, wie es sein soll.«

»Wir kommen gleich!«, rief ich zurück, zog mir mein neues Kleid über den Kopf und drehte mich um, damit Gavin mir mit dem Reißverschluss helfen konnte.

Ich war noch immer nicht überzeugt, dass es das richtige Outfit war, aber mir lief die Zeit davon.

»Je früher wir unser eigenes Zuhause finden, desto besser«, murmelte er.

»Ich weiß.« Ich schnellte herum, um mich im Spiegel zu betrachten, während ich mich fragte, ob ich hohe oder flache Schuhe anziehen sollte. »Catherine hat uns erst heute wieder ein Zimmer oben im Herrenhaus angeboten.«

»Dieses kleine Cottage wäre besser geeignet.«

»Das Pförtnercottage, meinst du?«

»Genau das«, sagte Gavin lächelnd. »Das wäre das perfekte Liebesnest für ein frisch verlobtes Paar.«

»Das wäre es allerdings«, pflichtete ich bei, »aber es ist bereits vergeben. Oder das wird es bald sein.«

Gavin schwieg.

»Aber wir werden uns hier einfach zusammenzuquetschen, oder?«, fragte ich. Ich schlang ihm die Arme um den Hals, während ich daran dachte, wie romantisch es sein würde, jeden Morgen neben ihm aufzuwachen. »Ich habe gehört, zu zweit verbraucht man kaum mehr, als wenn man allein wohnt.«

»Nicht mit jemandem wie deinem Vater, der uns auf der Tasche liegt.«

»Da hast du allerdings recht«, seufzte ich, und die Idylle wich rasch einem Bild meines Dads, wie er ausgestreckt auf dem Sofa lag und sein eigenes Körpergewicht an Erdnüssen in sich hineinstopfte, »aber ich kann den Gedanken nicht ertragen, Mum hier alleinzulassen.«

»Ich weiß«, seufzte Gavin, »irgendwann wird es allerdings passieren müssen.«

»Nur jetzt noch nicht«, sagte ich und küsste ihn leicht auf die Lippen.

»Na schön«, sagte er lächelnd, hielt mich auf Armeslänge und nickte anerkennend, während er mein neues Kleid in Augenschein nahm. »Eigentlich spielt es auch keine Rolle, wo wir sind, oder? Solange wir zusammen sein können.«

»Ganz genau«, pflichtete ich bei.

»Ich liebe dich, Hayley Hurren-demnächst-Garford«, sagte er lachend.

»Ich dich auch«, entgegnete ich und lachte ebenfalls.

Kapitel 3

Ich hatte Catherine und Angus ausdrücklich gebeten, für die Party nicht extra in die Stadt zu kommen. Ich wusste, dass es nicht ihr Ding sein würde. Catherine hatte wohl mein Unbehagen gespürt und sich bereiterklärt, wegzubleiben, allerdings nur, indem sie mir das Versprechen abnahm, dass Gavin und ich ihr und Angus in der darauffolgenden Woche beim Dinner auf Wynthorpe Hall Gesellschaft leisten würden. Der Rest des Clans hatte vor zu kommen, würde aber wohl erst etwas später eintreffen.

»Anna und ich haben um sieben eine Telefonkonferenz«, hatte Jamie mir tagsüber erklärt, »aber danach fahren wir sofort zusammen mit Molly los.«

»Kein Problem«, hatte ich erwidert, denn es machte mir wirklich nichts aus. Das Hilfsprojekt zu leiten, bei dem sie trauernde Kinder und Jugendliche unterstützten, hatte sich zu einem Vollzeitjob entwickelt, und regelmäßige Arbeitszeiten waren für meine Freunde zu einem Ding der Unmöglichkeit geworden.

»Es eilt nicht«, versicherte ich ihm. »Ich würde es Jim zutrauen, dass er nach der Sperrstunde eine geschlossene Gesellschaft draus macht, lasst euch also ruhig Zeit.«

»Dorothy und ich werden zusammen kommen«, hatte Mick später, als wir allein waren, erklärt. »Es ist ein Jammer, dass Gavin dich heute nicht von der Arbeit abholen kann. Ihr zwei solltet euch zusammen fertig machen und gemeinsam dort erscheinen. Es ärgert mich immer noch, dass er das Saufgelage mit seinen Kumpeln wichtiger findet.«

Genau wie ich hatte auch Mick die Gerüchte über Gavin gehört, daher wusste er, besser als alle anderen auf Wynthorpe Hall, von dem zweifelhaften Ruf, den sich Gavin in den letzten Jahren erworben hatte. Es war mir noch immer nicht gelungen, ihn zu überzeugen, dass mein Verlobter sich geändert hatte, aber ich hoffte, die Tatsache, dass Gavin sich letztlich doch für mich entschieden hatte, würde ihn dazu bringen, seine Vorbehalte gegen ihn aufzugeben. Während ich mit einem stocknüchternen Gavin, der nur Augen für mich hatte, an meinem Arm in die Stadt ging, wünschte ich unwillkürlich, Mick könnte da sein, um es zu sehen.

Das Mermaid, wunderschön geschmückt für den Anlass, mit einem fröhlich knisternden Feuer im Kamin, sah warm und einladend aus, trotz des unterschwelligen Geruchs nach Eiern.

»Abend, ihr zwei.« Jim stürzte hinter dem Tresen hervor, um uns unsere Jacken abzunehmen. »Ist das euch beiden recht so?«

»Es ist perfekt«, sagte ich zu ihm. »Danke, Jim. Ich weiß, wie viel Arbeit du und Evelyn in das alles gesteckt habt.«

»Und sieh dir die riesigen Sandwiches an«, sagte Gavin lachend und zeigte auf eine Platte voller belegter Brötchen, die groß genug waren, um sogar den ständig rumorenden Magen meines Vaters zu beruhigen.

»Die waren die Idee meiner Frau«, kicherte Jim. »Sie

dachte, einige der Gäste würden die feinen leichten Häppchen, die manche von uns bevorzugen, vielleicht nicht zu
schätzen wissen.«

Wir alle lachten, und ich ging weiter den Tisch entlang,
bevor ich mich umwandte, um das entzückende Banner zu
bewundern, das über der Bar hing.

»Wo ist das denn hergekommen?«, fragte ich.

»Lizzie vom Kirschblütencafé«, strahlte Jim. »Sie hat es
vorhin vorbeigebracht. Gefällt es dir?«

Das kunstvoll bemalte Werk erstreckte sich von einer
Seite der Bar bis zur anderen, mit meinem und Gavins Namen, die geschickt ineinander verschlungen waren.

»Es ist absolut hinreißend«, schniefte ich, während heiße
Tränen hinter meinen Augen kribbelten. »Ich habe nichts
auch nur annähernd so Hübsches erwartet.«

Gavin kam und stellte sich wieder neben mich. Er nahm
meine Hand und küsste sie.

»Wenn du um deine Talente nicht so ein Geheimnis
machen würdest«, flüsterte er mir ins Ohr, »hättest du so
etwas selbst machen können.«

Ich wusste, dass er recht hatte, aber Lizzies Bemühungen hätte ich dennoch nicht übertreffen können. Ich wollte
eben etwas in der Richtung sagen, als die Pubtür aufgerissen wurde und Jemma, die Besitzerin des Kirschblütencafés, rückwärts hereinkam, mit etwas in den Händen, das
nach einer riesigen Kuchenschachtel aussah.

»Entschuldigt die Verspätung!«, rief sie. »Aber heute
war die Hölle los! Die Kunden fragen schon jetzt nach
dem Weihnachtsmenü und den Adventsnachmittagen, daher waren wir regelrecht eingeschneit mit Arbeit.«

Sie drückte die Schachtel vorsichtig Jim in die Hände und riss sich die Jacke herunter.

»Kein Wortspiel beabsichtigt«, ergänzte sie lächelnd, während sie die Jacke hinwarf und die Schachtel wieder an sich nahm. »Aber im Ernst«, schwärmte sie, »ich kann kaum glauben, dass Weihnachten schon fast wieder vor der Tür steht. Es fühlt sich an, als ob es erst fünf Minuten her ist, dass wir die Dekorationen vom letzten Jahr weggepackt haben. Also«, fuhr sie dann fort, während sie sich zu mir und Gavin umwandte. Sie holte einmal tief Luft, sodass sie ein klein wenig ruhiger klang. »Wo hättet ihr sie gern?«

Ich konnte ihre Frage nicht beantworten, da ich nicht wusste, wer oder was »sie« war.

»Evelyn hat in der Mitte einen Platz frei gelassen«, schaltete Jim sich ein. »Den Ehrenplatz, ganz vorn.«

Ich kam mir ein bisschen überflüssig vor, während ich nur so herumstand. Ich sah Gavin an und er zog mich näher zu sich. Die selbstsichere Miene, die er aufgesetzt hatte, ließ mich vermuten, dass er genau wusste, was hier gespielt wurde.

»Ich hoffe, sie gefällt dir, Hayley«, sagte Jemma, hob ehrfürchtig den Deckel an und brachte die hübscheste Verlobungstorte zum Vorschein, die ich je gesehen hatte. Sie war ungefähr in dem gleichen Stil wie Lizzies Banner verziert und eigentlich viel zu hübsch, um sie anzuschneiden. »Gavin wollte, dass es eine Überraschung ist, aber ehrlich gesagt dachte ich, er hätte dir längst davon erzählt.«

»Oh«, hauchte ich und schlang die Arme fester um Gavins Taille, während Jemma die Torte sorgfältig in der

Lücke zwischen den Cocktailwürstchen und anderen Dingen auf kleinen Spießen arrangierte. »Sie ist wunderschön!«

»Ich hatte so ein Gefühl, sie würde dir gefallen«, meinte Gavin stolz.

»Ich liebe sie«, bestätigte ich.

Jemma stieß einen erleichterten Seufzer aus und trat einen Schritt zurück, um ihr Werk zu begutachten. Ich hatte keine eigens für uns entworfene Torte erwartet und war entzückt, dass Gavin sich die Mühe gemacht hatte, sich um eine zu kümmern. Der Stil und die Dekorationen waren perfekt, und wieder konnte ich es kaum erwarten, vor Mick Gavins Loblied zu singen. Wenn diese Geste seine Bedenken, dass mein Verlobter im Grunde seines Herzens noch immer ein kleiner Playboy war, nicht zerstreute, dann würde es nichts tun.

»Macht es dir etwas aus, wenn ich dir die Rechnung jetzt gleich gebe?«, fuhr Jemma fort, griff nach ihrer Jacke und zog einen Umschlag aus der Tasche. »Ich weiß, später werde ich es vergessen, und du hast ja gesagt, du wolltest sofort bezahlen, stimmt's, Gavin?«

»Das habe ich.« Er nickte und schnappte sich den Umschlag, bevor ich eine Chance hatte, einen Blick darauf zu werfen. »Ich komme gleich morgen früh zum Café und kümmere mich darum. Und das Gleiche gilt für die Büfettrechnung, Jim«, ergänzte er.

Ich sah zurück zum Tisch und versuchte, rasch zu überschlagen, wie viel wir alles in allem für den Abend hinblättern würden. Es würde zweifellos ein größeres Loch in unsere bescheidenen Ersparnisse reißen.

»Hey, jetzt schau nicht so besorgt«, meinte Gavin, als ich einen langen Seufzer ausstieß. »Ich habe alles im Griff.«

Jemma und Jim entfernten sich diskret außer Hörweite.

»Aber das alles hier wird nicht gerade billig, oder?« Ich runzelte die Stirn und biss mir auf die Lippe. »Und wir haben eben erst angefangen zu sparen …«

»Hey«, schnitt Gavin mir das Wort ab, während er Jemmas Umschlag tiefer in seine Tasche stopfte. »Hör zu, Hayley. Wir können jederzeit mehr Geld verdienen, oder?«

»Ich nehm's an«, meinte ich schulterzuckend.

»Aber heute Abend«, fuhr er fort und nahm meine Hände, »feiern wir unsere Verlobung, und, na ja, das ist schließlich eine einmalige Angelegenheit.«

Da hatte er nicht unrecht.

»Und ich will, dass es etwas ganz Besonderes wird.« Er lächelte. »Ich will, dass es ein Abend wird, den wir nie vergessen werden.«

»Natürlich.« Ich erwiderte sein Lächeln, während ich hörte, wie die Pubtür aufging und unsere ersten Gäste eintrafen. »Das will ich auch.«

Ich wunderte mich, dass es Mum so schnell gelungen war, Dad vom Sofa loszueisen, in ein frisches Hemd zu stecken und aus dem Haus zu scheuchen.

»Ich schnappe mir noch schnell die Büfettrechnung von Jim«, sagte Gavin und küsste mir die Wange, während er mich losließ. »Wie wär's, wenn du in der Zwischenzeit irgendwo einen Platz für deine Eltern suchst?«

»Hayley, ich war mir ja nicht sicher bei diesem Kleid.« Mum musterte mich von Kopf bis Fuß, während wir für sie und Dad einen Tisch in Beschlag nahmen. »Ich dachte nicht, dass es dir stehen würde, aber ehrlich gesagt, passt es sehr gut zu der neuen Hayley.«

»Der neuen Hayley?«, fragte ich, bemüht, mir die Bewunderung über ihr Kompliment zu meinem Outfit nicht anmerken zu lassen. »Was soll das denn heißen?«

»Sie meint, dass du sanfter geworden bist«, sagte Dad rundheraus.

»Das habe ich überhaupt nicht gemeint«, widersprach Mum kopfschüttelnd.

Ich sah sie mit hochgezogenen Augenbrauen an.

»Na ja, ich nehme an, irgendwie schon«, meinte sie schulterzuckend. »Seit diese Anna auf der Bildfläche erschienen ist, hast du dich verändert.«

Vor nicht langer Zeit hätte ich diese Behauptung noch in aller Entschiedenheit von mir gewiesen, aber Mum hatte recht. Nachdem ich erst zugesehen hatte, wie Anna und Jamie sich verliebten, und jetzt aus erster Hand erlebte, wie sich eine Beziehung zu einer echten Partnerschaft entwickeln konnte, hatte ich meine Deckung weit genug aufgegeben, um die Liebe auch in mein eigenes Leben zu lassen. Jahrelang waren Jungs für mich vor allem ein netter Zeitvertreib gewesen, aber jetzt war ich mit Gavin verlobt und hatte es irgendwie zu einem Happy End geschafft. Ich war vielleicht nicht sanfter geworden, wie mein Dad behauptete, sondern einfach erwachsen.

»Na ja, ich hoffe, ich habe mich zum Besseren verändert«, wollte ich gerade sagen, doch Dad schnitt mir das Wort ab.

»Pass bloß auf«, warnte er mich, »dass du dir nichts einbildest, so lange, wie du jetzt schon in diesem Haus dort oben arbeitest. Vergiss nicht, Mädchen, du bist eine von uns, nicht von denen.«

Gott steh mir bei, dachte ich, sagte es aber nicht laut. Es war noch gar nicht so lange her, da hätte Mum ihm beigepflichtet, aber ich war nicht die Einzige, die sich verändert hatte; ihre Einstellung gegenüber Wynthorpe Hall und der Familie, die dort lebte, hatte es ebenfalls getan.

»Ich hab's dir schon mal gesagt«, schwafelte Dad weiter, während er auf die Bar zusteuerte, »du kannst von Glück reden, dass du einen Mann gefunden hast, der dich heiraten will, nach dem, was du dir auf der Schule geleistet hast. Du solltest besser zusehen, dass du ihn hältst, und ihn nicht vergraulen, indem du einen auf feine Dame machst.«

»Ignorier ihn einfach«, zischelte Mum, als sie spürte, dass ich bereit war, zum Gegenschlag auszuholen. »Verschaff ihm nicht die Befriedigung eines Streits. Nicht heute Abend. Er sagt das alles nur, um dich zu provozieren. Du weißt doch, wie gern er eine Szene macht.«

Da hatte sie natürlich recht. Ich schluckte meine schroffe Retourkutsche hinunter und holte stattdessen ein paarmal tief Luft. Die neue Hayley war vielleicht ein wenig sanfter, dennoch lauerte die alte immer noch darauf, zuzuschlagen, wenn es sein musste.

»Ist dir dein Kerl etwa schon jetzt abhandengekommen?«, witzelte meine Tante Jenny, als sie Mum und mich allein am Tisch sitzen sah. »Das geht ja nicht gut los, was, Hayley?«

»Er redet mit Jim«, sagte ich zu ihr und sah hinüber zur Tür, wo er gerade noch gestanden hatte.

Aber jetzt war von ihm keine Spur zu sehen und der Pub begann sich bereits zu füllen.

»Achte gar nicht auf sie«, tat Dad mich mit einer Handbewegung ab und reichte Tante Jenny ein kleines Glas Guinness, ihr Lieblingsgetränk. »In der ersten Stunde sind alle Getränke umsonst, Jen. Mach das Beste draus.«

»Sie sind nicht umsonst, Dad«, warf ich missbilligend ein. »Gavin und ich übernehmen die Rechnung.«

»Ist doch dasselbe«, knurrte er kopfschüttelnd.

»Ja«, fauchte ich, »ich nehme an, das ist es. Aber vergiss nicht: Umso mehr getrunken wird, desto teurer wird es für uns, was im Endeffekt bedeutet, dass weniger in der Familienkasse bleibt.«

Es dauerte ein paar Sekunden, bis der Groschen fiel, aber schließlich kapierte Dad es und sah aus, als ob er seinen Spruch bitter bereute.

»Da ist er ja!«, rief meine Tante, bevor Dad die Chance hatte, anzufangen, Gläser wieder an sich zu reißen, »mein fabelhafter künftiger Schwiegerneffe!«

Sie klang, als hätte sie bereits mehr als nur ein kleines Glas geleert.

»Sieht aus, als ob bei jemandem das Vorglühen außer Kontrolle geraten ist«, flüsterte Gavin, während er herüberschlenderte und sich neben mich stellte. Ich kicherte.

»Und apropos Vorglühen«, sagte ich und wies mit einem Nicken zu dem halben Dutzend seiner Kumpel, die eben zur Pubtür hereingestolpert waren. »Geh und red ein Wort mit ihnen, ja?«, flehte ich ihn an. »Ich will nicht, dass sie auch noch außer Kontrolle geraten.«

»Ich versuch's«, versprach er, »aber gut möglich, dass

sie immer sauer auf mich sind, weil ich ihnen eine Abfuhr erteilt habe.«

»Diese dämlichen Idioten«, meinte ich kopfschüttelnd. »Sag ihnen, wir sind nicht mehr auf der Highschool. Wir sind jetzt erwachsen.«

Ein lauter Jubel brach aus, als Gavin sich zu seiner Gang gesellte, und ich tröstete mich mit dem Gedanken, dass sie, wenn sie zu Hause schon reichlich Wodka getankt hatten, wenigstens unsere Barrechnung nicht so sehr in die Höhe treiben würden.

Dass sie ihre Drinks nach der ersten Stunde selbst bezahlen mussten, hielt unsere Gäste nicht davon ab, den Abend zu genießen, und ein paar Stunden später war die Party in vollem Gange und der Geräuschpegel zusammen mit der Anzahl geleerter Gläser deutlich gestiegen. Ich ließ den Blick über die fröhliche Menge schweifen, aber von der Wynthorpe-Truppe fehlte noch immer jede Spur. Ich nahm an, dass Jamies und Annas Telefonkonferenz länger dauerte als erwartet. Hoffentlich würden sich wenigstens Mick und Dorothy bald blicken lassen.

»Wird es nicht Zeit, dass du ein paar Worte sagst und diese hinreißende Torte anschneidest?«, fragte Mum, während sie sich auf den Tisch stützte, um Jemmas kunstvollen Umgang mit einem Spritzbeutel zu bewundern. »Wo steckt denn Gavin?«

Ich hatte ihn kaum noch gesehen, seit seine Kumpel eingetroffen waren, und nahm an, dass er vermutlich draußen war und heimlich eine Zigarette rauchte. Er hatte mir versprochen, auch ohne sie leben zu können, immerhin würden wir so ein kleines Vermögen sparen. Oder er unterhielt sich mit seinen Eltern, die sich, wie nicht anders zu erwarten, an einen Tisch gesetzt hatten, der so weit wie nur menschenmöglich von meinem entfernt war.

»Ich suche ihn«, sagte ich entschieden zu Mum, »sobald du mir versprochen hast, dass du keinen Tropfen mehr anrührst.«

Sie sah allmählich ein bisschen mitgenommen aus, und ich wusste aus jahrelanger Erfahrung, wenn es etwas gab, das einem Mitglied des Hurren-Haushalts nicht guttat, dann war es zu viel Alkohol. Dad schien schon jetzt auf zügigem Weg in den Vollrausch, und ich wusste, wenn Mum es ihm gleichtat, dann würden Gavin und ich die Nacht als Schiedsrichter verbringen anstatt zusammengekuschelt unter der Decke.

»Ich nehme nur noch einen einzigen Drink«, hickste Mum, »um auf dich und Gavin anzustoßen.«

Ich musterte sie mit zusammengekniffenen Augen, doch diese Bitte konnte ich ihr wohl kaum abschlagen. Vor nicht sehr langer Zeit hätte sie sich kein bisschen für mein künftiges Glück interessiert. Ich hatte hart daran gearbeitet, einen Teil des Schadens wiedergutzumachen, den meine jugendlichen Verfehlungen angerichtet hatten, und nicht vor, die alten Streitigkeiten wiederaufflammen zu lassen.

»Also gut«, lenkte ich ein, »ich suche Gavin, aber du trinkst keinen Schluck mehr, bis wir die Torte anschneiden.«

»In Ordnung.« Sie nickte und stellte ihr halb geleertes Weinglas geräuschvoll ab. »Kein Tropfen wird über meine Lippen kommen, bis du den Champagner geköpft hast.«

»Also, wer macht hier jetzt einen auf feine Dame!«, sagte ich lachend in Anspielung auf die Worte meines Dads. »Champagner, na klar! Du wirst Prosecco trinken und er wird dir schmecken!«

Gavin war nicht draußen, um zu rauchen, und er war auch nicht im Biergarten, damit blieb nur noch ein Ort übrig. Ich zwängte mich an den Gratulanten vorbei, durch die Tür, die den Flur hinunter zu den Toiletten führte, und wollte gerade hineingehen, als ich gegen eine harte Wand stieß.

Na ja, nicht wirklich eine Wand, mir war schon klar, dass es sich um eine Männerbrust handelte, aber es gab trotzdem kaum ein Durchkommen.

»Ach Mist«, sagte der Mann und hielt mich an den Oberarmen fest, während ich fast bis zur Bar zurückgeschleudert wurde. »Entschuldige. Bin ich dir auf den Fuß getreten?«

»Nein«, antwortete ich, während ich mich befreite und nach Luft schnappte. »Nicht wirklich.«

Mein Blick wanderte langsam von seinem Oberkörper hoch zu seinem Gesicht: zerfurcht, stirnrunzelnd und bärtig. In den braunen, grüblerischen Augen erkannte ich keinen Einheimischen. Jemand von dieser Statur würde nicht leicht zu vergessen sein, aber er hatte trotzdem irgendetwas vage Vertrautes an sich. Irgendwie erinnerte er an einen kanadischen Holzfäller. Das rot-schwarz-karierte Hemd, das er trug, untermauerte dieses Klischee auch noch.

»Es tut mir wirklich leid«, entschuldigte er sich. »Ich habe nicht damit gerechnet …«

»Dass jemand auf der anderen Seite der Tür ist?«

»Du weißt aber schon, dass das hier die Herrentoilette ist, oder?« Er zeigte auf das Schild, während ich versuchte, an ihm vorbeizukommen.

»Ja«, sagte ich, »natürlich weiß ich das.«

»Na ja, an deiner Stelle würde ich da jetzt nicht reingehen«, sagte er, noch immer ohne mich vorbeizulassen. »Warte lieber ein, zwei Minuten.«

»Na toll«, meinte ich naserümpfend.

»Nein«, sagte er, während ihm unter seinem Bart die Röte ins Gesicht stieg, »das habe ich nicht gemeint. In einer der Kabinen ist ein Pärchen.«

Ich wusste, dass es sich dabei unmöglich um Gavin handeln konnte, aber aus irgendeinem Grund fühlte ich mich verpflichtet, mich hundertprozentig zu vergewissern.

»Schon gut«, sagte ich zu dem Holzfäller. »Ich werde ganz still sein. Wer immer dort drinnen ist, wird keinen Mucks von mir hören.«

»Wie du willst«, meinte er schulterzuckend und ließ mich schließlich durch, bevor er zurück zur Bar ging.

Ich schlich auf Zehenspitzen hinein und lauschte mit angehaltenem Atem auf irgendein Geräusch, das bewies, dass auf der anderen Seite der Tür nicht mein treuer Verlobter war. Mein Herz hämmerte wie wild in der Brust, und ich hoffte inständig, dass das Pärchen in der Kabine mich nicht bemerkte. Nach ein paar Sekunden, die sich eher wie Minuten anfühlten, hörte ich ein flaches Keuchen, gefolgt von einem scharfen Atemzug und dann einem kehligen Stöhnen.

»Gavin, o Gott, Gavin …«

Während der Schock zu mir durchdrang und der scharfe, beißende Geschmack von Galle in meiner Kehle hochstieg, begriff ich, dass es Sharon, dieses Biest, von der Pommesbude war. Ihre Stimme würde ich überall erkennen.

»Lass uns das hier richtig gut machen«, stöhnte Gavin zur Antwort auf irgendetwas, das sie sagte. Ich schlug die Hände vor den Mund, um nicht aufzuschreien, wenn auch aus völlig anderen Gründen als die Schlampe Sharon. »Das hier ist meine letzte Chance auf ein bisschen Spaß nebenbei, also gib alles, was du hast, Mädchen.«

Was für ein Charmeur. Ich würde ihm eine reinhauen, sobald ich die Kabinentür eingetreten hatte.

»Das hast du an dem Wochenende, nachdem du ihr einen Antrag gemacht hast, auch gesagt«, keuchte Sharon.

Ich konnte die Belustigung in ihrer Stimme heraushören, und ich glaubte, mich übergeben zu müssen. Das war der Tropfen, der das Fass zum Überlaufen brachte.

»Gavin!«, brüllte ich und hämmerte mit der geballten Faust gegen die Tür. »Du Scheißkerl!«

Mein Kampfschrei stieß auf verblüfftes Schweigen, und ein Teil von mir wäre am liebsten über die Kabinentür geklettert, um ihre Gesichter zu sehen.

»Ich gehe jetzt«, fuhr ich etwas ruhiger fort, »vergiss nicht, die Getränkerechnung bei Jim abzuholen.«

Ich konnte nicht glauben, wie cool und beherrscht ich klang. Ich fühlte mich mit Sicherheit nicht so.

»Aber ich werde deine Unterschrift brauchen, um Zugriff auf das Sparkonto zu kriegen«, kam Gavins erbärmliche Stimme durch die Tür. »Ich glaube nicht, dass ich ohne dich an das Geld komme.«

Ich konnte nicht glauben, dass das das Einzige war, was er mir zu sagen hatte. Die alte Hayley, die, an die Mum mich vorhin erinnert hatte und die jetzt nur noch dafür da war, Vergeltungsschläge gegen meinen Dad zu führen, hätte die Tür aus den Angeln und dann ihn selbst in Stücke gerissen. Die Luft wäre blau von Flüchen gewesen, Haare wären herausgerissen und Kleider in die Toilette gespült worden, vorausgesetzt, die beiden hatten überhaupt Zeit gehabt, sich ihrer zu entledigen.

Aber diese Person war ich nicht mehr, die sich rächte, die Gavin vor allen als Idioten bloßstellte und Sharon zur Hure erklärte. Diese Person hatte hier keinen Platz mehr, und auf die neue Hayley, die an ihre Stelle getreten war, würde nichts als Schmerz, Kummer und Demütigung warten, wenn sie nicht rasch handelte.

Ich überließ die beiden sich selbst, schlüpfte ungesehen hinter die Bar, schnappte mir meine Jacke und Tasche und ging ohne ein Wort davon.

Kapitel 4

Die frische Herbstluft schlug mir hart ins Gesicht, als ich loslief, verzweifelt bemüht, möglichst rasch möglichst viel Abstand zwischen mich und den Pub zu bringen. Während ich die Arme in die Ärmel meiner Jacke steckte, spürte ich das Handy in meiner Jackentasche vibrieren. Ich ignorierte es.

Ich hatte nicht die Absicht, zurückzugehen und mir Gavins erbärmliche Rechtfertigung dafür anzuhören, warum er sich ausgerechnet an dem Abend unserer Verlobungsfeier vom Pommesmädchen sein Würstchen grillen ließ, aber ich konnte auch nicht die ganze Nacht durch die Straßen laufen.

Widerstrebend zückte ich mein Handy, um meine Kontakte durchzuscrollen und zu entscheiden, wen ich in meiner Stunde der Not anrufen sollte. Es war jedoch gar nicht Gavin, der mich angerufen hatte. Dem Anrufliste zufolge hatte er sich überhaupt nicht gemeldet, aber ich hatte ein paar entgangene Anrufe vom Herrenhaus und ein halbes Dutzend Textnachrichten von Anna, die erklärte, warum sie und die anderen es noch nicht zur Party geschafft hatten.

Mick hatte mit einer leeren Batterie im Land Rover zu kämpfen, und die geplante Telefonkonferenz dauerte, dank der launischen Internetverbindung auf dem Land, weitaus länger als erwartet. Ich dankte meinem Schicksal, dass von einem effizienten WLAN auf Wynthorpe noch immer keine Rede sein konnte. Ich glaube nicht, dass ich mit Annas und Dorothys teilnahmsvollen Worten hätte umgehen können, oder mit Jamies und Micks Zorn, wenn sie meine Demütigung aus erster Hand miterlebt hätten.

Fröstelnd wickelte ich mich fester in meine Jacke und lief über die Straße. Ich könnte mir am Marktplatz ein Taxi nehmen und zum Herrenhaus fahren. Nur bis ich entschieden hatte, wie meine nächsten Schritte aussehen würden.

Das markerschütternde Dröhnen einer Hupe katapultierte mich in die Gegenwart zurück und ich sprang mit einem Satz zurück auf den Gehsteig. Mein Herz hämmerte in der Brust, und ich schützte meine Augen mit einer Hand vor den grellen Scheinwerfern eines Trucks, der mit quietschenden Reifen neben mir zum Stehen kam.

»Du schon wieder!«, kam die Stimme eines Mannes von der Fahrerseite. »Du bist doch das Mädchen aus dem Pub, oder? Diesmal werde ich mich nicht entschuldigen. Du bist mir genau vor den Wagen gelaufen.«

»Entschuldigung«, lenkte ich sofort ein, in dem Wissen, dass ich mit sehr viel Glück davongekommen war.

Die Räder am Truck des Holzfällers hätten mich so flach wie einen Pfannkuchen drücken können. Auf einmal wurde mir bewusst, dass ich die Kälte vor Schreck gar nicht mehr spürte.

»Ich hab dich nicht gesehen«, meinte ich kleinlaut. Meine Stimme schwankte ein wenig, zweifellos von dem Schock.

»Aber es geht dir gut?«

»Ja«, sagte ich und atmete aus. »Ja, alles okay.«

Mir war weitaus wärmer als noch vor ein paar Sekunden, so viel stand fest. Der Effekt, den eine anständige Dosis Adrenalin auf das Nervensystem haben konnte, war erstaunlich.

»Na ja, wenn du sicher bist?«

»Das bin ich.«

»In dem Fall«, sagte er und beugte sich weiter über den Sitz vor, »du weißt wohl nicht zufällig den Weg nach Wynthorpe Hall, oder?«

»Doch«, sagte ich zu ihm, eine Hand bereits an den Türgriff des Trucks gelegt. »Du hast Glück. Ich bin zufällig selbst auf dem Weg dorthin.«

Ich schwang mich auf den Beifahrersitz hoch, warf meine Tasche in den Fußraum und schnallte mich an.

»Okay?«, fragte ich, als er nichts sagte.

»Ich weiß nicht«, meinte er stirnrunzelnd. »Ist es für dich normal, zu Fremden in den Truck zu steigen?«

Ich war noch immer nicht überzeugt, dass dieser Typ wirklich ein Fremder war. Er war vielleicht kein Einheimischer, aber von irgendwoher kannte ich ihn. Hoffentlich nicht von einem Fahndungsplakat.

»Es wäre schon ziemliches Pech, wenn ich mich als Axt schwingender Mörder oder so entpuppen würde, oder?«

»Oh, glaub mir«, erwiderte ich schniefend, »bei dem Glück, das ich heute Abend habe, würde ich mich über gar nichts mehr wundern.«

»Na schön«, meinte er schulterzuckend und legte den

44

Gang wieder ein, während ich ihm zeigte, in welche Richtung er fahren musste.

»Also, dann lass mal hören«, sagte ich. Mir war es wichtig, mich zu vergewissern, dass er tatsächlich kein Axt schwingender Mörder war, bevor wir aus der Stadt herausgefahren waren. »Warum musst du nach Wynthorpe Hall?«

»Ich werde dort arbeiten«, erklärte er. »Mein Kumpel Jamie Connelly hat mir einen Job angeboten.«

»Du bist der neue Outdoor-Aktivitäten-Typ.« Ich nickte, als der Groschen fiel. »Jamies Kumpel aus der Zeit, als er bei dem Projekt mit afrikanischen Kindern gearbeitet hat.«

»Der bin ich«, bestätigte er, »aber wir haben uns schon lange vor Afrika gekannt.«

Das bedeutete, wenn er hier für den Wald, seine Instandhaltung und sein Management zuständig sein würde, dann war er tatsächlich eine Art Holzfäller. Ich gab mir zehn von zehn Punkten für meine scharfe Beobachtungsgabe und ging in Gedanken das Wenige durch, was Jamie mir über ihn erzählt hatte.

»Ich bin übrigens Gabriel«, sagte er, »aber meine Freunde nennen mich Gabe.«

Auf einmal war ich mir nicht mehr so sicher, dass meine Entscheidung, bei diesem Typen mitzufahren, eine gute war. Jamie hatte gesagt, sein Freund sei schon einmal beim Herrenhaus gewesen, aber wenn das der Fall war, würde er doch sicher bereits wissen, wie man dorthin kam, oder? War ich ahnungslos in die Fänge eines Schwindlers geraten?

»Ich kann es kaum erwarten, Catherine und Angus wiederzusehen«, fuhr er fort, als ich nichts sagte. »Es ist Jahre her, seit ich dort zu Besuch war – fast ein Jahrzehnt –, und seitdem bin ich nicht mehr Auto gefahren, was der Grund ist, weshalb ich mich nicht an den Weg erinnern.«

Das war Musik in meinen Ohren. Ein Navi war nirgends in Sicht, und sich auf den schmalen Straßen und Feldwegen der Fens, die bestenfalls dürftig ausgeschildert waren, zurechtzufinden war selbst im kalten Tageslicht nicht einfach, aber bei Nacht nahezu unmöglich, wenn man die Gegend nicht bereits kannte.

»Ich habe Jamie geschrieben, dass ich früher komme, das heißt, ich hoffe, er erwartet mich.«

»Hättest du nicht beim Herrenhaus anrufen können?«, meinte ich, »oder eine Textnachricht schicken? Das Internet dort ist praktisch nicht zu gebrauchen, aber Textnachrichten kommen eigentlich ganz gut durch.«

Angesichts dessen, was er vorhin gesagt hatte, war ich mir sicher, dass Jamie ihn noch nicht erwartete, und ärgerlicherweise hatte ich noch keine Chance gehabt, das Pförtnercottage auf Vordermann zu bringen.

»Ich war auf Reisen«, meinte er schulterzuckend. »Und ich habe kein Handy.«

»Was?«

»Ich habe kein Handy.«

»Im Ernst?«

»Im Ernst.« Er lachte, als er meine schockierte Miene bemerkte. »Daher habe ich einen Brief mit der Post geschickt, kurz bevor ich mich vom anderen Ende der Erde auf den Rückweg gemacht habe, und auf das Beste gehofft.«

»Na ja«, sagte ich zu ihm, »ich bin mir ziemlich sicher, dass dein Brief nie angekommen ist, und folglich ist deine Unterkunft auch noch nicht ganz fertig.«

»Und woher weißt du das alles?«

»Weil ich die Haushälterin auf Wynthorpe Hall bin«, erklärte ich stolz. »Das Cottage sollte noch gründlich durchgelüftet und geheizt werden, bevor du kommst. Heute Nacht wirst du einfach das Beste draus machen müssen, aber ich kann dir wenigstens deine Bettwäsche und Handtücher vom Herrenhaus bringen.«

Mir gefiel es nicht besonders, dass er irgendwo einziehen würde, wo ich nicht einmal kurz durchgeputzt hatte. Hätte er im Herrenhaus gewohnt, wäre das kein Problem gewesen, aber das Cottage war seit Monaten nicht mehr bewohnt gewesen.

»Bist du zufällig Hayley?«, fragte er stirnrunzelnd.

»Ja«, antwortete ich, noch schockierter als in dem Moment, in dem er verkündet hatte, dass er kein Handy besaß. »Aber woher weißt du das?«

»Ich kann mich an dich erinnern«, sagte er und kniff die Augen zusammen. »Du hast im Herrenhaus gewohnt, als ich das letzte Mal zu Besuch war, aber damals warst du doch sicher zu jung, um zu arbeiten, oder?«

Ich gab keine Antwort. Offenbar war er ungefähr zu der Zeit zu Besuch gewesen, als ich die Schule verlassen hatte.

»Du siehst anders aus«, bemerkte er.

»Das bringt die Zeit so mit sich«, erwiderte ich kurz angebunden. »Hier musst du links abbiegen.«

Wir fuhren schweigend ein kleines Stück weiter. Es war typisch, dass die einzige Person, die Jamie eingestellt hatte, um für das Hilfsprojekt zu arbeiten, bereits über meine Anfänge auf Wynthorpe Hall Bescheid wusste. Ich würde wohl nie einen Neuanfang machen können, wenn ich mich nicht entschied, ein paar Meilen Abstand zwischen meine Vergangenheit und mich zu bringen, und jetzt kam zu allem anderen auch noch die Geschichte mit Gavin dazu. Vielleicht sollte ich mir eine Scheibe bei Anna, Jamie und diesem Typen hier abschneiden und für eine Weile abhauen.

»Wie war noch gleich dein Name?«, fragte ich, als mir bewusst wurde, dass ich nicht wirklich darauf geachtet hatte, als er sich vorgestellt hatte.

»Gabriel.« Er räusperte sich. »Oder Gabe, abgekürzt.«

»Wie der Engel?«

»Genau wie der Engel«, sagte er lächelnd.

Es hatte eine gewisse Ironie, dass er genau in dem Moment in meinem Leben aufgetaucht war, in dem ich gerettet werden musste, auch wenn er mich mit seinen Truckscheinwerfern angestrahlt hatte und nicht mit einem himmlischen Lichtschein von oben.

»Und genau rechtzeitig für Weihnachten«, bemerkte ich.

»Ja.« Er nickte. »Ich nehm's an.«

»Na ja, ich hoffe, du wirst auf Wynthorpe Hall glücklich sein«, sagte ich zu ihm. »Wir sind ein ziemlich entspannter Haufen …«

Aus dem Augenwinkel sah ich, wie sich irgendetwas auf der Rückbank zu bewegen und Gestalt anzunehmen begann. Es wurde größer, füllte den Raum aus, und ich war drauf und dran, aus dem Truck zu springen und zurück in die Stadt zu rennen.

»Ach du Scheiße«, stöhnte ich, »was zum Teufel ist das denn?«

»Schon gut«, sagte Gabe sanft, »keine Panik. Das ist nur mein Hund.«

»Das ist kein Hund«, krächzte ich und rollte mich zu einer Kugel zusammen. »Das ist ein verdammter Riese.«

»Da hast du fast recht.« Gabe lachte. »Er ist ein Irischer Wolfshund.«

Der drahtige graue Kopf des Wolfshunds tauchte langsam auf. Er stützte ihn auf die Rückenlehne des Sitzes zwischen uns und starrte durch die Windschutzscheibe in die unbeleuchtete Dunkelheit der Fenlands hinaus. Von mir nahm er keine Notiz. Gott sei Dank.

»Sein Name ist Bran.«

»Bran?«, wiederholte ich, aber nicht sehr laut, nur für den Fall, dass das Biest mich hörte.

»Nach der alten Riesen-Gottheit.«

»Ach ja, natürlich …« Molly würde diesen Typen und seinen Hund, der so groß wie ein Shetlandpony war, absolut lieben. »Hast du ihn schon lange?«

Ich konnte mir nicht vorstellen, dass ein Irischer Wolfshund ein idealer Reisegefährte war. Es war schließlich nicht so, dass man ihn in einen Rucksack packen oder in die Jackentasche stecken konnte. Er könnte Suki, die winzige Chihuahua-Dame des Herrenhauses, verschlucken, ohne dass sie auch nur die Seiten berührte.

»Drei Tage«, antwortete Gabe, während er sich umdrehte, um dem Hund freundlich den Kopf zu kraulen.

Bran nahm absolut keine Notiz davon.

»Drei Tage?«

»Ich habe ihn einem Typen in einem Pub abgenommen.«

»*Abgenommen?*«

»Ich werde dich nicht mit den Details langweilen«, sagte Gabe düster. »Sagen wir nur, der Typ war ein Vollidiot, und dieser arme Junge hier hatte was Besseres verdient.«

»Der wird nie im Leben ins Pförtnercottage passen«, sagte ich laut. »Um genau zu sein, wirst du selbst kaum ins Pförtnercottage passen.«

Das Cottage war wirklich winzig, und diese beiden hier waren absolut überdimensioniert, und noch ein bisschen mehr.

»Wir schaffen das schon«, meinte Gabe schulterzuckend. »Ich reise mit leichtem Gepäck.«

Mit einem Hund, so groß wie ein Elefantenbaby, auf der Rückbank war ich mir da nicht so sicher.

»Jedenfalls«, fuhr er fort, »apropos Vollidioten in Pubs. Ich muss dich fragen: Kanntest du dieses Pärchen auf der Herrentoilette?«

Ich schluckte und sah aus dem Fenster. Während ich darüber nachdachte, wie ich Gabes Frage beantworten könnte, spürte ich Brans warmen Atem im Nacken.

Ich hatte keine andere Wahl. Also holte ich einmal tief Luft und begann, meine emotionale Rüstung wieder festzuzurren. Ich würde die alte Hayley um ein bisschen Hilfe bitten müssen, um diese Sache durchzustehen.

Das undurchdringliche Kraftfeld passte mir so angegossen wie ein Ironman-Anzug, und ich fühlte mich tatsächlich besser, sobald ich sie wieder angelegt hatte. Vielleicht hätte ich sie gar nicht erst ablegen sollen. Hätte ich mein ganzes freches, cooles Selbst beibehalten, dann hätte meine Beziehung zu Gavin bei wundervollem Sex geendet, anstatt zu etwas Ernstem zu eskalieren.

»Es war mein Verlobter«, begann ich, während mein Blick von der nichtexistenten Aussicht zurück zu Gabe schwenkte. »Entschuldige. Nein. Augenblick. Mein *Ex*-Verlobter.«

Ich konnte das hier. Ich fühlte mich gut. Nur hinsichtlich meines Chauffeurs war ich mir nicht so sicher.

»O mein Gott, Hayley«, rief er, sodass sich Bran fast, aber nur fast, bewegte. »Verdammt. Das tut mir so leid.«

»Schon gut«, meinte ich lächelnd, »ich hatte es ohnehin nur auf den Schmuck abgesehen.« Ich wedelte mit dem winzigen Diamantring in seine ungefähre Richtung.

Gabe sah mich mit einer Miene an, die vermuten ließ, dass er mir kein Wort glaubte.

»Im Ernst«, sagte ich zu ihm. »Diese peinliche kleine Szene dort hat mir zweifellos einen ganzen Haufen Kummer erspart. Besser, sein wahres Gesicht auf der Verlobungsparty zu sehen, als auf dem Hochzeitsempfang, oder?«

»Na ja, ich nehm's an …«

Mir graute bei dem Gedanken, was Mick sagen würde. Nachdem er die Gerüchte – darunter das eine von der Lapdancerin auf einem besonders berüchtigten Junggesellenabschied – bereits mitbekommen hatte, würde er garantiert ebenso wütend sein wie ich.

»Gib mir ein paar Wochen, dann werde ich vermutlich dankbar sein, rechtzeitig davongekommen zu sein«, sagte ich, vielleicht eine Spur zu fröhlich. »Gut, dass …«

»Du ihn los bist«, führte Gabe meinen Satz zu Ende.

»Genau«, sagte ich und schenkte ihm ein knappes Lächeln. »Also verschwende bitte keine Zeit damit, dir Sorgen um mich zu machen, denn es geht mir gut. Hier musst du wieder links abbiegen.«

Kapitel 5

Wie nicht anders zu erwarten lief der Buschfunk der Fenlands bereits auf Hochtouren. Jim hatte den Ablauf der Ereignisse genau im Blick gehabt, und, nachdem ich gegangen war, Gavin mit der Hose um die Knöchel aus der Herrentoilette und zurück in die Bar geschleift.

Das alles erfuhr ich von Anna, die bleich und mit weit aufgerissenen Augen an Jamies Seite stand und mich aufklärte, noch bevor ich richtig aus Gabes Truck geklettert war.

»Jim hat völlig aufgelöst hier angerufen«, sagte sie, ihr Tonfall eine Mischung aus Wut und Schock, »und da Mick es eben geschafft hatte, die Batterie des Land Rovers in Ordnung zu bringen, ist er losgefahren, um dich zu suchen.«

»Aber das muss er gar nicht«, sagte ich und rieb ihr den Rücken, um sie zu beschwichtigen. »Ich hatte meinen Schutzengel in Bereitschaft.«

Gabe sah zu mir hinüber und zwinkerte, bevor er Bran aus der Beengtheit der Rückbank befreite. Sein unerwartetes Auftauchen hatte wirklich den Tag – und den letzten Rest Würde, den ich noch besaß – gerettet.

»Aber geht es dir auch wirklich gut?«, fragte Jamie stirnrunzelnd.

»Ja«, schluckte ich mit einem Nicken in Gabes Richtung, »man hat sich sehr gut um mich gekümmert.«

»Gabe!«, rief Jamie, dem eben erst bewusst wurde, von wem ich redete. Er stürzte herum und zog seinen Kumpel zu einer festen Umarmung an sich. »Ich hätte mir denken müssen, dass du zur Stelle sein würdest, um eine Dame in Nöten zu retten.«

Ich war mir nicht sicher, ob ich mir selbst dieses spezielle Etikett verpasst hätte, vor allem jetzt, wo die alte Hayley wieder zum Vorschein gekommen war, aber ich würde es ihm durchgehen lassen – vorläufig.

»Aber was in aller Welt tust du denn so früh hier?«, fuhr Jamie fort. »Und wer ist das hier?«, fragte er mit einer Geste auf Bran.

»Dann hast du meinen Brief nicht bekommen?«, fragte Gabe, nachdem er seinen vierbeinigen Freund vorgestellt hatte.

»Brief?«, fragte Jamie stirnrunzelnd, während er den riesigen Kopf des Hundes kraulte.

»Hayley nimmt an, dass er nicht zugestellt wurde.«

»Komm«, sagte Anna, nahm sanft meine Hand und führte mich zurück zum Herrenhaus. »Lassen wir die beiden allein, während du uns alles erzählst, was passiert ist.«

»*Uns?*«, fragte ich skeptisch.

Ich war mir nicht sicher, ob ich mich einem Verhör gewachsen fühlte.

»Nur Molly und Dorothy«, führte sie aus. »Wir waren krank vor Sorge, seit Jim angerufen hat.«

»Hayley!«, rief Jamie uns nach.

»Ja?«

»Bist du absolut sicher, dass es dir gut geht?«

»Ja.« Ich schluckte und räusperte mich. »Alles in Ordnung. Ihr Jungs könnt morgen in die Stadt fahren und ihn kastrieren.«

Er gab mir ein doppeltes Daumen-hoch-Zeichen und wandte sich wieder zu Gabe um.

»Catherine und Angus sind schon vor einer Ewigkeit ins Bett gegangen«, fuhr Anna fort. »Wir dachten, wir sollten sie besser nicht wecken, bevor wir alle Fakten gehört haben und du sicher und wohlbehalten zu Hause bist.«

»Es gibt überhaupt keinen Grund, sie zu wecken«, sagte ich zu ihr. »Was geschehen ist, ist geschehen.«

Sobald wir drinnen waren, zog Molly mich wieder zu einer nach Weihrauch duftenden Umarmung an sich, und Dorothy begann, in Rekordzeit Kakao und Hefeteilchen bereitzustellen.

»Also«, sagte sie, sobald sie sichergestellt hatte, dass wir alle etwas zu essen und zu trinken hatten, egal, ob wir es wollten oder nicht, »was in aller Welt ist denn eigentlich passiert?«

»Jims Anruf war ein bisschen verwirrend«, meinte Anna stirnrunzelnd.

Ich wärmte mir die Hände an dem Becher und holte einmal tief Luft. Ich wusste, dass es keinen Sinn hatte, einfach nur zu erklären, was auf der Party vorgefallen war. Die anderen Gerüchte, die ich so angestrengt zu ignorieren versucht hatte, würden zwangsläufig irgendwann auch das Herrenhaus erreichen, daher wäre es wohl besser, das alles ein für alle Mal hinter mich bringen.

»Na ja«, begann ich, »wie ihr wisst, sind – waren – Gavin und ich seit dem Frühjahr zusammen. Aber dem Dorfklatsch zufolge hat er es geschafft, während dieser Zeit mit mindestens einer anderen Frau zu schlafen, und heute Abend, auf der Herrentoilette des Pubs, hat er entschieden, die Zahl zu verdoppeln. Um genau zu sein, weiß ich, dass er sich mit ihr auch nicht das erste Mal getroffen hat.«

Meine drei Freundinnen saßen schweigend da und ich griff nach der Schokocreme.

Für ein paar Sekunden überlegte ich, ob Gavins Bedürfnis, seinen sexuellen Durst anderswo zu stillen, daher rührte, dass ich nicht wusste, wie ich ihn befriedigen sollte, aber ich verscheuchte den Gedanken rasch. Das hier war Gavins Problem. Wäre ich von dieser Tatsache weniger überzeugt gewesen, dann wäre ich vermutlich völlig zusammengebrochen. Aber ich wusste, was ich im Schlafzimmer zu tun hatte.

»Na ja, ich für meinen Teil …«, begann Anna schließlich, bevor sie sich abrupt bremste. Ihre wütende Miene ließ vermuten, dass die Gerüchte vielleicht doch schon über die Grenzen der Stadt hinausgedrungen waren, sie es aber nicht über sich bringen konnte, sie mir zu berichten.

»Wie lange weißt du schon von diesen Gerüchten, Hayley?«, fragte Molly.

Ich konnte mir nicht sicher sein, ob sie sie schon früher gehört hatte oder nicht.

»Eine Weile«, seufzte ich. »Aber bis heute Abend hatte ich versucht, mir einzureden, dass das alles nur dummes Gerede war.«

»Aber das ist es nicht«, sagte Anna bitter. »Oder?«

»Nein«, antwortete ich. »Leider nicht. Als Erstes kam wohl die Lapdancerin. Das weiß ich von der Facebook-Seite, die sein Kumpel für einen Junggesellenabschied angelegt hat. Damals dachte ich, es sei nur ein albernes Gehabe unter Jungs, aber nach dem, was ich heute Abend gehört habe, bin ich sicher, dass es stimmt.«

Dorothy schüttelte missbilligend den Kopf und putzte sich geräuschvoll die Nase mit dem Baumwolltaschentuch, das sie immer in ihrer Schürzentasche bei sich trug. »Warum hast du uns das denn nicht erzählt?«, schniefte sie. »Und was noch wichtiger ist, warum hast du dir das bieten lassen?«

»Liebe?«, fragte Anna.

»Ja«, seufzte ich, »ich war verliebt. Ihr wisst doch ebenso gut wie ich, dass ich ihm völlig verfallen war. Ich hatte gehofft, er sei die dramatische Liebe, die Molly mir prophezeit hat, und ich nehme an, in gewisser Weise war er das auch.«

Ehrlich gesagt, konnte ich mein Glück kaum fassen, als er an jenem Tag im Herrenhaus noch länger geblieben war, um mich um ein Date zu bitten. Der heißeste Typ von Wynbridge hatte Interesse an *mir* und ich fühlte mich geschmeichelt. Ich hatte mich aus meinen üblichen Drei-Monats-Affären Hals über Kopf in etwas gestürzt, was ich für eine feste Beziehung hielt. Dad hatte nie aufgehört, mir in Erinnerung zu rufen, wie glücklich ich mich, angesichts meines Rufs, schätzen könnte, jemanden wie Gavin an Land gezogen zu haben, und ich hatte ihm geglaubt. Ich hatte mich an mein Glück geklammert und den gesunden Menschenverstand über Bord geworfen.

»Und wir dachten, er würde genauso für dich empfinden«, sagte Molly ernst. »Er hat so getan, als würde er den Boden unter deinen Füßen küssen.«

Ich hatte dasselbe gedacht. Er hatte mir das Gefühl gegeben, eine Disney-Prinzessin zu sein. Dieser clevere, ausgekochte Scheißkerl.

»Ich hätte dich niemals ermuntert, mit ihm auszugehen, wenn ich das gewusst hätte«, sagte Anna. »Ich hatte keine Ahnung, was für ein Mann er wirklich ist, bis …«

Ich wusste, dass sie sagen wollte, bis sie die Gerüchte gehört hatte, aber ich wollte nicht, dass sie sich Vorwürfe machte, daher bremste ich sie.

»Du kannst nichts dafür«, erklärte ich ihr entschieden. »Ich war es schließlich, die etwas mit ihm angefangen hat. Ich war es, die glaubte, er sei aus ständig wechselnden Beziehungen herausgewachsen und bereit, sesshaft zu werden.«

Angesichts der Tatsache, dass er mich zu einem romantischen Wochenende am Meer entführt hatte, mit der alleinigen Absicht, mir einen Antrag zu machen, und mir unter dem Schimmer des Vollmonds einen Diamantring an den Finger gesteckt hatte, war es kaum verwunderlich, dass ich ihm geglaubt hatte.

Hatte er sich zu dem Zeitpunkt überlegt, wann genau seine schwanzgesteuerte Phase vorbei sein würde?, fragte ich mich. *Vermutlich nicht.*

Konfrontiert mit den kalten, harten Fakten würde ich vermuten, er war so süchtig danach, riskanten Sex an öffentlichen Orten zu haben wie mein Vater nach seinem Online-Rouletterad.

»Ich nehm's an«, fuhr ich fort. »Ich nehme an, ich habe mir vorgestellt, meiner Beziehung mit Gavin sei es bestimmt, so wundervoll zu werden wie deine und Jamies,

Anna. Ich habe euch zwei beobachtet und angenommen, ich würde auf das gleiche Ziel zusteuern. Letztendlich habe ich nur dem falschen Kerl vertraut, das ist alles.«

Anna blinzelte ihre Tränen zurück, und ich beugte mich über den Tisch vor und drückte ihre Hand. Es war nicht ihre Schuld, dass ich versucht hatte, ihr nachzueifern. Vielleicht hatte mein Vater doch recht; meine Vergangenheit würde mich für immer verfolgen.

»Vielleicht hast du ja nächstes Mal mehr Glück, oder?«, sagte Jamie, der gerade mit Gabe und Mick hereinkam und das Ende des Gesprächs aufgeschnappt hatte.

»Ausgeschlossen«, erklärte ich entschieden. Ich ließ Annas Hand los und richtete mich etwas höher auf. »Damit bin ich durch. Ich habe nicht vor, je wieder irgendjemandes Fußabtreter zu sein.«

»Wir sind nicht alle so«, warf Gabe ein.

»Na ja, jetzt bin ich in der Öffentlichkeit durchgekaut und wieder ausgespuckt worden«, fauchte ich. »Da müsste ich schön blöd sein zu riskieren, dass es noch mal passiert, oder?«

»Entschuldigung«, sagte er mit hängenden Schultern. »Ich wollte nicht …«

»Nein«, seufzte ich. »Mir tut es leid. Ich weiß, nicht alle Männer sind schwanzgesteuerte Vollidioten. Ich habe nur offenbar ein unglaubliches Talent dafür, genau die anzuziehen. Danke fürs Mitnehmen, übrigens, und danke dir, Mick, dass du gleich in die Stadt gerast bist, um mich zu finden.«

»Kein Problem«, meinte er schulterzuckend.

Ich wusste, wenn er mich irgendwo aufgegabelt hätte, wäre die Heimfahrt für mich eher unangenehm geworden. Mick hielt sich zwar meistens aus Liebesangelegenheiten heraus, hätte sich in diesem Fall aber sicher nicht die Bemerkung verkneifen können, dass er Gavin von Anfang an richtig eingeschätzt hatte.

»Und wer in aller Welt ist das hier?«, stöhnte Molly, als sie Bran entdeckte, der hinter seinem neuen Herrchen herumlungerte.

Die nächsten paar Minuten gingen mit gegenseitigen Vorstellungen und Erklärungen drauf. Es war eine willkommene Ablenkung von dem peinlichen Drama des Abends, das den Verlauf meiner Zukunft verändert hatte.

Ich warf einen Blick auf mein Handy. Noch immer nichts von Gavin.

Kümmerte es ihn gar nicht, was er mir angetan hatte, oder hatten Jim und seine Kumpel ihn nackt und geteert am nächstbesten Baum aufgeknüpft?

»Vorm Pub war die Hölle los«, berichtete Mick kopfschüttelnd. »Bis ich dort ankam, hatte Jim so ziemlich jeden auf die Straße befördert.«

»O je«, meinte ich. Ich versuchte, mir nicht vorzustellen, wie schwierig mein nächster Ausflug in die Stadt sein würde. Bei einem solchen Spektakel würde es nicht einen Einwohner von Wynbridge geben, der nicht wusste, was passiert war. »Das dürfte Evelyn nicht gefallen, oder? Die Einnahmen der Bar werden in den Keller rasseln.«

»Ehrlich gesagt«, sagte Mick, während er sich sein Stoppelkinn rieb, »schien sie ganz dafür zu sein.«

»Wirklich?«

»Ja, sie hat eine Gruppe mit etwas bombardiert, was nach Eiern aussah.«

Ich lachte schnaubend auf.

»Hart gekochten«, fuhr Mick fort, aufgestachelt von meiner Reaktion.

»Ich werde Gabe jetzt zum Cottage bringen und den Holzofen anmachen«, sagte Jamie. Er wischte sich die Lachtränen aus dem Gesicht und griff nach den Schlüsseln, die zusammen mit allen anderen an dem Brett neben dem Herd hingen.

»Wenn das so ist«, sagte ich und erhob mich, »hole ich schnell die Handtücher und Bettwäsche.«

»Ich übernehme das«, meinte Dorothy. »Bleib du, wo du bist. Wir müssen entscheiden, was heute Nacht aus dir werden soll, bevor du anfängst, für irgendjemanden Betten zu beziehen.«

Ein Teil von mir fühlte sich verpflichtet, nach Hause zu fahren und Mum zu erklären, was passiert war, aber Annas Vorschlag war zu verlockend, um ihn abzulehnen. Sie entschied, dass ich es, nach allem, was ich durchgemacht hatte, verdient hatte, mindestens eine Nacht im Rosenzimmer verhätschelt zu werden. Es war das hübscheste Schlafzimmer im Herrenhaus, mit einem luxuriösen En-suite-Bad, und als sie damals hierherkam, war es ihres gewesen. Vom Bett herab hing ein Überwurf, der aus dem gleichen Stoff gemacht war wie die Fenstervorhänge, und das kleine Sofa vor dem offenen Kamin verlieh dem Zimmer einen noblen und zugleich gemütlichen Anstrich. Die alte Hayley hätte gesagt, eine Nacht dort wäre es fast wert, Gavin mitten bei seiner Nummer erwischt zu haben.

»Es tut mir so leid, dass das passiert ist«, sagte Molly und küsste mich leicht auf die Wange.

»Ich wollte schon sagen, du hättest ja in deine Kristallkugel blicken und mich warnen können«, witzelte ich, »aber dann ist mir eingefallen, dass du das ja tatsächlich irgendwie getan hast. Als du mir das letzte Mal die Tarotkarten gelesen hast, hieß es, die Liebe würde in diesem Jahr in meinem Leben dramatisch in Erscheinung treten, oder?«

»Ja«, erwiderte sie in einem argwöhnischen Ton, »aber das ist nicht ganz die Interpretation, die ich im Sinn hatte, als ich die Karten gelesen habe.«

»Ich auch nicht«, schluckte ich.

»Meinst du, du wirst ihm noch eine Chance geben?«

Die Frage überraschte mich.

»Na ja, zu dem Mädchen, mit dem er heute Abend zusammen war, hat er tatsächlich gesagt, es sei das letzte Mal.«

»Hayley!«, stöhnte Anna. »Du würdest doch nicht wirklich zu ihm zurückkehren, oder?« Ihre empörte Miene ließ mich fast laut auflachen.

»Nicht nach so einem Vorfall«, meldete sich Molly zu Wort, ihre hübsche Nase angewidert gerümpft. »Und das auch noch auf eurer Verlobungsparty! Du willst doch nicht mit einem Mann zusammen sein, der denkt, dass es okay sei, dich so zu behandeln, nur weil ihr noch nicht zusammen vor den Traualtar getreten seid, oder?«

»Beruhigt euch, ihr zwei«, mischte Dorothy sich ein. Sie hatte als Einzige begriffen, dass ich sie nur aufzog. »Wenn ihr so weitermacht, werdet ihr noch Catherine und Angus wecken.«

»Entschuldigung«, sagten sie im Chor.

»Hayley hat doch erst vor fünf Minuten gesagt, dass sie ab jetzt einen weiten Bogen um alle Männer schlagen wird, oder?«

Die beiden nickten und kamen leise um den Tisch, um mich nach oben zu begleiten.

»Ich möchte wetten, wenn ich diese Sache durchgezogen hätte, dann hätte ich Gavin an unserem Hochzeitstag in der Sakristei angetroffen, wie er es ein letztes Mal mit einer der Brautjungfern treibt«, sagte ich zu ihnen, während sie mich mit dem Versprechen auf ein entspannendes Bad zum Rosenzimmer hochführten.

»Hey!«, sagte Anna. »Ich hatte gehofft, eine deiner Brautjungfern zu sein.«

»Ich auch«, warf Molly ein. »Und glaub mir, ich würde mich Gavin nicht einmal mit seiner längsten Gerüststange nähern.«

»Na ja, egal«, murmelte ich, während ich ein Gähnen unterdrückte. »Ich bin sicher, ich kann für euch zwei noch andere Verwendung finden.«

»Gut möglich«, überlegte Anna. »Molly hat irgendwo einen Zauberspruch, der macht aus seinem Ding …«

»Denk gar nicht erst dran«, warf sie ein, »Rache ist niemals so süß, wie man es sich ausmalt.«

Kapitel 6

Am nächsten Morgen war ich früh auf den Beinen und sichtete die Kartons mit meinen Sachen, die ich mit Catherines Einverständnis erst vor kurzem auf dem Dachboden des Herrenhauses untergestellt hatte. Der ursprüngliche Plan hatte vorgesehen, dass Gavin nach unserer Verlobungsparty bei mir und meinen Eltern einziehen würde, daher hatte ich entschieden, in meinem kleinen Schlafzimmer gründlich zu entrümpeln und Dinge umzuräumen, um Platz für ihn zu schaffen.

Was für eine vergeudete Mühe.

Aber wenigstens kam ich jetzt wieder an meine einstige Uniform aus engen Tops und Skinny Jeans heran. Wenn es mir ernst damit war, mein altes Ich wiederaufleben zu lassen, dann würde ich auch das entsprechende Outfit brauchen.

Ich fühlte mich unwillkürlich zu meiner Kunstmappe von der Schule hingezogen, die ich im Rosenzimmer unter dem Bett versteckte. Aus irgendeinem Grund wollte ich sie in meiner Nähe haben.

Es war interessant, all die Dinge durchzugehen, die ich erst kürzlich aus meinem Leben entfernt hatte, um Platz für Gavin zu schaffen, damit er dort einzog. Ich hasste die Vorstellung, zurück in mein leer geräumtes Zimmer in der Stadt zu ziehen, aber ich wusste, dass ich keine andere

Wahl hatte. Irgendwann würde ich mich der Situation stellen müssen, aber wenigstens hatte ich noch immer meine neuesten Skizzenbücher zur Gesellschaft.

»Mein liebes Mädchen«, rief Angus, als ich in die Küche zurückkehrte, um die Dachbodenschlüssel wieder an den ihnen zugedachten Haken zu hängen.

»Dorothy hat es uns erzählt«, bemerkte Catherine kopfschüttelnd.

»Ich muss wohl nicht sagen, dass ich seine Firma nicht mehr beauftragen werde«, erklärte Angus.

»Aber was ist mit eurem Rabatt?«, fragte ich lächelnd.

»Dieser Mann kann sich seinen Rabatt in den …«

»Angus«, schnitt Catherine ihm das Wort ab, während ihr die Röte ins Gesicht stieg. »Ich glaube nicht, dass wir auf unflätige Ausdrücke zurückgreifen müssen, schon gar nicht, wenn es weitaus dringlichere Angelegenheiten zu besprechen gibt.«

»Du hast ja so recht«, erwiderte er mit einem Augenzwinkern in meine Richtung. »Entschuldige, Hayley.«

»Schon gut«, sagte ich zu ihm. »Ich hätte ja selbst fast auf Blasphemie zurückgegriffen.«

Catherine sah mich an und schüttelte den Kopf. »Du klingst erstaunlich fröhlich, wenn man bedenkt, was passiert an.«

»Ja, kann sein.« Ich biss mir auf die Lippe, während ich über alles nachdachte, was in den vergangenen vierundzwanzig Stunden passiert war. »Aber es wird nicht lange anhalten. Ich muss nämlich den hier heute zurückbringen.«

Ich zog den Ring von meinem Finger und legte ihn auf den Tisch. Angus nahm ihn in die Hand und musterte ihn.

»Weißt du«, meinte er stirnrunzelnd, »ich bin mir ziemlich sicher, dass das nicht der Ring ist, den Gavin …«

»Angus!«

»Du bist dir ziemlich sicher, dass das nicht der Ring ist, den Gavin was?«, fragte ich, ohne auf Catherines Unterbrechung einzugehen.

»Ach nichts, Liebes«, wiegelte er ab. »Mein Fehler.«

Ich sah erst ihn an, zog die Augenbrauen hoch, und dann zu Catherine.

»Kein Problem«, sagte ich, lehnte mich zurück und verschränkte die Arme vor der Brust. »Ich kann warten.«

Catherine schüttelte den Kopf und Angus' Gesicht begann sich zu verfärben.

»Ich weiß wirklich nicht, was ich noch mit dir machen soll, Angus Connelly«, sagte sie.

»Entschuldige«, sagte Angus. »Manchmal spreche ich, ohne nachzudenken.«

»*Manchmal?*«, schnaubte Catherine spöttisch, sodass Floss, der Springer Spaniel, im Schlaf zusammenzuckte. »Na dann los«, fuhr sie fort. »Jetzt kannst du den Rest des Geheimnisses auch noch ausplaudern.«

Angus nahm den Ring wieder in die Hand.

»In der Woche, bevor Gavin dich ans Meer entführt hat, um dir einen Antrag zu machen«, seufzte er, »kam er zu mir und bat mich um einen kurzfristigen, aber durchaus beträchtlichen Kredit, damit er dir den Verlobungsring deiner Träume kaufen könnte.«

Das war mir neu. Schockierend neu. Ich hatte keinen Verlobungsring meiner Träume. »Bitte sag mir nicht, dass du ihm das Geld gegeben hast«, krächzte ich.

»Das habe ich«, antwortete Angus, »aber das hier war nicht der Ring, den er mir auf seinem Handy gezeigt hat. Der, für den du angeblich geschwärmt hast, war weitaus größer als der hier.«

»Und ich wage zu behaupten, verdammt viel teurer«, warf ich ein. »Angus, ich habe nie für irgendeinen Ring geschwärmt. Bis Gavin sich an diesem Strand auf ein Knie fallen ließ, hatte ich keine Ahnung, dass er mir einen Antrag machen würde, und wir haben mit Sicherheit nie über irgendwelche Ringe gesprochen.«

Offenbar war ich nicht die Einzige, die vom sexy Gerüstbauer mit den hypnotisierenden blauen Augen hinters Licht geführt worden war. Das erklärte den frischen Geldschein, mit dem er Dads Fish and Chips bezahlt hatte, und seine blasierte Haltung gegenüber der Rechnung für die Party. Er verwendete Angus' Kredit als Protzgeld, um mich zu beeindrucken. Ausgeschlossen, dass ich jetzt noch auf irgendeiner gepunkteten Linie unterzeichnen und ihm Zugriff auf unsere Ersparnisse gewähren würde.

»Ich verspreche dir, ich werde dir jeden Penny zurückzahlen, den er dir abgenommen hat«, erklärte ich mit hoch erhobenem Kopf.

»Das wirst du nicht tun«, schaltete Catherine sich ein. »Angus hat dieses Geld Gavin gegeben und Gavin wird es zurückzahlen.«

Ich hatte keine Ahnung, wie das je passieren sollte, aber sie klang zu streng, um es zu hinterfragen.

»Na ja«, meinte ich, »wenn das so ist, dann behalte du den Ring. Ich weiß, er ist nicht annähernd so wertvoll wie der andere, aber ich will ihn sowieso nicht mehr. Du kannst ihn verkaufen und so wenigstens einen kleinen Teil des Geldes zurückbekommen.«

Angus breitete seine Serviette darüber aus, um ihn vor unseren Blicken zu verbergen.

»Also dann«, sagte ich. Ich riss mich von dem Anblick los und versuchte, nicht über die Zukunft nachzudenken, die ich verloren hatte. Nicht dass es je eine Chance für sie gegeben hätte. »Ich sehe besser zu, dass ich in die Gänge komme. Heute nehme ich mir die oberen Treppenabsätze vor, in Ordnung?«

Ich wollte mich so viel wie möglich beschäftigen, bevor ich nach Hause fahren musste.

»Nein, das ist nicht in Ordnung«, meinte Catherine kopfschüttelnd. »Natürlich nicht. Setz dich, du liebe Güte. Wir haben noch einiges zu besprechen.«

»Und du hast noch nicht mal gefrühstückt«, ergänzte Angus und reichte mir einen Teller.

»Mick nimmt an, dass deine Mum versucht hat, dich zu erreichen«, erklärte Dorothy, die in diesem Moment ins Zimmer wuselte, zweifellos beflügelt von ihren telepathischen Fähigkeiten, den exakten Moment auszumachen, in dem der letzte Krümel aufgegessen oder die Teekanne bis auf die letzte Tasse geleert war. »Offenbar hat sie ein halbes Dutzend Mal hier angerufen, aber niemand hat abgenommen, daher hat sie schließlich eine Nachricht hinterlassen.«

Jetzt hatte ich erst recht ein schlechtes Gewissen, weil ich sie nicht darüber informiert hatte, was passiert war.

»Ich schreibe ihr gleich«, seufzte ich.

Ich wusste, dass sie wegen Gavin am Boden zerstört

sein musste. Er hatte es wirklich geschafft, sich mit diesen ganzen Blumen in ihr Herz zu stehlen. Dad hingegen würde zweifellos mir die Schuld an allem geben. Gavins Liebesabenteuer war selbstverständlich nur eine Folge meines Versagens und hatte nichts mit der Unfähigkeit meines Ex zu tun, seine Hose geschlossen zu halten. Was für ein Schlamassel.

Ich wünschte, Dorothy würde nicht immer mehr Frühstücksspeck auf meinen Teller häufen. Von diesem ganzen Familiengerede und dem Gedanken, zurück in die Stadt zu fahren, kam mir fast die Galle hoch.

»Es gibt keinen Grund, mit ihr zu sprechen«, meinte Catherine leise. »Jedenfalls noch nicht.«

»Warum nicht?«

Ich wusste, dass es für eine Weile unerträglich sein würde, aber ich hatte es schon einmal ausgehalten und fast unbeschadet überstanden. Ich konnte es wieder schaffen.

»Ich weiß wirklich nicht, wie ich es am besten ausdrücken soll, Hayley«, sagte Catherine, womit sie mich regelrecht schockierte. »Aber nach der Nachricht zu urteilen, die sie hinterlassen hat, will deine Mutter nicht, dass du zu Hause anrufst, und ich glaube, es wäre ihr auch lieber, wenn du noch nicht gleich zurückfährst.«

»*Was?*«

Sie musste auf Dad gehört und entschieden haben, dass es leichter war, sich auf seine Seite zu schlagen. All die Mühe, die ich aufgewendet hatte, um diese Brücken wiederaufzubauen, hatte zu nichts geführt. All die harte Arbeit war zunichtegemacht worden und diesmal war es nicht einmal meine Schuld.

»Und was soll ich stattdessen tun?«, wollte ich wissen. Ich riss entnervt die Hände hoch und machte meiner Frustration Luft.

»Ich denke, du solltest hier einziehen«, sagte Catherine schlicht. »Ich denke, du solltest in der Stadt deine Sachen packen und auf Wynthorpe Hall wohnen.«

Kapitel 7

Catherine bestand darauf, dass ich an diesem Tag gar nicht arbeitete, und obwohl ich meine Arbeit liebte, stellte ich zum allerersten Mal fest, dass ich nicht besonders große Lust auf Staubsaugen hatte. Aber ich wollte auch nicht herumsitzen und Däumchen drehen.

Ich räumte das Frühstücksgeschirr vom Tisch und belud die Spülmaschine, dann schnappte ich mir meine Jacke und mein Handy und ging nach draußen. Anna, Jamie und Mick waren in der Pferdestallung, die jetzt die Zentrale des Hilfsprojekts für trauernde Kinder und Jugendliche beherbergte, bereits mitten bei der Arbeit, und ich hatte keine große Lust auf den Fußmarsch durch den Wald, um Molly zu besuchen.

Ich war noch immer unentschlossen, wie ich meinen Vormittag verbringen würde, als ich offenbar in einen der wenigen Mobilfunk-Hotspots lief und meine Hosentasche mit halsbrecherischer Geschwindigkeit zu vibrieren begann. Bis ich zu Catherines kleinem Sommerhaus im Garten kam, verstopfte eine ganze Flut von Text- und Sprachnachrichten meine Inbox.

Diesmal waren sie alle von Gavin und sie reichten von versöhnlich und entschuldigend über entnervt und angespannt bis hin zu aggressiv und streitlustig.

Während ich sie in chronologischer Reihenfolge abhörte und las, konnte ich den exakten Moment ausmachen, in dem seine Schuldgefühle in Ärger darüber umschlugen, dass ich nicht eingeknickt und zurückgekehrt war, und dann wieder den exakten Moment, in dem er entschieden hatte, dass er mir die Schuld an allem zuschieben würde.

Falls ich je mit dem Gedanken gespielt hätte, wir könnten das mit uns wieder einrenken – nicht, dass ich das getan hatte –, dann hätte der ganze Schwachsinn, der jetzt mein Handy zumüllte, diese Idee mit Sicherheit ein für alle Mal beerdigt. Ich löschte jede einzelne Nachricht, sowohl mündliche als auch schriftliche, und entschied, meiner geistigen Gesundheit zuliebe, mich nicht bei Facebook einzuloggen.

»Irgendjemand zu Hause?«, rief ich, als mir bewusst wurde, dass ich den Weg hochging, der zum Pförtnercottage führte.

Die Eingangstür stand offen, aber von Gabe oder seinem Hund war keine Spur zu sehen. Ich wollte mich eben schon auf den Rückweg zum Herrenhaus machen, als ich plötzlich jemanden – schlecht und voller Hingabe – singen hörte.

»Gabe?«

Das Gekrächze ließ noch immer nicht nach, daher folgte ich dem Geräusch ums Cottage zu dem kleinen Garten.

»O mein ...«

Der Anblick, der sich mir bot, war völlig unerwartet und ließ mich wie angewurzelt stehen bleiben.

Ohne die grauenhafte Interpretation des Foo-Fighters-Hits »Learn to Fly« hätte ich mich vielleicht einer leichten

Ohnmacht hingegeben, aber der Krach war gerade laut genug, um mich auf den Beinen zu halten.

Bis zur Taille entblößt machte der Holzfäller von Wynthorpe Hall das, was Holzfäller am besten können: Holzklötze hacken. Aber nicht irgendwelche x-beliebigen Holzklötze. Das hier waren stattliche Holzklötze, sowohl an Umfang als auch an Länge, und Gabe machte kurzen Prozess mit ihnen. Mein Blick wanderte über die Konturen seiner breiten Schultern und an seinem muskulösen Rücken hinunter, bevor er auf seinen kräftigen Schenkeln zu ruhen kam.

Ich hatte keine Ahnung, warum er ohne Hemd arbeitete, aber neben dem Fehlen von Kleidung fiel mir auf, dass es auch keine Spur von Flügeln gab, daher hatte mein rettender Engel vielleicht doch einen teuflischen Zug.

Ich hatte eben angefangen, meiner Fantasie mit dieser Vorstellung freien Lauf zu lassen, als ich spürte, wie sich irgendetwas Kaltes und Nasses in meine Jackentasche zu schieben begann, und ich stieß einen ohrenbetäubenden Schrei aus.

»Bran!«, rief Gabe, schnellte herum und ertappte mich, wie ich ihn mit hochrotem Kopf anstarrte.

Der Hund wich nicht von meiner Seite und ich rieb seinen drahtigen Kopf, den Blick jetzt auf Gabes geschwellte Brust geheftet.

»Hey, Hayley!«, rief er, zog seine Kopfhörer aus den Ohren und senkte seine Stimme um ein paar Oktaven. »Entschuldige, ich hab dich gar nicht gehört. Bist du schon lange da?«

Er rammte den Kopf der Axt in den Stumpf, den er

als Sockel benutzt hatte, und hob sein Hemd vom Boden auf.

»Lange genug, um zu hören, wie du den besten Song der Foos malträtiert hast«, sagte ich und grinste ihn an.

»Oh«, sagte er und schnitt eine verlegene Grimasse.

»Ein Glück, dass du einen Körper hast, der ein Geschenk der Götter ist, Gabriel«, neckte ich ihn, »denn singen kannst du wirklich überhaupt nicht.«

Er schüttelte den Kopf, als könne er nicht glauben, dass ich so frech war, aber das war ich, wieder in meiner Bestform, und er würde sich daran gewöhnen müssen, wenn er vorhatte, länger zu bleiben.

»Kann ich dir einen Kaffee anbieten?«, fragte er. »Um den Angriff auf deine Trommelfelle wiedergutzumachen.«

»Danke«, sagte ich nickend. »Kaffee wäre schön.«

Das Pförtnercottage war schon immer klein gewesen, aber jetzt, mit Gabe und einem Wolfshund darin, fühlte es sich geradezu liliputanisch an. Ich setzte mich an den Küchentisch, um nicht zu viel Platz in Anspruch zu nehmen, und sah zu, wie mein Gastgeber den niedrigen Balken und Türrahmen geschickt auswich.

»Wenn man so groß ist wie ich«, sagte er, nachdem ich ihn dazu beglückwünscht hatte, wie gekonnt er immer wieder den Kopf einzog, »geht man praktisch überall, wo es eine Decke gibt, in gebeugter Haltung. Obwohl, die Decke am oberen Treppenende hat mir heute Morgen eine anständige Kopfnuss verpasst«, ergänzte er, während er sich den Kopf rieb.

Ich war fast in Versuchung, ihn zu bitten, mir die Wunde

mal ansehen zu dürfen, aber ich war mir nicht sicher, wie ich reagierte, wenn sich meine Finger in seinen dichten, dunklen Haaren verhedderten.

»Also … das eben im Garten«, fuhr er fort, während er sich auf die Lippe biss.

»Das Singen, meinst du?«

»Nein«, antwortete er errötend. »Nicht das Singen. Holzhacken ist eine schweißtreibende Arbeit, und ich dachte nicht, dass so früh am Tag irgendjemand vorbeikommen würde. Deswegen hatte ich mein Hemd ausgezogen.«

»Oh«, sagte ich grinsend, »verstehe. Ich dachte, du hast nur versucht, mich aufzumuntern, nach dem, was gestern Abend passiert ist.«

»Du bist wirklich schlimm, weißt du«, meinte er kopfschüttelnd.

Es war gut zu wissen, dass er mich – mein wahres Ich – schon jetzt richtig einschätzte.

»Na ja, die Leute hier sind alle Frühaufsteher«, sagte ich zu ihm. »Das heißt, falls du irgendetwas tun willst, ohne gesehen oder gehört zu werden, erledigst du es am besten noch vor Sonnenaufgang.«

»Ich werd's mir merken«, sagte er ernst.

»Und der Holzschuppen vor der Küchentür des Herrenhauses ist randvoll mit gehacktem und getrocknetem Holz, aber wenn dich das Verlangen überkommen sollte, in die Herbstluft hinauszugehen und anzufangen, eine Axt zu schwingen, soll es mir recht sein. Pass nur auf, dass Dorothy dich dabei nicht beobachtet. Sie wird völlig aus dem Häuschen sein.«

Wir lachten beide und tranken unseren Kaffee.

»Wegen gestern Abend«, begann Gabe, bevor das Schweigen peinlich wurde, auch wenn ich wünschte, er würde es nicht tun. »Bist du sicher, dass es dir gut geht?«

»Alles okay«, meinte ich schulterzuckend. »Wie ich bereits sagte, besser, das jetzt, als wenn ich ganz in Weiß gekleidet eine Catering-Rechnung in der Hand halte.«

Gabe wirkte nicht überzeugt und Bran kam hechelnd herübergeschlendert, setzte sich neben meinen Stuhl und legte den Kopf schwer in meinen Schoß.

»Falls du es dich gefragt hast«, sagte Gabe, während er mit einem Nicken auf seinen Hund wies. »Wir glauben dir nicht.«

»Na ja, es stimmt aber«, schluckte ich. »Ich trage heute meine alten Klamotten und bin wild entschlossen, die alte Hayley wieder hervorkommen zu lassen.«

»Was stimmt denn nicht mit der neuen Hayley?«, fragte Gabe, während er nach der Kaffeekanne griff, um uns nachzuschenken. »Ich fand sie gestern Abend richtig entzückend.«

»Zu sanft«, schniefte ich, ohne auf das Kompliment einzugehen. »Die alte Hayley hat mir in der Vergangenheit gute Dienste geleistet, daher bleibe ich bei ihr.«

»Vielleicht könntet ihr irgendwie miteinander verschmelzen«, schlug Gabe vor. »Eine glückliche Verbindung der beiden?«

»Vielleicht«, sagte ich. »Wir werden sehen.«

»Weißt du, Hayley«, sagte er leise, »alles im Leben, was wir durchmachen, ob gut oder schlecht, verändert uns. Die glücklichen und die traurigen Zeiten hinterlassen alle ihre Spuren.«

»Das weiß ich.«

»Und es liegt an uns, zu entscheiden, welche Narben diese Spuren bei uns hinterlassen werden. Werden sie etwas sein, was wir mit aller Macht verbergen, ignorieren und verdrängen wollen, oder wollen wir lernen, mit ihnen zu leben und sie zu akzeptieren? Wenn wir die schlimmen Dinge immer nur wegpacken, werden sie eines Tages hervorplatzen, und dann wird es weitaus schwieriger sein, mit ihnen umzugehen.«

Ich sah ihn über den Rand meines Bechers hinweg an. Er klang sehr nach einem Mann, der wusste, wovon er sprach, und das wunderte mich überhaupt nicht. Niemand landete auf Wynthorpe Hall ohne eine Geschichte, die er zu erzählen hatte.

»Du klingst, als ob es dir auch schon mal so ergangen wäre«, meinte ich.

»O ja, allerdings. Und mir ist absolut bewusst, dass ich selbst noch lernen muss, meine eigenen Ratschläge zu befolgen«, sagte er traurig. »Wir schleppen alle unser Gepäck mit uns rum, Hayley.«

»Ja, das kannst du laut sagen«, pflichtete ich bei. »Also, wirst du den Reißverschluss aufziehen?«

»Entschuldigung?«

»Dein Gepäck«, sagte ich und beugte mich vor. »Wirst du mir von deinen Narben erzählen?«

»Ausgeschlossen«, sagte er, schob seinen Stuhl zurück und erhob sich. »Äh, ich meine … nicht nötig. Es ist alles ausgepackt, auch wenn ich mir sicher bin, dass ich noch immer ein paar Lektionen zu lernen habe. Aber ich muss mir nichts von der Seele reden.«

»Na ja, ich muss dich warnen«, sagte ich, während ich zu ihm an die Spüle trat. »Hier behält niemand seine Geheimnisse für sich. Letztendlich kommt alles ans Licht.«

Das Mittagessen war weitaus entspannter, als ich es, in Anbetracht der Umstände, angenommen hatte, und es war schön zu sehen, dass Gabe und Bran sich nahtlos einfügten, auch wenn sie doppelt so viel Platz in Anspruch nahmen wie alle anderen.

Sowohl Floss als auch Suki hatten sich Hals über Kopf in Bran verliebt, scharwenzelten um die Pfoten des riesigen Hundes herum und versuchten, seine Aufmerksamkeit zu bekommen. Er ertrug alles gutmütig und schließlich machten die drei es sich bequem, Bran ausgestreckt vor dem Herd und die beiden anderen um ihn herum drapiert.

»Also«, sagte Mick, »steht jetzt fest, dass wir morgen dein Zeug aus der Stadt abholen, Hayley?«

»Ja«, bestätigte ich.

Catherines Angebot, zusammen mit Gabes weisen Worten, hatte mich zum Nachdenken gebracht, und ich hatte mich entschieden, Nägel mit Köpfen zu machen. Ich würde nach Hause fahren – ob es Mum gefiel oder nicht –, meine restlichen Sachen zusammenpacken und ins Herrenhaus ziehen.

»Und je früher wir fahren, desto weniger Wirbel wird es geben. Mum wird in der Arbeit sein und Dad wird noch im Bett liegen. Ich will keinem der beiden begegnen.«

»Und was ist mit Gavin?«, fragte Anna.

»Was soll mit ihm sein?«

»Na ja, musst du nicht mit ihm reden?«

»Worüber?«

»Alles, was passiert ist«, meinte sie, wobei sie leicht errötete.

»Er weiß, wo er mich finden kann«, meinte ich schulterzuckend. »Aber ehrlich gesagt gibt es nichts mehr zu sagen. Wir waren verlobt und jetzt sind wir es nicht mehr. Mir wurden gerade noch rechtzeitig die Augen geöffnet.«

»Ich bin sicher, so einfach ist es nicht«, begann Anna.

»Das glaube ich auch«, warf Gabe rasch ein, »aber beim Mittagessen mit Leuten, die sie kaum kennt, möchte sie vielleicht nicht so gern darüber reden.«

Anna wirkte überrascht. »Entschuldigung«, sagte sie. »Ich habe nicht mitgedacht.«

»Und ich wollte nicht unhöflich klingen«, ergänzte Gabe rasch.

»Schon gut«, sagte ich zu den beiden. »Ich weiß, ihr seid alle nur besorgt um mich, aber bitte macht euch nicht so viele Gedanken.«

»Hast du genügend Kartons?«, lenkte Angus das Gespräch dankenswerterweise zurück zu den praktischen Angelegenheiten. »Im Holzschuppen sind jede Menge aufgestapelt, falls du noch ein paar brauchst.«

»Dorothy hat mir genug gegeben, aber trotzdem danke, Angus«, sagte ich lächelnd. »Du hast mir in Erinnerung gerufen, dass ich Gabe noch zeigen muss, wo er das Holz fürs Cottage lagern soll.«

Gabe sah mich an und schüttelte den Kopf, als ich begann, seine bevorzugte Foo-Fighters-Nummer zu summen.

»Okay«, rief Jamie, der in diesem Augenblick hereinplatzte. Er warf einen Stapel Aktendeckel beiseite, bevor er seinen Platz am Tisch einnahm. »Ich habe gute, schlechte und gute Neuigkeiten.«

Ich hatte ein etwas schlechtes Gewissen, weil mir gar nicht aufgefallen war, dass er an seinem üblichen Platz gefehlt hatte, aber in letzter Zeit saßen immer so viele Leute um den Tisch, dass man leicht den Überblick verlieren konnte.

»Na ja«, fuhr er fort, »wenn ich gute, schlechte und gute Neuigkeiten sage, dann hängt das, nehme ich an, davon ab, wie ihr euch mit dem fühlt, was ich zu sagen habe.«

Catherine wirkte schon jetzt ein wenig ängstlich, während Angus eine weitaus optimistischere Miene aufgesetzt hatte.

»Na dann, spuck's schon aus«, meinte Dorothy kopfschüttelnd, während sie ihm einen Teller reichte.

»Okay«, sagte er, holte einmal tief Luft und nahm einen Bissen von seinem Sandwich, während er seine Gedanken sammelte. »Die erste gute Neuigkeit betrifft die Kinder, die im nächsten Monat für eine Weile zu uns kommen sollten.«

»Die beiden Schwestern und ihr kleiner Bruder?«, fragte Anna.

»Genau die«, bestätigte Jamie. »Sie waren unsere einzige Buchung für November, und wie ihr alle wisst, hatten wir bereits entschieden, den Dezember über zu schließen, es sei denn, es kommt irgendein Notfall dazwischen.«

»Waren das die kleinen Würmchen, die ihre Eltern bei diesem Autounfall verloren haben?«, erkundigte sich Mick.

Schweigen senkte sich über den Tisch. Alle Kinder und Jugendlichen, die für eine Weile nach Wynthorpe Hall gekommen waren, hatten Schreckliches erlebt, aber die Geschichte dieser drei war uns wirklich sehr zu Herzen gegangen. Sie hatten nicht nur einen Elternteil verloren, sondern gleich alle beide, und das unter absolut entsetzlichen Umständen.

»Ich dachte, wir hätten entschieden, sie zu unserer Priorität zu machen«, meinte Anna stirnrunzelnd.

»Das hatten wir«, sagte Jamie, während sich ein Grinsen auf seinem Gesicht ausbreitete. »Und sie werden immer noch zu uns kommen, nur jetzt noch nicht, denn ab nächster Woche wird ihre Adoption offiziell sein, und sie werden alle zusammen in ein neues Zuhause ziehen.«

Das war der bestmögliche Ausgang, den man sich vorstellen konnte, und wir stießen sowohl auf die Kinder als auch auf ihre neue Familie an.

»Ich würde sagen, das war mehr als eine gute Neuigkeit«, sagte Anna und trocknete sich die Augen mit ihrer Serviette.

»Und was ist die schlechte?«, fragte Angus.

»Zweierlei«, sagte Jamie. »Aber der zweite Teil der schlechten führt zum letzten Teil der guten.«

»Oh, jetzt spuck's schon aus, damit ich das alles in den Kopf kriegen kann«, meinte Dorothy. »Ich komme schon nicht mehr hinterher!«

»Ich hatte heute Morgen einen Anruf von Christopher.«

»Falls du dich erinnerst«, wandte sich Catherine an Gabe, »das ist unser Ältester.«

Gabe nickte.

»Ich muss euch leider mitteilen«, fuhr Jamie fort, »dass er, Cass und die Jungs dieses Jahr an Weihnachten nicht zu uns kommen werden.«

»Ich hatte schon so ein Gefühl«, warf Catherine ein. Sie klang enttäuscht. »Aber ich verstehe, dass Cass Weihnachten auch mal mit ihrer eigenen Familie verbringen will, bevor die Jungs zu groß sind.« Sie wirkte weitaus verständnisvoller als Angus. Jamie redete weiter, bevor sein Vater die Chance hatte, irgendetwas zu sagen.

»Das heißt«, sagte Jamie, »um wieder auf die Arbeit zurückzukommen, es ist nicht ideal, aber da wir weder für November noch für Dezember irgendwelche Buchungen haben, sollten wir wohl einfach schließen. Die Verwaltung läuft natürlich weiter, aber die Zeit nutzen wir besser, wenn wir fürs nächste Jahr planen und …«

»Und was?«, fragte Catherine stirnrunzelnd.

»Na ja«, schluckte Jamie, während sein Vater bereits zu strahlen begann. »Wie du mir vorhin erzählt hast, werden wir jetzt nicht nur Gabe, sondern auch die entzückende Hayley rund um die Uhr vor Ort sein, was zwei Paar zusätzliche Hände bedeutet anstatt nur eines.«

»Red weiter.«

»Und daher habe ich mich gefragt«, fuhr Jamie hastig fort, »ob wir Zeit haben würden, über diese Winterwunderland-Idee von Dad ernsthaft nachzudenken.«

»Ach ja?«

»Es wird Hayley beschäftigen und sie vom Grübeln ablenken.«

»Halt mich da raus«, warf ich ein, als Jamie mir theatralisch zuzwinkerte.

»Und wenn wir ein paar Aktivitäten im Wald anbieten, dann würde das Gabe eine Gelegenheit geben, den Ort kennenzulernen und einen Probelauf durchzuführen, bevor er im neuen Jahr die Leitung des Outdoor-Programms für die Kinder übernimmt.«

Gabe beugte sich auf seinem Platz vor und wandte sich über den Tisch an mich.

»Hilf mir«, flehte er in einem gespielten Flüsterton. »Auf wessen Seite soll ich mich hier schlagen?«

Wir alle begannen zu lachen und Catherine schüttelte den Kopf.

»Lass uns noch mal darüber sprechen, wenn wir den Bonfire-Abend hinter uns haben«, sagte sie. »Aber ich kann es nur in Betracht ziehen, wenn du mit ernsthaften Plänen zu mir zurückkommst. *Ernsthaften* Plänen, Angus«, wiederholte sie, »nicht die üblichen auf die Rückseite eines Briefumschlags gekritzelten.«

»Aber das würde heißen, dass wir eine Woche weniger Zeit haben, um alles aufzubauen, als wenn wir sofort loslegen«, antwortete Angus bestürzt.

»Das mag schon sein«, erklärte Catherine entschieden, »aber mit dem Baumwettbewerb und der Party und dieser Geschichte, die schon jetzt weitaus komplizierter klingt als alles, was wir je zuvor angeboten haben, bin ich nicht bereit, bei der Planung Kompromisse einzugehen. Wenn alles richtig ausgearbeitet ist, wird es sich weitaus schneller fügen als irgendetwas, das du an einem Nachmittag in deiner Männerhöhle zusammengeschustert hast.«

»Aber …«, begann er.

»Ich glaube, ein faireres Angebot als das werden Sie nicht kriegen, Mr. Connelly«, warf Gabe ein.

Er war vielleicht noch nicht bereit, sich mir zu öffnen, aber alle, die um den Wynthorpe-Küchentisch saßen, hatten bereits bemerkt, dass Gabe überragende diplomatische Fähigkeiten besaß.

Kapitel 8

Meine zweite Nacht in dem entzückenden Rosenzimmer war in jeder Hinsicht ebenso wenig erholsam wie die erste, obwohl Dorothy sich die Mühe gemacht hatte, mir einen ihrer im Allgemeinen unschlagbaren Becher mit besänftigender süßer Horlicks-Malzmilch zuzubereiten. Jedes Mal, wenn ich spürte, dass ich kurz davor war, vom Schlaf übermannt zu werden, zerrten mich meine stürmischen Gedanken wieder zurück, und ich wälzte mich hin und her und wickelte mich noch fester in die luxuriösen Laken.

Nicht zufrieden damit, nur über meine eigenen Probleme nachzugrübeln, sezierte ich auch noch Fetzen des Gesprächs, das ich nach dem Mittagessen zwischen Jamie und Gabe mitgehört hatte. Es war Jamies besorgter Ton, der meine Aufmerksamkeit geweckt hatte, und seine Worte sorgten rasch dafür, dass meine Neugier so richtig angestachelt wurde.

»Bist du dir absolut sicher, dass du dich dazu imstande fühlst, Gabe?«, hatte er gefragt.

Im ersten Moment hatte ich gedacht, es gebe irgendein Problem damit, dass er mir bei meinem bevorstehenden Umzug half. Wenn das der Fall war, konnte er ganz unbesorgt sein, denn ich war mir ziemlich sicher, dass Mick und ich es notfalls auch allein hinbekommen würden. Das meiste Zeug von mir befand sich ohnehin schon auf den

Dachböden von Wynthorpe Hall. Es stellte sich jedoch rasch heraus, dass es ihm überhaupt nicht darum ging.

»Ja, Kumpel«, erwiderte Gabe in einem entschlossenen Ton. »Ich habe dir doch gesagt, ich schaffe das. Sonst hätte ich gar nicht erst zugesagt, oder?«

»Der Job ist nichts für schwache Nerven«, fuhr Jamie fort. »Es war eine steile Lernkurve, selbst für mich, und selbst nach allem, womit ich unten in Afrika zu tun hatte.«

»Ich weiß«, seufzte Gabe. »Das hast du mir schon gesagt.«

»Und diese Kinder, über die wir beim Mittagessen geredet haben, sie sind nur die Spitze des Eisbergs. Ich würde nur ungern …«

»Ich weiß genau, was du nur ungern tun würdest«, schnitt Gabe ihm das Wort ab. Er klang genervt. »Das hast du mir schon mindestens hundertmal gesagt.«

Ich fragte mich unwillkürlich, worüber genau sie gesprochen hatten. Wenn Jamie Zweifel an der Fähigkeit seines Freundes hatte, den Job zu machen, dann hätte er ihn ihm doch gar nicht erst angeboten, oder? Die Kinder, die von dem Hilfsprojekt profitierten, brauchten Stabilität, Routine und die Gewissheit, dass sie, wenn sie später noch einmal zu uns zurückkehren mussten, wieder zu dem Team kommen würden, zu dem sie bereits eine Bindung aufgebaut hatten. Ich war mir ziemlich sicher, wenn Jamie nicht glaubte, dass Gabe ihnen das bieten konnte, dann hätte er ihn gar nicht erst gebeten, zum Team zu stoßen.

»Ich schaffe das schon«, sagte Gabe, jetzt wieder in einem ruhigeren und, falls das überhaupt möglich war, noch entschlosseneren Ton. »Ich muss es nicht nur für mich selbst, sondern auch für die Kinder tun. Ich weiß, was sie brauchen. Ich kann ihnen helfen.«

Dieser Wortwechsel hatte eindeutig irgendetwas mit dem Gepäck zu tun, dessen Reißverschluss Gabe so fest zugezogen hielt. Und so gern ich mehr erfahren hätte, war mir doch klar, dass ich damit eine Grenze überschritt. Also entschied ich, die ungewollte Abhöraktion zu beenden.

»Seid ihr zwei schon fertig mit Tischabräumen?«, rief ich von der Küche.

Mein Einwurf brachte das Gespräch zum Erliegen und sorgte dafür, dass sie sich wieder an die Arbeit machten, aber es hielt mich nicht davon ab, bis in den frühen Morgen darüber nachzudenken, worum es bei alledem gegangen war.

»Also!«, rief Mick am nächsten Morgen am Küchentisch und klatschte einmal in die Hände. »Sind wir dann alle so weit?«

»Hast du eine Liste erstellt, Hayley?«, fragte Dorothy und fuchtelte mir mit einem Stift und einem Einkaufsblock vor der Nase herum, »denn ich schätze mal, du hast kein besonderes Interesse daran, so bald wieder dort aufzukreuzen.«

»Der Truck steht bereit«, erklärte Gabe, der in diesem Moment hereinmarschierte, »und Bran wird hier bleiben. Er nimmt zu viel Platz in Anspruch, um an der Rettungsaktion teilzunehmen.«

»Rettungsaktion?«, fragte ich stirnrunzelnd.

Meine Freunde freuten sich vielleicht, dass ich endlich unter dem Wynthorpe-Dach mit ihnen vereint sein würde, aber ich selbst hatte immer noch damit zu kämpfen, dass Mum mich gebeten hatte, mich fernzuhalten.

»Und, hast du dir überlegt, was du zu Gavin sagen wirst, falls du ihm über den Weg läufst?«, fragte Anna.

Sie hatten sich offensichtlich alle in meiner Abwesenheit aufeinander abgestimmt, den Ausflug in die Stadt mit militärischer Präzision geplant und jedes mögliche Szenario einkalkuliert.

»Leute«, sagte ich und hob die Hände. »Ich weiß eure Hilfe wirklich zu schätzen, aber es gibt absolut keinen Grund für dieses ganze Getue. Es wird alles ruckzuck über die Bühne gehen: Mum arbeitet, Dad ist zu träge, um aus dem Bett aufzustehen, Gavin längst auf der Baustelle, und ich habe schon jetzt mehr Zeug hierhergeschafft, als ich dort zurückgelassen habe. So eine Aktion daraus zu machen, ist also wirklich nicht nötig.«

»Ja, das habe ich früher oft gehört«, meinte Mick, zweifellos in Anspielung auf seine Zeit bei der Armee. »Wir brechen in exakt zehn Minuten auf.«

»Viel Glück«, sagte Anna, drückte meine Schulter und küsste mich auf die Wange. »Ich weiß, Catherine und Angus haben dich seit einer Ewigkeit gebeten, diesen Schritt zu tun, und ich bin der festen Überzeugung, dass jetzt der ideale Zeitpunkt für dich ist, um anzufangen, dir dein eigenes Leben aufzubauen, Hayley.«

Sie schien vergessen zu haben, dass ich zu diesem Schritt in Richtung Unabhängigkeit mehr oder weniger genötigt worden war.

»Ich nehme an, für die Arbeit wird es praktisch sein, wenn ich rund um die Uhr vor Ort bin«, meinte ich schulterzuckend, bemüht, den positiven Dreh, den sie der Situation zu geben versuchte, etwas zu dämpfen. »Der Staubsauger wird nie außer Reichweite sein, wenn ich hier lebe, oder?«

»So habe ich das nicht gemeint, und das weißt du genau.« Sie schüttelte entschieden den Kopf, bevor sie im Flüsterton hinzufügte: »Außerdem nimmt Molly an, dass für dich schon sehr bald etwas Wundervolles am Horizont heraufzieht.«

»Ja, na ja.« Ich lächelte wehmütig. »Sie hat auch angenommen, dass die Liebe in diesem Jahr in meinem Leben in Erscheinung treten würde, oder? Ich bin mir nicht mehr so sicher, was ich von den Tarotdeutungen unserer Freundin halten soll.«

»Sie hat gesagt, sie würde *dramatisch* in Erscheinung treten«, rief mir Anna in Erinnerung. »Und du kannst nicht behaupten, dass sie in dem Punkt unrecht hatte.«

»Das stimmt«, lenkte ich ein, »aber ich schätze, das Einzige, was an meinem Horizont heraufziehen wird, ist der Zorn meines Vaters, sobald ihm klarwird, dass ich seine Ausflüge in den Pub nicht länger subventionieren werde.«

Anna legte besorgt die Stirn in Falten, und ich fragte mich, was meine beiden Freundinnen sonst noch über mich sagten, wenn ich nicht dabei war.

»Wir wollen doch nur dein Bestes«, wiederholte sie. »Weil wir dich lieben«, ergänzte sie und schluckte.

»Fang gar nicht erst damit an«, ermahnte ich sie streng. »Die alte Hayley ist wieder da, schon vergessen? Wenn du solches Zeug redest, verscheuchst du sie damit nur.«

Meine Stimmung sank, als ich die Hintertür öffnete und Mums Jacke und Handtasche an ihrem üblichen Platz sah, über einen Küchenstuhl geworfen. Ich weiß nicht, warum sie überhaupt einen Tisch und Stühle in der Küche stehen hatten; sie aß selten dort, Dad nie. Es gab ein Tablett vor dem Fernseher, seit ich mich erinnern konnte.

Ich hatte Mick und Gabe, die draußen im Truck warteten, erklärt, ich müsse erst einmal die Lage checken, bevor wir die Rettungsaktion starteten. Falls es zu einem Wortwechsel kommen sollte, würde ich ihn lieber außerhalb ihrer Hörweite führen, und die Tatsache, dass Mum nicht zur Arbeit gegangen war, warnte mich, dass der kurz bevorstand.

»Hayley!«, rief sie verstohlen aus einem der anderen Zimmer. »Bist du das?«

Ich holte einmal tief Luft, drückte die Schultern durch und vergewisserte mich, dass mein undurchdringlicher Superpower-Anzug noch immer richtig saß.

»Ja«, rief ich zurück, während ich mich innerlich wappnete. »Ich bin's.«

»Was tust du denn hier?«, murmelte sie, während sie in die Küche stürzte und die Tür hinter sich schloss. »Hast du meine Nachricht nicht bekommen?«

»Natürlich habe ich das«, zischelte ich. »Deswegen bin ich gekommen.«

»Was?«

»Du hast dich bei dem, was passiert ist, offensichtlich auf Dads Seite geschlagen«, schniefte ich, bemüht, nicht darüber nachzudenken, wie hart ich daran gearbeitet hatte, meine Beziehung zu ihr zu kitten, »also habe ich entschieden, auszuziehen. Ich ziehe hoch ins Herrenhaus.«

Ihre Hände zitterten, als sie nach einer Zigarette griff und sie ansteckte.

»Aber was ist mit Gavin?«, fragte sie.

»Was soll mit ihm sein?«

»Er hat mir gesagt, dass er dir verzeihen will, dass du mit irgendeinem Kerl abgezogen bist, und dass er sich bessern wird.«

»Und du glaubst ihm?«

Sie nahm einen langen Zug an ihrer Zigarette.

»Mein Gott!«, platzte ich heraus. Es kümmerte mich nicht, ob ich das schnarchende Monster über mir weckte oder nicht. »Ich kann es nicht glauben. Ich kann nicht glauben, dass du denkst, ich würde einfach mit irgendeinem Fremden abziehen, nur um mich zu rächen, oder dass ich einfach akzeptieren sollte, was Gavin getrieben hat, und so weitermachen, als wäre nichts gewesen!«

Sie schüttelte den Kopf und drückte ihre Zigarette aus.

»Das denke ich ja gar nicht«, sagte sie mit einer Geste zur Decke, um mich zu ermahnen, meine Stimme zu dämpfen.

»Ich konnte es dir in meiner Nachricht nicht sagen, da dein Vater dazwischengeplatzt ist«, sagte sie, »und ich habe dich nicht noch einmal angerufen, weil ich dachte, wenn du glaubst, dass ich mich auf seine Seite geschlagen habe, dann würdest du dich von hier fernhalten und dir die Standpauke ersparen.«

»Das heißt, du meinst nicht, ich sollte Gavin zurücknehmen?«

»Und dich von ihm kaum besser behandeln lassen, als dein Vater es mit mir macht?«, meinte sie verbittert. »Mit Sicherheit nicht!«

»Und was ist mit meinem Auszug?«, fragte ich, während ich angestrengt versuchte, ihre Worte richtig zu verstehen. »Meinst du, das sollte ich tun?«

»Aber ja« sagte sie. »Mehr als alles andere will ich, dass du das tust.«

»Aber das verstehe ich nicht«, sagte ich stirnrunzelnd.

»Du wirst es nicht aushalten können, mit Dad allein hier zu leben. Du brauchst mich als Puffer, schon vergessen?«

»Genau«, erwiderte sie, »und solange du hier bist, werde ich nie die Kraft finden zu gehen, und selbst wenn, wie könnte ich denn gehen, wenn ich weiß, dass ich *dich* hier mit ihm allein lasse?«

»Soll das heißen, du willst, dass ich gehe, damit du gehen kannst?«

»Das kommt ungefähr hin«, sagte sie, während sie sich noch eine Zigarette ansteckte.

Ich konnte es nicht glauben.

»Ich habe mich fast zwanzig Jahre lang auf die Seite deines Vaters geschlagen, nur um den Frieden zu wahren«, sagte sie ernst. »Seinetwegen habe ich meine Beziehung zu dir ruiniert und ich bin nie für mich selbst eingetreten. Bis jetzt.«

»Du hast unsere Beziehung nicht ruiniert, Mum«, schluckte ich.

Sie nickte, sagte aber nichts dazu.

»Und, was wirst du jetzt tun?«, fragte ich. »Hast du das alles gründlich durchdacht?«

»Noch nicht«, sagte sie, »aber ich bin dabei. Ich habe angefangen, über das alles nachzudenken, als wir von der Party zurückgekommen sind und er über dich hergezogen ist.«

»Gut gemacht, Mum«, unterbrach ich sie. Ich wollte nicht noch mehr darüber hören, was hinter meinem Rücken über mich geredet wurde. »Das wurde aber auch Zeit!«

Sie wirkte fast aufgeregt. Jetzt, wo sie ihre Entscheidung getroffen hatte, war es, als hätte man ein Gewicht von ihren Schultern genommen. Sie würde ihren Weggang ganz sicher nicht bereuen.

»Ich gehe dann besser mal«, sagte sie, sprang auf und schnappte sich ihre Jacke und die Handtasche. »Ich werde die besten Referenzen brauchen, die ich kriegen kann, wenn ich einen anderen Job finden will. Sag niemandem etwas davon, ja, Hayley?«

»Natürlich nicht.«

Dad durfte auf keinen Fall Wind von der Sache bekommen.

»Und mach dir keine Sorgen um mich, Liebes«, sagte sie und öffnete die Hintertür, bevor ich noch ein Wort sagen konnte. »Ich schaffe das schon. Ich melde mich bei dir.«

Trotz des lautstarken Wortwechsels, den Mum und ich geführt hatten, schnarchte mein Vater oben im Bett immer noch vor sich hin, und natürlich hatte ich auch kein besonders großes Bedürfnis, mich von ihm zu verabschieden. Also verstaute ich zusammen mit Mick und Gabe, die draußen gewartet hatten, die wenigen Habseligkeiten, die ich behalten wollte, und im Handumdrehen war alles gepackt und erledigt.

»Falls ihr es nicht eilig habt«, sagte ich zu meinem Umzugsteam, nachdem ich meinen Schlüssel auf den Tisch geworfen und die klemmende Tür zum, wie ich vermutete, letzten Mal zugeknallt hatte, »es gibt noch eine Sache, die ich erledigen muss.«

»Hayley«, rief Evelyn, als ich den Kopf um die Hintertür des Pubs steckte. »Komm doch rein.«

Ich war froh, dass der Pub noch nicht geöffnet hatte. Mich unter die Menschenmenge zu mischen, dafür fühlte ich mich noch nicht bereit.

»Jim ist im Keller«, sagte sie zu mir. »Er ist gleich wieder da. Komm rein und trink einen Kaffee mit mir.«

»Ich will dir keine Umstände machen«, sagte ich zu ihr.

Evelyn war nicht für ihre herzliche Gastfreundschaft bekannt, obwohl sie die Besitzerin des beliebtesten Pubs der Stadt war. »Das macht keine Umstände«, erwiderte sie. »Ich bin gerade dabei, einen für uns zu machen.«

»Ich wollte die Rechnung bezahlen«, sagte ich zu ihr und Jim, während wir in der leeren Bar saßen. Da Gavin keinen Zugriff auf unsere Ersparnisse hatte, wusste ich, dass er sich nicht darum kümmern konnte, selbst wenn noch etwas Geld von Angus' Kredit übrig sein sollte. »Ich will für das Büfett und jeden Schaden bezahlen, der euch möglicherweise entstanden ist, weil ihr gewisse Gäste aus der Bar werfen musstet.«

Jim schüttelte den Kopf. »Es ist kein Schaden entstanden«, sagte er zu mir. »Es sei denn, du zählst die Delle dazu, die ich Gavins Ego verpasst habe, als ich ihn aus der Herrentoilette und in die Bar geschleift habe.«

»Und ich glaube kaum, dass wir dafür einen Preis ansetzen können«, meinte Evelyn augenzwinkernd.

Ich wusste, dass es nicht witzig war, schon gar nicht in Anbetracht der Situation, aber ich konnte das Lachen nicht unterdrücken, das mir über die Lippen platzte, während ich mir vorstellte, wie mein erbärmlicher Märchenprinz mit heruntergelassener Hose im Polizeigriff in die Bar gezerrt wurde.

»Aber das Büfett«, beharrte ich, »und die Torte?«

»Das Büfett geht auf mich«, sagte Evelyn. »Es war eine Erinnerung zur rechten Zeit, warum ich aufgehört habe, Eier zu servieren. Die Küche stinkt noch immer.«

Ich erwähnte lieber nicht, dass ich gehört hatte, sie hätte die meisten davon selbst geworfen, was zweifellos der Grund für den anhaltenden stechenden Geruch war.

»Aber das ganze Essen«, nahm ich einen neuen Anlauf.

»Es ist alles erledigt«, beteuerte Jim. »Vergiss es.«

»Na ja, vielen Dank«, sagte ich. »Vielen Dank, euch beiden. Ich hatte nicht damit gerechnet, dass der Abend so enden würde.«

»Du bist besser dran ohne ihn«, platzte Jim heraus. »Ich habe wirklich versucht, dir das zu sagen.«

»Das hast du allerdings«, pflichtete ich bei, während ich an das Vier-Augen-Gespräch zurückdachte, das er vor all den Monaten mit mir geführt hatte, als Gavin und ich zusammen auf einen Drink hereinkamen.

Genau wie Mick hatte auch Jim mich gewarnt, dass mein Date einen gewissen Ruf hatte, aber ich hatte es mit einem Schulterzucken abgetan.

»Ich für meinen Teil habe den Kerl ja noch nie leiden können«, warf Evelyn ein. »Und nicht nur wegen seines Rufs. Lass dir gesagt sein«, wandte sie sich an mich, »wenn du ihn geheiratet hättest, dann hättest du genauso geendet wie deine Mutter.«

Ich schauderte bei dem Gedanken.

»Evelyn!«, schalt Jim sie.

»Nein«, sagte ich, »sie hat ja recht. Gott bewahre!«

Ich dachte an den harten Kampf, der Mum jetzt bevorstand. Einen anderen Job zu finden, um über die Runden zu kommen, würde nicht einfach sein. Sie besaß keinen Führerschein, und ich hatte nicht daran gedacht, sie zu fragen, ob sie vorhatte, in der Gegend zu bleiben. Ein Teil von mir hoffte, sie würde es nicht tun. Ein kompletter Neuanfang außerhalb von Dads Reichweite wäre das Beste für sie.

»Danke, euch beiden, für euer Verständnis«, sagte ich und trank meinen Kaffee aus. »Ich mache mich besser wieder auf den Weg. Ich muss noch zu Jemma.«

»Oh«, sagte Jim und verlagerte seine Haltung auf seinem Platz, »was die Torte angeht.«

»Sag mir nicht, dass du die auch bezahlt hast?«

»Das musste ich«, meinte er schulterzuckend.

»Was?« Das war nun wirklich zu viel. Es gab absolut keinen Grund für ihn, das zu tun.

»Nachdem er Gavins Gesicht hineingedrückt hatte«, meinte Evelyn kopfschüttelnd, »hatte er wohl kaum eine andere Wahl. Er hat das gute Stück fast völlig ruiniert.«

Ich entschied, dass es darauf keine Antwort gab, und nachdem ich versprochen hatte, mich bald wieder auf einen richtigen Drink in den Pub zu wagen, brach ich auf.

Ich war eben auf die Straße getreten, als Gavins Van mit quietschenden Reifen auf den Marktplatz einbog und mit einem Ruck zum Stehen kam, sodass er neugierige Blicke auf sich zog.

»Hayley! Warte!«

Ich ignorierte ihn.

»Warte!«, rief er noch einmal, während ich die Stelle suchte, wo Gabe geparkt hatte. »Wir müssen reden.«

»Nein«, sagte ich und riss mich los, als er mich einholte und meine Hand packte, »das müssen wir nicht. Was könnten wir uns denn noch zu sagen haben, und überhaupt, woher wusstest du, dass ich hier bin?«

»Deine Nachbarin Tracey hat mich angerufen. Sie meinte, du würdest dein Zeug aus dem Haus schaffen. Ich habe eben bei euch vorbeigeschaut. Was ist denn eigentlich los?«

Ich machte mir nicht die Mühe, ihn zu fragen, warum meine hübsche Nachbarin die Nummer meines Ex hatte.

»Ich ziehe nach Wynthorpe Hall.«

»Aber was ist mit uns?«

»Es gibt kein Uns, du Idiot«, schrie ich beinahe. »Hast du schon vergessen, was du getan hast, Gavin? Hast du die Nachrichten vergessen, die du auf meinem Handy hinterlassen hast?«

»Ich war aufgewühlt«, erwiderte er in einem Ton, der andeutete, ich hätte seine Gefühle in die Gleichung einbeziehen sollen. »Ich war wütend.«

»Aber dazu hattest du kein Recht«, versuchte ich ihm

klarzumachen, »du bist derjenige, der es kaputtgemacht hat, und trotzdem hast du mir die Schuld gegeben! Wenn hier jemand einen Grund hatte, aufgewühlt und wütend zu sein, dann ja wohl ich.«

»Ich habe herausgefunden, dass du dabei gesehen wurdest, wie du mit irgendeinem Kerl abgezogen bist«, sagte er. »Ich war sauer.«

»Was?« Das war also der Grund, warum sich der Tonfall seiner Nachrichten verändert hatte. »Aber du warst es doch, der dabei gesehen wurde, wie du deinen Schwanz in …« begann ich, aber dann bremste ich mich.

»Hör zu«, sagte er, »können wir das vielleicht nur für eine Sekunde vergessen?«

»Glaub mir«, sagte ich zu ihm, »das würde ich nur zu gern.«

»Ich dachte«, sagte er, während er mich mit diesen blauen Augen fixierte, die ich früher einmal so faszinierend gefunden hatte, »wenn ich dich erst einmal in Ruhe lasse und du dich abgeregt und dich mit diesem anderen Typen gerächt hast, dann könnten wir das mit uns wieder einrenken.«

Er kannte mich wirklich kein bisschen.

»Also, nur damit ich das richtig verstehe: Du hast diese ganzen Nachrichten in einem Wutanfall abgefeuert, nachdem du davon ausgegangen bist, dass ich zur Rache mit irgendeinem anderen Kerl abgezogen bin, und jetzt denkst du, wir können es einfach abhaken, zum Pfarrer gehen und einen Termin festlegen?«

Zum ersten Mal, seit er aus seinem Van gesprungen war, sah er nicht mehr ganz so selbstsicher aus.

»Ist das nicht, was du willst?«, wagte er dennoch zu fragen. »Ich bin bereit, dir zu vergeben und zu vergessen, wenn du es bist.«

Ich hatte nicht mehr die Kraft, ihm zu sagen, dass ich nichts Unrechtes getan hatte; dass ich seine Absolution nicht brauchte, da ich nichts verbrochen hatte.

»Nein, Gavin«, sagte ich stattdessen nur. »Das ist nicht, was ich will. Unsere Verlobung ist vom Tisch, unsere Beziehung ist vorbei.«

Ich wunderte mich, dass er so verblüfft blicken konnte. Hatte dieser Vollpfosten allen Ernstes erwartet, ich würde mich, nach allem, was er getan hatte, für den Rest meines Lebens an ihn binden? Er kaute eine Sekunde auf seiner Lippe, während sich langsam ein stählerner Glanz über seine Augen legte.

»Wenn das so ist, muss ich den Ring wiederhaben«, sagte er schroff, rammte die Hände in die Taschen seiner Arbeitshose und wippte auf den Fersen nach hinten.

»Ich habe ihn nicht.« Ich zeigte ihm meine nackten Finger.

»Aber ich bezahle ihn immer noch ab«, jammerte er. »Ich muss ihn verhökern und das Geld für die Raten verwenden.«

»Augenblick«, sagte ich. »Du hast einen mehr als großzügigen Kredit von Angus bekommen, um diesen Ring zu kaufen, wie kann es dann sein, dass du Raten abbezahlst?«

Er gab keine Antwort.

»Was hast du mit dem Geld gemacht, das er dir gegeben hat?«, wollte ich wissen.

»Das geht dich gar nichts an«, fauchte er, »aber ich brauche diesen Ring.«

»Ich habe ihn nicht«, sagte ich noch einmal und reckte trotzig das Kinn.

»Na ja, dann solltest du ihn besser holen«, sagte er, stürzte auf mich zu und griff nach meinem Handgelenk.

Ich wollte schon einen Satz nach hinten machen, als er auf einmal zu Boden gestoßen wurde.

»Was zum Teufel?«, hörte ich ihn keuchen, mit dem Gesicht nach unten auf dem Gehsteig, Gabes Hand um seinen Nacken.

»Tut mir leid, Kumpel«, sagte Gabe und zog ihn unsanft am Kragen wieder hoch. »War keine Absicht. Es ist doch nichts passiert, oder?«

Offenbar besaß Gabe, der Schutzengel, die Fähigkeit, genau in dem Moment aufzutauchen, wenn er gebraucht wurde. Für einen Mann seiner Statur war das ein echtes Kunststück.

»Nein«, sagte Gavin, klopfte sich die Hose ab und funkelte Gabe wütend an, »nichts passiert.«

»Hayley!«, rief Mick. »Bist du so weit?«

»Ja«, rief ich zurück. »Schon unterwegs.«

Während ich, dicht gefolgt von Gabe, hinüber zum Truck ging, konnte ich Gavins Blick spüren, der sich in meinen Hinterkopf brannte.

»Hoffentlich war's das jetzt«, sagte Mick und öffnete die Tür, damit ich hineinklettern konnte.

»Hoffentlich«, sagte ich, war mir da aber nicht so sicher.

Kapitel 9

Ich tat mein Bestes, um es mir nicht anmerken zu lassen, aber ich fühlte mich nicht ganz wie ich selbst, als wir wieder beim Herrenhaus ankamen. Mums Ankündigung ließ mich nicht unberührt. Obwohl ich mich, seit ich mich erinnern konnte, zu Hause immer hundeelend gefühlt hatte und meinem Schicksal hätte danken sollen, dass ich an einen solch wundervollen Ort wie Wynthorpe Hall ziehen durfte, war mir auf einmal etwas mulmig zumute.

Was, wenn es mir nicht gelingt, mich hier einzufügen? Was, wenn ich die Connellys irgendwann in den Wahnsinn treibe? Seit meine Oma mich damals mit der Familie bekannt gemacht hatte, war das Angebot eines Zimmers immer mein Sicherheitsnetz gewesen, aber jetzt, wo ich hineingesprungen war, hatte ich schreckliche Angst, es zu vermasseln.

»Alles in Ordnung, Liebes?«, fragte Mick, als wir ausstiegen. »Du hast auf der Fahrt hierher nicht viel gesagt und du siehst ein bisschen kränklich aus.«

»Es geht mir gut«, erwiderte ich, »ich bin nur müde.«

»Wir werden dieses ganze Zeug ausladen.« Gabe wies mit einem Nicken auf meine hastig gepackten Kartons. »Wie wär's, wenn du dich kurz ausruhst?«

Normalerweise hätte ich die Besorgnis der beiden abgetan. Ich hätte meine Ärmel hochgekrempelt und mit angepackt, um zu helfen, alles ins Haus zu schleppen, aber meine Beine fühlten sich wie Blei an, und ich schaffte es nur mit letzter Kraft die Treppe hoch. Mein Kopf hatte kaum das Kissen berührt, als ich schon tief und fest schlief.

Als ich schließlich aufwachte und auf die Uhr sah, stellte ich schockiert fest, dass ich fast den ganzen Tag verschlafen hatte, und erinnerte mich an das eine Mal, als Anna in genau diesem Bett genau das Gleiche passiert war. Es war nicht lange nach ihrer Ankunft auf Wynthorpe Hall gewesen, und ich hatte sie damit aufgezogen, dass sie uns die ganze Arbeit machen ließ. Soweit ich mich erinnern konnte, hatte ihr Leben sehr bald danach eine dramatische Wende genommen.

Ich streckte die Arme über den Kopf aus, während ich mich fragte, ob mein eigenes Leben ebenfalls irgendeine aufregende neue Richtung einschlagen oder ob mir spätestens an Weihnachten die Decke auf den Kopf fallen würde. An ein und demselben Ort zu leben und zu arbeiten, würde sich vielleicht doch nicht als das Idyll entpuppen, das ich mir früher einmal ausgemalt hatte, aber jetzt war es zu spät, um sich darüber den Kopf zu zerbrechen. Ich musste Mum – und mir selbst – zuliebe hier sein, und es war für mich an der Zeit, mir eine Scheibe bei meinen Freundinnen abzuschneiden und meinem neuen Zuhause sowie der Tatsache, dass ich jetzt Single war, etwas Positives abzugewinnen.

Tief in mir wunderte ich mich noch immer, dass ich die Kraft gefunden hatte, nicht einzuknicken und mich an das zu klammern, was Gavin mir bot. Wie mein Vater mir in diesen letzten Monaten so oft in Erinnerung gerufen hatte, konnte ich von Glück reden, dass überhaupt irgendjemand irgendein Interesse an mir gezeigt hatte. Aber trotz dieses ständigen Einhämmerns hatte ich es irgendwie geschafft, genügend Selbstwertgefühl zusammenzukratzen, um zu kapieren, dass ich allein immer noch besser dran war, als mein Leben mit jemandem zu teilen, der glaubte, mich so respektlos behandeln zu können.

Ich schob für den Moment den nagenden Gedanken beiseite, der mir in Erinnerung rief, wie ich selbst einmal jemanden, auf den ich große Stücke hielt, mit noch weniger Respekt behandelt hatte. Ich wusste, dass ich mich irgendwann in der Zukunft damit auseinandersetzen müsste, aber nicht jetzt.

Vorläufig würde ich mich darauf konzentrieren, mein armes Herz zusammenzuflicken. Ich hatte vielleicht nicht den perfekten Partner, so wie Anna und Jamie einander gefunden hatten, aber ich war gesund, hatte ein Dach über dem Kopf, einen Job, der mir Spaß machte, und ich war umgeben von Leuten, die mich liebten. Ich würde einfach abwarten müssen, ob sie in ein paar Wochen noch immer genauso empfinden würden. Und wen kümmerte es schon, wenn ich wieder einmal das Stadtgespräch war? Ich würde einfach nicht mehr zurück in die Stadt fahren.

Das Herrenhaus war verlassen, als ich die Treppe hinunterkam, aber Dorothy hatte freundlicherweise eine Nachricht hinterlassen, zusammen mit einem abgedeckten Lunchtablett, das mit dreieckigen Sandwiches und einem großen Stück ihres feuchten Karottenkuchens beladen war. Ich schlang alles hinunter, dann ging ich los in Richtung Wald, entschlossen, Molly zu fragen, was sie Anna über meine Zukunft erzählt hatte.

Wie üblich ließ ich mich selbst über die Hintertür ihres Cottages hinein. Ich atmete die weihrauchgeschwängerte Luft tief in mich ein, während ein halbes Dutzend Windspiele meine Ankunft ankündigten. Ich wollte eben schon meinen üblichen Gruß rufen, als das Geräusch von Stimmen mir verriet, dass sie bereits Besuch hatte. Ich griff wieder nach der Klinke, in der Hoffnung, hinausschlüpfen zu können, ohne die Windspiele erneut in Bewegung zu setzen, aber es war zu spät.

»Hayley?«, schwebte Mollys Stimme durch den Raum. »Ich bin hier vorn.«

»Kein Problem«, rief ich. »Ich komme ein andermal wieder.«

»Nein, ist schon in Ordnung«, beharrte sie. »Wir sind hier drinnen fast fertig.«

Widerstrebend schlüpfte ich durch den regenbogengemusterten Vorhang, der die Küche von dem kleinen Wohnzimmer trennte. Ich spürte, wie mich die Wärme des Kamins und mindestens eines Dutzends Kerzen umfing. Mollys Cottage lag mitten im Wald von Wynthorpe und war daher immer ein wenig düster, aber heute waren sogar die Vorhänge schon zugezogen, und es hätte wirklich jede beliebige Tages- oder Nachtzeit sein können. In der Vergangenheit hatte ich oft jedes Zeitgefühl verloren, nachdem ich über diese spezielle Türschwelle getreten war. Die berauschende Atmosphäre machte mich immer schläfrig und lethargisch.

Ich trat noch einen Schritt weiter ins Zimmer und wunderte mich, Gabe neben Molly auf dem mit einem Tuch abgedeckten Sofa sitzen zu sehen, und Bran ausgestreckt vor dem Kaminfeuer.

»Na«, sagte ich, »hallo, ihr beiden. Das sieht ja gemütlich aus!«

In meiner Stimme schwang ein Anflug von Ärger mit, auch wenn ich mir nicht erklären konnte, warum.

»Was führt ihr denn im Schilde?«, fragte ich neugierig. »Hier drinnen ist es ja dunkel genug für eine Séance.«

Für einen Sekundenbruchteil fühlte sich die Luft elektrisch aufgeladen an, und ich bereute meinen flapsigen Ton, genau wie den misstrauischen, der ihm vorangegangen war.

»Wirklich?«, fragte Gabe Molly, als hätte ich gar nichts gesagt. »Bist du sicher?«

Was immer sie zu ihm gesagt hatte, er wirkte absolut nicht überzeugt von der Antwort, sondern vielmehr verdutzt.

»Absolut.« Sie nickte und fegte ihre Tarotkarten zusammen, die sie auf dem kleinen Tisch vor sich ausgebreitet hatte. »Einhundert Prozent.«

Gabes Blick war immer noch etwas skeptisch, aber er sagte nichts weiter.

»Nicht sofort«, fuhr Molly fort, »aber bald. Jedenfalls früher, als du vielleicht glaubst.«

Die beiden sahen mich an, und ich begann, mich wie das sprichwörtliche fünfte Rad am Wagen zu fühlen.

»Ich gehe dann mal wieder«, sagte ich und zog mich in Richtung Vorhang zurück. »Ihr zwei seid ja offensichtlich mit irgendetwas beschäftigt.«

»Nein.« Gabe sprang auf. »Ich wollte sowieso gehen. Ich muss noch fertig auspacken und Jamie erwartet mich bald drüben bei den Pferdeställen. Außerdem wollte ich heute damit anfangen, ein Gefühl für den Wald zu entwickeln, also verabschiede ich mich jetzt lieber.«

»Sicher?«

»Einhundert Prozent«, sagte Molly noch einmal, bevor Gabe antworten konnte.

»Komm schon, Bran«, sagte Gabe und schnippte mit den Fingern in Richtung des riesigen Hundes. »Na los, Junge.«

Bran rührte sich nicht. Er schlug nicht einmal ein Auge auf.

»Er kann gern bleiben«, sagte Molly lächelnd. »Das macht mir nichts aus. Vielleicht kann Hayley ihn später mit zurück zum Herrenhaus nehmen.«

»Wäre das okay für dich?«, fragte mich Gabe, wobei er mich mit seinem düsteren Blick festnagelte.

»Ich versuche mein Bestes«, sagte ich zu ihm, »aber wenn er sich schon für dich nicht vom Fleck rührt, kann ich nicht versprechen, dass er auf mich hören wird.«

»Na schön«, sagte Gabe und duckte sich unter dem Türrahmen hindurch. »Wenn er nicht mit dir zurückgeht, komme ich ihn später holen, aber nur, wenn es dir wirklich recht ist, Molly?«

»Einhundert Prozent«, äffte ich verträumt unsere Freundin nach.

Ich war erleichtert zu sehen, dass Gabe ein Lächeln zustande brachte. Er hatte viel zu ernst ausgesehen, als ich ankam.

»Geht es dir ein bisschen besser?«, fragte er mich, als Molly sich über Bran beugte, um das Feuer zu schüren.

»Viel besser«, sagte ich zu ihm, »und danke für deine Hilfe vorhin. Mit den Kartons *und* diesem Idioten von einem Ex.«

»Kein Problem«, meinte er schulterzuckend. »Ich bin sicher, du bist mehr als imstande, selbst auf dich aufzupassen, aber …«

»Jeder braucht hin und wieder etwas Hilfe«, warf Molly ein.

»Genau«, sagte Gabe.

»Genau«, pflichtete ich bei.

Während Molly Gabe zur Küche folgte, um sicherzustellen, dass er das Cottage ohne eine Gehirnerschütterung verließ, warf ich heimlich einen raschen Blick auf die oberste Tarotkarte auf dem Stapel. Sie, und die wenigen darunter, hatten einen Teil der Formation gebildet, die auf dem Tisch gelegen hatte, als ich ankam. Ich hatte keine Ahnung, ob sie irgendetwas mit Gabe zu tun hatten oder ob Molly sie angesehen hatte, bevor er kam, aber die »Todeskarte« war immer interessant, egal, für wen sie aufgedeckt worden war.

Ich hatte genügend Lesungen mit meiner Freundin beigewohnt, um zu wissen, dass diese spezielle Karte kein Grund zum Fürchten war, sondern vielmehr für eine größere Veränderung, neue Gelegenheiten und Verwandlung stand. Wenn sie in diesem Moment für mich aufgedeckt werden würde, wäre ich mehr als glücklich.

»Willst du etwas trinken?«, rief Molly aus der Küche.

»Kommt drauf an, was du dahast?«

Ich hatte gelernt, niemals irgendetwas zu akzeptieren, was Molly anbot, ohne seine Herkunft oder seinen Inhalt zu hinterfragen.

»Tee«, bot sie an. »Mit Typhoo-Teebeuteln gemacht.«

»Ja, bitte«, antwortete ich, »sehr gern. Und nur einen Löffel Zucker.«

Ich hörte, wie sie in ihrer winzigen Küche herumhantierte, und mein Blick wanderte zurück zu Bran.

»Du bist ein bisschen wie ich, was, Kumpel?«, murmelte ich. »Du lässt dir auch nicht gern sagen, was du zu tun hast.«

Er schlug ein Auge auf, dann ließ er sich alle Zeit der Welt, um seinen schlaksigen, langen Körper zu strecken, bevor er herüberschlenderte und sich auf meine Füße setzte.

»Ich weiß, dass du nicht geschlafen hast«, sagte ich zu ihm. »Ich konnte sehen, dass du nur so getan hast.«

»Er ist toll, oder?«, sagte Molly, während sie mit zwei Bechern und einem Teller Kekse wiederkam.

»Das ist er allerdings«, sagte ich und glitt mit einer Hand über seinen Rücken, so weit ich konnte. »Hat Gabe dir erzählt, dass er ihn irgendeinem Typen in einem Pub abgenommen hat?«

»Ich habe von Gabe geredet«, meinte Molly lachend. »Nicht Bran.«

»Und ich dachte, du hättest nur Augen für Archie«, sagte ich, während ich einen der Becher entgegennahm.

Bei der Erwähnung des mittleren Connelly-Bruders zeigten sich zwei leuchtend rote Farbtupfer auf ihren Wangen, und ich entschied, sie nicht weiter aufzuziehen.

Vor nicht sehr langer Zeit hätte ich ihre Verletzlichkeit schamlos ausgenutzt, also war vielleicht doch mehr von der neuen, freundlicheren Version von mir hängen geblieben, als mir bewusst war.

»Also«, sagte ich stattdessen, »was wollte Gabe denn hier? Es schien ja ganz schön zu knistern, als ich hier ankam.«

Molly knabberte in aller Ruhe einen Keks.

»Du wirst es mir nicht verraten, stimmt's?«, sagte ich lachend. »Ich schwöre bei all deinen Göttinnen, Molly, du kennst hier in der Gegend mehr Geheimnisse als der Pfarrer von Wynbridge!«

Molly zuckte mit den Schultern und grinste.

»Und welcher spezielle Wind hat dich heute Nachmittag zu meiner Tür geweht?«, fragte sie. »Bist du zum Reden oder für eine Lesung gekommen, soll ich dir aus deinen Teeblättern die Zukunft vorhersagen, oder warst du einfach nur auf der Suche nach Gesellschaft?«

»Du hast Teebeutel verwendet«, rief ich ihr in Erinnerung. »Meine Tasse ist völlig frei von Blättern, was hoffentlich nicht irgendeine ausgeklügelte Metapher ist, um meine Zukunft zu beschreiben.«

»Natürlich nicht«, stöhnte sie. »Deine Zukunft ist strahlend, aber du musst den Mut und Glauben haben, dich darauf einzulassen.«

»Darf ich zuerst noch den Verlust meiner Beziehung mit Gavin betrauern?«

»Nein«, antwortete sie in einem erstaunlich teilnahmslosen Ton. »Du kannst es dir schenken, wegen ihm deinen schwarzen Schleier aus der Mottenkiste zu holen.«

»Die Einstellung hattest du aber nicht, als Gavin und ich an dem Wochenende, an dem er mir einen Antrag gemacht hat, ins sonnige Hunstanton abgeschwirrt sind«, rief ich ihr in Erinnerung. »Du konntest es kaum erwarten, uns in seinem Van zum Abschied zuzuwinken. Damals hast du übers ganze Gesicht gestrahlt!«

»Aber damals kannte ich auch noch nicht die Wahrheit, oder? Anna hat die Gerüchte vielleicht gehört, aber mir gegenüber hat sie nie etwas davon erwähnt. Ich hatte keine Ahnung, dass Gavin hinter deinem Rücken mit anderen Frauen rummacht.« Und dann, bevor ich es tun konnte, ergänzte sie: »Und fang gar nicht erst an, mir zu sagen, ich hätte in meine Kristallkugel blicken und es kommen sehen müssen. Du weißt, dass das so nicht funktioniert.«

Ich sah zu der Kugel, die auf dem Kaminsims ruhte, und fragte mich, wie sie denn funktionierte. Ich hatte nie wirklich verstanden, wie irgendjemand in einer Glaskugel mehr als nur sein eigenes Spiegelbild sehen konnte.

»Warum hast du ihn denn nicht zur Rede gestellt, nachdem du von diesem ersten Gerücht Wind bekommen hast?«, fragte Molly. »Ich weiß, Anna denkt, es war, weil du ihn geliebt hast, und ich bin sicher, das hast du, aber das ist nicht die ganze Geschichte, oder?«

Ich nahm einen Schluck von dem Tee, der für ein Gebräu, das unter Mollys Dach zusammengerührt worden war, erstaunlich normal schmeckte.

»Willst du wirklich die Wahrheit wissen?«, fragte ich.

»Ja, bitte.«

Ich holte einmal tief Luft und glitt mit meiner freien Hand noch einmal über Brans Rücken.

»Die Wahrheit ist«, schluckte ich. »Na ja, die Wahrheit ist …«

»Nur zu«, ermunterte sie mich sanft.

»Damals im Frühling«, sagte ich zu ihr, »als das Wetter sich allmählich änderte, fing ich an, mich einsam zu fühlen. Ich sah jeden Tag, wie sich Anna und Jamie immer mehr ineinander verliebten, und das zeigte mir einfach in einem solch scharfen Kontrast, wie allein ich war. Versteh mich nicht falsch«, beeilte ich mich hinzuzufügen, »ich war nicht eifersüchtig auf die beiden, ich habe nur gehofft, dass ich eines Tages ebenfalls die Chance bekommen würde, zu erleben, was sie hatten. Ich wollte nicht länger allein sein. Ich wollte, dass mich jemand so ansah, wie Jamie Anna ansah. Und dann kam Gavin.«

»Und du dachtest, er wäre der Eine?«, fragte sie. »Du dachtest, er könnte der Richtige sein, um die Leere auszufüllen und sich eine gemeinsame Zukunft aufzubauen?«

»Ja«, meinte ich schulterzuckend, »ich dachte, es sei an der Zeit, einen Schlussstrich unter die flüchtigen Affären zu ziehen, einer Beziehung mehr als nur ein paar Wochen zu geben und zu sehen, was passieren würde.«

»Aber warum war, von all den Kerlen, die dich in den letzten Jahren umschwirrt haben wie Bienen den Honig, ausgerechnet er derjenige, bei dem du entschieden hast, ihn an dich heranzulassen?« Sie legte die Stirn in Falten. »Und wie ich dich eben schon gefragt habe, warum hast du ihn dir nach diesem Gerücht nicht vorgeknöpft?«

Auf einmal hatte unser gemütlicher Plausch eine Richtung eingeschlagen, die auf ein weitaus ernsteres Thema zusteuerte.

»Na ja«, sagte ich zu ihr, »ich dachte, wir wären füreinander geschaffen, oder? Viele Leute haben mir gesagt, er hätte einen Ruf, der es mit dem von Casanova aufnehmen könnte, aber ich wusste auch, dass ich selbst noch immer einen gewissen Ruf hatte, auch wenn ich seit fast einem Jahrzehnt ein ziemlich tadelloses Leben geführt habe.«

Molly nickte, sagte aber nichts.

»Meine Eltern, vor allem Dad, haben immer wieder betont, wie glücklich ich mich schätzen könnte, dass ein Mann, vor allem ein so beliebter und gut aussehender wie Gavin, Interesse an mir zeigt, und ich habe ihnen geglaubt. Wer sonst würde sich denn auf eine ernste Beziehung mit einem Mädchen einlassen, das eine Affäre mit ihrem Lehrer hatte und obendrein von ihm geschwängert wurde?«

Ich spürte, wie mein Gesicht zu glühen begann. Es war völlig unnötig gewesen, diesen letzten Teil laut auszusprechen. Molly kannte die Geschichte bereits.

»Und wie du mir mehr als einmal gesagt hast«, fuhr ich fort, »will das Herz, was das Herz will. Ich war in ihn verliebt.« Wieder zuckte ich mit den Schultern. »Ich habe an ihn geglaubt, und an uns. Ich dachte wirklich, er wäre der Eine.«

Zumindest der Eine, der gut genug für ein Mädchen wie mich war.

»Es tut mir so leid«, flüsterte Molly.

»Mir auch«, sagte ich zu ihr. »Ich weiß, wir machen alle Fehler«, fuhr ich fort, »aber Gavins öffentliche Demütigung war unverzeihlich. Ich habe genug davon, die Witzfigur der Stadt zu sein.«

Molly hatte Tränen in den Augen, als ich sie ansah. Die neue Hayley wäre an diesem Punkt vermutlich eingeknickt und in ein langes und lautes Schluchzen ausgebrochen, aber die alte blieb ungerührt und entschlossen. Vielleicht dachte ein Teil von mir sogar, dass ich verdient hatte, was passiert war.

»Schau mich nicht so an, Molly«, sagte ich zu ihr. »Es geht mir gut.«

Sie wirkte nicht überzeugt.

»Ich bin wieder die altes Hayley«, sagte ich fröhlich. »Die freche, coole, die den Männern abgeschworen hat.«

»Wirklich?«

»Na ja, mindestens für ein Jahr oder so«, bestätigte ich. »Wenn danach mein Traumprinz auftauchen sollte, werde ich mich vielleicht, *vielleicht* dazu überwinden können, ihm eine Chance zu geben. Aber bis dahin lasse ich mich auf nichts Ernstes ein.«

»Hast du nicht gesagt, du wolltest das, was Anna und Jamie haben?«

»*Wollte*«, sagte ich betont, um sicherzugehen, dass sie verstand, dass ich die Vergangenheitsform meinte. »Es war, was ich *wollte*. Ich habe einen Versuch gewagt, und es hat in einem Desaster geendet, daher will ich von dieser ganzen Idee nichts mehr wissen. Um genau zu sein«, fuhr ich fort, »hoffe ich, du wirst mir von dieser tollen Sache erzählen, die du, wie du Anna erzählt hast, in meine Richtung hast galoppieren sehen, denn im Moment könnte ich ein wenig Ablenkung gut gebrauchen.«

Kapitel 10

Trotz meines Flehens weigerte sich Molly, ins Detail zu gehen.

»In ein paar Tagen ist Samhain«, rief sie mir stattdessen in Erinnerung. »Der Beginn eines brandneuen Zyklus, und ich würde dir empfehlen, dich von ganzem Herzen auf alles einzulassen, was nach Halloween deinen Weg kreuzt. Vergiss nicht, Hayley, es ist deine Verantwortung, das Beste aus jeder neuen Gelegenheit zu machen, die sich dir bietet.«

»Na ja, damit habe ich doch bereits einen Anfang gemacht, oder?«, erinnerte ich sie. »Ich bin heute aus der Stadt aus- und ins Herrenhaus eingezogen.«

»Und das ist ein großartiger Anfang«, pflichtete Molly bei, »aber ich bin mir ziemlich sicher, dass es in den nächsten Wochen für dich noch weitaus mehr im Angebot geben wird als nur eine Adressänderung.«

»Redest du zufällig davon, dass ich die Ärmel hochkrempeln soll, um bei diesem Winterwunderland mitzuhelfen, das Angus ausgeheckt hat?«

»Kann schon sein«, sagte Molly, während sie verträumt ins Feuer starrte. »Ich meine, immer, wenn man auf Angus achtgeben muss, zieht er alle Aufmerksamkeit auf seine Sache und hält einen davon ab, über andere Dinge nachzudenken, oder?«

Ich merkte, dass ich kurz davor war, sie zu verlieren. Sobald sie anfing, in die Flammen zu starren, konnte man sich ziemlich sicher sein, dass man nicht mehr viel Vernünftiges aus ihr herauskriegen würde.

»Okay«, sagte ich und stellte meinen Becher neben den Tarotkarten auf den Tisch. »Ich geh dann mal wieder.«

»Schon?« Sie blinzelte und ihr Blick kehrte zu mir zurück. »Du bist doch eben erst gekommen.«

»Ich weiß«, sagte ich, »aber wenn ich noch viel länger hier herumsitze, nicke ich noch ein, und ich habe schon den halben Tag verschlafen.«

Auf dem Weg durch den Wald spürte ich eindeutig eine Kühle in der Luft, die sich, da war ich mir sicher, umso strenger anfühlte, nachdem ich die Wärme von Mollys Kaminfeuer verlassen hatte. Ich wickelte mich fester in meine Jacke, Bran dicht an meiner Seite, während die frischen Herbstblätter unter meinen Füßen knirschten. Wir waren noch nicht weit gegangen, als der Hund auf einmal wie angewurzelt stehen blieb. Seine Nase zuckte in eine völlig andere Richtung als die, die zum Herrenhaus führte. Ich hoffte, er hatte nicht ein Kaninchen oder irgendetwas anderes gewittert, dem er gern hinterherjagen würde. Meine kleinen Beine würden mit seinen langen Schritten nicht mithalten können und ich wollte ihn nicht verlieren.

»Komm schon, Bran«, ermunterte ich ihn in meinem überzeugendsten Ton. »Hier geht's lang, Kumpel.«

Er rührte sich nicht vom Fleck.

»Bran«, sagte ich noch einmal, diesmal in einem Singsang, der bei Suki immer wie am Schnürchen klappte. »Komm schon.«

Er ignorierte mich komplett, lief in seine bevorzugte Richtung los und ließ mir keine andere Wahl, als ihm zu folgen. Ohne Leine oder Halsband, um ihn festzuhalten, war ich völlig machtlos und konnte nur die Daumen drücken und ihn im Auge behalten.

»Wenn ich gewusst hätte, was für einen Ärger du machst«, rief ich ihm nach, während eine sanfte Brise die Zweige zu bewegen begann und die Vögel verstummten, »hätte ich dich bei Molly gelassen.«

Er beschleunigte das Tempo, während wir tiefer in den Wald vordrangen und ich angestrengt, mit bebender Brust, versuchte, mit ihm Schritt zu halten. Als ich eben schon dachte, dass ich auf bestem Wege war, mir Ärger einzuhandeln, stieß er auf einmal ein tiefes Bellen aus, verschwand wie ein geölter Blitz um eine Biegung und war völlig außer Sichtweite.

»Bran!«, rief ich. »Warte!«

Ich nahm die Verfolgung auf, so schnell ich es in meinen Gummistiefeln, die mir zu groß waren, konnte.

»Schon gut!«, rief eine Stimme Sekunden später. »Ich habe ihn.«

Als ich auf die Lichtung stolperte, sah ich Gabe vor dem Wunschbaum des Waldes stehen, mit Bran, der auf den Hinterbeinen stand und die Vorderpfoten auf die Schultern seines Herrchens gelegt hatte.

»Du Frechdachs«, keuchte ich. Ich krümmte mich vornüber und legte die Hände an meine stechenden Seiten, während der Hund mit dem Schwanz wedelte und unglaublich selbstzufrieden wirkte. »Ich dachte schon, ich hätte dich verloren.«

»Er muss gewusst haben, dass ich hier bin«, sagte Gabe, während er verwirrt Bran anstarrte, seine Flanken tätschelte und einmal über seinen Körper strich. »Weißt du, irgendwie hat dieser Hund etwas Witziges an sich.«

»O ja«, sagte ich, während ich mich wieder aufrichtete. »Er ist zum Schreien komisch.«

Bran ließ sich wieder auf alle viere fallen und trottete mit heraushängender Zunge zu mir herüber.

»Du solltest deine eigene Stand-up-Nummer haben, Kumpel«, sagte ich zu ihm. »Du würdest ein absolutes Vermögen machen.«

Das sanfte Klimpern und Rascheln der zahlreichen Fähnchen, Schlüssel, Briefe und Nippessachen, die den Baum zierten, weckte unsere Aufmerksamkeit, und ich ging und stellte mich neben Gabe.

»Weißt du, was das hier ist?«, fragte ich ihn.

»Ja.« Er räusperte sich. »Das ist ein Wunschbaum, richtig?«

»So ist es. Molly sagt, die Brise hier weht ständig, da sie die Wünsche fortträgt«, erklärte ich ihm. »Selbst an den stillsten Sommernachmittagen ist hier immer ein bisschen Bewegung.«

Gabe nickte, und ich dachte an die Dinge, die ich selbst an den Baum gehängt hatte. Bislang hatte ich in Sachen Wunscherfüllung kein Glück gehabt, aber ich würde meinen Glauben an die Magie, die meiner im Wald hausenden Freundin zufolge hier existierte, noch nicht aufgeben.

»Hast du hier je einen Wunsch ausgesprochen?«, fragte Gabe.

»Nur einen oder zwei.« Ich schluckte und versuchte,

nicht zu angestrengt auf den Baum zu starren, aus Angst, meine eigenen Anhänger zu entdecken.

Es waren vielleicht nur leblose Objekte, aber alle, die etwas an die breiten Zweige des Baums hängten, verbanden ihre Gaben mit stillen Gebeten und den tiefsten Wünschen ihres Herzens. Das hier war kein Ort, an den die Leute kamen, um um einen Lottogewinn zu bitten. Diese Lichtung und dieser Baum boten etwas weitaus Kostbareres als alles, was man mit Geld kaufen konnte.

Frieden, Verständnis, die Erfüllung eines Ziels, für das man hart gearbeitet hatte, und Gesundheit, das waren die Dinge, die hier weitaus mehr Wertschätzung erfuhren als einfache Besitztümer.

»Willst du einen Wunsch aussprechen?«, fragte ich Gabe, um mich davon abzulenken, über die Worte nachzugrübeln, die ich selbst mehr als einmal geflüstert hatte. »Ich kann dir helfen, wenn du willst«, ergänzte ich, während ich in meinen Hosentaschen nach irgendetwas kramte, was er an den Baum hängen könnte.

»Nein«, beeilte er sich zu sagen, »vielen Dank, aber heute nicht.«

Ich wartete ab, ob er erklären würde, warum. Ich war vielleicht nicht der geduldigste Mensch der Welt, aber ich hatte gelernt, wenn man die stillen Momente in einem Gespräch nicht automatisch hastig ausfüllte, dann tat es häufig der Gesprächspartner und teilte dadurch weitaus mehr mit, als er eigentlich vorhatte. Ich hatte nicht das Bedürfnis, Gabe mit einem Trick dazu zu bringen, seine Geheimnisse preiszugeben, aber sein fest zugezogenes Gepäck und die Miene in seinem Gesicht, als ich bei Molly auftauchte, ließen mich vermuten, dass er eine Schulter zum Anlehnen brauchte.

»Eines Tages vielleicht«, fuhr er fort, »aber unter uns gesagt, hänge ich im Moment noch immer einem Wunsch nach, der unmöglich wahr werden kann, daher wäre es nicht fair, den Baum, oder das Universum, um etwas zu bitten, was sie mir niemals geben könnten.«

Ich hatte nicht die Absicht, zu einer mitreißenden »Nichts ist unmöglich«-Rede auszuholen, denn ich wusste aus eigener Erfahrung, dass das bei manchen Dingen einfach nicht der Fall war. Nach meiner Fehlgeburt hatte ich mir monatelang gewünscht, es wäre nicht passiert, hatte mir gewünscht, ich könnte die Uhr zurückdrehen und vielleicht einen Weg finden, sie anzuhalten, hatte gebetet, ich könnte ein paar der Dinge zurücknehmen, die ich gesagt hatte. Aber manches im Leben ist nicht dazu bestimmt, verändert zu werden, auch wenn sie deine Seele in zwei Hälften zerrissen haben, und es hatte wenig Sinn, Gabe oder mir selbst irgendetwas anderes vorzumachen.

»Wollen wir dann zurückgehen?«, schlug ich vor. »Ich schätze, inzwischen müsste es Zeit für den Tee sein.«

Gabe schob den Ärmel seines Pullovers hoch, um auf die Uhr zu sehen.

»Gott«, meinte er kopfschüttelnd, »es ist viel später, als ich dachte. Kennst du von hier den Weg zurück?«

»Wie meine Westentasche.«

Auf unserem Weg durch den Wald erzählte mir Gabe von der Art Arbeit auf Wynthorpe Hall, die er übernehmen sollte.

»Im Grunde wird es eine Art Mischung aus Waldschule

und Survivaltraining sein, aber mit ein bisschen vorsichtiger psychologischer Beratung und vielen Gelegenheiten zum Reden«, erklärte er mir. »Außerdem Lagerfeuer, Hütten bauen, im Freien unter den Sternen schlafen und Basteln mit Waldmaterialien. Solches Zeug.«

In mancher Hinsicht klang es so ähnlich wie das, was Mick angeboten hatte, aber mit ein paar therapeutischen Sitzungen zur zusätzlichen Unterstützung.

»Ich will, dass die Kinder eine Verbundenheit mit der Natur entwickeln«, fuhr Gabe begeistert fort, »und sie in einer anderen Umgebung zum Reden bringen. Vier Wände und ein Tisch sind schön und gut, aber nicht alle Kinder können sich in einem solch förmlichen Rahmen öffnen. Eine zwanglose Unterhaltung, während man Holz fürs Lagerfeuer sammelt, wird für manche weitaus besser geeignet sein.«

Das konnte ich verstehen. Ich hatte das wohlmeinende Nicken, die besorgt gefurchten Brauen und den unverwandten Blickkontakt, die dazu führen konnten, dass ein Kind dichtmachte, aus erster Hand erlebt. Die Backaktionen, die Dorothy einigen der Kinder angeboten hatte, hatten sich als weitaus zielführender erwiesen als die vorgeschriebenen Arzttermine, und das nicht nur wegen der köstlichen Ergebnisse, die am Ende aus dem Ofen kamen.

»Oh, wow«, stöhnte Gabe. »Sieh dir das an!«

Das Gespräch, das ich in der Küche mitgehört hatte, war mir eben wieder in den Sinn gekommen, und ich wollte Gabe eben schon fragen, was ihn für diesen Job qualifizierte, aber als ich das Entzücken in seiner Stimme hörte, entschied ich, die Frage auf ein andermal zu verschieben.

»Nicht schlecht, was?« Ich folgte seinem Blick zu der größten Eiche, die das Wynthorpe-Anwesen zu bieten hatte.

»Nicht schlecht!« Er lachte, stürzte vor und legte die Hände flach an die Rinde. »Wirklich nicht schlecht! Wie alt ist sie?«

»Keine Ahnung«, meinte ich schulterzuckend, während ich ihre mächtige Höhe mit den Augen abschätzte.

Der Boden rings um den Baum war mit Blättern übersät, und hier und da lagen noch immer ein paar Eicheln, die der Aufmerksamkeit der Eichhörnchen entgangen waren. Ich bückte mich, um ein paar der Samen aufzuheben. Sie steckten noch immer in ihren Schalen und die Eicheln selbst fühlten sich glatt zwischen meinen Fingern an. Ich reichte eine davon Gabe und steckte die andere in meine Hosentasche. Etwas, das ich seit Jahren nicht mehr getan hatte.

»Ich hätte dich ja nicht als Baumliebhaber eingestuft«, sagte ich zu ihm, »nachdem ich mit eigenen Augen gesehen habe, wie du mit diesen Klötzen beim Cottage kurzen Prozess gemacht hast.«

Ich spürte, wie ich ein wenig errötete, als ich daran denken musste, wie Gabe, bis zur Taille entblößt, seine Axt schwang, die konturierten Muskeln in seinem Rücken und seinen Schultern straff und angespannt.

»Na ja, aber das bin ich«, sagte er grinsend. »Ich bin ein restlos begeisterter Baumliebhaber, fürchte ich, Hayley. Aber das heißt nicht, dass ich ihn nicht verwerte, sobald seine Zeit abgelaufen ist.«

Also war er einfallsreich und respektvoll zugleich – zwei Eigenschaften, mit denen ich etwas anfangen konnte.

»Komm her«, sagte er, streckte eine Hand aus und nahm meinen Arm.

»Ausgeschlossen«, sagte ich und wich einen Schritt zurück. »Dazu wirst du mich nicht überreden können. Frag lieber Molly. Sie ist für so was viel besser geeignet.«

»Komm schon«, beharrte er, während er versuchte, mich etwas näher an den knorrigen Stamm zu schieben. »Woher willst du wissen, dass es dir nicht gefällt, wenn du es nie versucht hast?«

»Ja, na klar«, entgegnete ich lachend, »das sagen alle Jungs.« Aber ich knickte trotzdem ein und trat wieder in seine Reichweite.

»Du bist unverbesserlich.« Gabe lachte ebenfalls. »Das weißt du, oder?«

»Natürlich weiß ich das. Dafür bin ich in der Gegend hier berühmt.«

Unter anderem, aber jetzt war nicht der richtige Moment, das Thema anzuschneiden.

Gabe schüttelte den Kopf. »Hier«, sagte er, nahm meine Hand in seine und legte sie flach an den Baumstamm. »Kannst du das spüren?«

Seine flache Hand, auf meinen Handrücken gedrückt, fühlte sich warm an. Da war etwas, aber ich war mir nicht sicher, ob es mit dem Baum zu tun hatte.

»Kannst du fühlen, wie glatt es ist?«

Ich nickte, während ich überallhin sah, nur nicht zu ihm.

»Dieser große Kerl hier lässt es für den Winter etwas langsamer angehen«, fuhr er fort. »Stellt sich auf die lange Ruhephase ein. Etwas, das wir alle in Betracht ziehen sollten.«

»Mit einem Angus, der in der Vorweihnachtszeit frei herumläuft«, sagte ich heiser, »besteht dafür keine Chance.«

Gabe gab keinen Kommentar ab, glitt nur mit seiner flachen Hand sanft über meine Finger, und als ich ihn schließlich anzusehen wagte, starrte er zu mir hinunter.

»Wir sollten zurückgehen«, flüsterte ich, schockiert von der Intimität seiner Berührung. »Dorothy wird sich schon fragen, wo wir stecken.«

»Okay«, hauchte er und nahm seine Hand fort, wandte den Blick aber nicht von meinen Augen ab. »Entschuldige.«

Die Haut an meiner Hand fühlte sich kalt an ohne den Druck der seinen, und ich steckte sie in meine Jackentasche und drehte die glatte kleine Eichel zwischen den Fingern, während wir, dicht gefolgt von Bran, den Rest des Wegs in einvernehmlichem Schweigen nebeneinander hergingen.

»Na endlich«, meinte Dorothy mit einem missbilligenden Kopfschütteln, als wir schließlich in die Küche kamen. »Ich habe schon gar nicht mehr mit euch gerechnet.«

»Wir waren im Wald«, erklärte Gabe.

Annas Kopf schnellte von den Unterlagen hoch, die sie durchsah, und ihr Blick huschte zwischen Gabe und mir hin und her.

»Bran ist mir weggelaufen, als ich von Mollys Cottage zurückgegangen bin«, ergänzte ich rasch.

Das Letzte, was ich wollte, war, dass Anna dachte, wir wären zu einem gemeinsamen Spaziergang aufgebrochen. Wenn ich ihr auch nur eine Sekunde gab, würde sie anfangen, eins und eins zusammenzuzählen, und auf die falsche

Antwort kommen. Allerdings würde meine Paranoia mich früher oder später ohnehin verraten.

»Allmählich fange ich an zu glauben, dass er übermenschliche Fähigkeiten hat, der hier«, fuhr Gabe fort, während er Bran unter dem Kinn kraulte. »Er ist von Hayley weggelaufen und sofort zu mir gekommen. Weiß der Himmel, woher er wusste, wo ich war.«

»Das heißt, Bran hat dich schnurstracks zu Gabe geführt, richtig, Hayley?«

Ich beschäftigte mich damit, meine Jacke auszuziehen und sie über eine Stuhllehne zu hängen. Hatte sie wirklich vergessen, dass ich eben erst der kürzesten Verlobung, von der man in dieser Gegend je gehört hatte, entkommen und jetzt dabei war, mein gebrochenes Herz gesund zu pflegen?

»Das hat er, oder?«, sagte Gabe lachend, ohne zu ahnen, was sie andeutete, vorausgesetzt, natürlich, ich las nicht zu viel in ihre Worte hinein.

Im nächsten Augenblick kam Catherine in die Küche und bewahrte mich in letzter Sekunde davor, zu heftig zu protestieren.

»Und, wie ist es heute in der Stadt gelaufen?«, fragte sie. »Ich hoffe, es war nicht so schlimm für dich, Liebes.«

Gabe und ich nahmen unsere Plätze mit den anderen am Tisch ein. Ich berichtete, dass Mum zu Hause gewesen war, und ein bisschen was von dem, was sie gesagt hatte, zusammen mit dem Update vom Pub und Details von meiner, wie ich hoffte, letzten Begegnung mit Gavin.

»Dann bist du ja wirklich ein Engel«, wandte sich Anna an Gabe, sobald ich ihnen erzählt hatte, wie er Gavin überwältigt hatte. »Auch wenn deine Vorgehensweise ein bisschen unorthodox ist.«

»Unorthodox oder nicht, es war nicht weniger, als Gavin verdient hat«, schockierte mich Angus.

»Bist du sicher, dass du unter diesem Pullover nicht Flügel hast, Gabe?«, setzte Anna noch einen drauf, und alle lachten.

»Ganz sicher«, sagte er. »Dafür kann Hayley sich verbürgen.«

»Ach ja, kann sie das?«, fragte Dorothy kopfschüttelnd.

»Aber ja«, warf ich ein. Ich hielt es für das Beste, die Flucht nach vorn anzutreten. »Ich kann bestätigen, dass da nicht eine Feder zu sehen ist. Es gibt etliche stattliche Muskeln und ein Paar kräftige Schultern, aber keine Federn.«

Jetzt war es an Gabe, rot anzulaufen.

»Na ja, ich denke, wir haben genug gehört«, meinte Dorothy, während sie sich mit dem Geschirrtuch Luft zufächelte. »Also, wer will noch mehr Kuchen?«

»Ich nehme ein Stück, bitte«, antwortete ich. »Ich werde ein paar zusätzliche Kalorien brauchen, um mein Zeug hochzuschleppen.«

»Ach ja, gut, dass du deine Sachen erwähnst«, meldete sich Catherine zu Wort. »Denn ich wollte mit dir über das Rosenzimmer reden, Hayley.«

Ich hoffte, sie würde es mir nicht dauerhaft anbieten. So hübsch es auch war, aus irgendeinem Grund konnte ich mich darin nicht entspannen. Irgendwie fühlte es sich für mich nicht richtig an.

»Wie lebst du dich dort ein?«, erkundigte sich Anna. »Ich habe es geliebt, dort zu wohnen. Ehrlich gesagt, jetzt, wo ich weiß, wie schludrig Jamie mit dem Bettenmachen und dem Wäschekorb ist, wünschte ich manchmal, ich wäre gar nicht dort ausgezogen.«

»Hey!«, protestierte Jamie. »So schlimm bin ich nun auch wieder nicht.«

»Wäre es dir denn recht, dort wohnen zu bleiben, Hayley?«, fragte Catherine.

»Wenn du das gern möchtest.« Ich lächelte diplomatisch.

Das Letzte, was ich wollte, war, undankbar zu erscheinen, und das hübscheste Zimmer im Herrenhaus auszuschlagen wäre eine todsichere Methode, genau das zu tun.

»Das war nicht ganz meine Frage«, entgegnete Catherine sanft.

»Na ja«, meinte ich, während ich auf meinem Platz ein bisschen herumrutschte, »da es das beliebteste Schlafzimmer hier ist, dachte ich, vielleicht wäre es besser, wenn es Gästen und der Familie vorbehalten bleibt. Es ist so hübsch, und ich weiß, dass es Cass' Lieblingszimmer ist.«

»Dir ist aber schon klar, dass wir dich zur Familie zählen, oder, Hayley?«, fragte Angus stirnrunzelnd.

»Natürlich«, beeilte ich mich zu sagen, »aber ich wäre auch in einem anderen Zimmer rundum zufrieden.«

»Was ist denn mit dem, das ich vorgeschlagen habe?«, wandte sich Dorothy an Catherine.

Sie hatte endlich ihren Platz am Tisch eingenommen, war aber jederzeit bereit, wieder aufzuspringen, sollte irgendjemand auch nur annähernd so aussehen, als ob er noch etwas zu essen bräuchte.

Catherine nickte.

»Wie würde es dir gefallen, ans andere Ende des Herrenhauses zu ziehen, um neben mir zu wohnen?«, fragte Dorothy. »Du könntest das Zimmer auf der anderen Seite des Wohnzimmers haben, das ich benutze, und wir könnten einander abends Gesellschaft leisten.«

Dorothys Zimmer befand sich am anderen Ende des Hauses, weit entfernt von den Wohnräumen der Familie, mit einer kuscheligen Ecke zum Entspannen, die an das Zimmer angrenzte. Gegenüber ihrer behaglichen kleinen Stube gab es noch ein anderes Schlafzimmer.

»Bist du sicher, dass du es auf so engem Raum mit mir aushältst?«, fragte ich, nur halb im Scherz. »Wir reden hier von sieben Tagen die Woche, rund um die Uhr, Dorothy.«

»Das weiß ich«, meinte sie kopfschüttelnd.

»Die Frage sollte eher lauten«, sagte Mick grinsend, »kannst du es mit Dorothy aushalten? Sie hat einen ziemlich grauenhaften Geschmack, was Musik und Filme angeht, weißt du.«

»Hey, hey«, holte Dorothy zum Gegenschlag aus. »Lass dir von mir gesagt sein, es gibt nichts Besseres als einen kleinen Tom Cruise, um einen düsteren Winterabend aufzuhellen.«

Ich war mir nicht sicher, worauf ich mich hier einließ, aber es konnte nicht schlimmer sein, als zu Hause zuzuhören, wie das Schnarchen meines Vaters Nacht für Nacht das Dach erschütterte.

»Dann hätten wir das ja geklärt«, sagte Catherine entschieden. »Lass deine Kartons für heute Nacht, wo sie sind, schlaf ein letztes Mal im Rosenzimmer, und morgen kannst du dein neues Zuhause gründlich durchlüften und mit allem einrichten, was du dir oben auf dem Dachboden aussuchen willst.«

Angesichts dieser aufregenden Aussicht wusste ich schon jetzt, dass mir noch eine schlaflose Nacht bevorstand.

Später an diesem Abend, während ich mich im Bett hin und her wälzte, fragte ich mich, was Gavin wohl von meiner neuen Bleibe gehalten hätte. Aber das war nicht das Einzige, was mir durch den Kopf ging. Ich konnte noch immer Gabes zärtliche Berührung spüren, lange nachdem er seine Hand vom Rücken der meinen genommen hatte.

Kapitel 11

Am nächsten Morgen, nach einem ungewöhnlich frühen Frühstück, liefen Dorothy und ich das Herrenhaus praktisch der Länge nach ab, um von der Küche zu meinem neuen Zuhause zu gelangen. Ich musste entscheiden, wie ich es einrichten wollte, nachdem Catherine mir gestattet hatte, ein paar Schätze aus dem Dachboden auszusuchen.

»Das lässt sich alles noch umräumen«, erklärte Dorothy, als sie die Tür zum Wohnzimmer öffnete, das wir uns teilen würden. »Ich bin sicher, wir können alles so arrangieren, dass es für uns beide passt.«

»Es ist perfekt so, wie es ist«, sagte ich zu ihr. »Hier ist genug Platz für mein bisschen Krimskrams, aber mein Gott, ich hatte ganz vergessen, wie riesig dein Fernseher ist!«

Dabei erinnerte ich mich noch gut daran, wie die Lieferanten gekeucht hatten, als sie den gigantischen Karton unzählige Treppen hochschleppen mussten. Als Entschädigung hatten sie von Dorothy einen herzhaften Imbiss bekommen und Kuchenstücke, in Butterbrotpapier gewickelt, mit auf den Weg, damit sie für den Rest des Tages versorgt waren.

»Wie du weißt, gehe ich heutzutage nicht mehr so gern abends aus«, rief mir Dorothy in Erinnerung, »aber ein Bildschirm dieser Größe ist so gut wie ein Besuch im

Kino, und hier hat niemand etwas dagegen, wenn man den Film mittendrin anhält, um sich noch ein Tässchen Tee zu machen.«

Ich lächelte kopfschüttelnd. Es konnte nicht viele Rentner mit einer solchen Leidenschaft für Filme geben wie meine neue Mitbewohnerin. Ich hoffte nur, sie würde mich mit ihrem Surround-Sound-System nicht die ganze Nacht wach halten. *Das* wäre tatsächlich so schlimm wie Dads Schnarchen.

»Und hier ist dein Zimmer«, sagte sie und öffnete die Tür zu dem Schlafzimmer, das auf der anderen Seite des Wohnzimmers lag. »Ich habe das Fenster schon aufgemacht, damit es schön durchgelüftet ist. Ehrlich gesagt denke ich, wir sollten es jetzt besser schließen.«

Das Zimmer war eiskalt, aber frisch, und ich ließ mir Zeit, um mich in dem fast leeren Raum umzusehen. Es gab ein altmodisches Metallbettgestell, das Dorothy zufolge viktorianisch war, aber die Matratze war so gut wie neu und kaum benutzt.

»Von hier aus hat man eine richtig schöne Aussicht«, sagte sie und wies mit einem Nicken zum Fenster, das auf die Gärten hinter dem Herrenhaus hinausging, mit einem Fensterbrett, das tief genug war, um darauf zu sitzen, »und die Fensterbank lässt sich hochklappen, sodass du dort irgendwelchen Krimskrams verstauen kannst, den du nicht offen zur Schau stellen willst.«

Ich warf einen Blick hinein und fragte mich, ob das Fach wohl groß genug war, um meine Kunstmappe darin zu verstauen, die derzeit noch unter dem Bett im Rosenzimmer versteckt war. Je früher sie vor neugierigen Blicken geschützt wurde, desto besser. Ich sah hinaus über die Gärten, und trotz meiner Entschlossenheit, mein Herz von jetzt an zu verschließen, begann es, in meiner Brust vor sich hin zu hämmern. Die Tatsache, dass Gabe eben in Sicht gekommen war, hatte nichts damit zu tun. Das Flattern beruhte allein auf der Erkenntnis, dass das hier der ideale Platz zum Zeichnen sein könnte, sollte ich mich entschließen, damit weiterzumachen.

Ich trat rasch vom Fenster zurück und machte mich daran, die beiden tiefen Schränke zu beiden Seiten des Kamins zu inspizieren, einer davon mit einer Kleiderstange. Andere Möbel gab es nicht, und die Holzdielen ließen das Zimmer hohl klingen, aber ein paar schwere Vorhänge und ein Teppich würden dieses Problem schnell beheben.

»Also«, sagte Dorothy und biss sich auf die Lippe. »Was meinst du? Ich weiß, es ist kein Vergleich zum Rosenzimmer, aber …«

»Es ist perfekt«, unterbrach ich sie.

»Na ja, das wird es sein, sobald du dich entschieden hast, wie du es einrichten willst.« Sie lächelte. »Und die Heizung hier oben ist ziemlich effizient, das heißt, du wirst es schön warm und gemütlich haben.«

Ich nickte. Ich konnte noch immer nicht glauben, dass ich wirklich hier wohnen würde. All die Jahre hatten Catherine und Angus mich immer wieder gebeten, hier einzuziehen, aber ich hatte zu Hause ausgeharrt. Und wozu das Ganze? Hätte ich den Absprung früher geschafft, dann hätte Mum vielleicht schon vor einer Ewigkeit den Mut aufgebracht, einen Neuanfang zu wagen, aber ich wusste, dass es nicht viel Sinn hatte, so zu denken.

Jetzt würde es diesen Neuanfang für sie endlich geben, und ich selbst konnte mich glücklich schätzen, eine weitere Familie zu haben, die in den Startlöchern stand, um mich in ihrem Zuhause willkommen zu heißen. Wenigstens konnte ich von mir behaupten, eine pflichtbewusste Tochter gewesen zu sein.

»Du hast es verdient«, sagte Dorothy, durchquerte das Zimmer und rieb meinen Arm. »Es ist an der Zeit, dass du anfängst, dein eigenes Leben zu leben, Liebes.«

Ich machte den Mund auf, um zu erklären, wie dankbar ich für die Gelegenheit war, genau das zu tun, aber sie fuhr bereits fort.

»Du darfst dir nicht länger selbst die Schuld an allem geben, was in der Vergangenheit passiert ist, Hayley. Du musst das hinter dir lassen.«

Ich wusste, dass sie recht hatte, aber es gab noch immer eine Sache aus meiner Vergangenheit, die mich zurückhielt. Ich würde mich ihr bald stellen müssen, nur jetzt noch nicht. Ich wollte nicht, dass irgendetwas mir den heutigen Tag verdarb, nicht einmal Gedanken an mein zertrümmertes Herz.

»Es war die richtige Entscheidung, dich nicht mit diesem Gavin abzufinden«, sagte sie zu mir. »Er war nicht gut genug für dich, mein Mädchen.«

Ich musste unwillkürlich lächeln. Dorothy hatte den einst sexy Gerüstbauer zu »diesem Gavin« degradiert, sobald sie erfahren hatte, was geschehen war.

»Ich weiß, du wirst nicht so schnell über ihn hinwegkommen, aber bitte nimm sein grässliches Verhalten nicht als Ausrede, um dein Herz zu verschließen.«

»Ich verschließe mein Herz ja gar nicht«, erwiderte ich. »Ich hänge nur für eine Weile das ›Bin bald zurück‹-Schild an die Tür. Gib mir ein paar Monate, dann bin ich wieder da.«

»Aber wofür genau?«, fragte sie stirnrunzelnd.

»Spaß und Vergnügen«, meinte ich schulterzuckend. Mein Blick kehrte zurück zum Fenster, von dem aus ich Gabe noch immer durch den Garten spazieren sah. »Nichts Ernstes mehr. Dafür bin ich einfach nicht geschaffen.«

»Was du da sagst, klingt für mich nicht so, als ob es irgendetwas mit deinem Herzen zu tun hat.«

»Na ja, vielleicht nicht.« Ich zuckte wieder mit den Schultern.

»Bitte lass dich durch all das, was passiert ist, nicht davon abhalten, dich wieder zu verlieben«, schniefte Dorothy, als ich draußen im Flur Schritte hörte.

»Dorothy«, sagte ich mit einem leisen Lächeln zu ihr, »ich weiß, du meinst es nur gut, aber ich habe nicht die Absicht, mich wieder zu verlieben. Es tut zu sehr weh, wenn es schiefgeht. Warum sollte ich mir einen solchen Schmerz noch einmal antun?«

»Sag das nicht«, erwiderte sie. »Du kannst nicht davon ausgehen, dass es schiefgehen wird.«

»Hör zu«, sagte ich, während ich wünschte, sie würde nicht so traurig aussehen. »Es geht mir gut. Ich verspreche dir, ich bin rundum glücklich so, also vergieß meinetwegen bitte keine Tränen, und bitte«, ergänzte ich, während ich sie umarmte, »*bitte* lass uns nicht alle fünf Minuten ein tiefes und bedeutungsvolles Gespräch führen, denn wenn wir das tun, werden wir hier oben nie unseren Spaß haben.«

Sie nickte und küsste mich aufs Haar, dann trat sie ans Fenster, um sich die Augen zu trocknen, während Anna und Molly ins Zimmer platzten. Irgendetwas hatten sie ausgeheckt, denn die beiden erinnerten in diesem Moment mehr an zwei aufgedrehte Teenager als an vernünftige, erwachsene Frauen.

»Was ist denn in euch zwei gefahren?«, fragte ich.

Ich konnte nicht genau sagen, warum, aber es machte mich misstrauisch, die beiden so früh am Tag so aufgedreht zu sehen.

Molly öffnete den Mund, um etwas zu sagen, aber Anna stieß sie in die Rippen und ergriff als Erste das Wort.

»Nichts«, meinte sie schulterzuckend. »Wir freuen uns nur, dir zu helfen, dich hier drinnen einzurichten, das ist alles.«

Ich konnte es ihr immer ansehen, wenn sie log.

Dorothy hatte sich rasch von ihrem ungewöhnlich emotionalen Moment erholt und zeigte mir das Badezimmer auf der anderen Seite des Flurs, das wir uns ebenfalls teilen würden. »Wenn du oben in den Dachbodenräumen gefunden hast, was du willst, Hayley«, sagte sie, »werde ich nach dem Mittagessen die Männer dafür abkommandieren, dass sie dir helfen, es herunterzutragen.«

»Ich bin sicher, wir schaffen das auch allein«, sagte ich zu ihr. »Aber trotzdem danke.«

»Sei nicht so stur«, warf Anna ein. »Es wird schneller gehen, wenn alle mitanpacken.«

Da hatte sie natürlich recht, aber die Hayley, die ich zurückzugewinnen versuchte – die freche, vorlaute –, war noch nie gut darin gewesen, Hilfe anzunehmen. Ich musste mir in Erinnerung rufen, dass es nur mein Herz war, um das ich einen Zaun errichtete. Ein Hilfsangebot anzunehmen hieß nicht zwangsläufig, dass ich einknicken würde.

»Und denk über das nach, was ich gesagt habe«, bat Dorothy, bevor sie zurück in die Küche ging.

»Worum ging es da denn eben?«, fragte Molly, sobald Dorothy außer Hörweite war.

»Und ich dachte, du könntest Gedanken lesen«, meinte ich kopfschüttelnd, während ich mich an ihr vorbeidrängte, um hoch zu den Dachböden zu kommen.

Wir kamen an Dolores vorbei, der ausgestopften Braunbärin, die Catherine auf keinen Fall unten ins Herrenhaus lassen wollte, und gingen weiter zu den Räumen, die mit all den Dingen gefüllt waren, die ich in meinem neuen Zuhause unterbringen könnte.

»Schwebt dir ein bestimmtes Thema vor?«, fragte Anna, während wir den Flur hinuntersahen, wo Catherine – trotz Angus' Bemühungen, das System ins Chaos zu stürzen – versucht hatte, die Dinge alphabetisch geordnet in Kartons aufzubewahren. »Oder eine bestimmte Farbe?«

»Und wirst du das Bettgestell behalten?«, warf Molly ein. »Oder ist das zu mädchenhaft?«

»Ja, ja, ja und nein«, sagte ich lächelnd zu den beiden.

»Na dann«, entgegnete Anna lachend, »das dürfte uns eine Menge Zeit ersparen.«

Meine beiden Freundinnen waren ziemlich verblüfft, als ich schnell damit begann, gezielt ein paar Sachen neben Dolores aufeinanderzustapeln.

»Das ist absolut nicht, was ich erwartet hatte«, meinte Anna kopfschüttelnd, als ich noch ein Kissen zu den dreien legte, die ich bereits gefunden hatte.

»Ich auch nicht«, pflichtete Molly bei. Sie steckte sich zum hundertsten Mal an diesem Morgen ihre unbezähmbare Mähne hinter die Ohren, während sie die drei gerahmten Rosendrucke inspizierte, die ich gerade ausgekramt hatte.

»Warum denn nicht?«, fragte ich, während ich mich wieder aufrichtete und die Knicke in meinem Rückgrat zurechtbog.

»Na ja …«, begann Anna.

»Es ist alles ein bisschen rosa«, warf Molly ein.

Sie hatte recht. Es war tatsächlich alles ein bisschen rosa. Von den Laura-Ashley-Vintagevorhängen bis hin zu der seidig weichen, handgenähten Daunendecke war alles ein bisschen rosa und ein bisschen geblümt.

»Ich hätte nie gedacht, dass du auf dieses süße, pastellfarbene Zeug stehst«, sagte Anna. »Ich dachte, das sei alles eher mein Geschmack als deiner.«

»Gut so.« Ich lachte laut auf, sodass die beiden zusammenzuckten. »Denn wisst ihr was? Ich kann mir nichts Schlimmeres vorstellen, als berechenbar zu sein. Ich bin richtig froh, dass ich euch beide verblüfft habe, und du, Anna, bist doch nur neidisch, weil du dir ein Zimmer mit Jamie teilen musst, der den Boden mit seiner Schmutzwäsche zumüllt und so etwas hier nicht einmal in die Nähe eures Zimmers lassen würde.«

»Also, hast du das alles nur ausgewählt, um mich zu ärgern, oder ist es das, was du wirklich willst?« Sie grinste.

Ich bekam keine Chance zu antworten.

»Wie kommt ihr hier oben voran?«

Es war Catherine.

»Wie ich sehe, haben sich die Motten noch immer nicht über Dolores hergemacht«, fuhr sie fort, während sie einen großen Bogen um die Bärin schlug, die sie seit ihrer Kindheit fürchtete, von der sie sich aber dennoch nicht trennen konnte. »Aha.« Sie lächelte, als sie entdeckte, was ich ausgewählt hatte, und meinen Ruf als Unberechenbare damit völlig ruinierte. »Ich hatte so ein Gefühl, dass du dich für diese Sachen entscheiden würdest.«

»Ist das denn in Ordnung?«

»Natürlich ist es das«, sagte sie zu mir. »Sie hätten nie weggepackt werden sollen, aber es hat keinen Sinn, jetzt noch darüber nachzugrübeln.«

»Danke, Catherine.«

»Und jetzt kommt schon. Dorothy wird gleich den Gong zum Mittagessen schlagen, und danach werden wir zusehen, dass wir dieses ganze Zeug irgendwie hinuntergeschafft.«

Anna und Molly wirkten noch verwirrter als vorher. Trotzdem erzählte ich ihnen nicht, dass Catherine diese hübschen Einrichtungsgegenstände einst verwendet hatte, um ein anderes Zimmer damit auszustatten und mich so zu locken, meinen Wohnsitz ins Herrenhaus zu verlegen. Damals hatte ich mich danach gesehnt, hier einzuziehen, aber die Loyalität zu meinen Eltern hatte mich davon abgehalten. Das wunderschöne Zimmer, von dem ich jahrelang geträumt hatte, würde jetzt endlich meins sein.

»Dann müssen wir jetzt nur noch dein Zeug aus dem Rosenzimmer hierherschaffen«, sagte Mick, klopfte sich die Hose ab und richtete sich wieder auf, nachdem er mir geholfen hatte, den Teppich zwischen dem Bett und dem Kamin zu positionieren.

»Ja«, sagte ich, während ich mich aufgeregt umsah, »und dann ist Feierabend.«

»Sieht denn hier jetzt alles so aus, wie du es dir erhofft hast?«

Ich ließ den Blick über das hübsche, pastellfarbene Zuhause schweifen, das wir erschaffen hatten. Das hier war ein lange gehegter Wunsch, bei dem ich endlich den Mut aufgebracht hatte, ihn – ohne die Unterstützung des Baums im Wald – wahr werden zu lassen.

»Ja«, sagte ich und seufzte vor Freude einmal tief auf, »das tut es.«

»Na, dann ist ja alles gut.«

»Auch wenn ich«, ergänzte ich, »gehofft hatte, Anna und Molly würden hier sein, um zu sehen, wie sich alles zusammenfügt. Weißt du, wo sie sind?«

»Im Rosenzimmer«, antwortete er. »Sie meinten, sie würden dein restliches Zeug holen, während wir den Teppich auslegen.«

Ich stürzte aus dem Zimmer, meine Aufregung war vollkommen vergessen. Hoffentlich war keine der beiden auf die Idee gekommen, einen Blick unter das Bett zu werfen.

»Ist alles in Ordnung?«, rief Mick mir nach.

Wie sich herausstellte, war nicht alles in Ordnung, nein.

Ich konnte das aufgeregte Geplapper der beiden hören, noch bevor ich das Zimmer betreten hatte. Als ich hereinplatzte, sah ich sie eng beieinander auf dem Bett sitzen, mit meiner jetzt leeren Mappe, deren Inhalt auf dem ganzen Bett ausgebreitet war, um von ihnen eingehend studiert zu werden.

»Was habt ihr denn da?« Ich dachte, wenn ich mich dumm stellte, würden sie die Arbeiten vielleicht gar nicht mit mir in Verbindung bringen.

»Als wir vorhin hier hochgekommen sind, um dich zu finden, ist Suki unter das Bett geflitzt«, begann Molly, »und hat das hier hervorgezerrt.«

Ich war mir nicht sicher, ob ich ihr glauben sollte. Das unerschrockene kleine Hündchen hatte vielleicht das Herz und die Haltung, um es mit einem Bullmastiff aufzunehmen, aber ihre körperliche Kraft war durch und durch die eines Chihuahuas, und die prall gefüllte Mappe wäre viel zu schwer für sie gewesen, um sie unter dem Bett hervorzuzerren.

»O mein Gott«, war alles, was ich zustande brachte.

»Warum hast du uns das nicht gesagt?«, fragte Anna, den Kopf noch immer über eines der Skizzenbücher gebeugt.

»Euch was nicht gesagt?«

»Das hier, natürlich«, sagte Molly, ihre Augen glänzend vor Aufregung, während sie auf die Skizzen und Gemälde zeigte. »Wir haben den ganzen Vormittag darauf gewartet, dass du es erwähnst, aber du hast kein Wort gesagt.«

»Ich wusste nichts davon«, antwortete ich. »Irgendjemand muss es dort versteckt haben.«

»Und du hast es nicht entdeckt, als du Staub gesaugt hast?«, meinte Anna kopfschüttelnd. »Tu nicht so, Hayley Hurren. Als ob du uns etwas vormachen könntest.«

Ich kaute auf meiner Lippe, schoss aber nicht zurück. Wenn ich etwas nicht ertragen konnte, dann, dass meine Arbeitsmoral kritisiert wurde. Anna wusste das und versuchte absichtlich, mich zu provozieren.

»Meinst du, es war schon lange da?«, holte Molly zu einer offensichtlich gut einstudierten kleinen Rede aus.

»Nicht sehr lange«, antwortete Anna. »Ich würde sagen, nicht mehr als ein paar Tage.«

»Wirklich?«

Obwohl ich wusste, dass sie es nicht böse meinten, begannen meine Hände zu schwitzen, und mein Herz hämmerte so laut, dass ich mir sicher war, eine von ihnen würde es hören.

»Na ja, das ist doch alles egal«, sagte ich in einem vergeblichen Versuch, sie auf andere Gedanken zu bringen. »Kommt und seht euch an, wie das Zimmer aussieht. Mick und ich haben die Vorhänge aufgehängt und den Teppich ausgelegt. Ihr werdet es nicht wiedererkennen.«

Keine der beiden hörte mir zu, wie Mollys nächste Frage bestätigte.

»Also, warum sagst du das, Anna?«

Jetzt grinste sie.

»Weil ich ganz sicher weiß«, antwortete Anna, während sie den Blick endlich vom Bett losriss, um zu mir hochzusehen, »dass es Hayleys Mappe ist.«

»Was?«, stöhnte Molly gekünstelt schockiert.

»Was redest du denn?«, fauchte ich.

»HH«, verkündete Anna, hielt eine der Zeichnungen hoch und zeigte auf meine Initialen, die ich in der Ecke rechts unten hinzugefügt hatte. »Hayley Hurren.«

»Das gibt's ja nicht«, meinte Molly kopfschüttelnd.

»Das hier sind Hayleys Zeichnungen und Skizzen«, fuhr Anna fort.

»O mein Gott«, hauchte Molly in gespielter Verblüffung. »Hast du die gemacht, Hayley? Hast du das alles wirklich selbst gezeichnet?«

Das Spiel war gelaufen.

»Ja«, seufzte ich und ließ mich den beiden gegenüber auf einen Stuhl fallen, »das habe ich. Und ihr beide habt es ganz offensichtlich gewusst.«

»Aber warum hast du uns nie gesagt, dass du dieses wundervolle Talent hast?«, fragte Molly.

Sie hatte das Versteckspiel aufgegeben und klang jetzt regelrecht verletzt, aber ich war mir sicher, dass sie selbst Geheimnisse hatte, die sie mit niemandem teilte.

»Wir sind Freundinnen«, ergänzte Anna in einem Ton, der Mollys spiegelte, »und du hast nie ein Wort gesagt.«

»Na ja, tut mir leid, okay«, fauchte ich abwehrend. »Und es spielt sowieso keine Rolle, denn es ist nichts, was ich heute noch tue. Ich habe das alles weggepackt, als ich die Schule verlassen habe, und seitdem kaum noch daran gedacht.«

Das war mit Abstand die größte Lüge, die ich seit Langem erzählt hatte. Ich hatte das alles vielleicht weggepackt, als ich die Schule verließ, aber die Schuldgefühle, in die es eingewickelt war, zusammen mit dem suchtartigen Verlangen zu zeichnen, hatten dafür gesorgt, dass ich nie mehr als ein paar Tage genießen konnte, ohne dass es mir durch den Kopf ging.

»Ich glaube dir kein Wort«, erklärte Anna.

»Es ist die Wahrheit«, meinte ich schulterzuckend, »aber du kannst gern glauben, was du willst.«

»Ich weiß, dass du lügst.«

»Kommt schon, Leute«, ging Molly dazwischen, »lasst uns nicht streiten. Ich bin sicher, Hayley hatte ihre Gründe, damit aufzuhören.«

»Danke, Molly«, sagte ich. »Die hatte ich allerdings.«

»Aber es ist eine solche Verschwendung«, fuhr Anna unerbittlich fort, »und das weißt du, Hayley. Du hast ein phänomenales Talent ...«

»*Hatte*«, korrigierte ich.

»*Hast*«, bekräftigte sie, während sie unter den Haufen loser Blätter griff.

»Was ist das denn?«, fragte Molly stirnrunzelnd.

Über diesen Teil hatten sie und Anna sich offensichtlich nicht vorher abgestimmt.

»Der Beweis, dass Hayley Lügenmärchen erzählt«, sagte sie. »Der Beweis, dass sie noch immer dieses wundervolle Talent hat, zusammen mit dem Wunsch, es zu nutzen.«

Ich konnte das Beweisstück vor meinen Augen nicht leugnen. Sie hatte das Skizzenbuch gefunden, das ich mir zugelegt hatte, nachdem Gavin mich dazu ermutigt hatte, wieder einen Bleistift in die Hand zu nehmen.

Jetzt blätterte sie das es durch.

»Das hier sind Orte im Herrenhaus«, sagte Molly, während sie auf verschiedene Eigenheiten des Hauses zeigte, »und das hier sind Stellen im Garten, richtig?«

»Ja«, seufzte ich, »das stimmt.«

»Warum hast du dann gesagt, dass du das nicht mehr tust?«, wollte Anna wissen. »Alles in diesem Buch ist seit Anfang des Sommers entstanden.«

»Hör zu«, sagte ich zu ihr, »der erste Typ, der meine Kreativität erstickt hat, nachdem er mich in meinen Highschooljahren in jeder Unterrichtsstunde dazu ermuntert hatte, war mein Kunstlehrer, und dann kam Gavin daher, mein betrügerischer Ex-Verlobter, der sagte, ich solle wieder damit anfangen, und meine ganze harte Arbeit dann mit seiner Demütigung beschmutzt hat.«

Ich redete weiter, in einem Versuch, all die schlecht ausgewählten Männer in meinem Leben und die Art, wie sie mich behandelt hatten, als Rechtfertigung zu nutzen, warum ich aufgehört hatte, während ich das Skizzenbuch sanft aus Annas Händen wand und alles wieder wegpackte. Die beiden hörten zu, ohne mich zu unterbrechen, bis ich den Reißverschluss der Mappe zugezogen hatte. Seltsamerweise war ich mir plötzlich selbst gar nicht mehr so sicher, ob das ein ausreichender Grund war, etwas aufzugeben, das ich so sehr liebte, aber das konnte ich Anna natürlich nicht sagen. Ich wollte nur, dass sie es vergaß.

»Du musst aufhören, dir ständig so viele Gedanken zu machen«, erklärte Anna mir.

Sie stockte, als sie offenbar begriff, dass sie es so hingestellt hatte, als sei es die einfachste Sache der Welt; als sollte ich mich einfach zusammenreißen und nach vorn blicken.

»Entschuldige«, sagte sie. »Ich wollte nicht so flapsig klingen.«

»Schon gut«, meinte ich schulterzuckend.

Es war unmöglich, auf jemanden wütend zu sein, der nur mein Bestes wollte. Molly sagte nichts, aber ihr versonnener Blick und die Art, wie sie eine Strähne ihres wilden, flaumigen Haars zwischen den Fingern drehte, verrieten mir, dass sie über etwas nachdachte.

Kapitel 12

Ich nahm meinen Freundinnen das Versprechen ab, über das Geheimnis, das sie entdeckt hatten, kein Wort zu irgendjemandem zu verlieren, dann verstaute ich die Mappe in dem Fach unter dem Fensterplatz in meinem neuen Schlafzimmer. Mich in die Arbeit zu stürzen, war eine todsichere Methode, das alles zu vergessen, und nachdem ich in den letzten paar Tagen mit so vielen anderen Dingen beschäftigt gewesen war, gab es für mich jetzt umso mehr zu tun.

Bis zum Ende der ersten Novemberwoche fühlte ich mich schon wieder viel mehr wie die alte Hayley. Ich ließ mein Handy bewusst ausgeschaltet, mied Social Media und lebte mich in meiner neuen Umgebung ein. Ich schlief besser als im Rosenzimmer, fragte mich aber dennoch immer wieder, wie es Mum bei ihrer Suche nach einem neuen Leben fernab von meinem Vater und womöglich sogar Wynbridge wohl erging. Ich spielte sogar mit dem Gedanken, mich bei ihr zu melden, wollte es aber nicht riskieren, irgendetwas zu tun oder zu sagen, was sie abschrecken oder, noch schlimmer, insgesamt davon abhalten könnte zu gehen.

Außerdem begann ich mich zu fragen, wie die beiden mit den vielen jugendlichen Halloween-Schnorrern fertiggeworden waren, die uns jedes Jahr heimsuchten und unser Grundstück verwüsteten. Das waren nicht die entzückenden Kleinen, die in Begleitung ihrer Eltern um kostenlose Süßigkeiten bettelten, sondern eine knallharte Bande von Teenagern, gelangweilt vom Leben in einer ländlichen Kleinstadt, denen man ein strenges Wort entgegenhalten und mit Anrufen bei der Polizei drohen musste, bevor sie den Versuch aufgaben, jede Tür in Sichtweite mit Eiern zu bewerfen.

Ich lächelte vor mich hin, als ich mir bildlich vorzustellen versuchte, wie Evelyn mit russischen Eiern um sich warf. Wie lange würde es wohl noch dauern, bis ich Gavins öffentliche Demütigung vergaß und auch darüber lächeln konnte. Irgendwann würde ich es schaffen. Die alte Hayley konnte über sich selbst lachen. Es war in all den Jahren ein entscheidender Teil meiner Verteidigungsstrategie gewesen.

»Was ist denn so witzig?«, fragte Jamie, als er auf dem galerieartigen Treppenabsatz an mir vorbeikam und mein Lächeln bemerkte.

»Ach nichts«, meinte ich schulterzuckend und wischte fachmännisch mit meinem Staubwedel, der zu meiner Arbeitsausrüstung gehörte, über das Geländer. »Du kennst mich doch, ich bin einfach glücklich bei meiner Arbeit.«

»Wie du meinst«, sagte er und ging weiter zum Ende der Treppe. »Ach übrigens«, ergänzte er und wandte sich noch einmal um, »bevor ich es vergesse, wir brechen heute Nachmittag so gegen vier auf.«

»Wohin?«

»Das Feuerwerk in der Stadt natürlich. Das hast du doch nicht vergessen, oder?«

Ehrlich gesagt hatte ich es tatsächlich vergessen. Seit ich auf Wynthorpe Hall lebte und arbeitete, hatten die Tage bereits begonnen, ineinander zu verschmelzen, und ich verlor allmählich den Überblick. Wenn ich nicht aufpasste, würde ich irgendwann noch meinen üblichen Bettdecken-Sonntag vergessen und einfach mit dem Putzen weitermachen. Andererseits würde ich mich sofort daran erinnern, sobald mir der Geruch von Dorothys legendärem Sonntagsbraten in die Nase stieg.

»Nein«, rief ich Jamie nach, während er weiter die Treppe hinunterstieg. »Ich habe es nicht vergessen«, log ich.

Das Feuerwerk von Wynbridge fand nicht im Stadtzentrum statt, sondern auf dem Feld eines großzügigen Bauern am Rande der Stadt. Offenbar eignete es sich wegen der Nähe zum Fluss nicht gut als Anbau- oder Weidefläche. Neben dem Feuerwerk gab es außerdem immer noch ein riesiges Lagerfeuer, außerdem ein Schwein am Spieß, Cider von der nahegelegenen Skylark Farm, und ein paar Stände verkauften Leuchtstäbe und Süßigkeiten, um die ohnehin schon aufgedrehten Kinder noch mehr aufzustacheln.

Ich konnte mich nur an ein einziges Jahr erinnern, in dem ich mich dort nicht hatte blicken lassen, und der Wynthorpe-Clan – einschließlich Molly – war immer mit von der Partie. Selbst Angus stimmte zu, dass es egoistisch und unverantwortlich wäre, ein eigenes Feuerwerk beim Herrenhaus auszurichten, bei dem sich Floss verängstigt ducken und in Deckung gehen würde, und war gern bereit, eine längere Anfahrt in Kauf zu nehmen.

»Es tut mir wirklich leid«, sagte ich nach dem Mittagessen zu Dorothy, als ich mich in mein Bett zurückgezogen hatte, »aber ich werde heute Abend nicht mitkommen können. Mein Kopf dröhnt höllisch.«

»Du siehst tatsächlich ein bisschen mitgenommen aus«, meinte sie stirnrunzelnd und legte mir den Handrücken an die Stirn. »Aber das würde ich auch, wenn ich vollständig bekleidet im Bett liegen würde, nachdem ich gerade erst eine warme Mahlzeit gegessen habe.«

Ich schlug die Daunendecke zurück und setzte mich auf, verärgert, dass ich ertappt worden war. Und ein bisschen schämte ich mich auch dafür, dass ich versucht hatte, sie auszutricksen.

»Ich kann es in diesem Jahr einfach nicht ertragen«, krächzte ich. »Es ist zu früh.«

»Na ja, aber das ist doch keine Schande«, meinte sie stirnrunzelnd. »Deswegen musst du doch nicht lügen.«

»Ich verstecke mich vor nichts, oder?«, fauchte ich. »Und ich will nicht, dass irgendjemand, und schon gar nicht Gavin, denkt, dass ich so sehr leide, dass es mich davon abhält, mein Leben zu leben.«

»Aber du *lebst* dein Leben«, rief Dorothy mir in Erinnerung. »Erstens einmal bist du von zu Hause ausgezogen. Das ist ein Riesenschritt.«

»Ich weiß.«

»Du musst aufhören, so hart zu dir zu sein, Missy«, erklärte sie mir in einem strengen Ton. »Wenn du nicht zum Feuerwerk gehen willst, dann geh nicht.«

»Aber ich will nicht, dass alle anderen denken …«

»Du musst aufhören, dir den Kopf darüber zu zerbrechen, was die anderen denken, Hayley. Versuch zur Abwechslung mal, etwas für dich selbst zu tun. Probier's aus und sieh, wie es dir gefällt.«

»Na ja, ich bin mir ziemlich sicher, mein Vater würde sagen, hierherzuziehen sei ein ziemlich egoistischer Schritt gewesen, aber tatsächlich hat es gut geklappt, zumindest für mich.«

»Genau«, pflichtete Dorothy bei, »und dieser mutige Schritt von dir sollte nur der erste von vielen weiteren sein.«

»Was meinst du damit?«

»Ich meine«, sagte sie entschieden, »dass du jetzt, wo du endlich damit angefangen hast, nicht wieder aufhören darfst. Du hast viel zu viele Jahre deines Lebens damit verbracht, dein Leben auf eine bestimmte Weise zu leben und Dinge auf eine bestimmte Weise zu tun, weil du versucht hast, Eltern zu gefallen, denen du es nie recht machen konntest, egal, was du getan hast.«

Da hatte sie allerdings recht.

»Wenn du heute Abend nicht mitkommen willst«, fuhr sie fort, »dann liegt das ganz bei dir. Verbring den Abend mit irgendetwas, das du stattdessen tun willst. Nimm ein Bad, sieh dir einen Film an, löse mein Puzzle zu Ende, fang ein neues Hobby an oder nimm vielleicht ein altes wieder auf.«

Bei den Worten »altes Hobby« spitze ich die Ohren und hoffte inständig, dass Anna und Molly wie versprochen niemandem etwas über meine Leidenschaft fürs Malen gesagt hatten.

»Und in der Zwischenzeit«, fuhr sie fort, »werde ich den

anderen erzählen sagen, dass du den Abend heute ausfallen lässt.«

»Danke, Dorothy.«

»Du bist nicht die Einzige, die hierbleibt«, ergänzte sie, während sie sich zur Tür wandte. »Gabe hat auch schon angekündigt, dass er nicht mitkommt.«

Im Herrenhaus war es beunruhigend still, nachdem alle gegangen waren, und mir wurde bewusst, dass ich es nicht gewohnt war, dort allein zu sein, vor allem nicht nach Einbruch der Dunkelheit. Ich kannte das Haus wie meine Westentasche, aber es fühlte sich dennoch ein bisschen unheimlich an, wenn alle ausgeflogen waren.

Jedenfalls die lebenden und atmenden.

Normalerweise kamen mir die Geistergeschichten von der obligatorischen »grauen Lady«, die jedes Anwesen in England, das über hundert Jahre alt war, heimzusuchen schien, gar nicht erst in den Sinn, aber selbst die Hunde unten in der Küche waren ein wenig unruhig, und ich entschied, dass es eine nette Idee wäre, Gabe etwas von dem Abendessen, das Dorothy für mich vorbereitet hatte, abzugeben.

»Hayley.« Er trat einen Schritt zurück, als ich mich an ihm vorbei in das Pförtnercottage zwängte, die Arme schwer beladen mit der Isoliertasche mit Essen, und mit Floss und Suki im Schlepptau. »Oh, okay. Hi. Komm rein.«

»Danke«, keuchte ich, knallte die Tasche auf den Tisch und schob Floss' neugierige Schnauze in die entgegengesetzte Richtung. »Ich wollte dich fragen, ob du Lust hast, mit mir zu Abend zu essen?«

»Okay.« Er nickte. »Danke. Ich ziehe mir nur rasch was an.«

»Wie kommt es eigentlich«, sagte ich, denn es wäre unmöglich gewesen, keinen Kommentar zu seinem unbekleideten Zustand nach dem Duschen abzugeben, »dass du jedes Mal, wenn ich hier auftauche, halb nackt bist?«

»Keine Ahnung«, meinte er schulterzuckend, nahm das kleinere der beiden Handtücher, die er sich um die Schultern gelegt hatte, und rieb sich die dunklen Haare, bis sie in alle Himmelsrichtungen abstanden. »Aber wenn du auch nur dreißig Sekunden früher gekommen wärst, hättest du noch mehr bekommen für dein Geld.«

»Verdammt«, sagte ich lachend, während ich meine Jacke auszog, »ich muss unbedingt an meinem Timing arbeiten.«

»Brauche nur zwei Minuten.« Er lachte ebenfalls, während er die Treppe hochlief.

»Also«, sagte Gabe, nachdem wir unser Essen verputzt und die Hunde es sich endlich vor dem kleinen Holzofen gemütlich gemacht hatten, »wie kommt es, dass du nicht mit den anderen mitgefahren bist? Du scheinst eigentlich nicht der Typ zu sein, der sich eine Party entgehen lässt.«

»Ich hatte dieses Jahr einfach keine Lust«, schniefte ich.

»Hattest du Angst, Gavin über den Weg zu laufen?«

»Du kommst gern direkt zur Sache, was?«

»Tut mir leid.« Er lächelte, sah aber absolut nicht so aus, als ob es ihm leidtäte. »Ich hätte dich nur nicht als die Art Mädchen eingestuft, die einen Typen wie ihn einfach vom Haken lässt, Hayley. Ich meine, nicht dass ich erwarten würde, dass du in der ganzen Stadt über ihn herziehst oder so, aber ich wundere mich schon, dass du einfach den Kopf einziehst und die Stadt meidest.«

»Ich meide sie nicht«, fauchte ich zurück. »Ich hatte bisher nur keinen Grund hinzufahren, das ist alles. Und wenn du die ganze Geschichte kennen würdest, dann wüsstest du …«

Ich bremste mich, bevor ich zu viel preisgab. Soweit ich wusste, hatte Gabe keine Ahnung von dem ganzen Mist, den ich in der Vergangenheit gebaut hatte, und ich wollte, dass es dabei auch blieb. Er hatte seit seiner Ankunft schon viel zu viel von meinem erbärmlichen Privatleben mitbekommen, und ich hatte nicht die Absicht, ihn mit noch mehr Details zu versorgen.

Das Ende meiner Schulzeit, zusammen mit den chaotischen Wochen, die darauf folgten, hatte mich lange geprägt, und es wurde Zeit, das alles hinter mir zu lassen. Ich war guter Hoffnung, dass meine Freundschaft mit Gabe sich entwickeln konnte, ohne dass ich gezwungen wurde, alle Karten offen auf den Tisch zu legen. Schließlich hatte er selbst zugegeben, dass es in seinem Leben ebenfalls Dinge gab, die er lieber unter Verschluss hielt, daher wäre es für unsere beginnende Freundschaft nur fair, nicht in der Vergangenheit des anderen herumzustochern.

»Egal«, murmelte ich.

»Aber es ist doch schade, dass du nicht hingegangen bist«, sagte er, nahm meinen Teller und stellte ihn auf seinen. »Du hättest einen verdammt guten Anlass für das Lagerfeuer gehabt.«

»Was?«

»Denk nur, was für eine Befriedigung es dir vielleicht verschafft hätte, eine Puppe des sexy Gerüstbauers zu verbrennen.«

Ich konnte es vor meinem geistigen Auge sehen. Die Flammen, die an dem mit Stroh ausgestopften Adonis leckten, komplett mit engem Unterhemd und leerer Brieftasche.

»Wer hat dir erzählt, dass Angus ihn so genannt hat?«, fragte ich Gabe.

»Angus«, sagte er lächelnd. »Und wenn ich Gavin wäre und wüsste, was gut für mich ist, würde ich nicht mehr hierher zurückkommen, um irgendwelche Gerüststangen abzuholen, die möglicherweise zurückgelassen wurden.«

Ich dachte an den Kredit, der meinem freundlichen Arbeitgeber vermutlich niemals zurückgezahlt werden würde. Kein Wunder, dass er genervt war.

»Und bevor du auch nur anfängst, es zu denken«, fuhr Gabe fort, »Angus geht es nicht ums Geld.«

Offensichtlich wusste Gabe besser Bescheid, als ich ahnte.

»Er ist weitaus besorgter um *dich* als um seinen Kontostand.«

Der liebe Angus. Er hatte kaum ein Wort über das alles zu mir gesagt, aber die Art, wie sich sein Kiefer jedes Mal anspannte, wenn Gavins Name fiel – was in meiner Gegenwart ohnehin nicht oft vorkam –, verriet mir, dass ihm die Sache naheging.

»Er ist ein echter Schatz«, seufzte ich. »Ich bin unglaublich dankbar, ihn und Catherine in meinem Leben zu haben.«

»Das geht uns allen so«, sagte Gabe leise, während er mir Cider nachschenkte.

»Jedenfalls«, sagte ich, nahm einen Schluck und drehte den Spieß um. »Wie kommt es, dass du auch nicht in die Stadt gefahren bist?«

»Ich wollte Bran nicht alleinlassen«, sagte er mit einem Nicken zu dem Haufen Hunde, nachdem ein oder zwei Sekunden verstrichen waren. »Ich war mir nicht sicher, ob man das Feuerwerk von hier aus hören könnte, und ich habe natürlich keine Ahnung, wie er darauf reagieren wird, also wollte ich das Risiko lieber nicht eingehen.«

»Das ist ein guter Grund«, meinte ich schulterzuckend, war mir aber nicht sicher, ob nicht doch mehr dahintersteckte.

Ein melancholischer Unterton hatte sich in seine Stimme geschlichen und da war dieser versonnene Blick.

»Jedenfalls«, fuhr ich fort, entschlossen, ihn aus seiner gedämpften Stimmung zu holen, bevor sie sich richtig festsetzen konnte, »ich wüsste nicht, warum es nur die anderen sein sollten, die den ganzen Spaß haben. Die hier habe ich aus Angus' Geheimvorrat stibitzt, bevor ich hergekommen bin.« Ich wedelte mit einer großen Handvoll Riesen-Wunderkerzen durch die Luft. »Komm schon. Wir teilen. Die Hunde lassen wir drinnen.«

Gabe und ich stellten uns in den Cottagegarten, fröstelnd in der frischen Abendbrise, während die Sterne über uns schienen, und zeichneten – manchmal unfeine – Formen in die Luft.

Es dauerte nicht lange, bis Gabe sich völlig in dem Moment verlor, und wir lachten, bis uns die Seiten wehtaten.

Ich weiß nicht, wer von uns beiden angefangen hatte, aber es spielte auch keine Rolle. In diesen wenigen Minuten waren wir Verschwörer, lachten im Dunkeln und ließen Dampf ab, den wir beide eindeutig loswerden mussten.

»Gott, ich liebe es, wie diese Dinger riechen«, rief ich und atmete den scharfen, beißenden Geruch tief in mich ein.

»Das muss an der Mischung der Chemikalien liegen, aus denen sie gemacht sind«, meinte Gabe sachkundig. »Vermutlich der Salpeter.«

»Tatsächlich?«, entgegnete ich lachend.

»Das sind die letzten«, erklärte er, reichte mir eine der beiden und steckte sie mit seiner an.

Ich schnellte herum, ruderte wie wild mit dem Arm durch die Luft, um schneller zu sein, als die Wunderkerze abbrannte, aber Gabe stand völlig reglos da, und erst als seine Funken fast völlig erloschen waren, erkannte ich, dass er versuchte, immer und immer wieder ein Wort, vielleicht einen Namen, in die Luft zu schreiben.

»Was tust du denn da?«, unterbrach ich ihn in seiner Konzentration. »Das sah für mich nach einem Namen aus. Du hast doch nicht irgendwo eine heimliche Geliebte versteckt, oder, Gabe? Du schmachtest nicht irgendeiner Frau hinterher, die du am anderen Ende der Welt zurückgelassen hast?«

Ich war so vertieft in den Spaß gewesen, dass ich völlig vergessen hatte, nicht mehr in seiner Vergangenheit herumstochern zu wollen, aber meine Sorge war unbegründet. Gabe war offensichtlich nicht in der Stimmung, sich mitzuteilen.

»Wie wär's mit noch einem Drink?«, schlug ich vor, als er keine Antwort gab, und mir wurde bewusst, dass meine Neugier kurz davor war, all die Mühe zunichtezumachen, die ich dafür aufgewendet hatte, seine gute Laune wiederherzustellen.

»Und ein bisschen Musik.« Er lächelte und steckte die mittlerweile abgebrannten Wunderkerzen in einen Eimer Wasser. »Lass uns einen Song hören.«

Ray Lamontagne war Gabes Künstler seiner Wahl für diesen Abend, und als die ersten Klänge von »Trouble« einsetzten, nahm er mich in seine Arme und wirbelte mich herum, bis mir fast schwindelig wurde.

Die Art, wie Gabe herausschmetterte, dass er gerettet worden war, war zu viel für die Hunde, und die drei schlurften davon in die Küche, sodass wir umso mehr Platz hatten, um auf dem Boden herumzuwirbeln. Angesichts der Tatsache, wie viel Cider wir getrunken hatten, war ich mir allerdings nicht sicher, dass das mit dem Herumwirbeln eine gute Idee war, aber offenbar waren wir durch nichts aufzuhalten, und nur für einen Moment gestattete ich mir, mich in Gabes Umarmung zu entspannen.

Doch je fester er mich hielt, desto weniger witzig klang der Songtext und desto weniger betrunken fühlte ich mich. Gabe schien es nicht zu bemerken. Das tröstliche Gefühl seines harten Körpers, eng an meinen gepresst, in Kombination mit dem holzartigen Geruch seines Aftershaves und seiner frisch gewaschenen Haare, begann, seltsame Dinge mit meinen Eingeweiden anzustellen.

Trotz meiner besten Bemühungen, mein Herz mitsamt

seiner Sehnsucht, zu lieben und geliebt zu werden, fest zu verschließen, wollte es auf einmal unbedingt seinen Willen durchsetzen. Und das war offensichtlich doch mehr als reines Vergnügen.

»Gabe«, murmelte ich, während ich versuchte, ihn wegzuschieben, bevor meine Gefühle mit mir durchgingen. »Ich sollte mich wirklich in Bewegung setzen.«

»Du hast dich schon in Bewegung gesetzt«, erwiderte er und zog mich wieder an sich. »Tolle Bewegungen.«

»Nicht die Art Bewegung, Dummkopf.« Ich lachte wieder, weil er so ernst klang.

»Du solltest ständig lachen«, sagte er, hielt mitten in einer Drehung inne und sah zu mir hinunter. »Du hast ein tolles Lachen.«

»Wirklich?«, schluckte ich.

Woher tauchten auf einmal diese unerwarteten Emotionen auf? Sie waren unbegründet und unerwünscht, und ich führte sie rasch auf meinen beschwipsten Zustand zurück.

»O ja.«

»Na ja, du auch.«

»Das musst du nicht sagen«, seufzte er, »weil ich weiß, dass es nicht so toll ist. Ich bin seit einer Weile etwas aus der Übung.«

»Wirklich?«, hauchte ich. »Warum denn?«

»Hat seine Gründe«, sagte er unverbindlich, bevor er mich wieder herumwirbelte, schneller diesmal, »aber du hast es wieder zum Leben erweckt, Hayley. Ich kann mich beim besten Willen nicht erinnern, wann ich das letzte Mal so viel gelacht habe. Es war ein toller Abend.«

Der Alkohol hatte bestimmt seinen Teil dazu beigetragen, ein paar von Gabes Schranken einzureißen, aber er hatte recht, wir hatten mehr als das Beste daraus gemacht, dass wir das Feuerwerk in der Stadt versäumt hatten.

»Es war wirklich ein schöner Abend«, pflichtete ich bei.

Ehrlich gesagt wollte ich gar nicht, dass er endete. Ich hätte nichts dagegen gehabt, ihn oben fortzusetzen und bis in den frühen Morgen dauern zu lassen. So viel dazu, dass ich Dorothy gesagt hatte, ich würde erst einmal abwarten, bevor ich mich auf das nächste Vergnügen einließ, aber ich durfte mich auch nicht ausschließlich von meinen Instinkten leiten lassen. Die Nacht mit Gabe zu verbringen, könnte leicht die Beziehung nicht nur zu einem Arbeitskollegen, sondern auch zu einem jetzt sehr nahen Nachbarn ruinieren. Ich musste schleunigst zusehen, dass ich wieder nüchtern wurde, und einen Schlussstrich unter diese Sache ziehen.

»Aber jetzt muss ich wirklich los«, sagte ich und legte eine Hand an Gabes harte Brust, um ihn wegzuschieben.

»Wie wär's zuerst mit einem Gutenachtkuss?«, fragte er und glitt mit einem Finger leicht an meiner Wange hinunter. »Nur um den Abend rundum perfekt zu machen.«

Es lag mir auf der Zunge, einen kleinen vorzuschlagen, einen, der nicht länger als drei Sekunden dauern konnte, als meine Jeanstasche zu vibrieren begann.

»Das ist mein Handy«, sagte ich und löste mich diesmal richtig von ihm.

»Na, das ist ja eine Erleichterung.« Gabe grinste.

Ich sah auf das Display. Es war eine Nachricht von Gavin. So viel zum Thema Timing.

»Etwas Wichtiges?«, fragte Gabe.

»Nichts, was nicht warten kann«, antwortete ich und steckte das Telefon wieder ein, ohne die Nachricht zu lesen. »Aber jetzt muss ich wirklich los. Es ist schon spät. Die anderen sind bestimmt längst zurück und ich habe keine Nachricht hinterlassen.«

»Das ist dann wohl ein Nein zu dem Gutenachtkuss«, seufzte Gabe und half mir widerstrebend in meine Jacke.

»Oh, das würde ich so nicht sagen«, erwiderte ich zitternd und streckte mich, um ihm einen keuschen Wangenkuss zu geben. »Was ist damit?«

»Passt schon«, sagte er grinsend. »Fürs Erste.«

Kapitel 13

Wie es das Glück wollte, waren die anderen noch nicht aus der Stadt zurück, und ich schaffte es, die vielen Treppen hochzuschleichen und in mein Bett zu schlüpfen, bevor ich die Wagen in den Hof einbiegen hörte. Obwohl sich mir alles drehte, erst recht wenn ich die Augen schloss, sank ich zum Glück bald in einen tiefen Schlaf und wachte früh am nächsten Morgen mit einem klassischen Brummschädel und einhundert »Was zum Teufel ist eigentlich los?«-Fragen, die durch meinen Kopf hämmerten, auf.

»Geht es dir gut, Liebes?«, fragte Dorothy, als ich durch unser Wohnzimmer, über den Flur und ins Bad stolperte. »Du siehst ein bisschen mitgenommen aus.«

»Es geht mir gut, Dorothy, danke«, antwortete ich, obwohl ich mich alles andere als gut fühlte. Das Geräusch meiner Stimme dröhnte laut in meinem Kopf. »Ich komme runter, sobald ich geduscht habe.«

Das heiße Wasser, das an meinem Körper hinunterströmte, fühlte sich wie harte Hammerschläge an, was durchaus bemerkenswert war, da das Herrenhaus nicht gerade für seinen Wasserdruck berühmt war, und ich stand unter dem Strahl und versuchte, die verworrenen Emotionen abzuwaschen, die seit dem Moment, in dem Gabe mich in seinen Armen gehalten hatte, an mir klebten.

Einen einzigen verrückten Moment lang hatte ich gedacht, ich würde mich verlieben, aber das tat ich nicht, oder? Was ich fühlte, wenn ich mit Gabe zusammen war, war völlig anders als das, was ich gefühlt hatte, wenn ich mit Gavin zusammen war, daher konnte es unmöglich wahre Liebe sein. Zum Teufel mit dem verdammten Somerville-Clan und ihrem berüchtigten Skylark-Cider. Eines Tages würde er noch irgendjemandem wirklich zum Verhängnis werden und dann würde es ihnen leidtun!

»Vergiss nicht, dass Angus für heute Morgen das Meeting für die Weihnachtsplanung angesetzt hat«, rief Dorothy mir zu, während sie, effizient wie eh und je, hin und her wuselte, um sich für den Tag fertig zu machen.

»Er will keine Zeit verschwenden, was?«, murmelte ich und öffnete die Badezimmertür, während ich mich in mein Handtuch wickelte.

»Nein«, antwortete Dorothy und eilte herbei, um mir ein kleines Glas Wasser und zwei Schmerztabletten zu reichen. »Du siehst aus, als ob du die hier gebrauchen könntest.«

Wahrscheinlich ging sie davon aus, dass ich gestern tatsächlich Kopfschmerzen gehabt hatte, und ich entschied, sie in dem Glauben zu lassen. Niemand brauchte zu erfahren, dass ich den Feuerwerksabend damit verbracht hatte, mein eigenes Körpergewicht an fermentiertem Apfelsaft zu trinken und mit dem Feuer zu spielen.

»Danke«, sagte ich und schluckte die Tabletten hinunter. Ihre kreideartige Struktur und der Geschmack des Wassers sorgten dafür, dass sie mir fast wieder hochkamen, aber ich kämpfte gegen den Drang an, mich zu übergeben, und gab ihr das Glas wieder. »Ich möchte wetten, Catherine hat gehofft, er würde ihren Vorschlag vergessen, über seine neuesten Weihnachtspläne zu reden, wenn wir den Bonfire-Abend hinter uns haben.«

»Ich weiß zufällig, dass sie genau das gehofft hat«, bestätigte Dorothy kopfschüttelnd. »Aber die Chance dazu bestand eigentlich nie, oder?«

»Nein.«

»Alle wissen, dass wir auch so schon vollauf beschäftigt sein werden, mit dem Baumwettbewerb *und* der Party.«

»Alle bis auf Angus«, rief ich ihr in Erinnerung, während sie sich auf den Weg zur Küche machte.

Es war nicht das erste Mal, dass wir um die Weihnachtszeit herum viel zu tun hatten, aber selbst diese Erfahrung hielt Angus nicht davon ab, noch mehr Veranstaltungen zu planen. Vor allem da Jamie die Pläne seines Dads, wie auch immer sie aussahen, durchaus zu befürworten schien. Aus meiner Sicht war das Winterwunderland, das Angus ausgeheckt hatte, längst beschlossene Sache.

Ich betrat die Küche in genau demselben Moment, in dem Gabe mit der Isoliertasche hereinkam, in der ich mein Abendessen zu seinem Cottage transportiert hatte. Dorothy riss sie ihm aus der Hand, sodass die Teller darin schepperten, und warf mir einen vielsagenden Blick zu, gab aber zum Glück keinen Kommentar ab.

So viel dazu, meinen Cider-und-Wunderkerzen-Abend unter Verschluss zu halten.

»Hey, Hayley«, sagte Gabe heiser. Seine krächzende Stimme klang ungefähr so gut, wie ich aussah. »Kann ich dich kurz sprechen?«

»Natürlich«, sagte ich und lotste ihn zurück zur Tür. Ich ignorierte die Tatsache, dass die adleräugige Köchin jeden unserer Schritte genau beobachtete. »Lass uns draußen reden, okay?«

Es war ein bitterkalter Morgen und der Wind war beißend, daher duckten wir uns – in Gabes Fall wortwörtlich – in den Holzschuppen, wo ich mir sicher war, dass uns niemand hören würde. Aus irgendeinem Grund war es mir unmöglich, ihm in die Augen zu sehen, daher spielte ich an den Säcken mit Anmachholz herum.

»Wegen gestern Abend …«, begann er und strich sich mit den Händen über seinen Bart.

»Ich hatte eine tolle Zeit«, unterbrach ich ihn. »Zumindest glaube ich das. Ehrlich gesagt ist alles ein bisschen verschwommen.«

»Wir hatten tatsächlich eine tolle Zeit«, kicherte Gabe. »Der Anzahl leerer Ciderflaschen nach zu urteilen, die sich heute Morgen in der Cotageküche aneinanderreihten, hatten wir sogar eine fantastische Zeit.«

Wir lachten beide und ich schüttelte vorsichtig den Kopf. Es war kaum verwunderlich, dass ich mich so groggy fühlte. Ich würde meine Ohrstöpsel herauskramen müssen, bevor ich es auch nur in Erwägung zog, den Staubsauger einzuschalten, und Gott steh Gabe bei, wenn er die Kettensäge anwerfen musste.

»Also, was ist los?«

Irgendetwas war eindeutig los, und ich wollte es schnell hinter mich bringen und in die Küche zurückkehren. Nicht weil ich mich allein in Gabes Gesellschaft unwohl fühlte, sondern weil es einfach so verdammt kalt war.

»Na ja«, begann er verlegen, »es geht darum, wie der Abend geendet hat.«

»Enttäuschend« war das erste Wort, das mir spontan in den Sinn kam, aber ich verwarf den Begriff rasch und ersetzte ihn durch »vernünftig«.

»Oh«, sagte ich, »meinst du den Kuss?«

Gabe schoss die Röte ins Gesicht, genauso wie mir, und ich wusste, die einzige Möglichkeit, die Situation jetzt noch unter Kontrolle zu halten, bestand darin, die Flucht nach vorn anzutreten.

»Ich kann nicht behaupten, dass es einer meiner besten war«, fuhr ich hastig fort, »aber wenn man bedenkt, dass wir uns kaum kennen …«

Gabe räusperte sich und die Worte erstarben mir auf den Lippen.

»Es tut mir leid, Gabe«, sagte ich zu ihm, in dem Wissen, dass ich zu weit gegangen war und dass es nicht seine Schuld war, dass er meinem Herzen einen verfrühten Kickstart verpasst hatte. Falls es tatsächlich das war, worum es ging. »Ich vergesse immer wieder, dass du mich nicht so gut kennst«, schwafelte ich weiter. »Ich bin in der Gegend hier dafür bekannt, dass ich in peinlichen Situationen auf Humor zurückgreife, daher wirst du mir verzeihen müssen, wenn ich flapsig oder flirtend klinge. So bin ich eben.«

Das stimmte absolut, und ich erwartete, dass meine Erklärung, die ich mit einer Prise spontanem Humor zu würzen versucht hatte, die Winkel von Gabes Lippen zumindest ein klein wenig in die richtige Richtung ziehen würde, aber er schien vollkommen unbeeindruckt.

»Und du kennst mich auch nicht so gut«, seufzte er und vergrub die Hände tief in seinen Hosentaschen. »Ich fühle mich, unter anderem, verlegen, Hayley.«

»Was?«, sagte ich lachend, bevor mir klarwurde, dass das nicht die Reaktion war, die er sich erhofft hatte. »Warum?«, ergänzte ich etwas ernster. »Warum in aller Welt solltest du dich denn verlegen fühlen?«

»Na ja, erstens einmal, weil ich dich überhaupt um einen Kuss gebeten habe«, platzte er heraus. »Die Art Typ bin ich nicht. Ich schätze, die großzügigen Mengen Cider, die wir uns genehmigt haben, haben meine Hemmschwelle ein bisschen zu sehr gesenkt.«

Es hatte einen Moment gegeben, erinnerte ich mich, an dem ich nichts dagegen gehabt hätte, wenn sie noch weiter gesenkt worden wäre.

»Ich habe, dank einer beispiellosen Menge an Alkohol«, fuhr er fort, »vielleicht den Eindruck erweckt, ich sei für mehr als nur ein bisschen Spaß zu haben.«

»Und wäre das denn so schlimm?«, unterbrach ich ihn in einem Versuch, ihm etwas von seiner Last abzunehmen. »Es ist doch nichts passiert, oder?«, ergänzte ich. »Wir haben überlebt, um an einem anderen Tag zu flirten.«

Was in aller Welt war denn bloß los mit ihm? Er klang, als hätte er Schuldgefühle, weil wir ein bisschen herumgealbert hatten. Musste er sich deswegen gleich so schlecht fühlen? Würde er etwas von meinen Gefühlen ahnen, könnte er sehen, wie glimpflich wir davongekommen waren.

»Aber ich hätte dich niemals bitten sollen, mich zu küssen«, fuhr er fort. »Damit bin ich viel zu weit gegangen.

Ich war in dem Moment zu betrunken, um es zu begreifen, aber ich habe die Situation ausgenutzt, und es tut mir leid. Ich gehe keine beiläufigen Beziehungen ein«, fuhr er fort, während er mit jedem Wort röter anlief. »Nicht dass ich andeuten will, wir hätten eine beiläufige Beziehung gehabt.«

»Einen One-Night-Stand, meinst du?«

»Du bist mir keine Hilfe, Hayley.«

»Entschuldige.«

»Vor allem da du eben erst eine ernste Beziehung hinter dir hast und ich …«

»Gabe«, unterbrach ich ihn, etwas lauter als beabsichtigt, vor allem angesichts meiner dröhnenden Kopfschmerzen. »Du musst locker bleiben.«

»Muss ich das?« Er klang nicht so sicher.

»Ja«, sagte ich. »Wir hatten einen tollen Abend, wir haben gelacht, wir haben die Gesellschaft des anderen genossen, wir waren so betrunken, wie wir es vermutlich beide schon sehr lange nicht mehr waren, und der Abend endete mit einem Kuss auf die Wange, der nicht länger als eine Sekunde gedauert hat.«

Ich versuchte, mein Herz – und seinen Kopf – zu überzeugen, dass das alles war, was passiert war.

»Ich nehm's an«, sagte er und rieb sich den Nacken. »Ich nehme an, ich bausche es ein bisschen zu sehr auf. Es hätte schlimmer kommen können, oder?«

»Glaub mir«, sagte ich zu ihm. »Es hätte *viel* schlimmer kommen können.«

Hätte ich mit ihm geschlafen, dann hätte ich mich richtig in ihn verlieben können, und wo wären wir da gelandet? Ich hatte vielleicht beschlossen, ihn und alle anderen glauben zu lassen, ich wäre wieder so wie früher. Vielleicht hätte ich es für ein paar Tage sogar selbst geglaubt, aber ehrlich gesagt, war ich mir jetzt nicht mehr sicher, dass das die richtige Herangehensweise war. Dass Gabe nicht für unverbindlichen Spaß zu haben war, bedeutete Musik für meine Ohren. Eine Melodie, die ich sehr gern hörte, aber was, wenn ich ihn letztendlich mehr mochte als er mich?

Ich konnte mir vieles im Leben vorstellen, was schlimmer wäre als eine feste Beziehung mit dem Engel, der in diesem Augenblick vor mir schwebte, aber angesichts seiner hartnäckigen Entschlossenheit, zurückzurudern und sich für das bisschen zu entschuldigen, was zwischen uns passiert war, nahm ich nicht an, dass er für mich genauso empfand.

»Es ist nur so, dass ich dich wirklich mag, Hayley«, sagte er als Nächstes, womit er mich völlig überrumpelte und meine Theorie wie ein Kartenhaus in sich zusammenstürzen ließ.

»Und ich mag dich wirklich«, schluckte ich.

Die Worte waren heraus, bevor ich es verhindern konnte. Sie waren aus mir herausgeplatzt wie irgendeine Art unwillkürlicher Reflex.

»Morgen, Leute! Seid ihr bereit für das Meeting?«

»Molly?«

»Hey.« Sie grinste, als ihr Gesicht neben dem Türrahmen auftauchte. »Was tut ihr denn hier drinnen?«

»Überprüfen, ob wir genug Holz haben, um durch den Winter zu kommen, natürlich«, gab ich zurück.

Ich spürte, wie Gabes Blick zu mir zurückhuschte, aber ich wandte meinen nicht von Mollys gerötetem Gesicht ab.

»Okay«, sagte sie. Sie schluckte jedes Wort, während sie ihre in Fäustlingen steckenden Hände aneinanderrieb. »Wir sehen uns drinnen. Hier draußen ist es eiskalt.«

Kaum dass sie verschwunden war, fing Gabe zum Glück an zu lachen, statt auf meine bedeutungsschweren Worte einzugehen.

»Du bist wirklich schlagfertig«, stöhnte er. »Ich wäre wohl immer noch dabei, mir eine passende Antwort zu überlegen.«

»Na ja«, sagte ich, während ich meine Haare lässig zurückwarf, »es war nicht mein erstes Mal. Ich habe jahrelange Übung darin, unter Druck nicht zusammenzubrechen, wenn mir unangenehme Fragen gestellt werden.«

»Du bist wirklich einmalig«, sagte er lächelnd.

»Wir gehen besser wieder rein«, meinte ich, »bevor Miss Molly Quasselstrippe die Gerüchteküche anheizt.«

Erst als wir uns wieder zu den anderen an den Küchentisch gesetzt hatten und ich spürte, dass Gabes Blick noch immer auf meinem verharrte, begann ich mich zu fragen, was genau er gemeint hatte, als er »Ich mag dich wirklich« gesagt hatte. Und saß er jetzt womöglich da und fragte sich das Gleiche?

Meinte er, er mochte mich als Kumpel zum Cidertrinken oder als potenzielle Partnerin – oder tatsächlich nichts von alledem? Und warum war mein Herz so versessen auf die Idee, dass ich für mehr als einen One-Night-Stand zu haben wäre, nachdem ich ernsten Beziehungen gerade erst endgültig abgeschworen hatte? Das war überhaupt nicht das, was von der alten Hayley erwartet wurde, oder?

»Okay«, donnerte Angus von seinem Platz am Kopfende des Tischs, »jetzt, wo wir alle aus dem Holzschuppen gekommen sind …«

»Ich hoffe, du hast dort drinnen nichts Scheußliches gesehen, Hayley?«, sagte Jamie mit einem anzüglichen Zwinkern, sodass Anna kicherte.

Ich funkelte Molly wütend an, die »Entschuldigung« hauchte und dann wieder in ihren Kaffee starrte.

»Also, jetzt, wo wir alle hier sind«, sagte Catherine ruhig, »denke ich, wir sollten besser hören, was du an diesem Weihnachten für uns auf Lager hast, Angus.«

Während sich die Pläne für das potenzielle Winterwunderland-Wochenende zu entfalten begannen, schob ich Gabes Eingeständnis beiseite und warf einen verstohlenen Blick auf meine Freunde um den Tisch. Jamie sah in jeder Hinsicht ebenso aufgeregt aus wie sein exzentrischer, lebenslustiger Vater, und Anna, fiel mir auf, hatte die gleiche leicht entnervte Miene aufgesetzt wie Catherine.

Wie sich herausstellte, hatte sich Catherine keinen Gefallen damit getan, den Männern Zeit zum Planen und Vorbereiten zu geben, denn mit Jamie an Bord war fast kein Detail dem Zufall überlassen worden.

»Also, wir haben uns gedacht, dass …«, begann Angus.

»Solange alle anderen einverstanden sind, natürlich«, warf Jamie mit einem hoffnungsvollen Lächeln ein.

»Wir am 15. und 16. Dezember hier das Winterwunderland stattfinden lassen.«

»Damit hätten wir gerade genug Zeit, um alles aufzubauen.«

»Und es wird sich nicht mit dem Einschalten der Weihnachtsbeleuchtung oder der Baumauktion und dem Kuchenbasar in der Stadt überschneiden.«

»Oder der Party hier.«

»Aber es wird mit dem Baumschmuckwettbewerb zusammenfallen und den Besuchern zusätzliche Unterhaltung bieten, wenn sie kommen, um die Bäume zu begutachten und zu bewerten.«

Man musste es ihnen lassen, sie klangen wie ein gut eingespieltes Team. Es war offensichtlich, dass sie viel Zeit damit verbracht hatten, alles zu durchdenken und ihre Rede einzustudieren.

»Und was *genau* schwebt euch für die Unterhaltung der Besucher vor?«, fragte Catherine.

Ein leicht resignierter Ton hatte sich in ihre Stimme geschlichen, und ich fragte mich, ob ihr Ehemann und ihr Sohn ihn ebenfalls herausgehört hatten. Wenn das der Fall war, dann würde es für die beiden kein Halten mehr geben.

»Na ja«, sagte Angus, »es wird natürlich die üblichen Schlittenfahrten geben. Die waren immer beliebt.«

»Und ich könnte Erfrischungen anbieten«, warf Dorothy ein, bevor Angus die Chance hatte, noch ein Wort zu sagen. »Ich hatte ohnehin vor, Mince Pies und Glühwein für die Leute zu machen, die kommen, um sich die Bäume anzuschauen, aber wenn hier mehr los sein wird, lasse ich mir gern noch etwas Außergewöhnlicheres einfallen.«

Sie schien schon jetzt völlig eingenommen von der Idee.

»Danke, Dorothy«, sagte Catherine diplomatisch. »Lass uns nichts überstürzen. Was wolltest du vorschlagen, Jamie?«

»Na ja, wir haben darüber geredet, den Wald dafür zu nutzen«, sagte Jamie, »eine Art Rundweg anzulegen, dem die Leute folgen können, mit Aktivitäten und Dingen, die sie sich ansehen können, während sie ihn entlangspazieren.«

Ich erinnerte mich, dass Jamie bereits erwähnt hatte, auf Gabes Fähigkeiten zurückgreifen zu wollen, als vor einer Weile Weihnachten ins Gespräch kam.

»Was für Aktivitäten?«, fragte Gabe jetzt selbst. Er klang so interessiert, wie Dorothy begeistert war.

Offensichtlich hatten wir noch jemanden an diese Sache verloren. Ich musste meine fünf Sinne wirklich zusammennehmen, sonst würde ich letztendlich auch noch für irgendetwas eingespannt werden.

»Irgendeine Art Bastelaktion, an der Familien gemeinsam teilnehmen können«, erklärte Jamie. »Vielleicht könnten sie irgendetwas aus Holz bauen, aus Baukästen, die wir vorab zusammenstellen. Irgendetwas mit einem weihnachtlichen Thema vielleicht.«

»So wie im Sommer, als wir die Vogelkästen gebaut haben?«, fragte Mick. »Das hat doch sehr gut geklappt.«

»Ja, so was in dieser Richtung«, antwortete Jamie, »nur was Weihnachtliches, natürlich.«

»Mir gefällt die Idee«, sagte Gabe nickend. »Überlasst das ruhig alles mir, Leute. Ich weiß da schon was.«

»Und ich habe überlegt, ein paar Rentiere zu mieten«, warf Angus ein.

Dieser Vorschlag stieß auf verblüfftes Schweigen. Das war doch sicher nicht sein Ernst?

»Oder eine Schneemaschine«, ergänzte er etwas kleinlauter. »Vielleicht könnten wir eine Schneemaschine in Bereitschaft haben, nur für den Fall, dass kein echter fällt.«

»Ich mag Rentiere«, sagte Molly verträumt.

Bei ihr konnte man sich immer sicher sein, dass sie für den bizarrsten Vorschlag stimmen würde.

»Und am Ende des Rundwegs«, redete Jamie hastig weiter, bestrebt, das Thema von Rudolph und seinen Kumpeln wegzulenken, »könnten wir irgendeine Art Hütte aufbauen, mit einem Weihnachtsmann darin, der Geschenke verteilt.«

»Und die Rentiere könnte man in einem Gehege daneben unterbringen«, schlug Molly vor.

»Also, nur damit ich das richtig verstehe«, sagte Catherine und hob den Blick von dem Notizblock, auf den sie eifrig gekritzelt hatte. »Angus, Jamie, Mick und Gabe, ihr vier seid für den Rundweg im Wald und die ganzen damit verbundenen Aktivitäten zuständig, Anna und ich werden die Party organisieren, und Dorothy wird natürlich in der Küche sein.«

»Ja«, sagten Jamie und Angus im Chor.

»Und ich werde dem Pfarrer beim Weihnachtsbaumwettbewerb helfen«, bot Molly großzügig an.

Es verblüffte mich immer wieder, wie gut sich unsere heidnische Freundin mit dem örtlichen Pfarrer verstand, aber eigentlich sollte mich nichts mehr wundern.

»Das heißt, wenn wir uns wirklich entscheiden, das in Angriff zu nehmen …«, fuhr Catherine fort.

»Und ich denke wirklich, das sollten wir«, redete Angus begeistert dazwischen, »je früher, desto besser, denn wir werden nicht viel …«

Jamie legte seinem Vater eine Hand auf den Arm und schüttelte leicht den Kopf, um ihn zum Schweigen zu bringen. Der jüngere Connelly wusste, dass die nächsten paar Minuten entscheidend für den Erfolg des Plans waren.

»Dann bleibst nur noch du, Hayley«, fuhr Catherine fort, als hätte man sie gar nicht unterbrochen.

Alle wandten sich zu mir um.

»Oh, macht euch keine Sorgen um mich.« Ich lächelte. »Bei dem ganzen zusätzlichen Kommen und Gehen werde ich genug damit zu tun haben, alles sauber zu halten. Ich bin einfach das Mädchen für alles, zwischen Jobs hin und her wechseln und aushelfen, wo ich kann.«

Ich hatte wirklich keine große Lust, mich zu mehr als das zu verpflichten. Wenn es nach Angus ginge, müsste ich mich vermutlich als eine der Elfen des Weihnachtsmanns verkleiden, mit einer gestreiften Strumpfhose – Gott bewahre! –, und die Massen in Schach halten, während sie Schlange standen, um den großen dicken Mann kennenzulernen.

Und Schlangen würde es geben. Das konnte man garantieren.

Jeder aus dem Umkreis mehrerer Meilen würde kommen und sehen wollen, was die Familie auf die Beine gestellt hatte.

»Du könntest mir helfen, wenn du willst«, meinte Gabe. »Ich werde ein Versuchskaninchen für die Baukästen brauchen, die mir vorschweben. Sie müssen genau die richtige

Balance aus praktisch und einfach haben. Irgendetwas Eindrucksvolles, das sich in der freien Natur leicht zusammenbauen lässt und für alle Altersgruppen geeignet ist. Du könntest mir bei den Probeläufen helfen.«

Ich war mir nicht sicher, ob er dachte, dass er eine Hilfe war oder nicht, aber ich nahm nicht an, dass noch mehr Zeit allein mit ihm eine besonders gute Idee war, und ich würde mich mit Sicherheit nicht dafür einspannen lassen, im eiskalten Wald Holz zu hacken oder Nägel einzuschlagen. Die Vorstellung, die Haupthelfe zu spielen, war schon schlimm genug, aber wenigstens würde meine Maniküre das unbeschadet überstehen. Auch wenn ich so etwas wie eine Schwäche für den hauseigenen Engel von Wynthorpe Hall entwickelt hatte, gab es trotzdem Grenzen.

»Ganz ehrlich«, sagte ich und zog die Augenbrauen hoch, »danke, aber es ist schon gut. Ich bin nicht so der Outdoortyp. Nimm lieber Molly mit. Ihr liegt das mehr.«

»O ja, bitte«, meldete sich Molly zu Wort.

»Na schön«, meinte Gabe schulterzuckend. »War nur so eine Idee.«

Hörte ich da einen enttäuschten Ton in seiner Stimme heraus, oder hing ich in Gedanken noch immer der Bedeutung hinter dem »Ich mag dich wirklich«-Kommentar nach? Dem neugierigen Blick nach zu urteilen, mit dem Anna Gabe musterte, hatte sie eindeutig auch den Eindruck, dass irgendetwas nicht stimmte.

»Und wir werden natürlich eine Karte brauchen«, verkündete Angus.

»Eine was?«, fragte Anna, die dadurch zum Glück von Gabes hängenden Schultern abgelenkt wurde.

»Eine Karte.«

»Wozu das denn?«

»Für den Rundweg«, erklärte Jamie. »Wir dachten, mit einer Karte würde es noch witziger werden. Wir könnten in Abständen kleine Wegweiser aufstellen, die auf bestimmte Eigenheiten des Waldes hinweisen und die Besucher erinnern, auf Dinge zu achten, während sie dem Rundweg folgen.«

»Und kleine Stempelkissen und Stempel, um sie auf die Karte zu drücken, zum Beweis, dass man den ganzen Rundweg gegangen ist und alles gesehen hat«, ergänzte Angus.

»Für vollständig abgestempelte Karten gibt es zum Schluss einen kleinen Preis, der vom Weihnachtsmann überreicht wird«, warf Jamie ein, während er eifrig auf seinen Notizblock kritzelte.

Oder womöglich von einer mit Schlittenglöckchen behängten Elfe. Ich verschränkte die Arme und versuchte, mich unsichtbar zu machen.

»Das heißt, die Leute würden nicht nur einen Weihnachtsausflug aufs Land unternehmen, sondern dabei auch etwas über den Wald, die Bäume und die Tiere und Vögel lernen, die dort leben«, sagte Gabe, der jetzt ein wenig fröhlicher klang. »Mir gefällt das. Mir gefällt das richtig gut.«

»Wir dachten, wir könnten die Karte so gestalten, dass sie zu ein paar Plakaten und Flyern passt«, schwärmte Angus, »zusammen mit einer Anzeige in der Lokalzeitung, vielleicht sogar einem Werbespot im Radio.«

Er ließ sich schon wieder hinreißen. Catherine sah ihn

streng an und hob die Hand, um seine Aufregung zu bremsen.

»Aber das wird sicher teuer, Angus«, rief sie ihm in Erinnerung. »Du musst das alles sehr genau durchkalkulieren. Wenn die Eintrittspreise zu hoch sind, wird niemand kommen, aber wenn wir zu wenig verlangen, könnte es uns letztendlich ein Vermögen kosten.«

»Keine Sorge, Mum«, sagte Jamie, »ich kümmere mich um das alles.«

»Und wer wird die Zeichnung anfertigen?«, fuhr sie fort. Die finanziellen Aspekte des ehrgeizigen Projekts hatten sie eindeutig nervös gemacht, und das zu Recht. »Wir wollen schließlich, dass es nach was aussieht, oder?«

Ich saß stocksteif da und ignorierte den Blick, den Molly und Anna eben getauscht hatten.

»Wir haben jede Menge Dinge vor Ort, auf die wir zurückgreifen können, nicht zuletzt unser außerordentlich fähiges Team«, sagte Jamie zu seiner Mutter, »und ich habe sogar schon Unternehmen aus dem Ort gefragt, ob sie ein paar Kleinigkeiten zur Verfügung stellen könnten, im Gegenzug für eine Erwähnung in der Anzeige.«

Catherine schien etwas beschwichtigt von dem vernunftbetonten Ansatz ihres Sohns und seinem Verständnis der Situation. Angus war eher der Typ, der zum Improvisieren neigte, aber zum Glück besaß Jamie den nötigen Geschäftssinn, um seine Entscheidungen abzusichern.

»Aber keine Cateringunternehmen?«, fragte Dorothy in einem entsetzten Ton. »Ihr heuert doch wohl keine Caterer an, oder?«

»Nein.« Jamie lächelte. »Keine Cateringunternehmen.

Es sei denn, die Kirschblütendamen würden gern aushelfen, oder vielleicht Amber und Jake von der Skylark Farm.«

»Na ja, gut«, schniefte Dorothy, »das wäre in Ordnung.«

»Ich rede eher davon, dass uns jemand einen Schuppen oder ein Sommerhäuschen zur Verfügung stellt, das wir als Weihnachtsmannhäuschen dekorieren könnten«, fuhr Jamie fort. »Eine Abdeckplane, die wir im Wald zwischen den Bäumen aufhängen und in eine provisorische Werkstatt für Gabe verwandeln können, falls das Wetter verrücktspielt. Etwas in der Richtung.«

»Aber ich nehme an, wir könnten das Sommerhaus im Farngarten für den Weihnachtsmann verwenden«, schlug Catherine zögernd vor. »Dieser kleine Garten davor würde sich wunderbar machen, oder?«

Sie hatten es geschafft. Catherine war geködert, aber sie hatte recht: Der Farngarten wäre perfekt. Mithilfe von Angus' lang ersehnter Schneemaschine und ein paar funkelnden Lichtern würde der kleine, ummauerte Ort einen wundervollen Abschluss für einen Spaziergang durch den Wald bilden, auch wenn ich mir nicht sicher war, ob es dort Platz für Rentiere gab. Vielleicht war Catherines Angebot ihres kleinen Lieblingsorts gerissener, als ich ihr anfangs zugetraut hatte.

»Aber das löst nicht das Problem, einen Künstler für die Karte zu finden, oder?«, meinte Anna und hielt den Blick auf mich gerichtet.

»Nein«, antwortete Jamie und warf seinen Bleistift hin, »das nicht, und das könnte letztendlich der wirklich kostspielige Teil werden. Schließlich wollen wir, dass sie ganz besonders aussieht. Ich werde mit Lizzie Dixon reden. Vielleicht kennt sie jemanden, der das übernehmen könnte.«

»Ein Freundschaftspreis, das ist, was wir brauchen«, warf Angus ein und tippte sich seitlich an den Kopf.

Er sah genauso aus wie Pu der Bär, wenn er lange und gründlich über irgendetwas nachdachte.

»Hayley könnte das übernehmen«, meldete sich Molly zu Wort.

Hatte sie das eben wirklich gesagt?

»O ja«, rief Anna in ihrem besten »Warum bin ich nicht selbst auf die Idee gekommen«-Ton. »Du könntest das übernehmen, stimmt's, Hayley?«

Verräterinnen. Alle beide, als Freundinnen maskiert.

»Du zeichnest, Hayley?«, fragte Gabe.

Es war eine absolut harmlose Frage. Völlig ausgeschlossen, dass er es hätte wissen können. Niemand auf Wynthorpe Hall, abgesehen von den zwei Abtrünnigen, wusste von meiner Leidenschaft oder davon, dass ich gehofft hatte, sie unter Verschluss zu halten.

»Sie ist dafür bekannt, dass sie ab und zu ein bisschen vor sich hin kritzelt«, antwortete Anna an meiner Stelle mit einem verschlagenen Lächeln.

»Ist sie das?«, fragte Catherine, während sich alle Augen auf mich richteten.

»Na, das ist ja ein Ding«, meinte Angus, wobei er eher wie Tigger als wie Pu der Bär klang.

»Ich hatte keine Ahnung«, warf Mick ein.

»Die hatte keiner von uns«, ergänzte Dorothy.

»Sie hat eine ganze Mappe mit Zeug oben«, sagte Molly.

Die Worte platzten geradezu aus ihr heraus. »Sie ist umwerfend.«

»Es besteht wohl nicht zufällig die Möglichkeit, dass wir uns das ansehen könnten?«, fragte Jamie, dessen Augen jetzt ebenso aufgeregt glänzten wie die seines Vaters. »Vielleicht könntest du genau das entwerfen, was uns vorschwebt.«

Kapitel 14

Angus erklärte sich selbst begeistert zu der Person, die am besten geeignet wäre, meine künstlerischen Fähigkeiten zu begutachten, und folgte mir hoch zu meinem Zimmer, um die Mappe durchzusehen, von der ich gehofft hatte, ich könnte sie in dem Fach unter meinem Fenster unter Verschluss halten. Meine Sorge, die unberechenbaren Gefühle für Gabe würden überhandnehmen, erwies sich rasch als unbegründet. Dafür gab es zu viele andere Dinge, die mich beschäftigten.

»Na ja«, kicherte er, während wir zu meinem Zimmer gingen, »das ist ja wirklich eine Überraschung.«

Ich schwieg.

»Jetzt kennen wir dich schon all die Jahre, Hayley, und wir haben dich nicht ein einziges Mal mit einem Bleistift oder einem Pinsel in der Hand gesehen. Obwohl, jetzt, wo ich darüber nachdenke, hat deine Großmutter uns immer erzählt, dass du dich für Kunst interessiert hast, als du auf der Schule warst, und dass du, wie sie fand, echtes Talent hast.«

»Das hat sie euch gesagt?«, stöhnte ich und schnellte zu ihm herum, sodass ich ihn fast rückwärts die Treppe hinunterstieß. »Hat sie das wirklich?«

Meiner Eltern hatte nie auch nur das geringste Interesse an meinen Skizzenbüchern gezeigt, wenn ich dasaß und zeichnete, während sie in ihre Seifenopern vertieft waren. Natürlich hatte ich mir auch nicht besonders große Mühe gegeben, ihnen zu zeigen, was ich da tat. Trotzdem überraschte es mich, dass meine Oma so gut darüber Bescheid gewusst hatte.

Sie hatte nie ein besonderes Interesse an Kunst gehabt, und, davon war ich ausgegangen, auch nicht an meiner. Ich hatte sie mit dem Rest der Familie in einen Topf geworfen, aber angesichts all der Liebe und Unterstützung, die sie mir entgegenbrachte, als ich sie am dringendsten brauchte, war das offenbar zu voreilig gewesen. Ich hätte nicht davon ausgehen sollen, dass sie so war wie die anderen, genau wie ich auch nicht davon hätte ausgehen sollen, dass Mum niemals den Mut aufbringen würde, einen neuen Kurs einzuschlagen.

»Das hat sie.« Angus nickte. »Sie war sehr stolz auf dich, weißt du.«

»Ja«, flüsterte ich und schluckte den Kloß in meiner Kehle hinunter. »Das habe ich tatsächlich gewusst.«

Ich gestattete mir nicht oft, an sie zu denken, aber ihre Stimme, die mir sagte, wie tapfer ich in ihren Augen war, war noch immer so klar wie eine Glocke in meinem Kopf.

»Sie war eine wundervolle Frau«, seufzte Angus, »gelegentlich kämpferisch«, ergänzte er mit noch einem Kichern, während er zweifellos an all die Male zurückdachte, die sie ihn dafür gescholten hatte, dass er ihre harte Arbeit in Unordnung brachte, »aber immer fair.«

Sie war auf jeden Fall eine eindrucksvolle Frau mit entschiedenen, traditionellen Ansichten, und doch hatte sie fest an meiner Seite gestanden, als meine Eltern mich hinauswarfen, nachdem meine Schwangerschaft öffentlich bekannt geworden war. Sie erklärte mir von Anfang an, sie würde nicht zulassen, dass ihre einzige Enkelin sich isoliert fühlte, auch wenn ich das größtenteils war.

Sie offenbarte mir, wie sehr sie sich für meine Mutter schämte, nicht für mich. Sich dafür schämte, wie ihre eigene Tochter ihr einziges Kind behandelt hatte. Sie war es, die dafür sorgte, dass Catherine und Angus mir ein Dach über dem Kopf bieten konnten; sie war es, die mich glauben ließ, dass letztendlich alles gut werden würde. Und dann starb sie, und das Baby starb, und ich war so töricht, nach Hause zurückzukehren.

Ihr Tod und meine Fehlgeburt waren so kurz hintereinander passiert, dass ich meine letzten Erinnerungen an sie kaum von meiner Zeit im Krankenhaus trennen konnte. Ich hasste diese Tatsache, aber ich war froh, dass ich ihre Rolle als Haushälterin übernehmen konnte, sobald ich die Schule verließ, und sie so auf andere Weise Teil meines Lebens blieb.

»Und natürlich«, fuhr Angus fort, »hätten wir dich ja selbst nach deiner Liebe zur Kunst gefragt, aber bei dem ganzen anderen Zeug, das los war, als du damals hierherkamst, nehme ich an, ist das einfach irgendwie untergegangen.«

»Na ja, ich bin froh, dass es untergegangen ist«, unterbrach ich ihn. »Ich hätte nicht darüber reden wollen, selbst wenn ihr mich gefragt hättet.«

Zeichnen und Malen war rasch zu etwas geworden, das mich an nichts anderes als den Mann erinnerte, der mich und das Baby im Stich gelassen hatte. Diese negativen Gefühle waren natürlich allein meine Schuld. Ich war es, die mir bestimmte Dinge eingeredet und sie so oft und so laut wiederholt hatte, dass ich sie schließlich selbst geglaubt hatte. Eines Tages würde ich mich all dem stellen müssen, aber im Augenblick konzentrierte ich mich einfach darauf, über Gavin hinwegzukommen und meine Gefühle für Gabe im Keim zu ersticken. Dieser zusätzliche Kummer konnte warten.

»Aber hattest du wirklich vor, das alles für immer wegzupacken?«, unterbrach mich Angus zum zweiten Mal an diesem Morgen in meinen emotionalen Gedanken.

»Ja«, seufzte ich und drückte meine Schlafzimmertür auf, während ich an mehr als nur meine Skizzenbücher dachte. »Das war der ungefähre Plan.«

Ich glaube nicht, dass ich Angus je zuvor sprachlos erlebt hatte, aber während er die Mappe durchging und ich daneben stand, an meiner Nagelhaut herumkratzte und versuchte, so zu tun, als würde das alles nicht passieren, sagte er nicht ein einziges Wort. Am längsten verharrte er bei den neuesten Skizzen; denen, mit denen ich begonnen hatte, nachdem Gavin ahnungslos das schlafende Biest geweckt hatte und ich nicht mehr aufhören konnte, einen Bleistift in die Hand zu nehmen.

»Aber, Hayley«, meinte Angus schließlich, »ich weiß wirklich nicht, was ich sagen soll.«

»Weil du nicht glauben kannst, dass jemand wie ich so etwas zustande bringen könnte?«, fragte ich mit einer Geste auf die Skizzenbücher, die jetzt auf dem Bett ausgebreitet lagen. Ich bereute meine schroffe Unterstellung sofort. Er hatte jedes Recht, verletzt zu sein.

»Entschuldigung«, sagte ich, »das hat jetzt nicht richtig geklungen.«

»Nein«, sagte er, »ich muss mich entschuldigen, denn das ist zum Teil, was ich gedacht habe.«

Wenigstens war er aufrichtig.

»Das ist alles ein solcher Schock«, fuhr er fort, während er von mir zu den Skizzenbüchern und wieder zurück zu mir sah. »Ich sehe dich in einem ganz neuen Licht.«

»O Gott«, sagte ich, verdrehte theatralisch die Augen und stemmte die Hände in die Hüften, »du wirst jetzt hoffentlich nicht anfangen, den Leuten zu erzählen, ich hätte verborgene Talente oder so.«

»Aber die hast du, mein Mädchen«, strahlte er. »Die hast du.«

Ich konnte sehen, dass er mich mit ganz anderen Augen sah, alles umkrempelte, was er über mich zu wissen glaubte, und herauszufinden versuchte, wo dieses verblüffend künstlerische Teil des Puzzles hineinpasste. Ich war mir nicht sicher, ob es überhaupt noch irgendwohin passen würde. Ich hatte zu lange versucht, es zu ersticken.

»Haben Anna und Molly schon immer davon gewusst?«, fragte er, während sein Blick zum Bett zurückkehrte.

»Nein«, antwortete ich. »Sie haben meine Mappe an dem Tag gefunden, an dem ich aus dem Rosenzimmer ausgezogen bin. Ich hatte sie unter dem Bett versteckt und sie sind zufällig darauf gestoßen.«

»Na, zum Glück sind sie das«, rief Angus. »Ich kann nicht glauben, dass du dein Licht so lange unter den Scheffel gestellt hast.«

»Unters Bett, um genau zu sein«, witzelte ich.

Egal, wie ernst die Situation war, offenbar konnte ich einfach nicht anders. Meine Angewohnheit, aus allem, was irgendwie unangenehm war, einen Witz zu machen, war noch immer tief in mir verankert.

»Na ja, egal«, fuhr er fort, ohne auf meine Albernheit einzugehen, »du, mein Mädchen, hast dein Talent viel zu lange geheim gehalten.«

Ich zuckte mit den Schultern und ließ die Arme an den Seiten hängen, nicht sicher, wie ich mich mit dem fühlte, was passierte. Nur weil alle anderen jetzt von meinem Talent wussten, bedeutete das nicht, dass ich wieder anfangen würde zu zeichnen. Sicher, ich hatte in letzter Zeit ein bisschen herumgekritzelt, aber das war auch schon alles.

»Die hier sind neu, stimmt's?«, fragte Angus. »Die sind erst vor kurzem entstanden.«

Leugnen war zwecklos. Allein schon das mit Bleistift eingetragene Datum in der Ecke der Seiten war ein verräterischer Hinweis.

»Ja«, gab ich zu. »In den letzten Monaten habe ich ein bisschen was gezeichnet.«

Angus nickte und blätterte die Seiten weiter durch.

»Aber warum?«

»Warum was?«, fragte ich stirnrunzelnd.

»Warum hast du wieder damit angefangen?«

Ich schob ein paar der Papiere zur Seite und setzte mich auf die Bettkante.

»Der sexy Gerüstbauer trägt die Schuld daran«, schnaubte ich. »Er hat sich erinnert, dass ich diese Mappe in der Schule immer mit mir herumgetragen habe, und das wiederum hat mich zum Nachdenken gebracht.«

»Und du hast wieder das Bedürfnis verspürt, etwas zu zeichnen?«

Ich nickte. Das kam ungefähr hin. Sobald sich der Gedanke so fest in meinem Hinterkopf eingenistet hatte, war ich machtlos dagegen gewesen. Ich betrachtete die Bilder, die ich im Laufe des Sommers vom Herrenhaus gezeichnet hatte, und mir wurde bewusst, dass ich sie überhaupt nicht mit den schmerzlichen Erinnerungen gleichsetzte, die mit den Arbeiten verbunden waren, die ich während der Schulzeit angefertigt hatte, aber das war vermutlich, weil sie so anders waren.

Mein Stil hatte sich verändert. Sehr.

Offenbar hatte mein kreativer Muskel in der Zeit, in der ich ihn physisch nicht trainiert hatte, dennoch ein gründliches mentales Workout bekommen, und jetzt konzentrierte sich mein Blick auf verschiedene Details, skurrile Kleinigkeiten, die hervorstachen und die ich versucht hatte einzufangen. Manches davon sah für mich völlig fremdartig aus und fühlte sich auch so an, da es so anders war, aber es gefiel mir. Keinem Lehrplan folgen zu müssen hatte mir mehr Freiheit gegeben, um verschiedene Themen zu entwickeln und zu erkunden. Ich nahm an, ich hatte, ohne dass es mir bewusst war, meinen eigenen Stil gefunden.

»Und du hast vor, damit weiterzumachen?«

»O nein.« Ich sprang wieder auf und rieb mit den Händen über meine Jeans, wie um den Vorschlag abzubürsten. »Mit Sicherheit nicht.«

Angus wirkte verblüfft.

»Es hat keinen Sinn«, fuhr ich fort. »Eines Tages vielleicht, irgendwann mal«, ergänzte ich in dem Versuch, das Thema endlich abzuhaken. »Wenn ich in Rente bin.«

»Aber hier geht niemand in Rente.« Angus lachte. »Das weißt du doch.«

»Na ja, egal«, meinte ich schulterzuckend. »Es hat keinen Sinn, im Moment auch nur darüber nachzudenken, oder? Hier gibt es immer so viel zu tun, dass ich sowieso keine Zeit dafür habe. Ich hätte gar nicht erst wieder damit anfangen sollen. Es ist zu schwierig. Es hat alles mit dem zu tun, was auf der Schule passiert ist, und …«

Ich konnte hören, wie die Worte aus mir hervorsprudelten, die wieder einmal versuchten zu rechtfertigen, weshalb ich aufgehört hatte, aber ein Teil von mir – derselbe Teil, der sich eingeschaltet hatte, als ich Anna erzählte, warum ich meine Bleistifte wieder wegpackte – wollte die alten Argumente jetzt noch weniger akzeptieren. Vor allem da ich erst Sekunden zuvor – zumindest mental – anerkannt hatte, dass das, was ich in diesem Sommer fabriziert hatte, gar nichts mit der Vergangenheit zu tun hatte. Ich brachte meine neuen Zeichnungen absolut nicht mit Gavin in Verbindung, daher konnte ich wohl kaum behaupten, dass jedes Mal, wenn ich etwas Neues zeichnete, mein Privatleben auf eine Katastrophe in Gestalt eines Mannes zusteuerte.

Oder doch?

Wenn ich Angus überzeugen konnte, dass meine Kunst, wie ich glaubte, der Katalysator hinter jeder schlimmen Sache war, die mir passierte, und dass sie folglich immer dazu führte, dass ich mich am Ende wie ein Häuflein Elend fühlte, dann würde er mich vielleicht vom Haken lassen. Er würde mich in Ruhe lassen und sich nach jemand anderem umsehen, der seine kostbaren Winterwunderland-Karten und –Plakate entwarf.

»Hayley, ich will, dass du die Karte für das Winterwunderland zeichnest und die Plakate und Werbeanzeigen entwirfst«, unterbrach er mich, ohne mir auch nur die Chance zu geben, meine zusammengezimmerte Theorie auf die Probe zu stellen.

»Aber das kann ich nicht«, sagte ich zu ihm. Auf einmal wurde mir heiß und kalt.

»In diesem Stil«, ergänzte er und nahm eine der neuen Zeichnungen in die Hand.

»Ausgeschlossen. Ich kann das nicht machen. Ich habe keine Zeit dafür.«

»Ich bin dein Boss, ich werde dir die Zeit geben.«

Mein Gehirn suchte verzweifelt nach Gründen, ihm eine Abfuhr zu erteilen.

»Du kannst dir mich nicht leisten«, platzte ich heraus.

»Du wirst mir nichts berechnen.«

»Aber was, wenn dann irgendetwas Schlimmes passiert?«, redete ich auf ihn ein. »So ist es bis jetzt immer gelaufen. Sieh dir nur an, was eben erst mit Gavin passiert ist …«

»Sei nicht albern«, meinte Angus kopfschüttelnd. »Er war dir nicht untreu, weil du gezeichnet hast! Er war es, weil er keine Moral und noch weniger Selbstbeherrschung hat.«

Ich biss mir auf die Lippe. Er hatte recht. Es war albern und Gavin war ein Typ ohne Prinzipien. Meine Pseudotheorie war in sich zusammengestürzt, bevor ich sie auch nur vorgebracht hatte.

»Na ja, wenn das so ist«, fauchte ich, während ich allmählich die Geduld verlor, »wie wär's mit: Ich will einfach nicht?«

»Das kaufe ich dir nicht ab.«

Auch in dem Punkt hatte er recht, denn seit dem Augenblick, in dem unten in der Küche die Karte und die Plakate erwähnt worden waren, hatte ich im Kopf Designs entworfen, bis ins letzte Detail. Mir schwebte sogar schon ein weihnachtliches Thema vor.

»Kann ich wenigstens darüber nachdenken?«, flehte ich, während ich mir noch härter auf die Lippe biss.

»Mir wäre es lieber, du würdest Ja sagen.«

»Aber so einfach ist das nicht.«

»Hayley«, seufzte er, »es ist so einfach, wie du es willst.«

Das war Angus' Mantra für so ziemlich jede Herausforderung, vor der er im Leben stand. Selbst die, vor die ihn seine geduldige und leidgeprüfte Ehefrau stellte. Vielleicht sollte ich mir eine Scheibe bei ihm abschneiden und einfach Ja sagen? Aber die große Frage war natürlich, hatte ich einen Punkt erreicht, an dem ich das Gefühl hatte, ich hätte es verdient, die eine Sache in meinem Leben wiederaufzunehmen, die mich wirklich glücklich machte?

Und nicht nur das, denn ich musste auch berücksichtigen, dass ich, wenn ich diese Herausforderung annahm, nicht einfach für ein paar gestohlene Minuten heimlich vor mich hin kritzeln und dann die Ergebnisse verstecken würde. Dieses Projekt würde seinen Weg in die Welt finden, vielleicht sogar über die Grenzen von Wynbridge hinaus, und es würde nicht lange dauern, bis die Leute herausfanden, dass ich das Gesicht hinter dem Zeichenbrett war.

»Und übrigens«, ergänzte Angus, ohne einen Gedanken an meinen emotionalen inneren Aufruhr zu verschwenden, »ich bin mir nicht sicher, ob ich dir das jetzt sagen sollte, aber da er bereits im Gespräch aufgekommen ist …«

Mein Magen verkrampfte sich aus Angst vor dem, was als Nächstes kommen würde.

»Wer?«

»Der sogenannte sexy Gerüstbauer.«

»Was soll mit ihm sein?«

»Er ist gestern Abend bei der Bonfire-Party auf mich zugekommen.«

»Was?«, stieß ich hervor. »Warum das denn? Was zum Teufel wollte er?«

»Das Geld zurückzahlen, das ich ihm geliehen habe.«

»Das gibt's doch nicht!« Ich konnte es nicht glauben. Gavin war immer knapp bei Kasse. Woher in aller Welt hatte er auf einmal so viel Geld?

»Gibt's doch«, antwortete Angus in einem Versuch, sich den Jugendslang zu eigen zu machen.

Ich kniff die Augen zusammen, mein Gehirn ein einziger Matsch.

»Bar oder Scheck?«, fragte ich.

Wenn es ein Scheck war, würde er garantiert platzen.

»Bar«, sagte Angus lächelnd, »bis auf den letzten Penny, und ich soll dir ausrichten, dass es ihm leidtut, dass er ein solcher … Na ja, sagen wir nur, ich soll dir ausrichten, dass es ihm leidtut.«

Seine Entschuldigung bedeutete mir gar nichts, erst recht nicht, nachdem er sich so aufgeführt hatte, als wir uns das letzte Mal begegnet waren und Gabe dazwischengehen musste. Aber wenigstens hatte er seine Schulden bei Angus beglichen. Blieb nur zu hoffen, dass es kein Falschgeld war.

»War er allein?« Ich konnte mir die Frage nicht verkneifen, und meine Gedanken kehrten zurück zu der Textnachricht, die meinen Moment mit Gabe unterbrochen hatte und die ich noch immer nicht gelesen hatte.

»Ich glaube schon«, meinte Angus schulterzuckend. »Und er ist nicht lange geblieben.«

In der Küche war Dorothy noch immer dabei, Kaffee und warme Croissants zu verteilen, und niemand hatte sich von seinem Platz gerührt.

»Hat hier denn heute niemand was zu tun?«, fragte ich kopfschüttelnd, während ich mein Handy aus meiner Jeanstasche zog und mich wieder auf meinen Stuhl fallen ließ.

»Offenbar nicht.« Catherine lächelte.

»Also«, kam Anna sofort zur Sache. »Wirst du es tun?«

Sie klang genervt, und ich hatte vor, sie so lange wie möglich in diesem emotionalen Zustand zappeln zu lassen. Molly hingegen rührte in ihrem Kaffee und starrte in die Luft; sie würde sich kaum beeindrucken lassen. Es sprach eben doch vieles dafür, in einer Traumwelt zu leben.

»Ja«, erklärte Angus, »das wird sie.«

»Nein«, entgegnete ich, »das wird sie nicht.«

»Na schön«, lenkte Angus ein. »Sie wird darüber nachdenken.«

»Ausgezeichnet«, strahlte Anna und rieb die Hände aneinander, sichtlich zufrieden mit sich.

»Was tatsächlich genau das heißt«, erklärte ich ihr entschieden. »Ich werde nur gründlich über das alles nachdenken.«

»Na ja, kannst du das vielleicht tun, wenn der Tag zu Ende ist?«, fragte Jamie und sah von seinem Notizblock auf. »Wir müssen wirklich in die Gänge kommen.«

Er starrte mich immer noch an.

»Was denn?«, fragte ich stirnrunzelnd.

»Ich kann einfach nicht glauben, dass du eine Künstlerin bist, Hayley.«

»Und doch«, hielt ich dagegen, »habe ich überhaupt kein Problem damit zu glauben, dass du ein …«

»Du liebe Güte«, sagte Dorothy, während sie sich mit einem Geschirrtuch Luft zufächelte, »das ist ja genau wie in alten Zeiten.«

Ich nahm mein Telefon und öffnete Gavins Nachricht. Meine Augen überflogen die Zeilen. Ich war mir nicht sicher, was ich erwartet hatte, aber seine Worte waren eine ebenso große Überraschung wie seine Rückzahlung des Kredits. Er prahlte nicht damit, dass er das Geld zusammengekratzt hatte, um die Sache in Ordnung zu bringen, und unternahm keinen lahmen Versuch, sein grässliches Verhalten, weder auf der Herrentoilette noch bei unserem Streit vor dem Pub, zu rechtfertigen.

»In was bist du denn so vertieft?«, fragte Anna, als sie sah, wie ich kopfschüttelnd wieder hochscrollte.

»Eine Nachricht.«

»Das sehe ich«, meinte sie genervt, »aber von wem?«

»Geht dich nichts an«, sagte ich und steckte das Telefon wieder ein.

»Doch nicht etwa von Gavin, oder?«, fragte Molly.

Sie besaß wirklich ein unheimliches Talent dafür, ihren Senf dazuzugeben, wenn er am wenigsten gebraucht wurde.

»Sieht sie aufgelöst aus?«, warf Anna ein. »Ist sie den Tränen nahe?«

»Meinst du allen Ernstes, ich würde es riskieren, seinetwegen meinen Eyeliner zu ruinieren?«, gab ich blinzelnd zurück. »Das ist er wohl kaum wert, oder?«

»Ich wusste doch, dass du anders aussiehst«, schaltete sich Dorothy ein, während sie mich genau musterte. »Du erinnerst wieder mehr an die Hayley von früher.«

»Und hast du ein Problem damit?«, fauchte ich.

Ich wurde es allmählich leid, im Mittelpunkt von so viel Aufmerksamkeit zu stehen.

»Ich finde, du wirkst dadurch ein bisschen hart«, meinte Molly. »So wie früher eben.«

»Das ist, weil ich wieder so bin wie früher«, erklärte ich ihr, auch wenn ich mir inzwischen nicht mehr so sicher war, dass es mir gelingen würde, die alte Hayley so ohne weiteres von mir abzustreifen.

Soweit ich erkennen konnte, schien es einen winzigen Teil, einen unauslöschlichen Abdruck, zu geben, der nicht getilgt werden konnte, selbst wenn man es wollte. Offenbar war es mein Schicksal, ein klein wenig meines sanfteren Selbst mit mir herumzutragen, ob es mir gefiel oder nicht.

»Ich hätte mich niemals ändern oder auch nur versuchen sollen, ein bisschen anders zu sein.«

Hätte ich nicht meine harten Kanten etwas abgeschliffen, dann wäre ich bestimmt nicht irgendwelchen kitschigen Gefühlen für meinen neuen Nachbarn erlegen, und ich wäre mit Sicherheit besser imstande gewesen, die Connellys zu überzeugen, dass keinerlei künstlerischen Ambitionen mehr in mir schlummerten.

»Also, ist sie von ihm?«, hakte Anna nach, entschlossen, nicht so schnell lockerzulassen.

»Ist was von wem?«

»Die Nachricht«, wiederholte sie. »Ist sie von Gavin? Denn wenn du wirklich entschlossen bist, ihn nicht mehr an dich heranzulassen, müssen wir das wissen.«

»Wieso denn?«

»Weil wir dich lieben«, antwortete Molly. »Und wir wollen dich beschützen.«

»Wir wollen nicht, dass du wieder verletzt wirst«, ergänzte Anna sanft.

»Und wir müssen es wissen, wenn er vorhat aufzutauchen, damit Gabe Bran auf ihn hetzen kann«, fügte Molly hinzu.

Ich hatte ganz vergessen, dass Gabe noch immer hier war, still am Ende des Tischs saß und sich alles anhörte.

»Ihr wärt besser beraten, Suki auf ihn zu hetzen«, sagte er lächelnd, während er liebevoll auf seinen sanft schnarchenden Riesen von einem Hund hinuntersah. »Wenn ihr auf Feuer und Zorn aus seid, würde ich den kleinsten Hund mit der größten Einbildung wählen.«

Wir lachten alle darüber, und ich nahm an, dass sie tatsächlich nur mein Bestes wollten.

»Na ja«, meinte ich liebenswürdig, »ich danke euch allen. Ich weiß eure Sorge zu schätzen, und ich kann bestätigen, ja, die Nachricht ist von Gavin, aber nein, wir müssen uns nicht darum sorgen, irgendwelche Hunde auf ihn zu hetzen. Er wird unsere Türschwelle nicht wieder betreten, und selbst wenn er es täte, wäre es mir egal. Er wird mich nicht wieder verletzen, denn ich werde nicht zulassen, dass er – oder irgendjemand sonst – es tut.«

»Aber vergiss nicht, wenigstens ein klein wenig Platz in deinem Herzen für die Liebe zu lassen, Hayley«, sagte Molly verträumt.

»Äh, nein«, entgegnete ich. »Ich werde meine Deckung mit Sicherheit nicht wieder aufgeben, schönen Dank auch.«

Meine Gedanken huschten zurück zu dem verräterischen Hämmern meines Herzens, als ich mit Gabe getanzt hatte, und wie ich bereits den Gedanken gehegt hatte, ich könnte, wenn Mr. »Ich suche nichts Beiläufiges« sich in Sachen ernste Beziehungen öffnen würde, geneigt sein, die Hand zu heben. Vor dem Haufen hier würde ich das natürlich niemals zugeben. Hätten sie auch nur den Hauch einer Ahnung, würden sie Gabe und mich lebenslänglich aneinanderketten.

»Hast du allen Ernstes vor, für immer allein zu bleiben?«, stöhnte Molly.

»Ja«, antwortete ich leichthin, »wie ich bereits gesagt habe: Spaß? Ja. Feste Beziehung? Nein. Lachen? Ja. Liebe? Nein. Single? Ja. Gebunden? Nein.«

Weder Molly noch Dorothy wirkten besonders beeindruckt von meinem wiedereinsetzenden Mantra, was mir nur recht war. Das war die Linie, bei der ich nach außen hin blieb. Davon wollte ich die anderen überzeugen. Es war nur zu ärgerlich, dass Gabe das alles mitbekam.

»Aber sieh mich an«, sagte Anna und griff nach Jamies Hand.

»Was soll mit dir sein?«

»Na ja, vor nicht langer Zeit war ich noch Single, mit meiner Arbeit verheiratet und mit einem ganzen Haufen Probleme, die ich mit mir herumgeschleppt habe, aber jetzt, nachdem ich die Liebe in mein …«

Ich musste ihr und ihrem romantischen Herzen auf der Stelle Einhalt gebieten.

»Aber du vergisst«, unterbrach ich sie, während ich meinen Stuhl zurückschob und aufstand, »dass der ganze Haufen Probleme, den du mit dir herumgeschleppt hast, dir von Umständen und anderen Leuten aufgehalst wurde, wohingegen ich meine schlechten Erinnerungen und meinen zweifelhaften Ruf allein mir selbst zuzuschreiben habe.«

Meine Knie fühlten sich ein bisschen weich an, als mir bewusst wurde, dass das sorglose Ich, das ich der Welt so gern präsentieren wollte, wieder ganz ernst geworden war und ich von weitaus mehr redete als davon, dass Gavin im Mermaid die Hose heruntergelassen hatte, auch wenn niemand sonst am Tisch etwas davon ahnte.

»Und damit willst du sagen?«

»Damit will ich sagen, dass der Platz in meinem Herzen, den du und Miss Molly dort drüben so gern mit Liebe, Einhörnern und flauschigen Kätzchen ausgefüllt sehen wollt, bereits von etwas eingenommen ist, worüber ich im Moment selbst nicht nachzudenken wage, und es wird dort niemals genug Platz geben, um daneben noch etwas anderes Bedeutsames hineinzuquetschen.«

»Aber du hast Gavin hineingelassen«, rief Gabe mir in Erinnerung.

»Eben«, sagte ich. »Und sieh dir an, zu was es geführt hat.«

Kapitel 15

Nachdem sich schließlich alle aufgerafft hatten, um wieder an die Arbeit zu gehen, blieb ich, um noch kurz mit Catherine zu reden.

»Ich wollte dich um einen Gefallen bitten«, sagte ich zu ihr, bemüht, mich selbst zu überzeugen, dass das, worum ich sie bitten wollte, überhaupt nicht hinterlistig war.

»Nur zu.« Sie lächelte.

Nachdem die Frau mir eben erst zu dem Job, den ich liebte, ein dauerhaftes Zuhause angeboten hatte, ergänzt durch die Möglichkeit, ich könnte, wenn ich wollte, meine alte Leidenschaft wiederaufnehmen und etwas Lohnenswertes damit anfangen, hätte mein Kontingent an Gefallen, um die ich bitten könnte, eigentlich erschöpft sein müssen, aber das hier war eben ein klassisches Beispiel der Großzügigkeit im Hause Connelly.

»Na ja«, begann ich, während ich von einem Fuß auf den anderen trat, »ich habe mir gedacht, dass es vermutlich keine schlechte Idee wäre, wenn ich diese Woche einen Ausflug in die Stadt unternehme.«

Ehrlich gesagt hatte ich es nicht einmal in Erwägung gezogen, auch nur in die Nähe der Stadt zu fahren, bis Gavins Nachricht eingegangen war, aber, so meine Überlegung, die alte Hayley hätte sich von ein paar Klatschmäulern nicht abschrecken lassen, und jetzt gab es einen unerwarteten offenen Punkt, der geklärt werden musste.

»Das ist eine ausgezeichnete Idee«, pflichtete Catherine bei. »Ich weiß, dass deine letzte Begegnung mit Gavin nicht besonders angenehm verlaufen ist, aber je länger du es vermeidest, dich dort blicken zu lassen, desto schwieriger wird es am Ende.«

»Genau«, spielte ich mit, »und ich will nicht, dass meine Abwesenheit von Wynbridge noch mehr unerwünschte Aufmerksamkeit auf sich zieht, als sie es ohnehin schon tut.«

Ich wusste, dass es nicht lange gedauert haben konnte, bis sich die Leute über das Mermaid hinaus das Maul über uns zerrissen, und ich versuchte, sowohl Catherine als auch mich selbst zu überzeugen, dass ich nur deshalb zurückfuhr, um sie zum Schweigen zu bringen.

»Ganz recht.« Catherine nickte und griff nach ihrem Portemonnaie. »Und es wird die ideale Gelegenheit für dich sein, ein paar neue Kunstutensilien zu kaufen.«

»O nein«, beeilte ich mich zu sagen. »Ich brauche nichts.«

»Gönn dir doch was«, erklärte sie entschieden und drückte mir eine Rolle Geldscheine in die Hand. Offensichtlich würde *sie* diejenige sein, die mir etwas gönnte. »Wenn du dich entscheidest, dieses Projekt für Angus zu übernehmen – und glaub mir, mir wird ein Stein vom Herzen fallen, wenn du es tust –, dann wäre es doch nett, mit entzückenden neuen Dingen ganz von vorn anzufangen, oder?«

Jetzt glaubte ich, in dieser Angelegenheit keine andere Wahl mehr zu haben. Ich würde den Job übernehmen

müssen, und da ich den wahren Grund für meinen Ausflug in die Stadt kannte, fühlte ich mich erst recht wie eine
falsche Schlange. Ich wollte gerade reinen Tisch machen,
bekam aber nicht mehr die Chance dazu.

»Ah, Gabe«, sagte Catherine, als er hereinschneite, um
den Schal zu holen, den er auf der Lehne seines Stuhl hatte
liegen lassen. »Hast du immer noch vor, heute Vormittag
nach Wynbridge zu fahren?«

»Ja«, sagte er, während er uns beide ansah. »In etwa
einer halben Stunde. Kann ich einer von euch beiden
irgendetwas mitbringen?«

»Nein«, sagte ich kopfschüttelnd, »nein, danke.«

»Aber du könntest Hayley mitnehmen«, schlug Catherine vor. »Sie wollte ein paar neue Kunstutensilien kaufen
und hoffentlich die Klatschmäuler ein für alle Mal zum
Schweigen bringen. Je früher sie auf den Weg gebracht
wird, desto besser, meinst du nicht auch?«

»Da bin ich absolut deiner Meinung«, erwiderte Gabe.

»Also«, sagte Gabe, als wir in seinen Truck stiegen und
Bran sich auf der Rückbank breitmachte, »mit wem hatte
ich denn gestern Abend das Vergnügen?«

»Was meinst du damit?«, fragte ich stirnrunzelnd. Ich
sah zu ihm hinüber, während ich eine Textnachricht ab-
schickte, die, wie ich wusste, nicht die geringste Chance
hatte, meine Outbox zu verlassen, bis wir einen brauch-
baren Mobilfunk-Hotspot erreicht hatten, was vermutlich
auf halbem Weg in die Stadt sein würde. »*Wir* waren gestern Abend zusammen, oder?«

»Na ja, schon«, sagte er, »aber war ich mit der *alten*

Hayley zusammen, die du bevorzugst und die heute Morgen jeder am Frühstückstisch wiedererkannt hat, oder mit der *neuen* Hayley, die, etwas sanftere Version von dir, die du nicht besonders magst?«

»Was glaubst du denn, mit welcher?«, fragte ich und klimperte mit den Wimpern in seine Richtung.

»Nach dem Gespräch, das ich heute Morgen mit angehört habe«, meinte er, »müsste ich sagen, mit der alten, die gern ein bisschen unverbindlichen Spaß hat.«

»Bingo!«, strahlte ich, während ich mich fragte, ob alle anderen ebenso überzeugt gewesen waren. »Der Kandidat bekommt hundert Punkte.«

Es lag mir auf der Zunge zu erklären, dass ich, wenn ich ganz ehrlich war, nicht glaubte, die neuere Version von mir völlig abschütteln zu können, selbst wenn ich es wollte, aber ich war mir nicht sicher, wohin ein solches Eingeständnis führen könnte.

Ich sah zu ihm hinüber, erwartete, zumindest eine Spur von Belustigung in Gabes Gesicht zu erkennen, aber er hatte diese halb ernste Miene aufgesetzt, für die er, zumindest in meinem Kopf, allmählich bekannt wurde.

»Was denn?«, stöhnte ich. »Sag mir nicht, dass du sie nicht magst. Sie ist zum Brüllen!«

»Ich weiß nicht« meinte er, noch immer nicht bereit, mitzuspielen. »Ich bin mir nicht einmal sicher, dass *du* sie wirklich magst, Hayley.«

Ich konnte spüren, wie mir die Röte ins Gesicht stieg, und sah aus dem Fenster. Das hatte mir noch gefehlt. Ein Typ, der es mit Mollys Fähigkeit, Gedanken zu lesen und in Seelen zu blicken, aufnehmen konnte.

»Da täuschst du dich«, sagte ich leichthin. »Sie ist die Beste. Jedes Mal, wenn ich auf Ärger zusteuere, geht sie dazwischen, taucht einfach auf und ruft mir in Erinnerung, dass das Leben dazu da ist, gelebt zu werden, dass man Spaß haben und dass ich mich locker machen soll.«

So viel stimmte. Sie war mir eine tolle Hilfe dabei, Gabe einzureden, dass ich nur auf Spaß aus war. Aber vielleicht war es an der Zeit, mich ein bisschen zurückzunehmen, vor allem wenn ich den Mut aufbringen wollte, ihn zu fragen, was er gemeint hatte, als er sagte, dass er mich mochte.

»Oh, na ja, wenn das so ist«, schoss er zurück, »dann war es wirklich die, die heute Morgen in der Wynthorpe-Küche saß.«

»Du klingst nicht sehr beeindruckt«, fauchte ich, verärgert darüber, dass ich unser Gespräch nicht so leicht wieder in die Richtung lenken konnte, die ich wollte. »Ich dachte, du hättest gesagt, du magst mich.«

Gabe zuckte mit den Schultern, und ich bereute es, einfach so damit herausgeplatzt zu sein, aber wie es meine Art war, konnte ich mich jetzt, wo ich einmal damit angefangen hatte, nicht mehr bremsen.

»Aber sag mir nicht«, fuhr ich fort, genervt davon, dass er sich weigerte, zurückzuschlagen, »dass du die Version von mir, die gern Spaß hat, nicht wirklich magst, ist es das? Da du selbst nicht der Typ für Oberflächliches zu sein scheinst, kannst du dich mit dieser Einstellung einfach nichts anfangen.«

Gabe zuckte wieder mit den Schultern.

»Was denn?«, fauchte ich wieder.

Allmählich brachte er mich wirklich auf die Palme.

»Sie ist schon okay, nehme ich an«, lenkte er schließlich ein, »in kleinen Dosen.«

»Was für ein Lob«, sagte ich und versah seinen Kommentar mit dem deutlichen Augenrollen, das er meiner Meinung nach verdient hatte. »Wie auch immer, gestern Abend schienst du ziemlich scharf auf sie zu sein.«

Es war ein billiger Versuch, selbst nach meinen Maßstäben, und einer, den mein Chauffeur keiner Antwort würdigte.

»Ich denke einfach, es wäre nett, die echte Hayley zu sehen«, sagte er, nachdem er ein Stück weitergefahren war.

Offenbar hatte er bereits vergessen, dass ich erst vor wenigen Augenblicken vor mir selbst zugegeben hatte, dass es mir kaum gelingen würde, die alte Hayley völlig abzuschütteln.

»War das die Person, an die du gedacht hast, als du gesagt hast, dass du mich magst?«, fragte ich, mein Tonfall jetzt etwas sanfter. »Denn wenn zufällig der Richtige daherkommen sollte ...«

»Lass das bloß nicht Anna hören.«

»Ich habe nicht die Absicht, Anna irgendetwas hören zu lassen, aber wenn tatsächlich zufällig der Richtige daherkommen sollte ...«

»Dann würdest du ihn gründlich durchkauen und wieder ausspucken«, sagte er lachend. »Spaß und Vergnügen«, äffte er meine Worte nach, »nicht Liebe und Verbindlichkeit.«

»Ich wollte sagen«, entgegnete ich und schluckte den Kloß in meiner Kehle hinunter, der an die Stelle meines

Ärgers getreten war, »dann würde ich einer ernsten Beziehung vielleicht wieder eine Chance geben.«

»Oh.«

Ich konnte nicht glauben, dass ich damit herausgeplatzt war. Ich hatte mich offen und verletzlich gemacht. Etwas, wovon die alte Hayley entsetzt gewesen wäre.

»Und«, sagte ich, meine Stimme kaum mehr als ein Flüstern, »meinst du, es ist sehr wahrscheinlich, dass in absehbarer Zeit der Richtige für mich daherkommen könnte?«

Gabe warf mir einen betonten Blick zu, seine Augen von einem Schmerz erfüllt, den zu sehen mich schockierte.

»Ich weiß, ich habe gesagt, ich sei kein Typ für eine Nacht«, sagte er zu mir.

Auf einmal klang er nervös, fast panisch.

»Aber ich bin auch nicht auf der Suche nach etwas Ernstem, Hayley.«

»Warum hast du dann gesagt, dass du mich magst?«, wollte ich wissen. Ich ärgerte mich, dass ich meine Emotionen offengelegt hatte, nur damit er darauf herumtrampelte und ich mir wie eine Idiotin vorkam.

»Es tut mir leid«, seufzte er. »Ich wollte nicht andeuten …«

»Aber was, wenn eine Beziehung dich glücklich machen, dein Leben bereichern und grundsätzlich alles, was du am Laufen hast, um so viel verbessern könnte?«

Meine Worte stammten eins zu eins aus Annas »Warum Beziehungen gut sind«-Ratgeber, aber das war mir egal. Wenn es einen Zeitpunkt für eine offene und ehrliche Befragung gab, dann jetzt. Was Gabe als Nächstes sagte, könnte ausschlaggebend für meinen weiteren Weg sein.

»Na ja, wenn das so ist«, sagte er, »bin ich eindeutig nicht auf der Suche nach einer.«

Ich starrte ihn eine Sekunde an. »Du meinst, wenn du wüsstest, dass es die Möglichkeit gäbe, etwas zu tun, das dich glücklich macht, würdest du dich nicht drauf einlassen?«

»Ja« bestätigte er, »ich würde mich nicht drauf einlassen.«

Das klang nach irgendeiner extrem kranken Selbstentsagung, sogar nach meinen schrägen Maßstäben.

»Das«, sagte ich zu ihm, während ich meine Entschlossenheit zusammennahm, mit meinen Emotionen möglichst viel Abstand zu ihm zu halten, und während meine Textnachricht unerwartet in den Gesendet-Ordner wanderte, »war überhaupt nicht das, was ich von dir erwartet habe, und danke übrigens für die widersprüchlichen Botschaften. Sie waren mir bei meinem Kater eine echte Hilfe.«

»Es tut mir leid …«

»Ist schon gut.« Ich lächelte fröhlich, während ich mich fragte, wie viele Hammerschläge mein armes Herz noch verkraften könnte. »Mehr als gut, um genau zu sein.«

»Die Bücherei«, zischelte Gavin, als er mich an einem der Tische sitzen sah, hinter den Regalen mit Großdruckausgaben versteckt. »Warum in aller Welt wolltest du mich ausgerechnet hier treffen?«

Aus meiner Sicht verstand sich mein Vorschlag von selbst, aber so war das mit Gavin – offenbar besaß er nicht einen Funken Verstand.

»Du kannst von Glück reden, dass ich mich überhaupt dazu bereit erklärt habe, mit dir zu reden«, rief ich ihm in Erinnerung, während er sich verwirrt umsah. »Setz dich einfach. Du sorgst hier für Unruhe.«

»Aber warum hier?«, fragte er noch einmal.

Ich wollte fast lachen. Er wirkte völlig verängstigt. Offensichtlich war es lange her, seit Gavin zuletzt ein Buch von innen gesehen hatte, und seiner Miene nach zu urteilen war die letzte Begegnung keine glückliche gewesen.

»Erstens einmal«, sagte ich, wobei ich meine Stimme so weit dämpfte, dass sie der Umgebung angepasst war, »wollte ich nicht mit dir gesehen werden, und schau nicht so, das kannst du mir wohl kaum übelnehmen.«

Gavin zuckte mit den Schultern, wirkte aber nicht mehr so eingeschnappt wie noch vor wenigen Sekunden.

»Zweitens«, fuhr ich fort, »hast du dich bei unserer letzten Begegnung wie ein absolutes Arschloch benommen. Ich wollte nicht noch eine öffentliche Konfrontation riskieren, bei der du laut herumbrüllst und mich beschuldigst, nicht besser zu sein als du.«

»Es tut mir leid«, sagte er, und seine Schultern sackten nach unten, während er sich auf seinem Stuhl zurücklehnte.

»Und drittens«, fuhr ich fort, ohne auf seine Entschuldigung einzugehen, »das hat jetzt nichts mit der Bibliothek zu tun, aber ich will wissen, woher du das Geld hattest, um deine Schulden bei Angus zu begleichen.«

»Er hat es dir erzählt?« Er lächelte, sichtlich zufrieden.

»Natürlich hat er das«, meinte ich kopfschüttelnd. »Im Gegensatz zu dir weiß er, wie besorgt ich deswegen war.

Ich habe schon überlegt, wie ich ihm das Geld zurückzahlen könnte, weil ich nicht damit gerechnet habe, dass du das je tun wirst.«

»Danke.«

»Hör zu«, sagte ich, »in deiner Nachricht hast du geschrieben, du wolltest mich treffen, und wenn ich nicht zu dir komme, dann würdest du zum Herrenhaus fahren, deshalb bin ich hier. Was willst du, Gavin? Was ist so wichtig, dass du mir drohen musstest? Was mich angeht, sind wir beide fertig, warum zerrst du also wieder irgendwelches Zeug zum Vorschein?«

Er beugte sich vor, legte die Hände auf den Tisch und spreizte die Finger. Ich versuchte die Erinnerung daran, wie geschickt er mit diesen Fingern umgehen konnte, zu verdrängen, und sah direkt in seine schönen blauen Augen. Er würde nie aufhören, so umwerfend auszusehen, selbst wenn er ein betrügerischer Dreckskerl war.

»In der Stadt heißt es«, schluckte er, »dass du dich doch nicht mit diesem neuen Typen beim Herrenhaus an mir gerächt hast.«

Ich konnte sehen, dass es ihm schwerfiel, das zuzugeben, und ich fragte mich, warum er es überhaupt tat. Und wer hatte ihm davon erzählt? Vielleicht hatte ich in der Stadt doch mehr Verbündete als Jim und Evelyn vom Mermaid.

»Wenn du mir die Chance gegeben hättest«, sagte ich scharf zu Gavin, »wenn du mir zugehört hättest, dann hätte ich dir das selbst sagen können.«

»Ich weiß.« Er nickte. Sein Ton war angemessen kleinlaut. »Ich habe dich völlig falsch eingeschätzt, stimmt's?

Ich bin einfach davon ausgegangen, dass du es mir heimzahlen willst, weil du tief, tief in dir genauso bist wie ich. Genau wie all die anderen Mädchen, mit denen ich zusammen war.«

Ich war wütend, dass er mich so sorglos in eine Schublade gesteckt hatte. Für einen Moment bereute ich es, dass wir an einem Ort waren, an dem ich meine Stimme nicht erheben konnte. Nicht dass er es überhaupt wert war.

»Da lagst du völlig falsch«, sagte ich, in der Hoffnung, dass mein gereizter Ton den Mangel an Lautstärke wettmachte. »Ich bin nicht so. Ich dachte, nach all den Monaten, die du mit mir zusammen warst, wärst du von selbst darauf gekommen. Schließlich weiß ich jetzt, dass du mir mehr als eine Gelegenheit gegeben hast, mich zu rächen, hätte ich es tun wollen.«

»Ich weiß«, sagte er und schob seine Hand über den Tisch, bis sie meine erreichte, aber diesmal sanft, anders als beim letzten Mal, als er grob nach ihr gegriffen hatte. »Und es tut mir wirklich leid. Als wir damals zusammenkamen, habe ich viel zu lange auf das gehört, was meine Kumpel über dich gesagt haben, das war der Ausgangspunkt für unsere Beziehung.«

»Ach ja?« Ich war mir nicht sicher, ob ich verkraften könnte zu hören, was sie hinter meinem Rücken über mich gesagt hatten.

»Und ich dachte, du seist so wie ich; jemand, der einfach ein bisschen Spaß haben will.«

»Das war ich«, sagte ich zu ihm und zog meine Hand zurück. »Ich war froh, ein bisschen Spaß zu haben, mehr als froh, aber ich war auch verliebt, und im Gegensatz zu dir hatte ich immer nur mit einer Person auf einmal Spaß.«

Er sah mich an und zog die Augenbrauen hoch.

»Und nein«, sagte ich streng, »jetzt ist nicht der richtige Augenblick, um anzudeuten, dass ein flotter Dreier unsere Beziehungsprobleme gelöst hätte.«

Er begann zu kichern und ich musste unwillkürlich lächeln.

»Und außerdem«, rief ich ihm in Erinnerung, »warst du es doch, der aus Spaß Ernst gemacht hat. Du warst es, der mich gebeten hat, dich zu heiraten, und dafür gesorgt hat, dass ich mich noch heftiger verliebt habe. An dem Abend, an dem du mir einen Antrag gemacht hast, hast du gesagt, ich hätte dich ruhiger und erwachsen gemacht, aber das hatte ich gar nicht, stimmt's?«

Damals war ich voller Hoffnung gewesen, weil ich glaubte, Gavin sei der perfekte Partner für mich. Ein ähnlich zweifelhafter Ruf, ähnliche Kindheit, ähnliche Familienverhältnisse, all das hatte uns zu einem ziemlich guten Team gemacht. Zumindest sagten wir uns das beide. Wir hatten vielleicht keine stürmische Romanze wie Jamie und Anna, aber andererseits, wie mein Vater mir so oft in Erinnerung gerufen hatte, was wollte eine wie ich denn schon erwarten? Meine Beziehung mit Gavin war das Beste, was ich je kriegen würde.

»Nein«, antwortete Gavin ein wenig zu laut, sodass ich zusammenzuckte. »Und jetzt hasse ich mich dafür, dass ich es je gesagt habe, aber damals wollte ich es so unbedingt glauben. Ich wollte wirklich der Kerl sein, der gut genug für dich war, Hayley, denn du bist ein tolles Mädchen. Jetzt ist mir klar, dass du viel zu gut für jemanden wie mich bist, aber an dem Abend am Strand, als ich dir einen Antrag gemacht habe, wollte ich der Kerl sein, der perfekt für dich ist. Ich wollte der Verlobte sein, den du verdient hast.«

Ich schüttelte den Kopf, als ich verärgert feststellte, dass sich meine Augen mit Tränen füllten.

»Na ja«, sagte ich, schluckte einmal schwer und blinzelte sie weg, »am Abend unserer Verlobungsparty hast du das nicht gedacht, und überhaupt, jetzt spielt es schließlich keine Rolle mehr, oder?«

»Für mich schon«, sagte er. »Und du sollst wissen, dass es mir wirklich leidtut. Ich bereue nicht eine Sekunde, die wir zusammen verbracht haben, aber ich bereue, wie ich dich behandelt habe. Bisher war es mit immer egal, was die Mädchen von mir denken.«

»Das ist ja nett.« Ich schluckte wieder.

»Nein, das ist es nicht«, erwiderte er stirnrunzelnd. »Natürlich ist es das nicht, aber es ist die Wahrheit. Und ehrlich gesagt, die Art Mädchen, mit denen ich normalerweise etwas anfange, kümmern sich auch nicht um meine Gefühle, aber was zwischen uns passiert ist, hat mich verzehrt. Auch wenn wir nicht mehr zusammenkommen werden, Hayley, muss ich dir sagen, dass du es geschafft hast.«

»Was soll das denn heißen?«

»Du hast den Weg in mein Herz gefunden.«

»Wow«, sagte ich und gönnte mir einen sarkastischen kleinen Jubelruf. »Wer hätte das gedacht! Ich bin davon ausgegangen, du hast gar keins.«

»Und ich hoffe«, fuhr er fort, ohne auf meine spöttische Bemerkung einzugehen, »dass du irgendwann einen Mann findest, der dich verdient hat und dich anständig behandelt.«

»Ha, warte besser nicht drauf«, warf ich ein, während ich dachte, wie ich mich eben erst vor Gabe zum Trottel gemacht hatte. »Ich bin nicht auf dem Markt. Um genau zu sein, werde ich mich vielleicht nie wieder dort hinauswagen.«

»Das wirst du.« Er lächelte.

Er klang geradezu unangenehm überzeugt davon.

»Und versprich mir, dass du mit deiner Kunst weitermachen wirst, denn du hast ein wundervolles Talent. Das solltest du nicht vergeuden.«

»Na ja«, sagte ich und schob meinen Stuhl zurück. »Ich halte dich auf dem Laufenden, aber wie ich bereits gesagt habe, warte besser nicht drauf.«

Ich war immer noch nicht sicher, ob ich Angus' Angebot annehmen sollte, daher hatte es keinen Sinn anzudeuten, ich würde damit weitermachen. Meine Beine zitterten ein wenig, als ich aufstand. Schon bevor ich in die Stadt gekommen war, hatte ich mich gefühlt, als hätte ich einen emotionalen Schleudergang hinter mir, und jetzt hatte Gavin mir nicht nur eine aufrichtige Entschuldigung angeboten, sondern er war obendrein auch noch unerwartet ehrlich gewesen. Es war alles weit entfernt von dem, was ich erwartet hatte, als ich heute Morgen mit dröhnendem Kopf aufgewacht war.

»Du hast mir noch immer nicht erzählt, woher du das Geld hast, um deine Schulden bei Angus zu begleichen«, erinnerte ich ihn, während wir zusammen durch die Bücherei zurückgingen.

»Egal«, meinte er schulterzuckend.

»Ich würde es gern wissen.«

Er blieb stehen und begann, mit den Schlüsseln des Vans zu spielen, die er aus seiner Jeanstasche gezogen hatte.

»Ich habe meine Sportausrüstung verkauft.«

»Was?«

»Schscht!«, ertönte eine entrüstete Stimme hinter dem Informationstresen. »Ruhe.«

»Sie machen mehr Krach als sie!«, schoss Gavin zurück.

Ich packte ihn am Ärmel und zog ihn zur Tür hinaus.

»Hast du wirklich dein Zeug verkauft?«

»Ja.«

»Aber du hast es geliebt.«

Es gab nicht einen Tag, an dem er nicht mindestens eine Stunde schwitzend und keuchend auf der Gewichtsbank vor den Spiegeln in der von ihm umgebauten Garage seiner Eltern verbrachte.

»Na ja«, meinte er. »Ich hatte mir das Geld geliehen und ich musste es zurückzahlen. Wenn ich das nicht getan hätte, wäre die ganze Situation noch viel schlimmer geworden, oder?«

Ich glaubte wirklich nicht, heute noch mehr Schocks verkraften zu können.

»Jedenfalls«, sagte er und schlug seinen Kragen hoch, um sich vor der Kälte zu schützen, »ich muss los.«

»Okay.«

Ich ließ mich von ihm auf die Wange küssen und atmete sein Paco-Rabanne-Aftershave tief ein.

»Es tut mir wirklich leid, wegen allem«, sagte er. »Ich hatte nie die Absicht, das alles so gründlich zu vermasseln.«

»Ich weiß«, sagte ich zu ihm, während ich mich langsam von ihm entfernte. Ich war mir sicher, dass er die Wahrheit sagte, auch wenn es ein Schock für mich gewesen war, sie zu hören. »Und danke für die Entschuldigung. Das weiß ich wirklich zu schätzen.«

Wenigstens wusste ich jetzt, dass ich gefahrlos in die Stadt kommen konnte, ohne befürchten zu müssen, erneut zur allgemeinen Unterhaltung beizutragen.

»Und halt die Augen nach einem anständigen Kerl offen, Hayley Hurren!«, rief er mir in der Sekunde nach, in der ich aus dem Augenwinkel Gabes Truck auf dem Marktplatz stehen sah. »Irgendwo hier in der Gegend muss es einen geben.«

»Wie ich bereits gesagt habe«, rief ich über die Schulter zurück, »warte besser nicht drauf.«

Kapitel 16

Sobald Gavin außer Sicht war, zückte ich mein Handy und sah auf die Uhr. Es war fast die Zeit, zu der Gabe und ich wieder beim Truck verabredet waren, und wegen meines Treffens mit Gavin war ich noch gar nicht zu meinen Einkäufen gekommen, aber natürlich konnte ich das meinem Begleiter nicht sagen.

In diesem Augenblick sehnte ich mich nach nichts mehr als nach einer heißen Schokolade mit Marshmallows vom Kirschblütencafé. Ich war mir sicher, der Zucker würde mein inneres Gleichgewicht wiederherstellen und das dickflüssige, cremige Elixier meinen rumorenden Magen mit einer beruhigenden Schicht auskleiden, aber es nützte nichts. Erstens einmal konnte ich noch immer nicht einmal annähernd den Mut aufbringen, mich den Blicken der neugierigen Einheimischen zu stellen, und zweitens lief mir die Zeit davon. Ich eilte den Gehsteig hinunter zu Hardy's, dem absolut einzigen Geschäft in Wynbridge, das brauchbare Kunstutensilien verkaufte.

Wie in den meisten Geschäften der Stadt gab es eine Glocke über der Tür, die die Ankunft eines Kunden ankündigte, und ich holte einmal tief Luft, bevor ich über die Schwelle in den Laden trat und das Bimmeln auslöste. Der tröstliche Geruch von Pergamentpapier, Farbe und

Bleistiften, der mir entgegenschlug, als ich die Tür schloss, löste eine Flut von Erinnerungen in mir aus.

Das hier war an den Wochenenden meine Zuflucht gewesen, als ich ein Teenager war, mein allererster Arbeitsplatz, und ich schlich an dem Tresen vorbei, in der Hoffnung, dass der alte Mr. Hardy nicht arbeitete. Ich glaubte nicht, die »Lange nicht gesehen«-Rede des freundlichen alten Herrn ertragen zu können.

In der Vergangenheit hatten er und ich, wenn im Laden nicht viel los war, ganze Nachmittage damit verbracht, die neuen Zeichenstifte auszuprobieren, die die Vertreter vorbeibrachten, in der Hoffnung, dass der alte Mann eine Bestellung aufgab, und die Qualität des Papiers in den Skizzenbüchern der verschiedenen Hersteller, die er vorrätig hielt, zu vergleichen. Ich nahm an, für einen ersten Job hätte ich keinen besseren finden können, nicht einmal einen, der fürstlich bezahlt wurde. Jeden Samstag war ich aus dem Haus und durfte mich mit Kunstutensilien umgeben – es war der absolute Traum.

»Guten Morgen. Kann ich Ihnen behilflich sein?«

Zum Glück war es eine junge Frau, die den Kopf um das Ende eines Gangs steckte, nicht der alte Herr in seiner Weste.

»Ich sehe mich nur um«, sagte ich. »Danke.«

»Rufen Sie mich einfach, wenn Sie irgendetwas brauchen.«

»Mach ich.«

Ich ließ mir Zeit, um die wenigen Dinge auszuwählen, mit denen ich am besten ausgestattet sein würde, sollte ich mich entscheiden, Angus' und Jamies Winterwunderland-Projekt tatsächlich zu übernehmen. Nach dem, was Catherine vorhin gesagt hatte, hatte ich nicht wirklich das Gefühl, in dem Punkt eine Wahl zu haben, aber ich war entschlossen, alles zu tun, was in meiner Macht stand, damit mein Name nicht mit der Zeichnung in Verbindung gebracht wurde. Das wäre die Bedingung, unter der ich mich überhaupt darauf einließ.

»Haben Sie alles gefunden, wonach Sie heute gesucht haben?«, fragte die fröhliche Verkäuferin, als ich meine wenigen Einkäufe schließlich auf die Glasplatte des alten Tresens legte.

Die exklusivsten Füllfederhalter und Löscher wurden darunter zur Schau gestellt, zusammen mit dem teuersten Kalligrafiezubehör.

»Ja«, antwortete ich wehmütig, während ich daran zurückdachte, wie Mr. Hardy die Glasplatte immer sorgfältig polierte und die Auslage regelmäßig aktualisiert hatte, »danke.«

Mit den nächsten Worten, die mir über die Lippen kamen, verblüffte ich mich selbst, aber ich konnte mir die Frage einfach nicht verkneifen.

»Arbeitet der alte Mr. Hardy noch immer hier?«

»Nein«, sagte die Frau lächelnd, »er ist jetzt im Ruhestand, aber er schaut hin und wieder noch herein, um sicherzustellen, dass der Laden nicht zusammenbricht. Ich bin seine Enkelin, Francesca. Ich habe das Geschäft kürzlich übernommen.«

Ich freute mich, dass dieser besondere kleine Laden in den Händen derselben Familie bleiben würde, die es damals gegründet hatte. Es wäre eine echte Tragödie, noch ein unabhängiges Geschäft in der Stadt zu verlieren. Das Letzte, was Wynbridge brauchte, war eine Einkaufsstraße voller Handyläden und Wettbüros, mit einem gelegentlichen Wohlfahrtsladen dazwischen, wie in manch anderen Städten. Wir Einheimischen, zumindest in diesem Teil der Fens, waren stolz darauf, vor Ort einzukaufen und die Familienunternehmen zu unterstützen, sei es draußen auf den Farmen, auf dem geschäftigen Marktplatz oder in den Läden ringsum.

»Kennen Sie meinen Großvater?«, erkundigte sich Miss Hardy, während sie die Kasse bediente.

»Ja«, antwortete ich lächelnd, »ja, ich kenne ihn. Na ja, ich habe ihn gekannt«, korrigierte ich mich. Mein Lächeln schwand, denn es war eine Weile her. Eine lange Weile. »Ich hatte meinen allerersten Job hier. Ich war für ein Jahr oder so das Samstagsmädchen. Ihr Großvater und ich haben so manchen verregneten Nachmittag hier drinnen verbracht, neues Material durchgesehen und zu erkunden versucht, was der nächste Trend bei den Wachsmalstiften sein würde.«

»Sind Sie Künstlerin?«

»Nein«, sagte ich lachend. »Eher eine Kritzlerin, ehrlich gesagt, aber bitte grüßen Sie Ihren Großvater von mir. Fragen Sie ihn, ob er sich an Hayley Hurren erinnert.«

»Das tut er bestimmt.« Sie lächelte mir zu.

Sie nannte mir die Gesamtsumme und packte alles sorgfältig in eine große braune Papiertüte. Sie bestand darauf, dass ich ihre Visitenkarte und das Faltblatt mitnahm, auf dem alles über das Kundentreueprogramm stand, das sie anzukurbeln versuchte.

»Ich hoffe, Sie werden zu einer Stammkundin«, strahlte sie und umrundete rasch den Tresen, um mich hinaus- und eine andere Kundin hereinzulassen. »Hat mich sehr gefreut, Sie kennenzulernen, Hayley.«

»Ganz meinerseits.« Ich lächelte zurück. »Vielleicht sehen wir uns ja bald wieder.«

An ihrem Kundenservice gab es mit Sicherheit nichts auszusetzen, eine Fähigkeit, die sie zweifellos von ihrem zuvorkommenden Verwandten übernommen hatte. Ich war mir nicht sicher gewesen, wie ich mich dabei fühlen würde, den Laden wieder zu betreten, aber neue Utensilien auszuwählen und mir die Magie vorzustellen, die ich mit ihnen erschaffen könnte, hatte mein Herz schneller schlagen und die Begeisterung in mir hochperlen lassen. So aufgeregt war ich nicht einmal gewesen, als ich im Sommer wieder mit dem Zeichnen angefangen hatte. Offenbar loderte die kreative Kerze in meiner Brust noch immer hell, und das, obwohl ich den Docht lange Zeit absichtlich kurz gehalten hatte.

»Du siehst zufrieden mit dir aus.«

Ich war so in Gedanken vertieft, dass ich gar nicht bemerkt hatte, wie Gabe auf mich zugekommen war, Bran an den Fersen, die Arme beladen mit seinen eigenen Einkäufen.

»Bist du fertig?«, fragte er. »Hast du alles erledigt, oder brauchst du noch ein bisschen länger?«

»Ich glaube, ich habe alles«, antwortete ich. Ich umklammerte die Tüte ein bisschen fester, während ich mich fragte, wie lange ich mich in seiner Nähe noch verlegen fühlen würde.

Ich hätte ihn auf der Fahrt in die Stadt niemals zum Reden drängen sollen.

»Wir können jetzt zurück nach Wynthorpe fahren, wenn du willst«, schlug ich vor.

»Es gibt noch etwas, das ich gern erledigen würde«, sagte er und wies mit einem Nicken über den Platz. »Und ich hoffe, du wirst mir dabei Gesellschaft leisten. Ich brauche dringend einen vormittäglichen Zuckerschub und das dort drüben sieht mir nach genau dem richtigen Ort dafür aus.«

»Aber den könnten wir auch zu Hause im Herrenhaus kriegen«, rief ich ihm in Erinnerung, angestrengt bemüht, mit seinen langen Schritten mitzuhalten, während ich wünschte, er würde mich einfach zurück zu meiner Zuflucht bringen. »Dorothy hat bestimmt gebacken und außerdem ist es sowieso schon eher Zeit fürs Mittagessen als für einen Brunch.«

»Wir werden nicht lange bleiben«, versprach er.

Er klang überhaupt nicht nervös angesichts der Vorstellung, mit mir allein zu sein. Und ich beneidete ihn darum.

Da wir bereits weit im November waren, hatten Gabe, Bran und ich die freie Auswahl bei den Tischen, die noch immer vor dem Kirschblütencafé aufgestellt waren.

»Hätte ich von diesem Ort hier gewusst«, sagte Gabe zu Bran, während wir uns einen Platz unter einem hübschen kleinen Pavillon suchten, wo wir vor der Wynbridge-Brise geschützt waren, »hätte ich dich zu Hause vor dem Holzofen gelassen.« Bran hechelte zur Entschuldigung und rollte sich neben unseren Stühlen zusammen.

»Du kannst zum Essen reingehen«, sagte ich zu Gabe. »Es macht mir nichts aus, mit Bran hier draußen zu sitzen.«

Als wir durch die Pforte gegangen waren, hatte ich gesehen, dass es in dem kleinen Café so brechend voll wie eh und je war, und ich war mir noch immer nicht sicher, ob ich große Lust hatte, mir das Flüstern und die Rippenstöße anzutun, die mein Erscheinen zwangsläufig auslösen würde, aber meine Sorge war unbegründet, denn Gabe bekam keine Chance, mich durch die Tür zu schieben.

»Dachte ich mir doch, dass du das bist«, sagte Lizzie, während sie herbeieilte, um unsere Bestellung aufzunehmen. Sie zog mich hoch und drückte mich zu einer Umarmung an sich. »Ich hatte gehofft, dich zu sehen. Jemma und ich können nicht glauben, was passiert ist. Es tut uns beiden so leid. Geht es dir gut?«

Ich drückte sie fester, dankbar, dass sie das Thema nicht vermieden oder Zeit damit verschwendet hatte, es ganz langsam anzugehen. Wenn alle so geradeheraus wären wie Lizzie Dixon, wäre das Leben ein Kinderspiel.

»Danke«, erwiderte ich und setzte mich wieder, als sie mich endlich losließ. »Ja, es geht mir gut. Besser, es jetzt zu erfahren, als wenn ich vor den Traualtar trete. So wie ich mein Glück kenne, hätte ich ihn in der Sakristei mit heruntergelassener Hose erwischt.«

Gabe legte die Stirn in Falten. Ich vermutete, dass er meine Worte abschätzte und sich fragte, ob ich einen Witz machte, weil es das war, was die »alte Hayley« roboterartig tat, oder ob ich es doch ernst meinte.

»Jedenfalls«, erklärte ich, entschlossen, die Komödie aufzugeben, »es geht mir gut, und es ist kein Schaden entstanden.«

»Natürlich, es sei denn, du zählst den Schaden dazu, den die Torte erlitten hat, als Jim Gavins Gesicht hineingedrückt hat.« Lizzie lachte.

Gabe räusperte sich und sie schnellte herum.

»Oh, hallo.« Sie strahlte und ihr Blick huschte sofort zu Bran unter dem Tisch. »Wir sind uns noch nicht begegnet, aber du bist Gabriel, richtig? Der Typ mit dem riesigen Hund, der oben ins Herrenhaus gezogen ist.«

»Das stimmt«, antwortete er ein wenig verblüfft. »Aber die meisten Leute nennen mich Gabe.«

»Na ja, Gabe«, fuhr sie fort. »Ich bin Lizzie Dixon. Ich führe das Kirschblütencafé zusammen mit meiner besten Freundin, Jemma, die die Besitzerin ist.«

»Freut mich, dich kennenzulernen«, sagte er, während er verwirrt zu mir hinübersah.

Ich versuchte nicht zu lachen und spürte gleichzeitig, wie ich mich in seiner Gegenwart mehr und mehr entspannte. Ich würde Gabe erklären müssen, dass er sich in dieser Stadt niemandem vorstellen musste, da alle bereits wussten, wer er war, und dass er sich anständig benehmen musste, wenn er nicht ein Opfer des Klatschs und Tratschs werden wollte.

»Na dann«, sagte Lizzie und zog ihren Bestellblock aus der Schürzentasche, »braucht ihr die Speisekarte, oder wisst ihr schon, was ihr wollt?«

»Heiße Schokolade«, sagten Gabe und ich gleichzeitig.

Er grinste und öffnete den Reißverschluss seiner Jacke.

»Mit allem Drum und Dran, bitte, Lizzie«, ergänzte ich.

»Irgendwas zu essen?«

»Besser nicht.« Ich rümpfte die Nase. »Gott steh uns bei, wenn wir nach Hause kommen und Dorothys Lunch stehenlassen müssen.«

»Ich denke, ich werde trotzdem was nehmen«, sagte Gabe. »Könntest du mir bitte einfach irgendetwas Süßes bringen, Lizzie, mit zwei Gabeln?«

Ich würde mich von ihm nicht dazu verführen lassen, mehr zu essen, als gut für mich war. Dorothy konnte tagelang sauer sein.

»Dann komm besser rein und such dir selbst was aus«, sagte Lizzie in einem verführerischen Ton zu Gabe. »Jemma hat eben den Kuchentrolley beladen.«

Ich tätschelte Brans Kopf, in dem Wissen, dass ich meinen Begleiter in den nächsten paar Minuten nicht wiedersehen würde. Lizzie hatte Gabe vielleicht unter dem Vorwand, dass er sich einen Kuchen aussuchen sollte, ins Café gelockt, aber ich wusste, dass sie mit ihm angeben und als Erste, mit dem neuesten heißen Typen in der Stadt gesehen werden wollte. Nicht dass er ein heißer Typ war. Na ja, das war er, aber keiner, an dem ich interessiert war. Jedenfalls nicht ernsthaft, vor allem jetzt, wo er mir erzählt hatte, dass er keine Beziehung suchte, weder beiläufig noch ernst.

Zum Glück kehrte er zu unserem Tisch zurück, bevor mein innerer Monolog völlig mit mir durchgehen konnte.

»Hätte ich gewusst, was du bestellst, als du um eine heiße Schokolade mit allem Drum und Dran gebeten hast«, meinte er, während er die zwei randvoll beladenen

Becher vorsichtig auf dem Tisch abstellte, »dann hätte ich mich beim Kuchen zurückgehalten.«

»Oh, ich bin sicher, ein strammer Kerl wie du schafft das schon«, bemerkte Angela, die andere Bedienung in dem Café, die ihm mit einem Tablett nach draußen gefolgt war. »Das ist doch nur ein kleines Häppchen.«

Es war alles andere als das, und ich lachte, während immer mehr süße Köstlichkeiten aufgetischt wurden.

»Du hattest wohl Lust, die ganze Speisekarte durchzuprobieren, was?«, neckte ich ihn.

»Sieht so aus«, antwortete er, als das Tablett endlich leer war und Bran sich zu regen begann, zweifellos aufgestachelt von dem Duft der süßen Leckerbissen, »ich kann allem widerstehen außer der Versuchung.«

Angela sah mich mit hochgezogenen Augenbrauen an. Sie sagte nichts, aber ich wusste genau, was sie dachte.

»Und keine Sorge«, sagte sie, als sie hineinging, »falls tatsächlich ein paar Krümel übrig bleiben sollten, packe ich sie dir ein.«

»Aber lass es bloß nicht Dorothy sehen, wenn du tatsächlich etwas mitnimmst«, warnte ich ihn, nachdem Angela gegangen war. »Sie liebt die Kuchen von hier genauso sehr wie wir anderen alle, aber wenn du nachher keinen Appetit mehr hast, nachdem sie sich den ganzen Vormittag am Herd mit dem Mittagessen abgemüht hat, möchte ich nicht in deiner Haut stecken.«

Gabe zwinkerte mir zu und schlug die Zähne in einen Cupcake, der mit einer Kirsche verziert war, und eine feine Schicht aus Zuckerguss blieb auf seiner Oberlippe und Nasenspitze zurück.

»O mein Gott«, stöhnte er in Ekstase, und das Geräusch ließ mich erröten, während ich ihm eine Serviette reichte. »Das ist so gut.«

»Jemma kennt sich mit Kuchen auf jeden Fall aus«, pflichtete ich bei, während ich mich darauf konzentrierte, meine Marshmallows zu löffeln. »Und, hey«, ergänzte ich, als es mir eben wieder einfiel, »ich dachte, du hättest mir erzählt, du meidest Zeug, das dich glücklich macht.«

Er zuckte mit den Schultern und nahm noch einen Bissen.

»Ich habe dir aber auch erzählt, dass ich besser darin werden muss, meine eigenen Ratschläge zu befolgen«, rief er mir in Erinnerung. »Sieh das hier einfach als einen ganz kleinen Happen Glück an.«

Die nächsten paar Minuten aßen und tranken wir schweigend, abgesehen von den gelegentlichen, unglaublich erotischen Genussgeräuschen, die Gabe jedes Mal von sich gab, wenn er in ein weiteres Gebäckteil biss. Ich war fast erleichtert, als er den Teller endlich wegschob, das letzte Stück Kuchen unangetastet.

»Ich nehme an, diese kleinen Häppchen haben dir geschmeckt?«, fragte ich, während ich hoffte, dass er meine Ohren keiner Zugabe aussetzen würde.

»Und wie«, sagte er, »viel zu gut. Ein Glück, dass ich nicht in der Stadt wohne. Ich würde jeden Tag hier essen und das wäre gar nicht gut für meine Figur.«

Nach dem, was ich von seinem Körperbau gesehen hatte, hatte er in der Hinsicht keinen Grund zur Besorgnis, aber die Entfernung zum Café war vermutlich tatsächlich ein Segen.

»In der Hinsicht hast du doch sicher keine Probleme«, sagte ich zu ihm. »Du müsstest schon sehr viel Kuchen essen, um auch nur eine dünne Fettschicht über deine Muskeln zu kriegen.«

»Ist das so?«, fragte er neckend.

»Nicht dass es mir aufgefallen wäre«, beeilte ich mich hinzuzufügen, was lächerlich war, denn man konnte jemanden nicht halb nackt sehen, ohne zur Kenntnis zu nehmen, wie er gebaut war. Und ich hatte Gabe inzwischen zweimal halb nackt gesehen.

»Hey, pass bloß auf«, neckte er mich, »wenn du noch länger so errötest, fange ich noch an zu glauben, dass ich in Gesellschaft der falschen Hayley bin.«

»Ach, halt doch den Mund«, fauchte ich.

»Schon besser«, sagte er grinsend. »Was immer du tust, gib deine Deckung nicht auf.«

Dazu würde es sicher nicht noch einmal kommen. Dieser Mann machte mich wirklich fertig, aber wenn ich ihn das wissen ließ, würde es garantiert nie ein Ende nehmen.

»Wir sollten jetzt wirklich zurückfahren«, sagte ich, entschlossen, die Richtung zu ändern, die das Gespräch genommen hatte.

»Warum denn so eilig?«, fragte er. »Bleib doch entspannt. Wir haben jede Menge Zeit, schließlich arbeiten wir nicht nach der Stechuhr.«

»Ich dachte, du wolltest bei deinem neuen Boss Eindruck schinden«, schoss ich zurück. »Es macht sicher keinen guten Eindruck, wenn du den ganzen Vormittag durch die Stadt schlenderst, statt zu arbeiten.«

Er sah mich an und ich machte den Mund wieder zu. So

war das tatsächlich, wenn man auf Wynthorpe Hall arbeitete – es gab im Grunde keine festen Arbeitszeiten, aber mir war nicht bewusst gewesen, dass er das so schnell herausgefunden hatte, und natürlich hatte Catherine uns gesagt, wir sollten uns alle Zeit nehmen, die wir bräuchten, bevor wir losgefahren waren. Allerdings kam mir der Gedanke, dass ich mein Glück womöglich überstrapazierte. Mein erster richtiger Ausflug in die Stadt war bislang ohne einen peinlichen Zwischenfall verlaufen, und ich wollte ihn hinter mich bringen, bevor das Glück mich im Stich ließ.

»Wie kommen wir hier voran?«

Angela war wieder da, sichtlich beeindruckt von der Menge, die Gabe in so kurzer Zeit verputzt hatte.

»Die Frau ist eine Backkönigin«, erklärte Gabe.

Ich verspürte einen leichten eifersüchtigen Stich, als ich hörte, wie leidenschaftlich er über Jemma sprach.

»Ich werde es ihr ausrichten«, erwiderte Angela, während sie ihr Tablett mit dem jetzt leeren Geschirr belud. »Und den hier packe ich dir ein, okay?«, ergänzte sie und nahm den einzigen Cupcake, der nicht mehr den Weg in Gabes zuckergesättigten Magen gefunden hatte.

»Danke«, antwortete er, »das wäre toll. Eine Kleinigkeit, auf die ich mich vor dem Schlafengehen freuen kann.«

»Kann ich dir sonst noch was bringen?«

Ich machte den Mund auf, um die Rechnung zu verlangen, kam aber nicht zu Wort.

»Ein Kännchen Tee für zwei wäre toll«, sagte Gabe, »und können wir ihn bitte drinnen trinken, falls dort ein Tisch frei ist?«

»Aber was ist mit Bran?«, fragte ich, während Angela wieder verschwand. »Ich kann mit ihm hier draußen bleiben, wenn du willst«, bot ich noch einmal an.

Gabe schüttelte den Kopf.

»Lizzie hat mir erzählt, dass sie heute früher Mittagspause macht, weil sie am Nachmittag eine Bastelstunde hat.«

Mir war nicht klar, was das ändern sollte.

»Sie hat gesagt, falls wir dann noch immer hier sind und uns ins Café setzen wollen, würde sie Bran für eine kleine Weile mit nach oben in ihre Wohnung nehmen.«

»Wie nett von ihr«, bemerkte ich mit einem angespannten Lächeln. Lizzie wählte genau diesen Moment, um seitlich ums Café zu kommen und Gabe zuzuwinken.

»Ich werde ihn durch den Hintereingang hineinbringen«, sagte sie entgegenkommend, »willst du mit hochkommen und ihn eingewöhnen, bevor du deinen Tee trinkst?«

Wäre ich von Natur aus misstrauisch gewesen, hätte ich angenommen, das alles sei ausgeklügelter Plan, mich in die Höhle des Löwen zu locken.

»Geh schon vor und schenk uns ein«, wies Gabe mich an, »ich komme gleich nach.«

Lizzie sah mich an und lachte schallend los.

»Gott, du traust dich ja was«, kicherte sie.

»Was denn?«, fragte Gabe schulterzuckend.

»Hayley mag es nicht, herumkommandiert zu werden«, erklärte sie und deutete auf meine mürrische Miene.

»Oh, sie wird sich dran gewöhnen«, witzelte er, duckte sich unter dem Pavillon hindurch und ließ mich allein, ohne die Chance, etwas anderes zu tun, als hineinzugehen.

Gabe gegenüber würde ich es natürlich nie zugeben, aber es war genau die richtige Entscheidung gewesen, sich ins Café zu wagen. Die Gäste, die dort saßen, nahmen, bis auf ein oder zwei, kaum Notiz von meiner Ankunft, und drinnen war es weitaus wärmer als draußen.

»Und«, erkundigte sich Jemma, die für einen einzigen kurzen Moment aus der Küche auftauchte, während Gabe zurückkam, nachdem er Bran oben eingewöhnt hatte, »wie laufen die Weihnachtsvorbereitungen beim Herrenhaus? Hat Angus für uns Einheimische schon irgendetwas Aufregendes vorgesehen?«

»Ach, du kennst doch Angus«, rief ich ihr in Erinnerung, »er plant doch immer irgendetwas Spektakuläres.«

»Du meinst also, es wird etwas stattfinden«, sagte Lizzie kopfschüttelnd, »aber du willst uns nicht mehr verraten?«

»Meine Lippen sind versiegelt«, sagte ich zu den beiden.

Jemma wandte ihre Aufmerksamkeit Gabe zu.

»Ich halte mich ganz an Hayley«, meinte er und zeigte auf mich.

Kluger Mann.

»Na ja«, sagte Jemma, »ich hoffe, wir sehen dich wieder in der Stadt für das Einschalten der Weihnachtsbeleuchtung und die Weihnachtsbaumauktion, Gabe?«

»O ja«, ergänzte Lizzie, »am Wochenende der Baumauktion sind wir immer interessiert an ein bisschen zusätzlicher Muskelkraft, stimmt's, Hayley?«

Sobald sie zu ihrer Arbeit zurückgekehrt waren, klärte ich Gabe über die Veranstaltungen auf, die während der Advents- und Weihnachtszeit in der Stadt geplant waren. Allein schon davon zu reden, wie die Beleuchtung eingeschaltet, wie der Weihnachtsbasar aufgebaut wurde und wie alle mitanpackten, um Grünzeug aus dem Wynthorpe-Wald zu sammeln, Misteln, Stechpalmen, Efeu, um es neben den Bäumen in der Stadt zu verkaufen, brachte meinen Puls zum Rasen. Hinzu kam der Weihnachtsbaumwettbewerb, den das Herrenhaus in diesem Jahr ausrichtete, und die Party, die Anna organisierte, und ich lief Gefahr, dass meine Aufregung mit mir durchging, lange bevor Angus den Adventskalender vom Dachboden heruntergeschleppt hatte. Aber der Gedanke an die Rolle, die ich beim Aufbau des Winterwunderlands möglicherweise spielen würde, genügte zum Glück, um meine Begeisterung ein wenig zu dämpfen.

»Ich dachte, du bist nicht so der Outdoortyp«, rief mir Gabe in Erinnerung, als ich endlich Luft holte. »Dabei scheinst du jetzt ganz angetan von der Idee, Stechginster und Mistelzweige zu Sträußen zu binden.«

»Na ja«, meinte ich schulterzuckend. »Ich bin bereit, mir die Hände schmutzig und das eine oder andere Zugeständnis zu machen, um in Weihnachtsstimmung zu kommen und das alles.«

»Ausgezeichnet«, sagte er und nahm einen Stapel Bücher aus einer der Taschen, die er mit sich herumgeschleppt hatte. »In dem Fall dürfte es ja nicht besonders schwer für mich sein, dich umzustimmen, damit du mir bei meinem Beitrag zum Winterwunderland hilfst, oder?«

»Schscht«, warnte ich ihn, »nicht so laut. Noch ist es ein Geheimnis.«

»Es hört niemand zu«, sagte er und sah sich um.

»Du würdest dich wundern«, flüsterte ich, bevor ich hinzufügte: »Wo in aller Welt hast du die denn alle her?«

»Aus der Bücherei natürlich«, sagte er, ohne aufzusehen.

Auf einmal hämmerte mein Herz härter und schneller als vorhin, als ich meine Weihnachtsaufregung mit mir durchgehen ließ.

»Oh«, sagte ich, »okay.«

»Ich war heute Morgen dort und habe mich angemeldet«, fuhr er fort. »Es ist wichtig, die örtliche Bücherei zu unterstützen, weißt du. Die Stadt kann sich glücklich schätzen, noch immer eine zu haben.«

»Natürlich«, stammelte ich.

»Du hast doch nichts dagegen, oder?«, fragte er.

Er klang auf einmal ein bisschen verschnupft, und ich fragte mich, ob der Grund für seinen veränderten Ton war, dass er mich und Gavin ins Gespräch vertieft gesehen hatte, hinter den Großdruckausgaben versteckt. Oder war es meine Paranoia, die zu viel in seine Worte hineininterpretierte? Ich wusste, dass ich keinen Grund hatte, mich schuldig zu fühlen. Ich hatte mich mit meinem Ex getroffen, um ein paar Dinge abschließend zu klären, und wir hatten es geschafft, uns auf zivilisierte Weise zu trennen, wie richtige Erwachsene, nicht wie dumme Teenager, die sich auf der Straße kabbelten. Aber aus irgendeinem Grund fühlte ich mich trotzdem schuldig. Aus irgendeinem Grund fühlte ich mich verdammt schuldig.

»Natürlich«, sagte ich noch einmal.

»Ich brauchte ein bisschen zusätzliche Inspiration«, erklärte Gabe, »und du würdest dich wundern, was du in einer Bücherei alles finden kannst.«

Ich nickte und trank noch einen Schluck von meinem Tee.

»Ich weiß, ich sehe vielleicht nicht sehr belesen aus«, begann er.

»Nein«, unterbrach ich ihn, »das ist es nicht.«

»Was ist es denn dann?«, fragte er stirnrunzelnd.

Ich schüttelte den Kopf.

»Ach nichts.«

»Hör zu«, sagte er, »ich habe die Bücherei erwähnt, und du hast ausgesehen, als würdest du gleich vom Stuhl kippen.«

»Es ist nichts«, beharrte ich. »Ich dachte nur, ich hätte ein paar überfällige Bücher bei meinen Eltern zu Hause vergessen, aber das habe ich nicht. Es ist alles gut.«

Gabe nickte und begann wieder, die Seiten durchzublättern. Ich sah ihm ein paar Sekunden zu, bevor ich meine Tasse abstellte. Jetzt zog er unseren Ausflug in die Stadt wirklich künstlich in die Länge.

»Okay«, erklärte ich. »Komm schon. Lass uns Bran holen. Wir sollten jetzt wirklich sehen, dass wir zurückfahren.«

Kapitel 17

Wie sich herausstellte, hatte ich allen Grund gehabt, misstrauisch bezüglich Gabes Motiven zu sein, unseren Ausflug nach Wynbridge künstlich in die Länge zu ziehen. Er hatte seinen Zuckerschub in der Stadt vielleicht genossen, aber der erweiterte Ausflug ins Kirschblütencafé war in Wirklichkeit Teil einer raffinierten Intrige gewesen, um mich von Wynthorpe fernzuhalten und allen anderen im Herrenhaus möglichst viel Zeit zu verschaffen.

»Wir haben eine Überraschung für dich, Hayley«, rief Anna und riss die Trucktür auf, sobald Gabe den Motor abgestellt hatte. »Komm mit, und stell sicher, dass du das da mitbringst«, befahl sie mir, als sie die Tasche mit dem Hardy's-Logo zu meinen Füßen entdeckte.

»Was ist denn los?«, fragte ich Gabe. »Worum geht es überhaupt?«

»Keine Ahnung«, meinte er schulterzuckend und öffnete die hintere Tür des Trucks, um Bran herauszulassen. »Aber tu besser, was man dir sagt.«

Ich kniff die Augen zusammen und er begann zu lachen.

»Und ich dachte, einem Engel sollte man vertrauen können«, meinte ich schniefend.

»Das kannst du auch«, sagte er lächelnd. »Ich bin hundertprozentig vertrauenswürdig.«

In diesem Augenblick war ich mir überhaupt nicht

sicher, ob ich ihm glaubte, und ich hatte auch keine Ahnung, wie alle anderen auf die Idee gekommen waren, sie könnten mich herumkommandieren.

»Jetzt komm endlich!«, rief Anna.

»Komme schon!«, brüllte ich zurück.

Jetzt war eindeutig nicht der richtige Zeitpunkt, um einen Streit vom Zaun zu brechen. Die Luft in der Küche schien vor Aufregung zu knistern, als ich hereinkam, und ich fühlte mich unwohl in meiner Haut. Sie hatten sicher eine nette Überraschung geplant. Viel schlimmer als die, mit denen ich in letzter Zeit konfrontiert worden war, konnte sie auch kaum werden. Aber das änderte nichts an meiner Nervosität. Mir gefiel es in letzter Zeit nicht besonders, im Mittelpunkt der Aufmerksamkeit zu stehen, egal unter welchen Umständen.

»Meint ihr, wir sollten ihr die Augen verbinden?«, fragte Jamie, während er sich bereits ein Geschirrtuch schnappte. »Ich finde, das sollten wir.«

»Sei nicht albern«, meinte Dorothy mit einem missbilligenden Kopfschütteln, riss ihm das Geschirrtuch aus der Hand und hängte es wieder über die Herdstange. »Ihr habt doch nicht vor, sie zu kidnappen. Sie darf sehen, wo sie hingeht, du liebe Güte.«

»Hört mal, was ist denn eigentlich los?«, fragte ich. »Wenn ihr es mir nicht sagt, werde ich nirgends hingehen. Ihr macht mir Angst.«

»Ich dachte, die alte Hayley«, warf Gabe ein, der es offenbar nicht lassen konnte, sich einzumischen, »sei unerschütterlich. Ich kann mir nicht vorstellen, dass sie je vor irgendetwas Angst hat, oder liege ich da falsch?«

Ich streckte ihm die Zunge heraus und stellte meine Tasche auf den Tisch, als Catherine hereinkam.

»Wundervoll«, sagte sie lächelnd, ihre Wangen glühten ungewohnt. »Du bist wieder da. Komm mit, Hayley, bitte.«

Ich wurde gleich ruhiger, als mir klar wurde, dass sie auch in die Sache involviert war, nahm bereitwillig ihre Hand und ließ sie die Führung übernehmen. Alle anderen folgten uns, während Anna mit strahlender Miene meine Tüte mit den neuen Kunstutensilien umklammerte.

»Wo ist denn Angus?«, fragte ich Catherine.

»Das wirst du gleich sehen«, erwiderte sie und drückte beschwichtigend meine Hand.

Wir gingen an der Tür zum Frühstückszimmer vorbei und noch ein paar Schritte weiter. Eigentlich war dieser Teil des Herrenhauses hauptsächlich Catherines Bereich. Es war der hellste und luftigste Teil, und die Zimmer waren in sanfteren Tönen gehalten als die im Speisesaal, in dem prächtigen hölzernen Treppenhaus und auf dem galerieartigen Treppenabsatz. Angus hatte ebenfalls seinen eigenen Rückzugsort, aber der lag meilenweit entfernt von dort, wohin wir gingen.

»Hier sind wir«, sagte Catherine und blieb vor der Tür stehen, die, wie ich wusste, in den alten Wintergarten führte.

Die kunstvolle Glaskonstruktion war ein spätviktorianischer Anbau. Er wurde nicht mehr genutzt, um die prächtigen Orchideen und anderen exotischen Blumen zur Schau zu stellen, die ich auf sepiafarbenen Fotografien davon gesehen hatte, sondern machte jetzt einen verlassenen und eher ungeliebten Eindruck. Ich schlüpfte gern heimlich dort hinein, um meine Klatschmagazine zu lesen, die architektonischen Ausschmückungen zu bewundern und die Wärme zu genießen, die sich dort am Ende eines Tages immer noch hielt.

»Wir hoffen, es gefällt dir.«

Sie drehte den Knauf und trat zur Seite, um mir den Vortritt zu lassen.

»Ta-da!«, rief Angus. Er stand auf halber Höhe einer ziemlich wackeligen hölzernen Leiter. »Was sagst du dazu?«

»Ach du großer Gott«, rief Mick, schob sich an mir vorbei und stürzte auf Angus zu, um ihm zu helfen, schwankend wieder festen Boden unter die Füße zu bekommen. »Ich habe dir doch gesagt, du sollst das lassen, bis wir alle hier sind.«

Die anderen folgten uns im Gänsemarsch, und ich wusste, dass sie mich mit angehaltenem Atem beobachteten.

»Wir wissen, dass du diesen Ort hier immer gemocht hast«, sagte Angus, während er die Hände aneinanderrieb und sich stolz umsah.

Offenbar waren meine heimlichen Besuche hier doch nicht so unbemerkt geblieben.

»Und das Licht ist wundervoll«, ergänzte Catherine.

»Daher dachten wir, wir würden dich überraschen«, meldete Jamie sich zu Wort, »und ihn in ein Studio verwandeln.«

»Es gehört dir, solange du willst«, fuhr Catherine fort, »ohne jede Erwartung, dass du Angus' kostbare Karte oder sonst irgendetwas, das er ausheckt, hier zeichnest. Dieser

Ort ist einfach nur für dich, um zu zeichnen, zu malen oder zu tun, was immer du tun willst.«

»Und wenn du richtig viel Glück hast«, meinte Jamie, »hätte Gabe sicher nichts dagegen, dir gelegentlich Modell zu stehen.«

»Halt den Mund«, zischelte Anna, schob ihn zur Seite und kam zu mir herüber. »Gefällt es dir?«, fragte sie.

Tiefe Falten zeigten sich auf ihrer Stirn, und mir wurde bewusst, dass ich noch immer kein Wort gesagt hatte, aber das lag daran, dass ich schlicht und ergreifend sprachlos war. Ich sah mich um, verblüfft von der Verwandlung. Es gab ein Bücherregal, einen alten Sessel, einen Tisch voller leerer Farbtöpfe und eine Staffelei, sogar einen Stapel weißer Leinwände. Ich konnte nicht glauben, dass sie die Köpfe zusammengesteckt und sich das alles so rasch hatten einfallen lassen!

»Du hast doch gesagt, die hier würden eines Tages gut zu gebrauchen sein, oder?«, sagte ich zu Angus und wies mit einem Nicken auf den Stapel weißer Leinwände, die der Größe nach geordnet an der Wand lehnten.

Ich hatte ihn eines Spätnachmittags vor etwa zwei Jahren dabei ertappt, wie er sie in einen Wandschrank stopfte, nach einer seiner eher exzentrischen Kaufaktionen in einem Auktionshaus in Peterborough. Ich fragte mich, ob Catherine auch nur von der Hälfte des Zeugs wusste, das er überall im Haus versteckt hatte. Jetzt war ich allerdings dankbar für seine Angewohnheit, Dinge zu horten, auch wenn das hieß, dass ich weniger Stauräume für meine ganzen Putzutensilien hatte.

»Das habe ich«, bestätigte er stolz. »Im Allgemeinen gibt

es einen guten Grund, weshalb ich ein Gebot abgebe, auch wenn es nicht immer sofort offensichtlich ist.«

Catherine und Jamie stöhnten auf und ich begann zu lachen.

»Tut mir leid«, entschuldigte ich mich. »Ich habe ihm gerade eine Rechtfertigung gegeben, oder?«

»Jetzt wird er nicht mehr zu bremsen sein«, kicherte Dorothy.

»Also«, sagte Anna, »du hast meine Frage immer noch nicht beantwortet – gefällt es dir, Hayley? Kannst du es dir vorstellen, hier zu arbeiten?«

»Das ist das schönste Studio ist, das ich je gesehen habe«, sagte ich leise, »und ich werde ganz sicher hier arbeiten können.«

Meine Freunde jubelten, und ich spürte, wie mir die Tränen übers Gesicht kullerten. Mein Eyeliner würde nicht mehr zu retten sein, aber dieser hinreißende Raum, dieses wundervolle, großzügige Geschenk war das Weinen eindeutig wert, und es war mir egal, wenn meine Tränen die Person verrieten, die ich zu sein versuchte.

»Oh, jetzt hör schon auf«, sagte Dorothy und wischte sich die Augen mit dem Baumwolltaschentuch, das sie immer irgendwo bei sich hatte. »Sonst fange ich auch noch an zu heulen.«

»Vielen Dank, euch beiden«, sagte ich, an Catherine und Angus gewandt. »Ich weiß nicht, womit ich das hier, oder irgendetwas von der Freundlichkeit, die ihr mir erwiesen habt, verdient habe …«

Wie immer, wenn irgendein Mitglied des Teams einen Versuch unternahm, sich für irgendetwas zu bedanken, wurden die Worte auch diesmal abgetan, aber Catherine küsste mir immerhin die Wange, und Angus umarmte mich, bevor er Jamie half, vorsichtig die Korken von ein paar Flaschen Champagner knallen zu lassen.

»Weißt du, ich kann das alles hier noch immer nicht fassen«, meinte Jamie, während er mir eine Flöte mit Schampus reichte.

»Es ist eine ziemliche Verwandlung, was?«, bemerkte ich, während ich die beträchtlichen Ausmaße des Raums bewunderte. Ich konnte mir schon jetzt vorstellen, wie er von dem Geruch von Farbe erfüllt sein würde, während sich auf dem Boden Skizzen und Pläne stapelten.

»Ich glaube nicht, dass er vom Wintergarten redet«, warf Gabe ein, während er mit mir anstieß.

»Wovon denn dann?«

»Von dir«, sagte Jamie und sah auf mich hinunter. »Meine dreiste, draufgängerische Freundin ist auf einmal ganz sanft und kunstbeflissen geworden.«

»Pass bloß auf«, warnte ihn Gabe. »Ich schätze, sanft ist kein Wort, dass die alte Hayley in ihrem Wortschatz zulässt.«

Ich verdrehte die Augen und nahm einen Schluck von meinem Schampus.

»Nach allem, was du weißt«, sagte ich zu Jamie, »könnten mein heimlicher künstlerischer Stil lauter dunkle, dramatische Himmel und tosende Seestücke sein.«

»Aber so ist es nicht«, verkündete Molly, die eben eingetroffen war. »Ich habe den Inhalt ihrer Mappe gesehen.«

Sie umarmte mich lange, half mir, die schlimmsten Spuren meines verlaufenen Make-ups zu beseitigen, und unternahm mit mir dann eine Tour durch den Raum. Sie war in jeder Hinsicht ebenso hingerissen wie ich.

»Oh, habt ihr das gesehen?«, stöhnte sie und zog damit die Aufmerksamkeit auf sich.

Der Wind hatte die Wolken endlich vertrieben und die Sonne schien herein. Farbiges Licht wurde von den Wänden zurückgeworfen, während die Buntglasfenster selbst erstrahlten. Es war einfach wunderschön. Ich konnte es kaum erwarten, loszulegen, und wusste schon genau, womit ich anfangen würde.

»Ihr zwei müsst wirklich zusehen, dass ihr mit diesem Winterwunderland-Projekt in die Gänge kommt«, rief ich Jamie und Angus zu, »damit ich weiß, was genau auf diese Karte soll, die ich für euch zeichne.«

»Du tust es also?«, fragte Jamie, während Angus im Hintergrund auf den Fersen wippte. »Du übernimmst das auf jeden Fall?«

»Auch die Werbeanzeigen und die Flyer?«, ergänzte Angus hoffnungsvoll.

»Ja«, sagte ich und holte einmal tief Luft, um die Schmetterlinge zu beruhigen, die in meinem Magen herumflatterten. »Ich übernehme das auf jeden Fall. Ich übernehme alles.«

Meine Ankündigung verblüffte jeden, mich selbst eingeschlossen, und wurde zu einer Art Startschuss für die weitere Planung, um das Winterwunderland von Angus' und Jamies Fantasie Realität werden zu lassen. Und das war auch gar nicht so schlecht, denn uns blieb nur noch etwa ein Monat Zeit, um alles in die Tat umzusetzen.

Ich setzte mich gleich am nächsten Tag mit Catherine zusammen, um einen Zeitplan für meine Arbeitswoche zu erstellen, in dem auch die Stunden berücksichtigt wurden, die ich brauchen würde, um an den Designs zu arbeiten. Ich hatte noch nie zuvor so etwas gemacht, und obwohl ich nervös war, war ich mir sicher, dass es mir mit meinen neuen, verbesserten Zeichenstil gelingen würde, den Zauber des Ereignisses einzufangen und es mit der schrulligen Exzentrizität zu kombinieren, für die das Herrenhaus in der Gegend hier berühmt war.

»Wir müssen über Deadlines reden«, sagte ich zu Jamie, sobald Catherine und ich mit meinem überarbeiteten Terminplan zufrieden waren.

Ich war gespannt, wie ich damit umgehen würde, in einem eng gesteckten Zeitrahmen zu arbeiten. In den letzten Jahren war meine Alltagsroutine ziemlich entspannt gewesen, und mir war gar nicht bewusst gewesen, was für ein kribbelnder Nervenkitzel eine Deadline sein konnte. Auch wenn ich das in ein paar Wochen vermutlich nicht mehr sagen würde, wenn ich mir die Haare raufte und wünschte, ich hätte meine Kunstmappe in meinem Schlafzimmer in der Stadt versteckt gelassen.

»Idealerweise«, sagte Jamie, der jetzt das Sagen bei der Terminplanung hatte und es Angus überließ, sich den eher künstlerischen Ausschmückungen zu widmen, »sollten wir die erste Anzeige am Dreiundzwanzigsten schalten.«

»Das ist am Tag vor dem Einschalten der Weihnachtsbeleuchtung, richtig?«, fragte Anna stirnrunzelnd.

»So ist es«, bestätigte er, »und da die Zeitung sie mit

etwas Vorlaufzeit vor dem Erscheinen braucht, kommt die Deadline schon in ein, zwei Wochen.«

»Gott«, sagte Anna und biss sich auf die Lippe. »So bald schon?«

»Und wenn möglich, hätte ich die Flyer und den ganzen anderen Promo-Krimskrams bis dahin auch schon«, fuhr Jamie fort, »denn dann können wir sie beim Einschalten der Weihnachtsbeleuchtung bereits verteilen.«

»Und bei der Baumauktion und dem Kuchenbasar in der Woche darauf«, ergänzte ich, auf einmal nicht mehr ganz so selbstsicher, während mein Blick zu dem Kalender an der Wand wanderte.

»Was meinst du?«, fragte Anna. »Schaffst du das?«

»Na klar«, antwortete ich und schob alle aufkommenden nagenden Zweifel beiseite. Jetzt war es zu spät, einen Rückzieher zu machen. »Die Entwürfe haben absoluten Vorrang.«

»Ausgezeichnet«, sagte Jamie.

»Allerdings«, rief ich ihm in Erinnerung, »müsst ihr mir erst noch sagen, was ich darin einbauen kann. Ich will nicht einen ganzen Nachmittag damit verbringen, ein Weihnachtsmannhäuschen zu zeichnen, wenn es später gar keins geben soll.«

»Guter Punkt«, sagte Jamie und sah stirnrunzelnd auf den Haufen Papiere vor sich.

»Wirst du Illustrationen von allem einbauen, was im Angebot ist, oder wirst du einfach nur ein paar Worte schreiben und irgendwas Weihnachtliches dazu zeichnen?«

»Anna«, meinte ich kopfschüttelnd. »Das hier ist eine Wynthorpe-Hall-Produktion«, sagte ich zu ihr. »Ich denke, ich werde mir schon etwas Exklusiveres einfallen lassen müssen als einen Clipart-Mistelzweig in jeder Ecke!«

»Tut mir leid«, hauchte sie.

»Das sollte es auch.«

»Aber du hast recht«, pflichtete Jamie bei, während Angus in die Küche gestapft kam. »Wir müssen wirklich anfangen, die Dinge festzuzurren, oder? Hier, Dad, Hayley muss wissen, was sie in die Werbeanzeigen und Flyer zeichnen soll, bevor sie anfangen kann, sie zu entwerfen.«

»Die Grundlagen habe ich bereits geschaffen«, sagte ich zu ihnen allen, »die Farbpalette und Schriftart stehen fest, und mir schwebt ein Thema vor, aber ich will nicht mit zu vielen Zeichnungen anfangen, bis wir entschieden haben, was genau es geben wird.«

»Na ja, Rentiere wird es jedenfalls keine geben«, sagte Angus und ließ sich auf seinen Platz am Tisch fallen, mit gründlich entnervter Miene.

Ich war mir nicht sicher, was die anderen dachten, aber ich selbst war darüber ein wenig erleichtert. Mick würde alle Hände voll damit zu tun haben, sich um die Ponys für den Schlitten zu kümmern, und ich war mir nicht sicher, ob irgendjemand anders imstande wäre, die Rentiere einzugewöhnen, auch wenn sie sicher für Aufsehen gesorgt hätten. Gabe hätte es vielleicht ebenfalls mit ihnen aufnehmen können, aber er war bereits dafür eingeteilt, seinen Waldworkshop aufzubauen und zu leiten, und würde vermutlich keine Zeit haben.

»Und warum nicht?«, fragte Jamie seinen Vater.

Sein selbstzufriedener Ton ließ vermuten, dass er bereits wusste, wie die Antwort lauten würde.

»Weil sie alle bereits gebucht sind«, schnaubte Angus.

»Und?«, fragte Jamie.

Offenbar war mehr als nur die Verfügbarkeit ein Problem gewesen.

»Sie waren zu teuer.«

»Verdammt richtig«, sagte Jamie und strich das Wort Rentiere mit einem schwungvollen Federstrich von seiner Liste. »Bei weit über einem Tausender pro Tag, um ein Paar zu mieten, würde ich das auch meinen.«

Ich pfiff leise durch die Zähne. Ich hatte ein wenig Mitleid mit Angus, der sichtlich enttäuscht war, aber Jamie hatte recht, es war ein verdammt stolzer Preis.

»Wow«, stöhnte Anna, »das ist wirklich eine hübsche Stange Geld.«

»Ich nehm's an«, schmollte Angus, »aber darin inbegriffen sind auch die Leute, die sich um sie kümmern. Es ist nicht so, dass sie einfach so auftauchen und einem die Tiere aushändigen. Wir hätten gar nichts tun müssen.«

»Abgesehen davon, ein Gehege für sie zu errichten«, rasselte Jamie herunter, »die Versicherung und den Papierkram für die Tierhaltungsvorschriften zu überprüfen, die Leute unterzubringen, die mit ihnen reisen …«

»Wir verstehen, was du meinst«, unterbrach ihn Anna, »und jetzt spielt es sowieso keine Rolle mehr, oder? Vielleicht können wir irgendetwas finden, das nicht ganz so teuer, einfacher zu handhaben und näher bei unserem Zuhause.«

»Das klingt nach einer guten Idee«, pflichtete ich bei. »Aber lasst euch nicht zu lange Zeit mit der Suche, wenn ich es zeichnen soll.«

Es gab ein paar Dinge, die auf jeden Fall stattfinden würden und mit denen ich sofort loslegen konnte. Der schneebedeckte Farngarten, der als Nordpol mit Weihnachtsmannhäuschen herhalten sollte, war eines davon, ebenso die Schlittenfahrten. Ich hoffte, die Zeichnungen, die mir für die Werbeanzeigen vorschwebten, später auch für die Karte verwenden zu können, um Zeit zu sparen, aber es war immer noch ein bisschen knapp kalkuliert.

Aber, wie ich mir in Erinnerung rief, so lief das hier eben, und zu guter Letzt fügte sich immer alles wunderbar. Ich hätte mich überhaupt nicht gewundert, wenn schließlich doch noch ein oder zwei Rentiere bei uns herumstehen sollten, selbst wenn es aufblasbare oder beleuchtete von der amerikanischen Website waren, bei der Angus gern bestellte.

»Achtet gar nicht auf mich«, murmelte Dorothy, während sie sich an uns vorbeizwängte, um zum Herd zu gelangen.

Der Geruch von frisch gebackenem Brot hatte dafür gesorgt, dass mir seit mindestens einer halben Stunde der Magen knurrte, und der zusätzliche Duft, der verströmte, als sie ehrfürchtig den größten Laib, den man sich vorstellen konnte, herausholte, trug nicht dazu bei, die Hungerattacken zu stillen.

»Gott sei Dank bin ich eingeknickt und habe wieder angefangen, Kohlehydrate zu essen, als ich hier eingezogen bin«, flüsterte Anna mir zu.

Ich nickte beipflichtend.

»Eine einzige Scheibe kann wohl nichts schaden, oder?«

Ich zog die Augenbrauen hoch. »Ich wette mit dir, dass

du mehr als eine einzige Scheibe essen wirst«, neckte ich sie. »Wenn du nicht mehr als eine einzige winzig kleine Scheibe isst, werde ich …«

»Du wirst was?«, kicherte sie.

»Alles tun«, platzte ich törichterweise heraus.

»Alles?«

»Aber ja«, sagte ich und verschränkte die Arme, in dem sicheren Wissen, dass ich ganz unbesorgt sein konnte. Egal, was sie sich einfallen ließ, ich würde es ohnehin nicht tun müssen. Niemals würde sie sich mit einer einzigen Scheibe zufriedengeben, selbst wenn ihr Leben davon abhinge.

»Na schön«, sagte sie und streckte die Hand aus, damit ich einschlug. »Das wirst du bereuen.«

»Ich bezweifle es«, meinte ich gähnend. »Und jetzt sag schon, was genau soll ich tun. Nicht, dass ich mir deswegen Sorgen machen würde.«

Anna sah mich an und dann aus dem Fenster dorthin, wo Gabe an irgendetwas im Hof herumhantierte.

»Okay«, sagte sie, und ihre Augen glänzten vor Schalk, »wenn ich nicht mehr als eine einzige Scheibe von diesem Brot esse, dann musst du den hinreißenden Gabe unter dem Mistelzweig küssen, wenn wir Zweige im Wald sammeln.«

»Sei nicht albern«, fauchte ich.

»Was denn, hast du etwa Angst?«

»Nein«, schluckte ich, »natürlich nicht.«

»Was denn dann?«

»Es ist einfach ein bisschen kindisch, oder?«

»Na und?«, meinte sie schulterzuckend. »Wenn du so

überzeugt bist, dass du es nicht tun musst, wovor hast du denn dann Angst?«

»Ich habe doch eben gesagt, dass ich keine Angst habe«, rief ich ihr in Erinnerung.

»Na, dann schlag ein.«

»Aber warum solltest du wollen, dass ich ihn küsse?«, fragte ich, um Zeit zu gewinnen.

»Weil ich glaube, dass du ihn küssen *willst*«, antwortete sie und beobachtete mich dabei ganz genau.

»Sei nicht albern.«

»Und ich glaube, er will dich auch küssen.«

»Das will er natürlich nicht«, zischelte ich, »und muss ich dir wirklich in Erinnerung rufen …«

»Dass du gerade erst eine katastrophale Beziehung hinter dir hast«, schnitt sie mir das Wort ab. »Nein, nicht nötig. Aber du hast mir gesagt, dass du dabei bist, die alte Hayley zurückzugewinnen, die gern ein bisschen Spaß hat, die wir alle kennen und lieben, und ich dachte, das wäre genau nach ihrem Geschmack.«

Ich fand das Gabe gegenüber nicht sehr fair, aber schließlich würde es ohnehin nicht passieren, und ich durfte nicht zulassen, dass sie dachte, sie hätte die Oberhand über mich gewonnen, oder mitbekam, dass ich Gabe weitaus mehr mochte, als ich zugeben wollte.

»Gib mir deine verdammte Hand«, fauchte ich und drückte ihre Finger vielleicht ein bisschen zu fest. »So. Bist du jetzt zufrieden?«

»Oh, und wie«, sagte sie grinsend, während sie das Blut wieder in ihre Finger rieb.

»Du wirst sowieso nicht gewinnen«, rief ich ihr in Erinnerung, während Dorothy sich zwischen uns schob und den köstlichen Laib Brot auf den Tisch legte. »Du wirst nicht widerstehen können.«

Bei den Mahlzeiten an jenem Tag beobachtete ich Anna mit Argusaugen, und nicht ein einziger Krümel mehr als die ihr zugestandene eine Scheibe fand den Weg über ihre Lippen. Dorothy ließ nichts unversucht, um ihr noch mehr aufzudrängen, aber sie lehnte alle Angebote ab, ihre lachenden Augen fest auf mich gerichtet.

Ich weigerte mich, ihre Selbstbeherrschung zur Kenntnis zu nehmen, und stopfte dabei weitaus mehr dick mit Butter bestrichene Scheiben in mich hinein, als gut für mich war. Insgeheim schickte ich ein stilles Gebet zu den Wintergöttern, meine sogenannte Freundin möge unsere alberne Wette bald vergessen haben.

Kapitel 18

Bei all dem, was auf Wynthorpe Hall los war, gelang es mir, zumindest die meiste Zeit, meine verworrenen Gefühle für Gabe unter Verschluss zu halten. Auch die alberne Wette mit Anna verdrängte ich weitestgehend und versuchte, nichts zu tun, was sie daran hätte erinnern können. Ich verbrachte ein paar eisige Nachmittage draußen auf dem Grundstück damit, den Farngarten und das Sommerhaus zu zeichnen, und verwandelte sie vor meinem geistigen Auge in eine verschneite und von Lichterketten erhellte magische Landschaft, mit dem schimmernden Schlitten daneben, den Angus elf Monate des Jahres in einer Scheune verschlossen aufbewahrte.

Ich konnte nicht widerstehen, mit den Fingern leicht über die glänzende rote Farbe zu gleiten und ein wenig an den Schlittenglöckchen zu rütteln, bevor ich mich ans Zeichnen machte. Das Klimpern weckte die Aufmerksamkeit von Gabe und Bran, die auf dem Weg zurück zu ihrem Cottage zufällig vorbeikamen.

»Zeig dich, Elfe!«, rief Gabe und steckte den Kopf um die Tür.

Ich sprang sofort auf und lugte über den Rand des Schlittens, in dem in ein paar Wochen der Weihnachtsmann, auch bekannt als Angus, sitzen würde, strahlend in seinem pelzbesetzten roten Anzug und schweren schwarzen Stiefeln.

»Hey, Hayley«, sagte Gabe. »Lange nicht gesehen. Gehst du mir aus dem Weg?«

Es war wohl kaum lange her, aber in den letzten Tagen hatte ich tatsächlich versucht, mich von ihm fernzuhalten. Das Gespräch, das wir auf der Fahrt in die Stadt geführt hatten, ging mir immer wieder in den unpassendsten Momenten durch den Kopf, obwohl ich mich bemühte, nicht darüber nachzudenken.

»O Mann«, sagte ich, entschlossen, bei seiner Bemerkung die Flucht nach vorn anzutreten, während ich den Schlitten noch einmal umrundete, um mich zu vergewissern, dass ich den besten Winkel ausgewählt hatte. »Du hast mich durchschaut.«

»Das dachte ich mir schon.«

»Es ist jetzt, was, drei Tage her?«

Zum Glück entschied er, die Sache nicht weiter aufzubauschen. Schließlich waren drei Tage wirklich nicht sehr lange, selbst wenn wir nur einen Katzensprung voneinander entfernt lebten und arbeiteten und uns bei jeder Mahlzeit über den Weg hätten laufen können. Vorausgesetzt, wir würden beide, zusammen mit allen anderen am Tisch essen, statt zurückgezogen im Studio unter dem Vorwand, zu viel zu tun zu haben.

Gabes Nachfrage war also durchaus gerechtfertigt.

»Wie kommst du mit deiner Arbeit voran?«, erkundigte er sich. »Jamie hat gesagt, du seist rund um die Uhr mit dem Projekt beschäftigt. Ich kann es kaum erwarten, die Ergebnisse zu sehen.«

Ich hatte noch immer niemandem gezeigt, was ich mir bis jetzt hatte einfallen lassen, aber das würde ich bald tun müssen, nur für den Fall, dass ihnen der Stil, für den ich mich entschieden hatte, nicht gefiel und ich noch einmal von vorn anfangen musste. Ich hatte immer ein solches Geheimnis um meine Arbeit gemacht, dass diese Angewohnheit nur schwer abzulegen war, und ich hatte keine Ahnung, wie ich mich fühlen würde, wenn plötzlich alle die Designs zu Gesicht bekamen. Solange mein Name nicht drauf stand und abgesehen von unserer kleinen Truppe im Herrenhaus niemand davon wusste, würde ich sicher irgendwie damit umgehen können.

»Das Studio ist fantastisch«, sagte ich zu Gabe. »Am Anfang konnte ich mich kaum aufs Zeichnen konzentrieren, weil ich ständig herumlaufen und alles bewundern musste.«

»Es ist ein wunderschöner Raum«, pflichtete er mir bei. »Jamie hat mir erzählt, dass du ihn schon immer geliebt hast. Er meinte auch, du hättest früher deine Promizeitschriften dort gelesen.«

»Mir war nicht klar, dass die anderen das überhaupt mitbekommen haben.«

»Offensichtlich kann man hier kaum ein Geheimnis für sich behalten.« Er lächelte ironisch.

In dem Punkt hatte er eindeutig recht. Ich fragte mich, ob Jamie ihm sonst noch irgendetwas über mich erzählt hatte.

»Ich habe die Konstruktion des Wintergartens und die kunstvolle Gestaltung der Buntglasfenster immer bewundert, aber ich habe auch gern gelesen, wer sich bei PBB mit wem verkracht hat«, sagte ich ein wenig abwehrend zu ihm.

»Was ist denn PBB?«

»Egal.«

»Das mag ich an dir, Hayley«, fuhr er fort.

»Was?«

»Du bist ein Enigma.«

»Ein Enigma«, sagte ich lachend. Ich wusste nicht, was das Wort bedeutete, war mir aber ziemlich sicher, dass es keine Beleidigung war. »Bin ich das?«

»Ja«, bestätigte er, »als ich eben dachte, ich hätte dich durchschaut – um genau zu sein, als jeder von uns dachte, wir hätten dich durchschaut –, ziehst du eine neue Überraschung aus dem Ärmel.«

»Na ja«, sagte ich, »ich sorge eben gern für Spannung. Es gibt nichts Langweiligeres, als berechenbar zu sein.«

»Das wirft dir nun sicher niemand vor.«

Seine Stimme war so zäh wie Sirup, und ich wagte es nicht, zu ihm hochzusehen, aus Angst, was in seinem Gesicht geschrieben stehen könnte. So viel zu seinem Beharren, er sei entschlossen, alles zu meiden, was ihn glücklich machte. Ich war mir ziemlich sicher, dass er ebenso gut wie ich wusste – auch wenn wir nicht bereit waren, es zuzugeben –, dass es uns beide sehr glücklich machen würde, zusammenzukommen. Vielleicht hatte er entschieden, es mit mir genauso zu handhaben wie mit Jemmas Törtchen. Das Flirten mit mir war für ihn »ein kleines Häppchen Glück«.

Annas Worte, dass er mich küssen wollte, verknüpften sich mit meiner Erinnerung an den Abend mit den Wunderkerzen. Und die Erkenntnis, dass er sich insgeheim vielleicht immer noch danach sehnte, begann in meinen Eingeweiden Verwüstung anzurichten.

Ich weigerte mich, darüber nachzudenken, dass meine Freundin auch gesagt hatte, sie glaube, ich würde seinen Kuss erwidern wollen. Hoffentlich würde sie nicht plötzlich mit einem Strauß Mistelzweige auftauchen.

»Gut«, sagte ich rundheraus zu ihm. »Dann ist die Mission ja erfüllt. Jetzt muss ich wirklich weiterarbeiten.«

»Wäre es dir lieber, wenn wir nicht dabei zusehen?«

»Es wäre mir deutlich lieber, wenn ihr nicht dabei zuseht. Um genau zu sein, bestehe ich darauf.«

»Na schön.« Er zuckte lächelnd mit den Schultern und sah auf seine Armbanduhr. »Ich schätze, ich sollte besser zusehen, dass ich weiterkomme. Ich habe mit Bran einen Termin in der Stadt«, sagte er. »Beim *Tierarzt*«, flüsterte er.

Ich war mir nicht sicher, ob das Flüstern nötig war, aber andererseits hatte Gabe seinen riesigen Hund erst seit so kurzer Zeit, dass er vermutlich auch nicht wusste, wie er auf das Wort reagieren würde.

»Ihm fehlt doch nichts, oder?«, fragte ich. Meinen Wunsch, mit der Arbeit loszulegen, hatte sich sofort vergessen.

»Nein«, beeilte sich Gabe zu erklären. »Jedenfalls nicht, soweit ich sagen kann. Ich dachte nur, es sei an der Zeit, dass er irgendwo registriert und einmal durchgecheckt wird. Er war in keinem besonders guten Zustand, als er zu mir kam. Ich schätze mal, dass er zumindest entwurmt werden muss.«

»Und was ist mir dir?«, fragte ich.

»Nein«, sagte Gabe mit einem belustigten Stirnrunzeln. »Keine Würmer vorhanden, soweit ich sagen kann. Na ja, ich habe jedenfalls nicht das Verlangen, mit dem Gesäß über die Cottageteppiche zu reiben, falls es das ist, worauf du hinauswillst.«

»Das habe ich natürlich nicht gemeint«, sagte ich lachend. »Ich wollte darauf hinaus«, fuhr ich fort, »auch wenn ich mich nicht sehr klar ausgedrückt habe, dass es vermutlich keine schlechte Idee wäre, wenn du dich auch bei einem Arzt registrieren lässt.«

»Okay.« Er grinste.

»Nur für den Fall, dass dich das Verlangen überkommen sollte, mit dem …«, begann ich, aber dann brach ich ab, als ich Dorothy auf uns zusteuern sah.

»Du fährst doch in die Stadt, oder, Gabe?«, fragte sie.

»Ja«, sagte ich und biss mir auf die Innenseite meiner Wange, um mir das Lachen zu verkneifen, »er muss etwas abholen, für die Würmer.«

»Würmer?«, fragte Dorothy stirnrunzelnd. »Die können sich doch um sich selbst kümmern, oder?«

Gabe und ich begannen beide zu lachen, während Dorothy verwirrt und ein wenig verärgert wirkte.

»Ignorier sie einfach, Dorothy«, meinte Gabe beschwichtigend.

»Ich versuch's ja«, erwiderte sie, während sie mich über den Rand ihrer Brille hinweg musterte, »aber das wird in letzter Zeit immer schwieriger, vor allem jetzt, wo sie mir so auf der Pelle sitzt.«

»Na na na«, meinte ich. Das durfte ich ihr unmöglich durchgehen lassen. »Es war doch deine Idee, dass wir uns das Wohnzimmer teilen. Also hast du es dir auch selbst zuzuschreiben, wenn du mich jetzt jeden Morgen in Unterwäsche herumschlurfen siehst.«

»Du Glückspilz«, meinte Gabe und betrachtete mich eingehend.

Ich war entschlossen, weder zu erröten noch mich weiter in diese Flirterei hineinziehen zu lassen, auch wenn ich so etwas normalerweise genoss. Was Gabe betraf, wäre das vermutlich viel zu gefährlich und würde aller Wahrscheinlichkeit nach irgendwohin führen, wo er gar nicht sein wollte. Er hatte zwar gemeint, ich würde voller Überraschungen stecken, aber nachdem ihm sein forsches Verhalten plötzlich so peinlich war, fand ich ihn ebenso schwer einzuschätzen.

»Das reicht jetzt«, erklärte Dorothy. »Ich will nur wissen, ob du mich mitnehmen kannst oder nicht, junger Mann?«

»Aber ja«, antwortete Gabe und lächelte mich über ihren Kopf hinweg an. »Entschuldige, Dorothy. Gib mir fünf Minuten, dann wird es mir ein Vergnügen sein, dich in die Stadt zu eskortieren.«

»Na, dann hätten wir das ja geklärt«, sagte sie und verlagerte ihren Einkaufskorb von einem Arm auf den anderen. »Ich treffe mich mit den beiden Damen vom Kirschblütencafé, um ihnen einen Cateringplatz während unseres Winterwunderland-Wochenendes anzubieten.«

Ich war mir sicher, dass Jemma entzückt sein würde, endlich zu erfahren, was auf Wynthorpe Hall geplant war.

»Das klingt doch nach einer guten Idee«, pflichtete

Gabe begeistert bei. »Wenn auch vermutlich nicht für meine Taille.«

Er hätte sich leicht auf dünnes Eis begeben können, indem er Jemmas Backtalent so in den Himmel lobte, aber zum Glück schätzte Dorothy die Kuchenkünste ihrer Freundin ebenso sehr wie er.

»Aber wird es nicht ein bisschen kühl sein?«, fragte er. »Tee und Kuchen mitten im Winter unter einem Pavillon zu servieren. Sie werden frieren, und wer wird das Café führen, solange sie hier sind?«

»Keine Sorge«, sagte ich zu ihm, während ich rasch die Fotos auf meinem Handy durchscrollte. »Sie haben ein ziemlich großes Team und diese kleine Schönheit hier fürs Außencatering.«

»Oh, wow«, sagte Gabe, während er blinzelnd auf das Display sah, »das ist allerdings beeindruckend.«

Dorothy hatte sich ebenfalls vorgebeugt, um einen Blick darauf zu werfen.

»Es ist wundervoll, nicht wahr?«, sagte sie lächelnd. »Er erinnert mich an die Wohnwagen, die ich in meiner Kindheit immer auf den Straßen gesehen habe.«

Der umgebaute Vintage-Wohnwagen mit der maßgefertigten Markise hatte sich als beliebte Wahl für alle möglichen Outdoor-Events in und um Wynbridge und sogar darüber hinaus erwiesen. Er wäre eine ideale Ergänzung zum Winterwunderland und würde sich auch auf meinen Werbeplakaten perfekt machen.

Ich wusste, dass Lizzie ihn dem Anlass entsprechend dekorieren und er die Blicke auf sich ziehen würde, sobald die Besucher eintrafen. Die Fotos auf meinem Handy müssten allerdings als Vorlage für meine Zeichnungen ausreichen. Ich hatte keine große Lust, mit meinem Skizzenbuch und meinen Stiften dort aufzuschlagen. Das würde meine Deckung mit Sicherheit bald auffliegen lassen.

»Ein junges Mädchen oben an der Straße hat ihn umgebaut«, erklärte Dorothy Gabe. »Sie hat jede Menge von den Dingern, und die Leute kommen und machen darin Urlaub. Es ist ein sehr erfolgreiches kleines Unternehmen.«

»Luxuscamping in den Fens.« Gabe lächelte. »Wer hätte das gedacht?«

»Ihr Name ist Lottie Foster«, sagte ich zu ihm. »Sie ist mit dem Tierarzt zusammen, zu dem du heute fährst.«

»Gott«, sagte er und pfiff Bran zu sich. »Wenn es in dem Tempo weitergeht, kommen wir noch zu spät. Los, Junge, lass uns fahren und dich durch den TÜV bringen.«

»Und wenn du schon dabei bist«, rief ich ihm nach, »sag Dorothy, sie soll dir den Weg zum Ärztezentrum beschreiben. Würmer oder keine Würmer, du hättest dich schon längst registrieren lassen sollen.«

Dorothy blickte missbilligend zwischen uns beiden hin und her, schien aber zu spüren, dass in diesem Fall besser war, keine Fragen zu stellen.

Beim Abendessen an jenem Abend drehte sich alles um die Pläne für das Winterwunderland, und ich entschied, meine selbst gewählte Isolation aufzugeben. Dorothy war die Erste, die ihre Neuigkeit verkündete.

»Ich habe mit Jemma gesprochen«, berichtete sie uns, während sie Teller mit duftendem Korma auf fluffigen weichen Reisbetten herumreichte, »und sie will unbedingt mit dabei sein.«

»Gott sei Dank«, sagte Jamie. »Ich dachte schon, sie wäre vielleicht zu beschäftigt, mit der ganzen Arbeit für ihren Back- und Bastelwarenstand auf dem Weihnachtsmarkt.«

»Die Befürchtung hatte ich auch«, sagte Dorothy, »aber offenbar werden Ruby und Steve über Weihnachten zurück in Wynbridge sein, und Jemma hat einen neuen Kellner im Café eingestellt, der gern aushilft. Sie sind also guter Dinge, dass sie das hinbekommen.«

Das Kirschblütenimperium entwickelte sich prächtig, seit Ruby, eine andere Einwohnerin von Wynbridge, den Weihnachtsmarktstand zu einem solchen Erfolg geführt hatte, und ich war sicher, zusammen mit der mobilen Teestube würden Jemmas Cupcakes bestimmt bald in der ganzen Welt bekannt sein. Nun ja, zumindest im Osten Englands.

»Ich frage mich, ob sie dieses Jahr ein bestimmtes Thema haben werden?«, überlegte Anna.

»Rentiere wären wundervoll gewesen«, seufzte Angus wehmütig.

Offensichtlich hatte er sich immer noch nicht damit abgefunden, dass daraus nichts wurde.

»Sie hätte rentierförmige Plätzchen mit roten Zuckerperlen als Nase backen können«, fuhr er mürrisch fort.

»Hast du dir schon überlegt, was du backen wirst, Dorothy?«, fragte ich in dem Versuch, ihn abzulenken.

»Na ja«, sagte Dorothy, während sie sich endlich zu uns an den Tisch setzte, »es wird natürlich das Übliche geben, aber ich hätte durchaus Lust, mich in diesem Jahr an ein paar altmodischen Süßigkeiten zu versuchen.«

»Wie zum Beispiel?«, fragte Gabe.

»Zuckermäuse«, sagte sie verträumt.

»Das wäre ja wie eine Reise in die Vergangenheit«, warf Catherine ein.

»Mit echten Baumwollschwänzen«, fuhr Dorothy fort.

»Arbeits- und Gesundheitsschutz«, murmelte Jamie, aber niemand nahm Notiz von ihm.

»Kandierte Pflaumen«, redete Dorothy weiter, »Ingwerplätzchen und vielleicht irgendeine Art Zuckerstange. Etwas in der Richtung. Dinge, die die Kleinen wirklich mögen, und Zimtschnecken passen natürlich auch zu Weihnachten.«

»Das klingt doch alles wunderbar«, meinte Mick.

»Und nicht nur für die jüngeren Besucher«, strahlte Angus, besänftigt von der Aussicht auf zahlreiche Leckereien.

»Aber für das Kind in uns allen«, pflichtete Catherine ihm bei, die in jeder Hinsicht ebenso entzückt klang wie ihr Ehemann.

»Na, dann ist mit den Häppchen ja alles geklärt«, sagte ich, während ich überlegte, wie ich etwas von dem, was Dorothy vorschlug, in die Werbeanzeigen und Flyer einbauen könnte. Eine Zuckerstangen-Wimpelkette an den Rändern könnte vielleicht klappen.

»Ja«, sagte Jamie und konsultierte den Notizblock, den er in letzter Zeit ständig mit sich herumzutragen schien. »Allmählich nimmt das alles wirklich Gestalt an.«

»Und ich habe auch noch einen Vorschlag«, meldete sich Gabe zu Wort, wobei er ungewohnt nervös klang. »Falls ihr noch immer auf der Suche nach einer Art Wildtier-Attraktion seid.«

Wir alle wandten uns zu ihm um, und ich war überrascht, ihn so, na ja, überwältigt wäre vermutlich das beste Wort, um es zu beschreiben, zu sehen. Ich war mir nicht sicher, ob es irgendjemandem sonst aufgefallen war, daher war es gut möglich, dass ich mich täuschte.

»Aber immer«, sagte Angus und rieb die Hände aneinander, und alle anderen nickten beipflichtend.

Ich fiel mit ein. Offensichtlich las ich einfach zu viel hinein. Vielleicht hatte er sich ja auch nur an einem Reiskorn verschluckt oder so.

»Na ja«, begann er, »ich war mit Bran heute Nachmittag beim Tierarzt.«

»Und angesichts der Tatsache, dass du das Wort laut ausgesprochen hast, anstatt zu flüstern, nehme ich an, er ist gut klargekommen?«, fragte ich.

»Mehr als gut«, sagte Gabe liebevoll. »Er war lammfromm.«

»Natürlich war er das«, meinte Dorothy nachsichtig.

»Und keine Würmer?« Ich konnte mir die Frage nicht verkneifen.

»Nicht ein Wurm in Sicht«, sagte Gabe grinsend, wobei er wieder etwas mehr wie er selbst aussah, »bei keinem von uns.«

Die anderen waren eindeutig verwirrt von unserem Insiderwitz und Dorothy schüttelte missbilligend den Kopf. Ich sah Gabe an und lächelte, und er lächelte zurück. Es war ein absolut alberner Moment, nach einer Sekunde vorbei, aber er wärmte mich bis in die Zehenspitzen, und ich fragte mich unwillkürlich, ob man mir die Begeisterung ebenso ansah wie ihm.

»Du hast Wildtiere erwähnt«, rief ich ihm in Erinnerung, räusperte mich und riss mich wieder zusammen.

»Hmm«, sagte er, während er mich noch immer anstarrte.

»Wildtiere, über den Tierarzt«, half ich ihm auf die Sprünge.

»Ja«, sagte er, während er auf einmal zu sich kam, »entschuldige, Wildtiere.«

»Warst du bei Will?«, fragte Anna. »Er ist traumhaft, oder?«

»Hey!«, ging Jamie dazwischen.

»Ja«, sagte Gabe, »ich war bei Will, aber mit dem traumhaft bin ich mir nicht so sicher. Er ist nicht gerade mein Typ, ehrlich gesagt, aber er hatte eine Idee für das Winterwunderland. Ich hoffe, es war okay, dass ich erwähnt habe, was wir planen?«, ergänzte er mit einem Blick auf Angus.

»Völlig okay, mein Guter«, versicherte ihm Angus. »Jetzt, wo es auf jeden Fall stattfinden wird, können wir es nicht mehr sehr lange unter Verschluss halten, sonst werden überhaupt keine Besucher kommen!«

»Na, dann ist ja alles gut«, sagte Gabe, »ich habe Will nämlich zufällig erzählt, wie enttäuscht du warst, dass wir keine Rentiere vor Ort haben werden, und er hat stattdessen Eulen vorgeschlagen.«

»Eulen?«, riefen wir anderen alle im Chor.

»Ja«, fuhr Gabe fort. »Offenbar gibt es hier in der Nähe irgendwo eine Art Schutzprojekt, und sie haben ein paar Eulen, mit denen sie an Schulen gehen und so.«

»Ich kann mich erinnern, in diesem Sommer in der Zeitung etwas darüber gelesen zu haben«, sagte Mick, »aber seitdem habe ich nichts mehr davon gehört.«

»Will zufolge haben sie klein angefangen, aber sie suchen nach Möglichkeiten, ihr Projekt weiter bekannt zu machen.«

»Hat er zufällig erwähnt, wer es leitet?«, fragte Catherine.

»Ein Freund von ihm war dafür zuständig, es aufzubauen. Ein Junge namens Ed, glaube ich, und seine Mum. Es klingt alles sehr nach einem Familienbetrieb, wenn ich es richtig verstanden habe.«

»Oh, wir haben alle schon von Ed gehört«, warf Angus ein. »Es gibt nichts, was dieser Junge über die Landschaft hier und die Vögel und Tiere, die darin leben, nicht weiß.«

»Na bitte, da habt ihr's doch«, sagte Gabe sichtlich zufrieden. »Das Schutzprojekt dürfte genau das Richtige für euch sein, und vielleicht weitaus weniger problematisch als Rentiere.«

»Und Eulen werden auf den Illustrationen toll aussehen«, strahlte ich. »Gute Arbeit, Gabe.«

»Ich habe im Cottage eine Kontaktnummer«, ergänzte er. »Du wirst sie anrufen müssen, Jamie, um zu sehen, welche Eulenart sie hierherbringen könnten, und dann kannst du sie gleich mit in deine Zeichnung aufnehmen, Hayley.«

Kapitel 19

Die nächsten Wochen flogen nur so vorbei und bestätigten die alte Redensart, dass die Zeit tatsächlich schnell vergeht, wenn man Spaß hat. Nicht dass ich Spaß erwartet hatte. Ehrlich gesagt hatte ich an Spaß überhaupt nicht gedacht, als das Vater-Sohn-Duo Connelly mich genötigt hatte, die Verantwortung für die künstlerische Ausgestaltung des Winterwunderlands zu übernehmen.

Etwas anderes, was ich nicht erwartet hatte, war eine erneute Veränderung in meiner Beziehung zu Gabe. Es war vielleicht nur ein flüchtiger Moment gewesen, ein alberner Insiderwitz, über den Wynthorpe-Esstisch hinweg, aber diese wenigen Sekunden, in denen wir uns über unsere mit Korma beladenen Teller hinweg anlächelten, hatte irgendetwas in Gang gesetzt.

Ich war mir nicht sicher, was genau, aber unsere Freundschaft blühte auf und kehrte zu dem zurück, was sie vor unserer Aussprache nach dem Bonfire-Abend gewesen war, und er und Bran hatten es sich zur Gewohnheit gemacht, mir abends im Studio Gesellschaft zu leisten, während ich still an den Promo-Materialien arbeitete und die Karte des Wynthorpe-Waldes in Angriff nahm.

Wenn Gabe mich besuchte, achtete er immer darauf, durch die Wintergartentür, die in den Garten führte, hinein- und hinauszuschlüpfen, damit niemand etwas von seinem Kommen und Gehen bemerkte, und das war uns beiden, aber vor allem mir, sehr recht. Anna hatte es sich ohnehin schon in den Kopf gesetzt, uns beide zu verkuppeln, und ich wollte nicht, dass sie auf falsche Gedanken kam, wenn sie herausfand, dass wir so viel Zeit allein miteinander verbrachten. Wenn sie glaubte, dass es auch nur die geringste Chance gab, dass wir beide tiefere Gefühle füreinander entwickelten, dann hätte ich es ihr durchaus zugetraut, dass sie Molly darauf ansetzte, irgendeine Art heidnischen Ritus zu vollziehen, bei dem wir an den Händen zusammengebunden wurden, um uns so für immer zu vereinen.

Gabe und ich redeten nicht viel miteinander. Ich arbeitete hauptsächlich am Tisch, und er saß da und las oder döste, während Bran zu seinen Füßen schlief. Es war mir kaum möglich, konzentriert zu arbeiten, während er in ein Buch vertieft war, denn sein Gesicht, so gelassen und ruhig, war einfach zu faszinierend. Ich hatte angefangen, sowohl ihn als auch den Hund zu zeichnen, aber das war noch etwas, das ich lieber für mich behielt. Vermutlich würde ich ihm die Zeichnungen irgendwann zeigen. So eine tiefe Freundschaft hatte ich noch nie mit einem Mann geteilt, und ich brauchte eine Weile, um mich daran zu gewöhnen.

Dank Gabes und Brans beruhigender Gesellschaft an den Abenden hielt sich meine Nervosität in Grenzen – bis zu dem Nachmittag, bevor die Anzeige bei der Zeitung eingereicht werden sollte –, und dass Angus mir in allerletzter Minute noch einen Extrawunsch aufs Auge gedrückt hatte, sorgte nicht gerade für Entspannung.

»Aber bist du sicher, dass dieser Teil hier«, sagte ich, während ich einen Arm über Jamies Schulter ausstreckte und mit einem Bleistift auf die kritische Stelle zeigte, »nicht zu vollgestopft aussieht?«

»Es ist alles gut so«, sagte er noch einmal, bemüht, mich zu beschwichtigen.

»Und der Text ist nicht zu klein?«

»Er ist perfekt«, ergänzte Anna.

»Und euch gefällt das Schneeflocken-Thema?«

Ich hatte entschieden, eine Wimpelkette mit Schneeflocken anstatt Zuckerstangen zu zeichnen, und die Flocken über die ganze Seite verteilt, um die verschiedenen Elemente miteinander zu verbinden. Hoffentlich würde es mit den Schneeflockenstempeln harmonieren, die Jamie gekauft hatte, um sie überall auf dem Rundweg anzubringen. Jetzt, passenderweise, Schneeflocken-Rundweg genannt.

»Das Schneeflocken-Thema ist großartig«, bekräftigte Anna noch einmal.

In der ersten Zeit war ich bestimmt hundertmal kurz davor gewesen, alles zu zerreißen und noch einmal von vorn anzufangen, aber nach und nach, dank Gabes sanfter Vorschläge und seiner Ermunterung, die anderen zwischendurch auch einen Blick darauf werfen zu lassen, hatte ich mich daran gewöhnt, dass sie ihre Meinungen und Ideen beisteuerten, und ich war begeistert von den Ergebnissen. Ich hatte es geschafft, alles einzubauen, was am Winterwunderland-Wochenende in Angebot sein würde, von den Bastelarbeiten im Wald mit Gabe bis hin zu Dorothys Zucker-und-Zimt-Gebäck, dazu Zeichnungen des

Herrenhauses, des Schlittens, der Eulen und des Kirsch-blütenwohnwagens.

»Obwohl«, sagte Jamie.

»Obwohl was?«, fragte ich, während ich die Seite panisch nach Fehlern absuchte.

»Obwohl ich gern wissen würde, warum Dad das hier unbedingt noch drinhaben wollte«, sagte er und deutete auf die erst kürzlich hinzugekommene Zeile, die am Ende alles noch mal durcheinandergewirbelt hatte. »Er hat dir wohl nicht zufällig erzählt, worum es bei seiner ›Überra-schung‹ geht, oder?«

»Nein, hat er nicht«, sagte Angus höchstselbst, der in diesem Moment hereinschlenderte. »Weil ich mich noch nicht entschieden habe.«

»Warum wolltest du es denn dann unbedingt drin haben?«, fragte Anna misstrauisch.

»Um zusätzliche Neugier zu wecken«, sagte Angus un-schuldig. »Die Leute lieben alles, was einen Mehrwert be-deutet, und wenn sie glauben, dass sie zu dem, was wir bereits anbieten, noch ein kleines Extra obendrauf be-kommen, dann werden sie in Scharen herbeieilen, um zu sehen, was es ist.«

Ich war mir sicher, dass er recht hatte, und solange die-ses »kleine Extra« nicht bedeutete, dass ich mich in einer gestreiften Elfenstrumpfhose und mit spitzen Plastikohren zum Trottel machte, sollte es mir recht sein.

»Ich gehe besser und scanne das hier ein«, verkündete Jamie, schob seinen Stuhl zurück und nahm das Design in die Hand, über dem ich so lange gebrütet hatte. »Bist du sicher, dass du nicht mit uns mitkommen willst, Hayley?«

Ich schüttelte den Kopf.

»Wir fahren auch zur Druckerei«, fuhr er fort. »Willst du denn nicht zusehen, wie dein Meisterwerk dafür vorbereitet wird, in Druck zu gehen?«

Ich war mir noch immer nicht sicher, ob es wirklich wahr sein konnte, aber selbst wenn, war es das Letzte, was ich sehen wollte.

»Bitte komm mit«, sagte Anna und zupfte mich am Ärmel. »Es wird bestimmt lustig.«

»Nein«, antwortete ich entschieden. »Ich habe getan, worum ihr mich gebeten habt, und mit dem Rest will ich nichts zu tun haben. Bitte erwähnt auch meinen Namen nicht, falls euch zufällig irgendjemand fragt, wer das alles gezeichnet hat.«

Ich hatte mich vielleicht daran gewöhnt, dass die Wynthorpe-Familie von meiner Leidenschaft wusste, aber ich wollte mit Sicherheit nicht, dass sich die Neuigkeit weiter als bis zum Ende der Auffahrt herumsprach.

So entschlossen ich auch war, nicht mehr an die Anzeige oder die Flyer zu denken, war es doch nicht so leicht, sie aus dem Kopf zu verbannen. Ich verbrachte eine schlaflose Nacht damit, mich hin und her zu wälzen, und war an dem Morgen, an dem die Zeitung ausgeliefert wurde, extra früh auf den Beinen, obwohl ich wusste, dass sie erst am Spätnachmittag bei uns eintreffen würde.

»Besuch mich heute Nachmittag im Cottage«, bat Gabe mich, als er zu seiner vormittäglichen Kaffeepause ins Herrenhaus kam. »Ich habe etwas, das dich auf andere Gedanken bringen wird.«

Ich sah ihn mit hochgezogenen Augenbrauen an.

»Nicht das«, meinte er kopfschüttelnd. »Ich möchte nur gern deine Meinung zu etwas für das Winterwunderland hören.«

»Willst du nicht lieber gleich *alle* nach ihrer Meinung fragen«, fragte ich. »Mich hast du auch dazu überredet, meine Zeichnungen allen zu zeigen, bevor ich selbst bereit dazu war.«

»Na ja«, sagte er und rutschte auf seinem Platz hin und her, »was ich im Moment habe, ist ein sehr schlichter Prototyp, und ich hatte gehofft, du würdest ihm noch eine künstlerische Note hinzuzufügen.«

»Das heißt, im Grunde hast du es nur auf mein Talent abgesehen?«

»So ähnlich.« Er grinste.

»Na toll«, gab ich mich gespielt beleidigt.

Ich stellte sicher, dass ich meine Arbeit für den Tag erledigt hatte, bevor ich am Nachmittag hinüber zu Gabe ging. Meine anfängliche Sorge, es könnte zu erdrückend sein, im Herrenhaus zu leben und zu arbeiten, hatte sich als unbegründet erwiesen. Da mein Leben zügig Fahrt aufgenommen hatte, seit ich auf Dauer dort eingezogen war, hatte ich nicht eine Sekunde übrig gehabt, um auch nur darüber nachzudenken. Es war eher verwunderlich, wie ich je die Zeit gehabt hatte, jeden Abend zurück in die Stadt zu meinen Eltern zu fahren, während ich noch dort gewohnt hatte.

»Na komm schon!«, rief ich Gabe zu, als Bran sich endlich weit genug wegbewegt hatte, um mich über die Schwelle zu lassen. »Was hast du für mich, das mich vom Warten auf die Zeitung ablenkt?«

Im Herrenhaus hatte ich mindestens ein dutzend Mal den Staubsauger ein- und ausgeschaltet, während ich die Treppe bearbeitete, weil ich dachte, ich hätte einen Lieferwagen in der Auffahrt gehört. Aber das hatte ich natürlich nicht.

»Ich bin hier drinnen«, rief Gabe aus dem Wohnzimmer.

Ich fand ihn vor dem Kamin, der Teppich mit einer riesigen Plastikplane abgedeckt, umgeben von, wie es aussah, Stapeln mit zersägten Holzklötzen. Bei näherer Betrachtung zeigte sich, dass es das auch tatsächlich war.

»Was in aller Welt?«, fragte ich stirnrunzelnd.

»Ich weiß«, sagte er und biss sich auf die Lippe. »Aber warte kurz.«

»Und dann wirst du mir alles sagen?«

»Fang gar nicht erst damit an«, sagte er und zeigte auf einen winzigen Platz neben sich, auf den ich mich setzen sollte, »du könntest letztendlich mehr erfahren, als dir lieb ist.«

Ich lachte und setzte mich auf den mir zugewiesenen Platz. Es fühlte sich gut an, sich wieder so kabbeln zu können. Es war eindeutig richtig gewesen, meine wachsenden Gefühle für Gabe wegzupacken. Unsere Beziehung hatte jetzt einen angenehmen und unkomplizierten Flow, mit dem ich mich sehr wohlfühlte.

»Weißt du, du hast wirklich ein Talent dafür, meine schlechtesten Seiten zum Vorschein zu bringen«, meinte Gabe kopfschüttelnd.

»Das ist ein Geschenk«, sagte ich mit einem frechen Grinsen zu ihm, »und außerdem glaube ich nicht, dass du auch nur halb so schüchtern bist, wie du nach unserer kleinen Feuerwerksfeier getan hast.«

»Ach nein?«

»Nein. Du hast nur deine Verlegenheit überspielt, weil ich dich abgewiesen habe.«

»Vielleicht habe ich ja nächstes Mal mehr Glück«, sagte er lächelnd und griff nach dem nächstbesten Holzklotz.

»Kann schon sein«, sagte ich. »Das werden wir wohl einfach abwarten müssen, oder?«

Ich war mir nicht sicher, ob ich es war, die seine schlechtesten Seiten zum Vorschein brachte, denn er war selbst ziemlich gut darin, zu kontern, aber das war schon in Ordnung. Dieses Spiel mit Anzüglichkeiten gefiel mir, und bei dem ganzen Mist, den ich in letzter Zeit durchgemacht hatte, wusste ich so eine unschuldige Unterhaltung sehr zu schätzen.

»Also«, sagte ich, räusperte mich und nahm einen Holzklotz in die Hand. »Was haben wir denn hier? Einen Miniatur-Scheiterhaufen, oder steckt doch noch mehr dahinter?«

Was Gabe zusammengestellt hatte, erwies sich als weitaus eindrucksvoller als ein winziges Bonfire.

»Die hier sind perfekt«, sagte ich zu ihm und wippte auf den Fersen nach hinten, um das Blut wieder in meine Beine fließen zu lassen.

»Meinst du wirklich?«, fragte Gabe und drehte seine Kreation zwischen den Fingern, um sie aus allen Winkeln zu begutachten.

»Absolut«, sagte ich und stellte meine etwas kleinere Version neben seine. »Angus wird völlig aus dem Häuschen sein.«

»Na ja, das will ich doch hoffen«, meinte Gabe nachdenklich. »Aber meinst du wirklich, sie sind gut genug für die Bastelaktion im Wald?«

»Eindeutig.« Ich nickte.

Ringsum auf dem Boden verstreut standen ein halbes Dutzend hölzerne Rentiere, alle sorgfältig konstruiert aus vorgefertigten Baukästen, die Gabe zusammengestellt hatte. Der größte Klotz, bei dem vier Löcher in die Unterseite gebohrt waren, bildete den Körper, in den die Beine gesteckt wurden. Oben gab es ein weiteres Loch für den Hals, der dann den Kopf hielt, komplett mit einem verästelten Geweih und einer roten Nase, die aus einer winzigen bemalten Weihnachtskugel bestand und am Kopf festgeklebt wurde. Gabe hatte seinem Rentier einen roten Schal um den Hals gebunden und einen Kiefernzapfen als Schwanz angeklebt. Bei all ihrer Schlichtheit strahlten sie Persönlichkeit und Charme aus.

»Jetzt, wo ich in Schwung gekommen bin«, erklärte er, »kann ich einen Baukasten binnen Minuten zusammenstellen.«

»Zum Glück«, sagte ich, »denn du wirst jede Menge brauchen.«

»Wirklich?« Er legte die Stirn in Falten. »Meinst du?«

»Wirklich, Gabe«, versicherte ich ihm. »Die Familien werden Schlange stehen, um so einen zu basteln.«

Ich sah, wie sich seine Schultern entspannten, und begriff, dass er tatsächlich unsicher gewesen war, ob sie mir gefielen. Doch das taten sie. Sie waren genau das, was das Winterwunderland brauchte. Man benötigte kein Werkzeug, was eine Erleichterung für Mr. Arbeits- und

Gesundheitsschutz, auch bekannt als Jamie, sein würde. Außerdem hätten sowohl Kinder als auch Erwachsene ihren Spaß daran, und am Ende hatten sie etwas, das sie mit nach Hause nehmen konnten.

»Hast du die Kosten dafür schon durchkalkuliert?«, fragte ich.

Ich wusste, dass Jamie sowohl den finanziellen Aufwand als auch die Sicherheit gewährleistet sehen wollen würde.

»So ungefähr«, sagte Gabe, »aber keine Sorge, jetzt, wo du ihnen dein künstlerisches Gütesiegel aufgedrückt hast, werde ich mit Jamie über alles reden.«

Ich nickte erleichtert.

»Und ich dachte«, fuhr er fort, »wenn alle denken, dass es die Mühe wert wäre, könnte ich auch ein paar richtig große anfertigen, die du auf die Karte für den Schneeflocken-Rundweg einfügen könntest.«

»Das ist eine tolle Idee«, pflichtete ich bei, während ich dachte, wie aufgeregt die jüngeren Besucher sein würden, wenn sie zwischen den Bäumen versteckt auf ein Rentier stoßen würden, »und ich weiß, du wolltest, dass ich sie noch ein bisschen bemale«, fuhr ich fort, »aber ich finde, sie sind perfekt so, wie sie sind.«

»Ich auch.« Er grinste verschlagen. »Ich wollte gar nicht, dass du sie bemalst. Ich dachte nur, darüber nachzudenken, könnte dich ablenken von …«

Ich gab ihm keine Gelegenheit, mir in Erinnerung zu rufen, was ich vergessen haben könnte. Stattdessen beugte ich mich vor und knuffte ihn hart in die Schulter.

»Du manipulativer Mistkerl«, sagte ich lachend, während er mich zurückschubste und ich aufzustehen versuchte.

Das Kribbeln in meinen Füßen war keine Hilfe, und plötzlich hatte er mich an sich gezogen und auf den Boden gedrückt und schwebte jetzt über mir. Es war überhaupt nicht die Art Verhalten, die ich von meinem neu gewonnenen Freund und ritterlichen Schutzengel erwartete, aber ich konnte es nicht über mich bringen, mich zu beklagen.

»Ich wollte nur dein Bestes«, sagte er heiser, »du hast dich da drüben im Herrenhaus völlig verrückt gemacht.«

»Das kann schon sein«, sagte ich und unterdrückte ein Kichern, während ich mich zu befreien versuchte, »aber wenn ich aufstehe, werde ich *dich* völlig verrückt machen.«

»Versprechungen, nichts als Versprechungen.« Wir lachten zusammen und dann senkte er seinen Körper auf meinen.

»Gabe«, keuchte ich, »ich glaube, ich kann draußen einen Motor hören.«

»Nein, das kannst du nicht«, sagte er, während seine Lippen meine fast berührten, »das ist nur mein hämmerndes Herz.«

Ich glaubte nicht, dass es das war, aber sicher konnte ich mir nicht sein. Meine eigenes ratterte wie verrückt, daher ließ es sich schwer sagen. Er ließ meine Hände los, strich mir das Haar aus dem Gesicht und sah mir sehnsuchtsvoll in die Augen, bevor er mich schließlich küsste.

Seine Zunge drückte sanft meine Zähne auseinander, und seine Zungenspitze jagte einen freudig erregten Puls durch meinen ganzen Körper. Meine Arme legten sich unaufgefordert um seinen Rücken, und ich zog ihn näher zu mir hinunter, aber er ließ sich nicht drängen.

Als er sich schließlich von mir löste, schnappte ich nach Luft, mein Verstand verwirrt und mein Körper voller Verlangen nach mehr. Jeder Mann, mit dem ich je zusammen gewesen war, hätte keine Zeit verloren, den Kuss zu vertiefen – deutlich mehr zu vertiefen –, aber Gabe zog, trotz des leuchtend grünen Lichts, das ich ihm gab, nach einem einzigen Kuss die Bremsen an.

Nicht dass sein Kuss irgendein gewöhnlicher Kuss war. Dieser Kuss war völlig anders gewesen als alles, was ich je zuvor erlebt hatte. Er hatte mich bis in die Zehenspitzen durchdrungen und ich sehnte mich nach mehr.

»Geht es dir gut?«, fragte ich ihn.

»Ich weiß nicht«, sagte er unsicher, während er mich sanft hochzog, damit ich mich wieder neben ihn setzen konnte.

Ich wunderte mich über die Falten auf seiner Stirn. Hatte er das, was gerade passiert war, kein bisschen genossen? Was mich betraf, so lag diese viel zu kurze Berührung weit über dem, was ich bisher erlebt hatte, und ich weigerte mich, mir vorzustellen, dass er anders empfand. Aber vielleicht dachte er ja, dass es für ihn zu viel Glück auf einmal war, um es zu bewältigen? Schließlich hatte er deutlich klargestellt, dass er nicht auf der Suche nach einer flüchtigen Affäre oder einer ernsten Beziehung war, oder? Aber wie ein Mönch lebte er offensichtlich auch nicht. Das hatte er gerade unter Beweis gestellt.

»Oh«, sagte ich. »Okay. Richtig.«

Er sagte noch immer nichts, und ich begann mich zu

fragen, ob es mir womöglich doch mehr bedeutet hatte als ihm.

Wie peinlich. Ich hatte nicht nur die Grenze, die wir so sorgfältig gezogen hatten, überschritten, darüber hinaus hatte ich ihn offensichtlich auch noch enttäuscht.

»Dieser Kuss war umwerfend, Hayley«, sagte er schließlich.

Na ja, das war immerhin etwas, aber er klang noch immer nicht sehr begeistert. Ich wusste, dass ich selbst, nach all den Anstrengungen, die ich unternommen hatte, um einfach nur mit ihm befreundet zu sein, nicht so angetörnt sein sollte, aber ich war machtlos dagegen.

»Weitaus besser, als ich es mir je vorgestellt habe«, ergänzte er.

»Hast du es dir schon lange vorgestellt?«, neckte ich ihn.

»Sehr lange«, stöhnte er.

»Ich nehme an, es war kein schlechter Versuch für jemanden, der mir erst kürzlich erzählt hat, er sei nicht interessiert an irgendeiner Art von Beziehung«, fuhr ich, um einen leichten Ton bemüht, fort, »schon gar nicht an einer, die ihn glücklich machen könnte.«

Gabe nickte und holte einmal tief Luft, bevor er sich mit den Händen durchs Haar fuhr.

»Wie kommt es eigentlich«, fragte ich schließlich, »dass du jedes Mal, wenn wir auf irgendetwas zuzusteuern scheinen, einen Rückzieher machst? In einem Augenblick bist du zufrieden damit, einfach nur befreundet zu sein, was mir übrigens auch sehr recht ist, aber im nächsten drückst du mich auf den Boden und ...«

»Es tut mir leid«, flüsterte er.

»Sag mir einfach, was du willst«, flehte ich.

Mehr als alles andere, und obwohl ich versucht hatte, mich selbst vom Gegenteil zu überzeugen, wollte ich ihn sagen hören, dass er wollte, dass wir zusammenkamen, aber ich wusste, dass er es nicht tun würde. Seiner Miene nach zu urteilen fühlte er sich noch verwirrter, als ich war, aber aus irgendeinem Grund konnte er es nicht über sich bringen, mir zu erklären, warum.

Was ich jedoch wusste, war, dass diese Gefühle, die er so bald nach seiner Ankunft in mir geweckt hatte, überhaupt nicht beiseitegeschoben worden waren. Sie hatten nur direkt unter der Oberfläche gelauert, und jetzt, wo Gabe mit einem Stein nach ihnen geworfen hatte, begannen sie, sich wieder zu regen. Ich hätte verärgert sein sollen, mein altes Ich wäre wütend gewesen, aber ehrlich gesagt sah der Mann neben mir nicht so aus, als ob er absichtlich mit mir spielte. Er schien genauso verwirrt zu sein wie ich.

»Ich will dich, Hayley«, sagte er schlicht. »Ich will dich wirklich.«

Mein Herz machte einen Satz.

»Aber ich kann dich nicht haben«, sagte er und schluckte, »weil …«

Ich bekam keine Gelegenheit herauszufinden, woran es lag, denn Gabes Worte gingen in dem Lärm unter, den Bran auf einmal veranstaltete, als ein Fahrzeug draußen vorfuhr.

»Jetzt ist es wirklich die Zeitung«, sagte Gabe, sprang auf und zog mich dann ebenfalls hoch.

»Können wir dieses Gespräch fortsetzen?«, flehte ich

ihn an. Ich war mir sicher, dass er mich nicht nur geküsst hatte, um mich vom Warten auf die Zeitung abzulenken. »Bitte. Später, nachdem wir uns mit den anderen die Anzeige angesehen haben?«

»Schon möglich«, meinte er schulterzuckend. »Vielleicht. Es tut mir so leid, wenn du schon wieder denkst, dass ich dich ausgenutzt habe, Hayley, aber manchmal, wenn wir allein sind, kann ich offenbar einfach nicht anders. Wenn ich in deiner Nähe bin …« Seine Worte verloren sich wieder. »Hör zu, ich weiß, als ich hier angekommen bin, habe ich zu dir gesagt, ich hätte mein Leben im Griff, aber so ist es nicht. Ich dachte, das hätte ich, ich dachte, ich würde mich richtig gut schlagen und zurechtkommen, aber dann bist du aufgetaucht, und ich fühle mich einfach verwirrt. Wegen allem.«

Das hätte mein Stichwort sein sollen, ihm zu sagen, dass es mir genauso ging, aber meine Aufmerksamkeit wurde wieder auf Bran gelenkt, der jetzt hereingetrottet kam, die Zeitung fest zwischen den Zähnen. Seltsamerweise schaffte er es, mit einem Maul voll Zeitungspapier noch immer so auszusehen, als würde er lächeln.

»Na, dann komm«, sagte Gabe, befreite den Hund von seiner Beute und zog gleichzeitig einen Schlussstrich unter seinen unergründlichen Monolog. »Gehen wir zum Herrenhaus hoch, damit wir uns das alles zusammen ansehen können.«

An meinem üblichen Platz am Tisch, umringt von allen anderen, schlug ich zögernd die Zeitung auf und begann, die Seiten umzublättern. Wir hatten insgesamt drei Exemplare, aber alle warteten darauf, meine Reaktion zu sehen, bevor sie anfangen würden, die anderen durchzugehen.

Ein kollektiver Atemzug ging durch den Raum, als ich die Seite schließlich fand. Langsam nahm ich alles in mich auf, und während sich meine Augen mit Tränen füllten, sah ich auf und hinüber zu der Stelle, wo Jamie stand.

»Du hast nie gesagt, dass du eine ganzseitige Anzeige schalten würdest«, krächzte ich. »Das muss ja ein Vermögen gekostet haben.«

»Sie haben mir einen Sonderpreis gemacht«, meinte er schulterzuckend, mit sichtlich zufriedener Miene.

»Und außerdem«, ergänzte Catherine, während sie mir eine Hand auf die Schulter legte, »ist das hier ein ganz besonderer Anlass.«

»Und du redest nicht nur vom Winterwunderland«, warf Angus ein, seine Augen ebenso glänzend wie meine, »stimmt's, meine Liebe?«

Zu sehen, wie etwas, das ich ganz allein geschaffen hatte, eine ganze Zeitungsseite ausfüllte, machte mich vollkommen sprachlos. Ich war in meinem ganzen Leben wohl noch nie zuvor so glücklich gewesen.

»Ich kann es kaum erwarten, die Flyer zu sehen«, sagte Molly strahlend. »Das hier ist spektakulär, Hayley. Absolut umwerfend.«

Ich nickte, sagte aber nichts, aus Angst, als eingebildet dazustehen, aber sie hatte recht. Es war wirklich spektakulär.

»Bei den Flyern haben wir uns für ein Hochglanz-Finish entschieden«, sagte Jamie, »und wir werden all eure Hilfe brauchen, um sie zu verteilen.«

»Und am besten direkt schon morgen Abend, wenn die Weihnachtsbeleuchtung angeschaltet wird«, bestätigte Anna.

Bei all dem, was in den letzten Wochen los gewesen war, und trotz all der Stunden, die ich am Zeichenbrett verbracht hatte, war mir gar nicht bewusst gewesen, wie schnell Weihnachten näherrückte. In nur einem Monat würde Heiligabend sein, und das Wochenende, auf das wir alle so konzentriert hinarbeiteten, läge längst hinter uns.

»Na siehst du«, sagte Gabe und trat auf mich zu, während die anderen sich die restlichen Zeitungen schnappten. »Ich habe dir doch gesagt, du hast keinen Grund zur Besorgnis. Das hier sieht umwerfend aus. Du musst doch im siebten Himmel sein.«

»Das bin ich auch«, schluckte ich, während ich spürte, wie seine Finger mit meinen Haaren spielten. »Was tust du denn da?«, flüsterte ich.

»Den Beweis vernichten«, sagte er und zeigte mir ein Stück eines Zweigs, der sich in ihnen verheddert hatte, »bevor deine Freundinnen ihn entdecken.«

»Zu spät«, seufzte ich, als wir aufsahen und feststellten, dass sowohl Anna als auch Molly in unsere Richtung strahlend in unsere Richtung sahen.

Kapitel 20

»Ich gebe ihm noch fünf Minuten«, sagte Jamie spät am nächsten Nachmittag, als wir uns alle in der Küche versammelten, um zum Einschalten der Weihnachtsbeleuchtung nach Wynbridge zu fahren, »und dann werden wir ohne ihn losfahren müssen.«

»Wenn wir nicht bald aufbrechen«, ergänzte Mick mit einem Blick auf die Uhr, »finden wir keinen Parkplatz mehr.«

»Bist du sicher, dass er gesagt hat, er kommt mit?«, fragte Dorothy. »Das Feuerwerk hat er ausfallen lassen, weil er besorgt um Bran war.«

»Vielleicht fährt er ja selbst in die Stadt«, überlegte Angus.

»Was meinst du, Hayley?«, wandte sich Anna an mich.

»Ja«, schaltete Molly sich ein. »Du bist die, mit der er am meisten redet. Hat er dir gegenüber irgendetwas erwähnt?«

Ich spürte, wie ich ärgerlicherweise rot wurde, während alle sich mir zuwandten.

»Wieso fragt ihr mich?«, fauchte ich. »Ich kenne ihn auch nicht besser als ihr.«

Ich war mir sicher, dass Gabe das traditionelle Einschalten der Weihnachtsbeleuchtung in der Stadt nicht vergessen hatte, denn im Kirschblütencafé hatten wir noch darüber geredet, aber ich konnte mich beim besten Willen nicht erinnern, ob er gesagt hatte, er würde mitkommen. Ich hoffte es, denn es wäre die perfekte Gelegenheit, etwas Zeit zusammen mit unseren Freunden zu verbringen und uns hoffentlich von der hitzigen Begegnung zu distanzieren, die ich den ganzen Tag nicht aus dem Kopf bekommen konnte.

»Na ja, ich gehe schon mal vor und lasse den Land Rover warmlaufen«, sagte Mick und schlüpfte in seine Jacke. »Ich bin noch immer nicht überzeugt, dass mit dieser Batterie alles in Ordnung ist.«

»Wie wär's, wenn du schnell rüber zum Cottage läufst, Hayley?«, schlug Jamie vor. »Frag Gabe, ob er mitkommt.«

Ich fand, es lohnte sich nicht zu protestieren. Egal, ob ich ging, um Gabe aufzuscheuchen, oder mich entschieden weigerte, meine Freunde würden ihre Zeit so oder so damit verschwenden, zu viel in mein Tun hineinzulesen, daher schnappte ich mir meine Jacke und ging hinaus in die sich rasch senkende Dunkelheit.

Ich konnte hören, wie Mick im Pferdehof den Motor aufheulen ließ, um sicherzustellen, dass der Land Rover ihn bei diesem Ausflug nicht im Stich ließ, daher hätte es gar kein Sinn gehabt, zu Gabe im Cottage hinüberzurufen, obwohl die Eingangstür weit offen stand. Nicht einmal meine beste Imitation eines schreienden Fischweibs hätte so weit gereicht.

Es war weitaus kälter, als mir zunächst bewusst gewesen war, und ich blieb kurz stehen, um meine Jacke anzuziehen. Bis ich alle Knöpfe geschlossen hatte und den Kopf wieder hob, sah ich eine Frau den Weg zu der offenen

Cottagetür hochgehen. Ich hörte ein ohrenbetäubendes Bellen von Bran, und dann stürzte Gabe hinaus, um sie zu begrüßen. Die Art, wie er sie in die Arme schloss und herumwirbelte, ließ vermuten, dass sie keine Vertreterin war, die ihm eine Doppelverglasung andrehen wollte, oder eine Zeugin Jehovas, und bevor ich auch nur über meinen nächsten Schritt nachdenken konnte, waren sie im Cottage verschwunden und hatten die Tür hinter sich zugeknallt.

»Er hat Besuch«, sagte Mick plötzlich, sodass ich vor Schreck zusammenfuhr.

»Sieht so aus«, meinte ich schulterzuckend, bemüht, den Eindruck zu erwecken, dass es mich nicht kümmerte.

»Das heißt dann wohl, dass er nicht mitkommt.«

»Ich nehm's an«, sagte ich und ging zurück zur Küchentür, um zu helfen, alle loszuscheuchen. »Wir sollten uns besser beeilen, sonst kommen wir noch zu spät.«

»Ich wundere mich nur, dass er nichts gesagt hat, oder?«, hakte Mick nach.

»Wieso?«, fauchte ich, ohne es zu wollen. »Es ist Wochenende, das heißt, er ist uns keine Rechenschaft schuldig.«

Mick gab keinen weiteren Kommentar ab.

»Was hat er gesagt?«, rief Jamie vom Türrahmen, während alle herausschlenderten und er mit seinem riesigen Schlüsselbund zu hantieren begann.

»Nichts«, sagte ich rundheraus.

»Sie hatte keine Gelegenheit, ihn zu fragen«, warf Mick ein, »weil er Besuch hat.«

»Daher dachte ich, ich störe ihn lieber nicht«, warf ich ein. »Und jetzt kommt schon«, forderte ich die anderen auf, bevor Mick allen erzählen konnte, dass sich der Holzfäller von Wynthorpe mit einer schönen Frau im Cottage verkrochen hatte. »Sonst lohnt es sich gar nicht mehr, hinzufahren.«

Da niemand sagen konnte, wann genau wir an diesem Abend zum Herrenhaus zurückkehren würden, entschieden wir, zwei Fahrzeuge zu nehmen. Das würde bedeuten, dass diejenigen von uns, die in der Stimmung waren, noch länger in der Stadt bleiben konnten, während diejenigen, die lieber früh ins Bett wollten, trotzdem nach Hause kamen.

Anna bestand darauf, sich ans Steuer zu setzen, mit Jamie, Molly und mir als Mitfahrern. Falls es ihre Absicht gewesen war, mich über den Besuch unseres Nachbarn auszuhorchen, gab ich ihr keine Gelegenheit dazu, da ich Jamie sofort dazu brachte, über die Pläne für das Winterwunderland zu reden, und wie zu erwarten war er so im Redefluss, dass er kaum ein einziges Mal Luft holte, bis wir in Wynbridge ankamen.

In der kleinen Stadt war die Hölle los, und ich entschied, alle Gedanken an Gabe und seine Besucherin aus meinem Kopf zu verscheuchen und einfach nur den Abend zu genießen, auf den ich das ganze Jahr über hinfieberte. Aber wer *war* sie?

Gabe hatte nie durchblicken lassen, dass er irgendwo eine Freundin oder, Gott bewahre, eine Ehefrau versteckt hatte. Vielleicht war diese große, schöne, schlanke und sicher auch kultivierte junge Frau irgendein Teil des Gepäcks aus seiner Vergangenheit. Wenn das der Fall war, welches Recht hatte er dann gehabt, mich zu küssen und alle möglichen tumultartigen Gefühle in mir zu wecken, bei denen mir gar nicht bewusst gewesen war, dass ich zu ihnen imstande war?

»Okay«, sagte Jamie und drückte mir einen Stapel Papiere in die Hand. »Dann wollen wir mal sehen, wie viele von denen wir unter die Leute bringen können.«

Ich sah hinunter auf das Bündel und hielt dann einen der Flyer ins Licht.

»Sie sehen sogar noch besser aus als die Anzeige in der Zeitung«, stöhnte Molly. »Ich möchte wetten, jetzt freust du dich, dass wir diese Kunstmappe von dir gefunden haben, was, Hayley?«

»Die Suki gefunden hat, meinst du wohl«, warf Anna rasch ein.

»Ja«, sagte Molly, »stimmt.«

Ich lachte unwillkürlich über Mollys gerötetes Gesicht und wollte eben schon einen Kommentar dazu abgeben, als jemand sie auf einmal von hinten packte, sodass sie ihre Flyer fallen ließ und wir anderen uns bückten, um sie hastig wieder einzusammeln. Jamie fluchte wegen der Kosten und dass wir es uns nicht leisten könnten, auch nur einen einzigen zu vergeuden, aber sobald er sich wieder aufrichtete, verstummte er. Sein Bruder, Archie, war aufgetaucht und küsste Molly gerade innig auf die Lippen.

»Hey«, rief er lachend, während er Mollys fallen gelassenen Stapel an mich weiterreichte und seinen Bruder von unserer Freundin wegzog, um ihn zu einer Umarmung an sich zu drücken. »Was tust du denn hier?«

»Archie«, strahlte Anna. »Was für eine Überraschung!«

»Eine schöne, hoffe ich«, sagte er mit einem verlegenen

Lächeln, während er wieder seinen Platz an Mollys Seite einnahm.

»Natürlich ist es eine schöne«, sagte Jamie lachend. »Eine verdammt schöne, um genau zu sein.«

»Ich dachte, du hättest gesagt, du würdest erst kurz vor Weihnachten zurück sein«, sagte Molly. Ihre Wangen glühten noch leuchtender, als Archie ihre Hand nahm und sie küsste.

»Ich konnte nicht mehr länger bleiben«, sagte er zu ihr. »Afrika war großartig, aber es hat nicht den Platz in meinem Herzen, den die Fens erobert haben.«

»Gibt es irgendetwas, was ihr zwei uns anderen gern sagen möchtet?«, fragte Anna.

»Oh, ich glaube, das ist nicht nötig«, warf ich mit einem Augenzwinkern ein. »Das können wir uns alle zusammenreimen, oder?«

»Na ja, schon«, meinte Anna, »aber was ich wissen will, ist, wie lange läuft das schon und warum habt ihr nicht schon früher was gesagt?«

»Wir wollten, dass es eine Überraschung ist«, sagte Archie, nahm mir den Stapel Flyer ab, den Molly hatte fallen lassen, und gab ihn ihr wieder.

»Na ja, ich für meinen Teil bin überhaupt nicht überrascht«, sagte ich zu ihm.

»Ich auch nicht«, warf Anna ein.

»Und ich auch nicht«, ergänzte Jamie, und wir alle lachten.

»Und was ist das alles hier?«, fragte Jamie, während er die Details des Winterwunderlands studierte, das seine Familie in diesem Jahr auf die Beine stellte. »Ich weiß, du hast erzählt, dass Dad was geplant hat, Moll, aber das hier sieht weitaus spektakulärer aus als die üblichen Schlittenfahrten.«

»Das ist schon in Ordnung«, erklärte Jamie, »wir sind alle mit an Bord, und dein Timing könnte, ehrlich gesagt, gar nicht besser sein. Uns ist heute Abend ein Mann abgesprungen, das heißt, du kannst seinen Platz einnehmen.«

Ich weigerte mich, an den Mann zu denken, von dem er sprach, oder darüber nachzugrübeln, was er in diesem Moment mit seiner geheimnisvollen Besucherin anstellte.

»Wir sollten erst mal Mum und Dad finden«, sagte Archie. »Sie haben keine Ahnung, dass ich wieder da bin. Vielleicht wird unsere Fern-Liebesbeziehung wenigstens sie überraschen«, ergänzte er, an Molly gewandt.

»Darauf würde ich nicht wetten«, erwiderte sie, während sie zu ihm hochlächelte. »Deine Eltern hatten schon immer ein ziemlich gutes Bauchgefühl, wenn es um Herzensangelegenheiten geht.«

Ich hoffte nur, dass sie meine wechselnden Gefühle für Gabe nicht durchschaut hatten, vor allem jetzt, wo gerade alles wieder durcheinandergeraten war.

»Kommst du mit?«, wandte sich Anna an mich, während alle loszogen, um Angus, Catherine und die anderen zu finden.

»Nein«, antwortete ich kopfschüttelnd.

»Sicher?«

»Ja.« Ich nickte. »Alles gut. Ich werde hier ein bisschen herumschlendern und ein paar von den Flyern verteilen. Wir treffen uns vor dem Mermaid, rechtzeitig zum Einschalten der Weihnachtsbeleuchtung.«

»Bist du sicher?«

»Absolut«, beharrte ich, »und jetzt geh schon, bevor du die anderen aus den Augen verlierst.«

Dank meines vorangegangenen erfolgreichen und relativ stressfreien Ausflugs in die Stadt, um mit Gavin reinen Tisch zu machen, fühlte ich mich allein wohl und genoss es, über den Markt zu schlendern, die Flyer zu verteilen und meine ersten Weihnachtseinkäufe zu tätigen. Der Kirschblütenstand hatte eine ganze Menge Leute angelockt, aber angesichts der hübschen Bastelarbeiten, die dort zum Verkauf angeboten wurden, und des Dufts von Jemmas unwiderstehlichen glasierten Gewürzbrötchen war das auch kein Wunder.

»Genau die Person, die ich sehen wollte!«, rief die Bäckerin höchstselbst, als sie mich dabei erwischte, wie ich ein paar hübsche Geschenke für meine Freundinnen auswählte.

Sie wartete, bis ich bezahlt hatte, dann lotste sie mich am Ellenbogen zu einer etwas ruhigeren Ecke. Ich hatte keine Ahnung, was sie wollte, aber ich hatte meine Verpflichtung gegenüber dem Winterwunderland nicht vergessen.

»Bevor du irgendetwas sagst«, begann ich, »muss ich dir ein paar von denen hier geben. Ich weiß, ihr kommt mit eurem Wohnwagen, aber wärst du so lieb, die im Café am Schwarzen Brett aufzuhängen, oder vielleicht sogar ins Fenster?«

»Klar.« Sie grinste und betrachtete die Flyer interessierter, als ich erwartet hatte. »Um genau zu sein sind sie genau das, worüber ich mit dir reden wollte.«

»Was meinst du?« Ich sah mich um und stellte erleichtert fest, dass niemand nah genug war, um unser Gespräch mitzuhören.

»Was meinst du mit ›Was meinst du?‹«, äffte sie mich nach. »Du hast die entworfen, stimmt's, Hayley?«

Ich schluckte schwer und umklammerte die Griffe meiner Einkaufstüten ein bisschen fester, während meine Handflächen zu schwitzen begannen.

»Entworfen, gezeichnet und gemalt«, fuhr sie fort. »Das stimmt doch, oder?«, ergänzte sie stirnrunzelnd, als ich noch immer nichts sagte.

»Ja«, sagte ich, meine Stimme kaum lauter als das Piepsen einer Maus. »Ja«, nahm ich einen neuen Anlauf, etwas lauter diesmal. »Das habe ich, aber woher weißt du davon?«

»Das verrate ich nicht«, sagte sie geheimnistuerisch.

»Verdammte Anna«, murmelte ich. Dafür würde ich sie noch zur Rede stellen, vor allem da sie wusste, wie wichtig es mir war, alles unter Verschluss zu halten.

»Es war gar nicht Anna«, sagte Jemma, während sie den Blick wieder auf die Flyer richtete. »Aber mich interessiert viel mehr, warum du nicht willst, dass irgendjemand erfährt, was du draufhast?«

»Weil«, antwortete ich gereizt, »es etwas ist, das ich nicht sehr oft tue. Etwas, das ich seit Jahren nicht mehr getan habe, um genau zu sein, und ich habe nicht die Absicht, es noch öfter zu tun. Zumindest nicht, wenn es für die Öffentlichkeit bestimmt ist«, ergänzte ich rasch, während meine Gedanken zu dem Wintergarten-Studio zurückkehrten. Ich hatte es nicht eilig, das Zeichnen aufzugeben, auch wenn Gabe mir abends künftig keine Gesellschaft mehr leisten würde. Es sei denn, er ließ sich ein paar schnelle und kompetente Antworten zu den über hundert Fragen einfallen, die mir durch den Kopf schwirrten und sich nicht zum Schweigen bringen ließen.

»Aber das ist doch absurd, Hayley«, sagte Jemma lachend. »Als ob es dir keinen Spaß machen würde!«

Dagegen konnte es nichts sagen, denn ich hielt nichts davon, Lügen zu erzählen. Nicht mehr.

»Es macht mir ja Spaß«, sagte ich also, »ich zeichne aber am liebsten einfach nur so vor mich hin.«

»Na ja, ich hoffe, das wirst du dir sehr bald anders überlegen.«

»Warum sollte ich?«

»Weil ich gern möchte, dass du dir ein paar Designs einfallen lässt, in ungefähr dem gleichen Stil wie die hier«, sagte sie, während sie mir mit dem Flyer vor der Nase herumfuchtelte, »um sie auf Karten, Briefpapier, Becher und Kissen, alles Mögliche, zu drucken. Ich will sie im Café vorrätig halten und verkaufen.«

»Das ist nicht dein Ernst!«, platzte ich heraus, sodass ich die Aufmerksamkeit des Paars mit dem Kinderwagen neben uns auf mich zog.

»Und ob es das ist«, entgegnete sie. Sie sah mich an, als ob sie es wirklich ernst meinte. »Du hast ein phänomenales Talent, Hayley, und, was noch wichtiger ist, einen tollen Blick fürs Detail. Die Stadt braucht unbedingt mehr einheimische Künstler und Kunsthandwerker, die die Gegend repräsentieren, und ich denke, deine Arbeit könnte wunderbar Seite an Seite mit denen stehen, die bereits hier sind. Sie ist auf jeden Fall gut genug.«

Ich wusste wirklich nicht, was ich sagen sollte. Es kam nicht oft vor, dass ich um Worte verlegen war, aber das hier war auf jeden Fall einer dieser Momente, in denen ich absolut sprachlos war.

»Bitte denk darüber nach«, sagte sie, »und in der Zwischenzeit, hör auf, dein Licht unter den Scheffel zu stellen, und lass dir von den Leuten zu einer wundervollen Arbeit gratulieren.«

»Soll das etwa heißen, dass es alle wissen?«, piepste ich. Mein Magen krampfte sich zusammen, während ich das Gedränge und die Scharen von Leuten in Augenschein nahm, die Flyer mit sich herumtrugen. Flyer, die von mir entworfen worden waren. Ich hoffte, dass die Leute mehr auf die Details des Winterwunderlands achten würden als auf die Person, die sich so ins Zeug gelegt hatte, um sie bildlich darzustellen.

»So ziemlich.« Sie lächelte, während sie Tom und ihren beiden Kindern zuwinkte. »Denk über das nach, was ich gesagt habe, okay?«

»Okay«, versprach ich, »ich werde es mir auf jeden Fall durch den Kopf gehen lassen.«

Nachdem ich den Rest der Flyer in einer meiner Tüten verstaut hatte, war mir der Appetit auf mein Brötchen gründlich vergangen. Stattdessen machte ich mich auf den Weg hinüber zum Mermaid, wo ich mit den anderen für den Countdown zum Einschalten der Weihnachtsbeleuchtung verabredet war.

»Geht es dir gut?«, fragte Anna mit vor Kälte rosigen Wangen, bevor sie in ein Brötchen mit Schweinebraten von der Skylark Farm biss. »Du siehst ein bisschen mitgenommen aus.«

»Es geht mir gut«, antwortete ich. Ich hatte ein schlechtes Gewissen, weil ich davon ausgegangen war, dass sie herumposaunt hatte, dass die Zeichnung von mir stammte. »Wo sind denn die anderen?«

»Jamie, Catherine und Angus reden mit Ed, dem Jungen vom Eulenschutzprojekt, und seiner Mum, Mags. Offenbar«, erklärte sie, »ist der Junge der Kopf hinter der ganzen Sache. Er hegt eine echte Leidenschaft für die Tierwelt und nimmt verletzte und verlassene Vögel bei sich auf, seit er ein kleiner Junge ist.«

»Ich möchte wetten, das macht das Leben zu Hause überaus interessant«, erwiderte ich lächelnd.

Auf meiner Schule hatte es ein Mädchen gegeben, das verrückt danach gewesen war, Igel zu retten. Sie stand ständig in der Zeitung und rief zu Futterspenden auf. Vögel machten sicher noch deutlich mehr Dreck als Igel.

»Und was ist mit Molly und Archie? Wo stecken sie?«

»Was glaubst du denn?«

»Sag mir nicht, dass sie zurück zum Herrenhaus gefahren sind?«

»Nein.« Anna grinste. »Ein Taxi zu Molly nach Hause. Offenbar wird Archie über Weihnachten dort wohnen.«

»Na, wer hätte das gedacht«, sagte ich lachend, während ich mir vorzustellen versuchte, wie Archie Connelly in Mollys weihrauchgeschwängertem kleinen Cottage hauste. »Aber fürs Abendessen kommt er bestimmt jeden Tag zurück zum Herrenhaus.«

Anna musterte mich von der Seite.

»Hast das eben biestig geklungen?«, stammelte ich. »Denn das wollte ich nicht, ich habe nur gemeint …«

»Diese Molly kann absolut nicht kochen«, führte Anna meinen Satz zu Ende. »Ich weiß es, wir alle wissen es, selbst Molly weiß es, das heißt, nein, du hast überhaupt nicht biestig geklungen.«

»Was hast du denn dann?«

»Na ja«, begann sie und hakte mich unter, während der Moderator des Lokalradios die Bühne vor dem Rathaus betrat, um das offizielle Einschalten der Weihnachtsbeleuchtung von Wynbridge zu kommentieren, »ich habe nur gedacht, jetzt, wo Jamie und ich uns gefunden haben und Molly und Archie sich im Wald aneinanderkuscheln, müssen wir nur noch für dich den passenden Mann finden.«

»Du weißt doch genau, dass ich nicht zu haben bin«, rief ich ihr in Erinnerung.

»Das mag ja sein«, erwiderte sie, wobei sie mich an ihre Seite zog, »aber lass uns doch sehen, ob du nach dem Treffen unter dem Mistelzweig immer noch derselben Meinung bist, ja?«

So viel dazu, dass sie unsere alberne Wette vergessen hatte.

Nachdem die Stadt und die Bäume feierlich beleuchtet worden waren und der Rauch des Feuerwerks sich endlich gelichtet hatte, gingen alle entweder nach Hause oder in den Pub. Wie immer war das Mermaid brechend voll, aber meine Sorge, lange an der Bar anstehen zu müssen, war unbegründet, denn kaum hatte ich die Schwelle übertreten, wurde mir schon ein kleines Glas Cider in die Hand gedrückt.

»Ich habe dich vorhin draußen gesehen«, sagte Gavin, »und hatte so ein Gefühl, dass du irgendwann hier landen wirst.«

»Du hast vielleicht Nerven«, sagte Anna, trat zwischen uns beide und versuchte, mir das Glas aus der Hand zu winden.

Sie sah fuchsteufelswütend aus, was kaum verwunderlich war angesichts der Tatsache, dass ich weder sie noch irgendjemand sonst auf dem Herrenhaus darüber in Kenntnis gesetzt hatte, dass ich mich heimlich mit Gavin getroffen und ein paar Dinge klargestellt hatte. Hätte ich das Glas losgelassen, hätte sie den Inhalt mit Sicherheit über meinem Ex ausgeschüttet.

Gavin sah mich an und zuckte mit den Schultern.

»Ist schon gut«, sagte ich zu Anna, stellte meine Einkaufstüten ab und befreite das Glas aus ihren Fingern. »Es ist alles in Ordnung zwischen uns«, ergänzte ich. »Ich hätte es dir schon früher sagen sollen. Wir haben uns ausgesprochen. Na ja, jedenfalls genug, um höflich miteinander umzugehen.«

»Warum hast du denn nichts davon gesagt?«, fragte sie stirnrunzelnd.

»Weil ich nicht dachte, dass es wichtig ist«, erwiderte h schlicht.

Und es hat nichts mit dir zu tun«, murmelte Gavin, nd er mir an einen Tisch folgte.

ist nicht fair«, sagte ich über die Schulter. »Sie ist

meine Freundin, und sie sorgt sich um mich, das heißt, natürlich hat es alles mit ihr zu tun.«

Ich hatte ein schlechtes Gewissen gegenüber Anna und wollte mich heute noch bei ihr entschuldigen.

»Warum hast du ihr denn dann nicht gesagt, dass wir wieder miteinander reden?«, fragte Gavin, während wir uns in eine Ecke quetschten.

Ich fühlte mich nicht wohl damit, ihm so nahe zu sein, schon gar nicht, während so viele neugierige Blicke auf uns gerichtet waren, aber es gab kaum genug Platz zum Atmen, geschweige denn, um sich etwas Privatsphäre zu verschaffen.

»Das geht dich gar nichts an«, schoss ich zurück, und Gavin lachte.

»Hast du deine Mum und deinen Dad oft gesehen, seit du umgezogen bist?«

»Ich habe sie überhaupt nicht gesehen«, sagte ich zu ihm, »ich hatte im Herrenhaus zu viel um die Ohren.«

Gavin nickte und nahm einen Schluck von seinem Bier, dann zog er einen der Flyer aus meiner Tüte. »Sieht nett aus, oder?«, sagte er, während seine Augen die Informationen überflogen.

»Das dürfte es werden«, pflichtete ich ihm bei, bemüht, mir nicht vorzustellen, wie er und seine Kumpel dort aufschlugen, um mich in dem gefürchteten Elfenkostüm zu sehen, das Angus garantiert bereits irgendwo ausgegraben hatte.

»Ich habe die Zeichnung hier gemeint«, sagte Gavin und wedelte mit dem Flyer durch die Luft, »auch wenn das Wochenende nach einer Menge Spaß klingt.«

Ich kniff die Augen zusammen, während ich mich fragte, ob er es war, der geplaudert hatte. Sicher nicht.

»Heißt das, wir dürfen beim Winterwunderland mit deiner Gesellschaft rechnen?«, erkundigte Anna sich. Irgendwie hatte sie es geschafft, in Rekordzeit bedient zu werden und sich ihren Weg durch das Gedränge zu uns zu bahnen.

Ihr Ton war überraschend höflich, und ich war sicher, sie riss sich mir zuliebe zusammen.

»Kann schon sein.« Er lächelte und richtete seine blauen Augen genau auf sie. »Ich weiß, die Kleinen meiner Schwester würden es lieben.«

Das klang schon deutlich besser als die Vorstellung, wie er mit seinem Gerüstbauertrupp dort einfiel.

Anna sah mich mit hochgezogenen Augenbrauen an.

»Schau nicht so verdutzt«, sagte Gavin und stieß sie in die Seite, als er ihre Miene bemerkte. »Ich bin ein toller Onkel. Mit den Mädchen unternehme ich oft was. Glaub mir, ich bin ein echter Familienmensch.«

Anna wirkte alles andere als überzeugt.

»Na ja«, sagte sie geziert, »gut zu wissen, dass es ein paar Dinge im Leben gibt, die du ernst nimmst.«

Gavins Hand flog an sein Herz. »Autsch«, jaulte er, »jetzt hast du's mir aber gegeben.«

Ein Lächeln zupfte an Annas Mundwinkeln und ich verdrehte die Augen.

»Hayley weiß, dass es mir leidtut, Anna«, fuhr Gavin fort, als er spürte, dass ihr frostiges Verhalten ihm gegenüber ein wenig zu schmelzen begann. »Das heißt, können wir wenigstens versuchen, miteinander auszukommen?«

»Gavin«, sagte Jamie, der zu uns stieß, bevor Anna die Chance hatte zu antworten. »Ich dachte doch, ich hätte deine Stimme gehört.«

Das war eine dreiste Lüge. Im Pub ging es so laut zu, dass es unmöglich war, eine Stimme von einer anderen zu unterscheiden. Der Blick meines guten Freundes huschte zu mir, und ich tat mein Bestes, um ihm zu verstehen zu geben, dass alles in Ordnung war. Keine Eingreifen erforderlich.

»Ich wollte Hayley nur zu ihrer guten Arbeit gratulieren«, sagte Gavin. »Bin gleich wieder weg.«

»Was soll das denn heißen?«, fragte ich.

»Das hier«, sagte er, während er wieder mit dem Flyer durch die Luft wedelte. »Das ist doch von dir, oder?«

Ich stand wie angewurzelt da und machte den Mund auf und zu wie ein Fisch auf dem Trockenen. Anna lachte schallend auf.

»Mein Gott«, sagte sie, »du solltest dein Gesicht sehen, Hayley.«

»Es ist doch von dir, oder?«, bohrte Gavin nach.

»Sie hat versucht uns klarzumachen«, erklärte Anna, als klarwurde, dass meine Lippen versiegelt bleiben würden, »dass sie eigentlich gar nicht mehr zeichnen will, weil jedes Mal, wenn sie es getan hat, irgendetwas in ihrem Leben schiefgegangen ist.«

»Aber du hast sie überzeugt, ihre Meinung zu ändern?«, sagte Gavin grinsend, sodass Anna errötete.

»Ich war ein Teil der Gruppe, die sie überredet hat, wieder einen Versuch zu wagen, ja«, bestätigte sie mit einem eifrigen Nicken.

Wie hatte er das bloß angestellt? Vor nicht einmal zehn Minuten war sie drauf und dran gewesen, ihn in Cider zu ertränken, und jetzt klang sie fast so, als würde sie mit ihm flirten. Es war ein teuflisches Talent.

»Aber das war's jetzt damit«, sagte ich, als ich endlich meine Stimme wiedergefunden hatte.

»Rede erst mal mit Jemma«, meinte Gavin grinsend. »Ich könnte mir vorstellen, dass sie ein ganz gutes Angebot für dich hat.«

Ich würde ihm und Anna auf keinen Fall verraten, dass ich längst mit ihr gesprochen hatte, aber wenigstens wusste ich jetzt, wer von den beiden der Verräter war.

Kapitel 21

Am nächsten Morgen wurde ich viel zu früh aus meinen Träumen gerissen, viel zu früh jedenfalls für einen Sonntag.

»Hayley«, drang Dorothys Stimme durch meine Schlafzimmertür. »Bist du wach?«

Ich ignorierte sie, in der Hoffnung, dass sie wieder gehen würde, aber es nützte nichts.

»Ein bisschen«, stöhnte ich und zog die Daunendecke weiter das Bett hoch und über meinen Kopf.

Das Ausschlafen am Sonntag war mir heilig, aber offenbar ahnte meine Mitbewohnerin nichts davon. Ich hörte, wie der Türknauf gedreht wurde, und wusste, dass ich geliefert war. Ausgeschlossen, dass ich jetzt noch einmal einschlafen würde.

»Du hast es doch nicht vergessen, oder?«

»Ich denke, vielleicht schon«, antwortete ich und lugte blinzelnd über den Rand der Bettdecke.

Ich hatte keine Ahnung, wovon sie redete, aber das lag vermutlich an der Menge an einheimischem Cider, den ich bei der Feier nach dem Einschalten der Weihnachtsbeleuchtung im Pub getrunken hatte.

»Heute ist der Umrührsonntag«, sagte Dorothy. »Der Tag, an dem ich die Puddings mache, und jeder darf sie einmal umrühren und sich dabei etwas wünschen.«

»Ach ja«, krächzte ich, während ich mich fragte, warum sie so früh damit anfangen musste. »Natürlich.«

Der Umrührsonntag war keine Tradition, die ich aus meiner Kindheit kannte. Meine Mutter schwor auf die Mikrowelle, wenn es darum ging, den süßen Pudding nach dem Truthahnessen aufzuwärmen.

»Na dann komm«, sagte Dorothy und zog an einer Ecke der Bettdecke, »raus aus den Federn, sonst bist du nicht rechtzeitig da, wenn du an der Reihe bist.«

»Wartet nicht auf mich«, sagte ich zu ihr, während ich mich umdrehte und wieder zusammenrollte. »Es gibt dieses Jahr nichts, was ich mir wünsche.«

»Also, das glaube ich dir nicht«, sagte sie lachend und knipste meine Nachttischlampe an, bevor sie ging, »das glaube ich dir absolut nicht.«

Ich war nicht die Einzige am Frühstückstisch, die etwas verschlafen aus der Wäsche blickte, aber der berauschende Duft aus der riesigen Schüssel mit brandygetränkten gemischten Früchten, um die sich Dorothy kümmerte, genügte, um mich gleich wieder beschwipst zu fühlen.

»Ich weiß, ich war noch nicht oft zum Einschalten der Weihnachtsbeleuchtung hier«, sagte Anna, ließ sich auf ihren Platz fallen und reichte ihrer besseren Hälfte eine Schachtel Paracetamol und ein Glas Wasser, »aber das war bis jetzt eindeutig ein Highlight.« Es war ein schöner Abend gewesen, und man musste nur einen Blick auf Jamies blutunterlaufene Augen werfen, um das zu erkennen, aber die kleine Miss, die sich gestern als Fahrerin angeboten hatte, war für meinen Geschmack viel zu gut gelaunt.

»Wie geht's deinem Kopf heute Morgen, Hayley?« Sie strahlte, nahm die Schachtel von Jamie wieder entgegen, drückte zwei Tabletten für ihn heraus und schob die Schachtel dann zu mir herüber.

»Gut«, antwortete ich und schob die Schachtel zu ihr zurück. »Jedenfalls nichts, was eine Tasse Tee und ein Specksandwich nicht in Ordnung bringen würden.«

»Ich fürchte, auf den Speck wirst du noch warten müssen«, warf Dorothy ein, »aber die Kanne Tee ist frisch.«

»Ich mache heute Morgen das Frühstück«, sagte Anna, sprang wieder auf und drückte Dorothy einen Kuss auf die Wange. »Konzentrier du dich einfach auf die Puddings.«

Zu meinem Erstaunen erhob unsere allseits geschätzte Köchin keine Einwände, und Anna servierte uns im Handumdrehen Teller mit einem warmen Frühstück, auf das wir uns umgehend stürzten.

»Ich muss schon sagen, ich habe mich gewundert, euch drei gestern Abend ausgerechnet mit Gavin zusammen zu sehen«, meinte Mick, der offensichtlich ebenfalls aus dem Bett geworfen worden war.

»Ja«, sagte Jamie, der sich jetzt, wo er einen Teller vor sich stehen hatte, ein klein wenig menschlicher zu fühlen schien, »wie ist es denn dazu gekommen, Hayley? Hast du dich wirklich mit ihm versöhnt?«

Dorothy schüttelte missbilligend ihren grauen Kopf.

»Das war nicht irgendeine Spielplatzkabbelei, was die beiden hatten«, rief sie ihm in Erinnerung. »Der Schuft hat ihr das Herz gebrochen.«

»Du stellst ihn wie irgendeinen Herzensbrecher aus einem Jane-Austen-Roman hin«, meinte Anna stirnrunzelnd, während sie nachdenklich ihren Toast mit Butter bestrich. »Was er ja auch ist, oder?« Sie stöhnte auf, als würde sie sich eben erst an die Wahrheit erinnern. »Das heißt, ja, Hayley, wie genau ist es dazu gekommen, dass wir den ganzen Abend mit ihm verbracht haben?«

Sie wusste, dass Gavin und ich uns getroffen und reinen Tisch gemacht hatten, aber sie war offensichtlich ebenso verwirrt wie ich von seiner einzigartigen Fähigkeit, eine Frau dazu zu bringen, zu vergeben und zu vergessen. Auch wenn ich es in meinem Fall nicht eilig hatte zu vergessen, was er getan hatte. Sein grässliches Verhalten hatte dafür gesorgt, dass ich allen ernsten Beziehungen mit Männern abgeschworen hatte. Oder zumindest abschwören wollte. Der unvergessliche Kuss mit Gabe und die Gefühle, die allein schon der Gedanke an ihn in mir weckte, machten es mir schwer, mich an meinen neuen Plan zu halten.

»Obwohl«, fuhr sie fort, bevor ich auch nur versuchen konnte, mir eine Antwort zurechtzulegen, »ich zugeben muss, dass er sich durchaus Mühe gegeben hat, sein Verhalten wiedergutzumachen.«

Jamie nickte und nahm seine Chipolatas in Angriff.

»Und wie genau bist du darauf gekommen?«, fragte Mick mürrisch.

»Na ja, wenn er nicht wäre«, meinte Jamie kauend, während er mit seiner beladenen Gabel auf einen der Flyer zeigte, die wir nicht verteilt hatten, »dann würde niemand ahnen, dass es Hayley war, die die hier entworfen hat.«

»Aber sie wollte nicht, dass es irgendjemand erfährt«, entgegnete Mick entnervt, »daher verstehe ich nicht, wieso es ihn entlasten sollte.«

»Weil er es zufälligerweise Jemma erzählt hat«, nahm ich den Faden auf, »und jetzt hat sie es sich in den Kopf gesetzt, dass ich mir irgendwelche einzigartigen Designs einfallen lassen soll, um sie auf Becher und Kissen zu drucken, die im Café verkauft werden.«

Mick zog die Augenbrauen hoch und sah wieder auf den Flyer.

»Und Briefpapier«, warf Anna ein. »Du hast gesagt, sie hätte auch Briefpapier erwähnt.«

»Sie ist völlig übergeschnappt«, meinte ich kopfschüttelnd.

Ich erzählte nicht, dass ich die halbe Nacht an die Decke gestarrt und mir ausgemalt hatte, wie es sich anfühlen würde, etwas zu entwerfen, das eines Tages im Café auf dem Regal stehen würde, bevor es ausgewählt, bezahlt und mitgenommen wurde, um irgendwo in Ehren gehalten zu werden.

Das alles war überwältigend. Aber am Ende würde es sich wohl als Luftschloss erweisen. Etwas, um in den frühen Morgenstunden davon zu fantasieren und es dann beiseitezuschieben, wenn es Zeit war, aufzustehen und den Staubsauger wieder in die Hand zu nehmen.

»Das heißt, du wirst es nicht tun?«, fragte Jamie enttäuscht.

»Du könntest ganz klein anfangen«, meinte Anna. »Erst mal nur ein paar Designs auf irgendeinem Produkt, um zu sehen, wie es läuft.«

»Das ist theoretisch eine gute Idee, aber ihr scheint alle zu vergessen«, rief ich ihnen in Erinnerung, »dass ich bereits einen Job habe. Einen, den ich wirklich sehr gern mag.«

»Aber das heißt nicht, dass du ihn nicht mit einem anderen verbinden kannst«, warf Catherine ein.

Ich hatte nicht gehört, wie sie die Küche betreten hatte. Sie sollte auf keinen Fall denken, dass ich vorhatte, meine Kündigung einzureichen, vor allem nachdem ich gerade erst eingezogen war. Ich hatte nicht die Absicht, irgendetwas tun, das mein Leben auf Wynthorpe Hall gefährdete.

»Ich habe gerade erst einen Artikel über Frauen gelesen, die es schaffen, ihren normalen Job mit einer besonderen Leidenschaft zu verbinden«, sagte sie, während sie die neueste Ausgabe von *Landleben* auf den Tisch legte.

Ich sah auf die kompetenten Frauen, die mir von den Seiten entgegenlächelten. Frauen mit Stil, Substanz und Geschäftssinn, die alle stolz ihre Leistungen vorzeigten.

»Aber was ihr *außerdem* vergesst«, seufzte ich, »ist, dass ich Hayley Hurren aus Wynbridge bin. Die Frau, die ihren Traum wegen einer Jugendsünde aufgeben musste. Wie würde ich in meinen Tops und Jeans dazwischen denn aussehen? Diese Frauen spielen in einer völlig anderen Liga als ich.«

»Unsinn«, widersprach Catherine. »Es spielt keine Rolle, was für Kleider du trägst. Und ich kann nicht einen einzigen Absatz auf irgendeiner dieser Seiten sehen, der die Fehler aufzählt, die diese Frauen in ihrem Leben vielleicht, vielleicht auch nicht begangen haben. Was in ihrer Vergangenheit passiert ist, könnte sogar ihre gegenwärtigen Erfolge definieren, aber das müssen wir alles gar nicht wissen, oder? Bei diesem Artikel geht es ausschließlich darum, sich seine Fähigkeiten zunutze zu machen, Gelegenheiten zu ergreifen und über seinen Schatten zu springen.«

»Und die Hälfte davon ist in deinem Fall bereits erledigt«, warf Anna ein. »Hier sind die Fähigkeiten«, sagte sie und zeigte auf den Flyer.

»Und Jemma gibt dir die Gelegenheit«, ergänzte Jamie.

»Und jetzt«, fügte Mick grinsend hinzu, »musst du nur noch über deinen Schatten springen.«

Er schien seinen Hass auf meinen Ex-Verlobten völlig vergessen zu haben, und auf einmal begannen sie alle zu lachen, auch wenn ich mir nicht sicher war, ob ich das Witzige an dieser Situation sehen konnte.

»Weihnachten ist für dich dieses Jahr ein bisschen früher gekommen, Liebes«, kicherte Dorothy.

Sie wirkten alle so überzeugt. Ich wünschte mir fast, mein Ehrgeiz für mich selbst wäre ebenso groß wie ihrer. Wie mochte ich auf sie alle bloß wirken, denn sie sahen mich offensichtlich kaum so verängstigt und verletzt, wie ich mich fühlte.

»Also«, fuhr Dorothy fort, während sie mir ihren Lieblingsholzlöffel hinhielt, »ich weiß, du hast gesagt, es gebe absolut nichts, was du dir wünschst, aber du kannst den Anfang mit dem Umrühren machen, Hayley. Steck den Löffel tief hinein«, ergänzte sie augenzwinkernd, »und sieh, ob dir nicht doch etwas einfällt.«

Ein Gutes hatte der Morgen, den ich damit verbrachte, von den Möglichkeiten zu träumen, die Jemmas Vorschlag mir bot: Er lenkte mich davon ab, mich zu fragen, was Gabe und seine geheimnisvolle Besucherin im Pförtnercottage trieben. Normalerweise ging ich, wenn ich vor einem unergründlichen Rätsel stand, das ich nicht selbst lösen konnte, zu Molly, aber da weder sie noch Archie zum Frühstück erschienen waren, nahm ich an, es wäre das Beste, die beiden sich selbst zu überlassen. Das fünfte Rad am Wagen war ich noch nie gern gewesen.

Nachdem ich Dorothy mit den Puddings geholfen, die uns alle in Weihnachtsstimmung versetzt hatten, und mein Zimmer aufgeräumt hatte, zog es mich zum Wintergarten, um meine Skizzenbücher durchzublättern. Vielleicht hatte ich ja schon irgendetwas Passendes gezeichnet, was ich für ein Design verwenden könnte, wenn ich mich wirklich dazu entschließen sollte, Jemmas Angebot anzunehmen.

»Nichts«, murmelte ich laut und stapelte sie wieder ordentlich übereinander.

»Vielleicht solltest du dir etwas ganz Neues einfallen lassen«, schlug Angus vor, der in diesem Augenblick die Tür hineinkam.

»Angus«, stöhnte ich auf, »du hast mich erschreckt.«

»Entschuldige.« Er lächelte. »Man würde meinen, bei meiner Statur sei das unmöglich, aber tatsächlich passiert es ziemlich oft.«

»Das ist, weil du immer irgendwelchen Unfug im Schilde führst«, sagte ich zu ihm. »Du hast gelernt, leise zu sein, damit du nicht erwischt wirst.«

Fältchen bildeten sich in seinen Augenwinkeln, als er grinste und weiter ins Zimmer kam.

»Hier hat sich doch alles gut für dich gefügt, oder?«, sagte er, während er sich umsah.

»Mehr als gut«, sagte ich zu ihm. »Ich bin begeistert.«

Er durchquerte das Zimmer und sah durchs Fenster in den winterlichen Garten hinaus.

»Ich hatte mir einmal überlegt, diesen Raum selbst zu nutzen«, erzählte er mir. »Ich dachte, er wäre ein ideales Versteck für mich, aber ich hatte nicht bedacht, dass Catherine mich durch dieses ganze Glas genau im Auge behalten konnte. Also habe ich mein Zeug nach oben geschafft.«

Angesichts der Menge an »Zeug«, das er im Laufe der Jahre angehäuft hatte, war es ein Wunder, dass der Boden noch nicht nachgegeben hatte.

»Anna hat mir von Jemmas Vorschlag erzählt«, fuhr er fort, während er es sich in dem Sessel bequem machte, auf dem Gabe schon so oft gesessen hatte. »Und dass es Gavin war, der den Stein ins Rollen gebracht hat.«

»Ich weiß«, erwiderte ich. »Er ist immer wieder für Überraschungen gut, so wie du, Angus. Auch wenn man das natürlich nicht vergleichen kann«, fügte ich rasch hinzu.

»Ehrlich gesagt fand ich, dass es eine seiner eher positiveren Überraschungen war«, meinte Angus. »Ich hoffe, du denkst ernsthaft über das Angebot nach, Hayley. Das könnte der Beginn einer ganz neuen Karriere für dich sein.«

»Aber arbeite gern hier«, entgegnete ich. »Ich liebe meinen Job im Herrenhaus, mit den Antiquitäten zu arbeiten und mich um die Gemälde zu kümmern.«

»Dann tu beides«, sagte er und klatschte einmal in die Hände. »Wovor hast du Angst?«

»Nichts«, schmollte ich, »abgesehen davon, zu scheitern und mich zum Trottel zu machen.«

»Oh, na dann«, sagte er und stemmte sich aus dem Sessel hoch, »wenn das alles ist, was dich aufhält.«

»Im Ernst«, schluckte ich. »Ich habe früher schon Fehler gemacht – von denen wisst ihr alle –, und ich habe nicht das Bedürfnis, die Erfahrung zu wiederholen.«

»Na ja, in dem Fall«, sagte er, »solltest du dich besser dahinterklemmen, um sicherzustellen, dass es ein Erfolg wird, oder?«

Ich gab keine Antwort. Konnte es wirklich so einfach sein, wie er es hinstellte?

»Weißt du«, fuhr er fort, »es gibt absolut nichts Aufreibenderes als diese Leute, die durchs Leben stolpern und sich ständig ›Was wäre, wenn‹ fragen. Werd nicht so, ja, Hayley? Dein Job hier ist sicher, das Herrenhaus ist dein Zuhause, und wenn du dich fragst, was du zeichnen sollst, dann lass dich von den Dingen um dich herum inspirieren. Das Herrenhaus und das Grundstück stehen dir zur Verfügung, Liebes.«

»Danke, Angus«, schluckte ich, während das ferne Geräusch, mit dem Dorothy auf den Essensgong schlug, an meine Ohren drang. »Für alles.«

Zum Abendessen wurde diesmal noch mehr aufgetischt als sonst, was wundervoll war, wenn man für Dorothys köstliche Yorkshire-Puddings und schmackhafte Rindfleischbrust schwärmte. Seltsamerweise blieben einige Stühle am Esstisch allerdings leer. Archie und Molly ließen sich nicht blicken, und auch von Gabe und Bran fehlte jede Spur. Ihr Abwesenheit fiel umso mehr auf, weil die beiden so viel Platz in Anspruch nahmen, und es führte mir vor Augen, wie rasch ich mich daran gewöhnt hatte, sie um mich zu haben.

»Ich dachte, Gabe würde uns heute Abend vielleicht Gesellschaft leisten«, sagte Dorothy mit einem Blick auf die leeren Plätze. »Ich werde sein Essen auf einem Teller ins Wärmefach stellen müssen.«

Im Gegensatz zu meiner Mutter glaubte Dorothy nicht an Mikrowellen.

»Die Mühe würde ich mir schenken«, sagte ich zu ihr. »Vermutlich hat er noch immer Besuch, daher bezweifle ich, dass er überhaupt aufkreuzen wird.«

»Nein«, berichtigte mich Mick, während er sich noch mehr Bratkartoffeln auf den Teller häufte. »Er *hatte* Besuch. Dieser schicke Wagen ist verschwunden, daher nehme ich an, sie sind zusammen unterwegs.«

»Wissen wir denn, wer ihn besucht hat?«, erkundigte sich Anna.

Ich zuckte mit den Schultern, den Blick auf meinen Teller geheftet.

»Irgendeine Frau«, antwortete Mick. »Sie ist am Samstagabend aufgetaucht, als wir gerade in die Stadt wollten.«

»Eine Frau?« Annas Augenbrauen schossen hoch. »Du hast nie erwähnt, dass es sich um eine Frau handelt. Bis jetzt hast du nur gesagt, er hätte Besuch, Mick.«

»Spielt das eine Rolle?«, fragte Mick schulterzuckend. »Mann, Frau, was auch immer.«

»Na ja, nein.« Annas Blick huschte zu mir, als ich es kurz wagte, aufzusehen. »Wahrscheinlich nicht.«

»Weißt du, wer diese geheimnisvolle Besucherin von Gabe ist?«, fragte mich Anna, als wir nach dem Pudding dabei halfen, das Geschirr abzuräumen.

»Nein«, sagte ich leichthin, »natürlich nicht. Warum sollte ich?«

»Na ja, ihr zwei scheint in letzter Zeit ziemlich eng miteinander«, fuhr sie in einem vielsagenden Ton fort. »Ich dachte, vielleicht hat er dir gegenüber irgendetwas erwähnt.«

»Nein«, antwortete ich. »Kein Wort.«

Ich behielt es für mich, dass er nur wenige Stunden vor dem besagten Besuch zu beschäftigt damit gewesen war, mich zu küssen und meine Emotionen verrücktspielen zu lassen, um irgendetwas zu erklären.

»Na ja«, sagte Anna noch einmal, »keine Sorge. Du wirst dich einfach unter dem Mistelzweig ordentlich ins Zeug legen müssen. So eine Konkurrentin schaffst du doch mit links.«

»Anna«, sagte ich streng, »zwischen mir und Gabe läuft nichts. Du hast das alles völlig falsch verstanden.«

Es war einen Versuch wert, auch wenn sie nicht überzeugt wirkte.

»Ehrlich gesagt«, fuhr ich fort, »haben wir uns ein bisschen angefreundet, weil wir beide zur selben Zeit eingezogen sind, aber er ist zu mir auch nicht freundlicher als zu dir oder Molly oder sogar Jamie. Das hast du doch sicher selbst gesehen, oder?«

»Kann schon sein«, meinte sie schulterzuckend, »aber du vergisst eine wichtige Sache.«

»Nämlich?«

»Molly, Jamie und ich sind vergeben, und du bist es nicht.«

Kapitel 22

In der letzten Novemberwoche schlug das Wetter um und es wurde deutlich kühler. Auch wenn es noch nicht an der Zeit war, den riesigen Adventskalender aufzuhängen, den Angus vor ein paar Weihnachten aus Amerika importiert hatte, hielt ihn das nicht davon ab, Weihnachtslieder vor sich hin zu summen und bei jeder Gelegenheit Dickens zu zitieren.

Die Neuigkeit über das Winterwunderland hatte sich wie ein Lauffeuer verbreitet, und Jamie war bereits in die Stadt zurückgefahren, um noch mehr Flyer in verschiedenen Geschäften und in den örtlichen Schulen und der Bücherei zu verteilen.

Die Woche fühlte sich an wie die sprichwörtliche Ruhe vor dem Sturm, und wir alle nutzten die stille Zeit, um Weihnachtskarten zu schreiben, im Internet zu shoppen und sogar mit dem Einpacken der Geschenke zu beginnen. Denn eines hatte uns die Erfahrung gelehrt: Sobald der Dezember anbrach, würden wir alle kaum noch eine freie Minute haben.

Die einzige Person im Team, die immun gegen die plötzlich aufkommende Weihnachtsstimmung schien, war Gabe. Seine auffällige Abwesenheit sowohl von der Küche als auch von meinem Studio an den Abenden führte dazu, dass wir alle ein wenig besorgt um ihn waren. Aber

Jamie versicherte uns, dass er einfach nur seine Arbeit erledigte, und Molly, wenn sie sich einmal von Archie losreißen konnte, war überzeugt, dass es ihm gut ging, auch wenn sie sich weigerte zu verraten, worüber die beiden an dem Morgen gesprochen hatten. Ich war mir sicher, dass es irgendetwas mit seinem Verschwinden zu tun hatte, aber sie verriet mir nichts.

Wenn ich nicht gerade Weihnachtsgeschenke organisierte, das Herrenhaus auf Hochglanz polierte oder Dorothy half, sich neue Köstlichkeiten für das Winterwunderland einfallen zu lassen, nahm ich mir die Zeit, um über ein paar Designs nachzudenken, die ich Jemma präsentieren könnte.

Ich machte mir keine Illusionen. Es würde auch nicht nur annähernd so einfach werden, wie der Connelly-Clan es einschätzte, meine Arbeit mit meiner Leidenschaft zu verbinden. Vermutlich würde ich nicht einmal dazu kommen, Jemma zu zeigen, was ich mir hatte einfallen lassen. Trotzdem, es machte Spaß, mich in die Rolle einer echten Künstlerin zu versetzen, und es erfüllte mich mit Stolz, Dinge zu entwerfen, von denen ich dachte, dass sie ihr gefallen könnten.

Ein vorlautes Rotkehlchen erwies sich als das perfekte erste Subjekt und eine verschrobene Blaumeise gesellte sich bald zu ihm. Indem ich die Betonung auf die interessanteren Aspekte ihrer Persönlichkeiten legte, verlieh ich ihnen zusätzlichen Charakter, und während ich still vor mich hin arbeitete, konnte ich mir leicht vorstellen, wie die Zeichnungen Tassen und Eierbecher zierten und einen Frühstückstisch oder auch zwei schmückten.

Ausgehend von den Designs, die ich für die Werbeanzeigen und die Karte für das Winterwunderland verwendet hatte – komplett mit dem Schneeflocken-Rundweg –, änderte sich mein Stil ständig, und mir gefiel diese neue Richtung sehr.

»Irgendjemand zu Hause?«

Ich raffte meine Papiere hastig zusammen und schnappte mir die nächstbeste Zeitschrift.

»Gavin«, schluckte ich, »was in aller Welt tust du denn hier?«

Er war der Letzte, von dem ich erwartet hätte, dass er über die Gartentür ins Studio schlüpfen würde. Außer Gabe hatte bisher niemand diesen Eingang benutzt, und zugegeben, ich spürte einen deutlichen Stich der Enttäuschung, dass er es nicht war. Auch wenn ich gut vorankam, waren die Abende ohne ihn und Bran einfach nicht die gleichen, und meine Skizzen der beiden noch immer unvollendet.

»Keine Sorge.« Gavin lächelte. »Ich bin kein Eindringling. Jamie hat mich gebeten, ein paar Gerüsthalterungen abzuholen, die die Jungs übersehen haben, als sie gekommen sind, um den Turm abzubauen.«

»Okay«, sagte ich und blätterte die Seiten der neuesten *Heat*-Ausgabe durch, ohne wahrzunehmen, was ich sah. »Verstehe.«

»Und Angus hat gesagt, ich würde dich hier drinnen finden«, fuhr Gavin fort. »Ist wirklich ganz nett geworden, oder?«, sagte er, während er sich in dem Raum umsah, den ich nach und nach in meinen eigenen verwandelt hatte.

Ich sah, wie er die Lichterketten um das Bücherregal begutachtete. Gabe hatte mir geholfen, sie anzubringen. Er hatte sich nicht einmal auf die Zehenspitzen stellen müssen, um sie über der Oberkante zu befestigen.

»Könnte man so sagen«, erwiderte ich.

»Kein Wunder, dass du etwas so Beeindruckendes für die Flyer geschaffen hast«, sagte er lächelnd. »In einem solchen Raum zum Arbeiten kannst du wahrscheinlich gar nicht anders, als deine Kreativität auszuleben.«

Da hatte er natürlich recht. Selbst wenn das Wetter zu trübe war, um sich hinauszuwagen, bot das Studio genug Inspiration, und der Blick in und über die Gärten hinaus war eindeutig ein Bonus.

»Gab es irgendeinen bestimmten Grund, weshalb Angus dir gesagt hat, wo du mich finden kannst?«

Hoffentlich machte er es sich nun nicht zur Gewohnheit, immer dann aufzutauchen, wenn ich am wenigsten mit ihm rechnete. Ich war bereit, höflich zu sein, wenn ich ihm zufällig über den Weg lief, aber alles andere führte zu weit.

»Den gab es tatsächlich«, sagte er. »Ich habe eine Nachricht für dich, aber was ist das denn alles hier?«

Ohne zu fragen, begann er, an den Papieren unter meiner Zeitschrift zu ziehen, und förderte die Vogeldesigns zutage, an denen ich gearbeitet hatte.

»Das geht dich gar nichts an«, sagte ich, schlug seine Hand weg und entfernte die Papiere aus seiner Reichweite.

»Sind das Ideen für Jemma?«, fragte er grinsend.

»Nein«, log ich, während ich knallrot anlief.

»Na ja, du solltest besser zusehen, dass du mit einigen davon vorankommst«, sagte er, auf einmal ernst, »denn sie ist die Person, von der die Nachricht kommt. Sie will wissen, wann sie sich die ersten Entwürfe ansehen kann.«

Ich antwortete nicht, konnte aber spüren, wie mein innerer Thermostat reagierte.

»Aus dieser Sache wirst du dich nicht herauswinden können, Hayley, weißt du. Sie meint es ernst.«

»Und das ist alles deine Schuld«, fauchte ich, verärgert, dass er offenbar die Rolle des Künstleragenten übernommen hatte. »Hättest du ihr nichts gesagt, hätte sie nie davon erfahren.«

»Und das wäre besser gewesen?«, fragte er.

»Ja.« Ich funkelte ihn wütend an. »Das wäre perfekt gewesen.«

Ich kam hinter dem Tisch hervor und ließ mich in Gabes Sessel fallen. Plötzlich hatte ich das grässliche Gefühl, im nächsten Moment in Tränen auszubrechen.

»Ich weiß, du denkst, wir setzen dich unter Druck«, fuhr Gavin, jetzt etwas sanfter, fort, »aber das ist nur, weil du uns wichtig bist.«

»Na ja, du hattest auf jeden Fall eine komische Art, das zu zeigen, als wir zusammen waren«, rief ich ihm in Erinnerung.

»O nein«, meinte er kopfschüttelnd. »Das lasse ich dir nicht durchgehen.«

»Aber es ist die Wahrheit!«

»Natürlich ist es die Wahrheit«, schoss er zurück. »Ich werde allerdings nicht zulassen, dass du vom eigentlichen Thema ablenkst, nur weil ich damals ein Arschloch war …«

»Schon gut, schon gut«, lenkte ich ein.

Er hatte meinen Trick sofort durchschaut und ich musste unwillkürlich lächeln.

»Also«, sagte er und zog wieder an dem Stapel Papiere auf dem Tisch. »Sind das jetzt ein paar von den neuen Designs oder nicht?«

Resigniert stand ich auf und ging zu ihm hinüber, um sie ihm zu zeigen. »Das sind sie«, gab ich zu, »aber sie sind nicht sehr gut. Nur Gekritzel, ehrlich gesagt. Ich habe noch nichts, was auch nur annähernd dafür geeignet wäre, es Jemma zu zeigen.«

Gavin sah interessiert auf meine Sammlung individuell gestalteter Vögel, darunter die Umrisse eines plumpen kleinen Zaunkönigs, den ich an diesem Nachmittag gesehen hatte, wie er über die moosbewachsene Mauer genau vor der Tür des Wintergartens spaziert war.

»Weißt du«, meinte er lächelnd, während er die zurückhaltende Miene betrachtete, die ich dem kräftigen, rundlichen Rotkehlchen verliehen hatte, »an diesem Tag im Frühling, als du mit einem Tablett mit Getränken und Toast zu mir und den Jungs herausgekommen bist, war das Erste, woran ich mich von dir erinnert habe, dass du das Mädchen warst, das in der Schule so gut zeichnen konnte.«

»Nicht dass ich mich habe schwängern lassen?«, fragte ich.

»Nein«, erklärte er entschieden. »Das waren die anderen, nicht ich. Ich habe mich erinnert, dass du eine wirklich fantastische Künstlerin warst, und ich wünschte nur, es gäbe eine Möglichkeit, dir zu beweisen, dass du das immer noch bist. Warum weigerst du dich, anzuerkennen, was du drauf hast, Hayley?«

»Ich weiß nicht«, erwiderte ich. »Ich weiß es wirklich nicht, aber ein Teil von mir wünscht sich mittlerweile, ich könnte sehen, was ihr anderen alle seht.«

»Wenn du nur an dich selbst glauben könntest, dann wärst du startklar.«

Ich nickte und seufzte, und er stieß mich in die Seite.

»Das hier«, sagte er und hielt die Zeichnung vom vorlauten Rotkehlchen hoch, »ist mein Lieblingsbild.«

Das wunderte mich überhaupt nicht.

»Du musst mir versprechen, die hier Jemma zu zeigen, wenn du wieder in die Stadt kommst, und …«

Ich begann zu protestieren, aber er redete einfach weiter.

»Und wenn du ihr den hier zeigst«, schlug er vor, »sag ihr, dass er Gavin heißt, okay?«

Wir lachten beide, sahen uns die anderen Motive an und versuchten, uns für alle Vögel passende Namen einfallen zu lassen.

Plötzlich wurden wir von einem Klopfen an der Gartentür unterbrochen.

»Herein!«, rief ich, ohne mich umzudrehen, in der Annahme, dass es Angus war, der gekommen war, um zu sehen, ob Gavin mich gefunden hatte. »Es ist offen.«

Gavin sah auf und grinste.

»Alles klar, Kumpel?«, fragte er.

Das war nicht die Art, wie er Angus anreden würde.

»Gabe«, sagte ich stockend, »komm rein.«

»Nein«, sagte er und wich zurück, bevor er auch nur richtig über die Schwelle getreten war, sodass er Bran verwirrte, der bereits auf seinen vertrauten Platz auf der

Matte zugesteuert war. »Schon gut. Mir war nicht klar, dass du Besuch hast.«

»Das habe ich auch nicht«, stammelte ich. »Das ist er nicht.«

Gavin sah mich an und zog die Augenbrauen hoch, während Gabes Miene finster und verschlossen blieb.

»Gavin wollte gerade gehen«, nahm ich einen neuen Anlauf.

»Wollte ich das?«, fragte Gavin stirnrunzelnd. »Wie, jetzt gleich?«

»Er hatte eine Nachricht von Jemma für mich, und ja«, ergänzte ich, während ich meinen Ex zu der Tür führte, die ihn durchs Herrenhaus zurück und rasch weg von Gabe führen würde, »das wolltest du.«

»Na dann, sieht so aus, als ob ich gehe«, sagte er. »Was soll ich Jemma ausrichten?«

»Egal«, sagte ich. »Sag, was du willst.«

»Sehr schön«, rief er begeistert. »Dann werde ich ihr sagen, dass sie dich spätestens Ende der Woche erwarten soll.«

»Nein!« Ich hielt ihn am Arm fest und zog ihn noch einmal zurück. »Das habe ich nicht gemeint.«

»Hör mal«, sagte Gabe, »ihr zwei habt offensichtlich ein paar Dinge zu klären, das heißt, ich gehe besser wieder.«

»Nein«, sagte ich, schnellte wieder zu ihm herum und verfluchte die Tatsache, dass er das schlimmstmögliche Timing der Welt hatte. Ja, ich war vielleicht ein bisschen eingeschnappt wegen seiner geheimnisvollen Besucherin, aber ich wollte immer noch mit ihm befreundet sein, und seine Reaktion darauf, als er mich ausgerechnet mit Gavin im Wintergarten zusammen ertappt hatte, ließ darauf kaum noch hoffen. »Bitte geh nicht«, flehte ich, aber er war bereits verschwunden.

Gavin wusste, dass er sich, wieder einmal, nicht korrekt verhalten hatte, und kam am nächsten Tag gleich zurück zum Herrenhaus, um sich zu entschuldigen.

»Ich habe Jemma alles über deine kleine Vogelschar erzählt«, sagte er zu mir, »und sie will sie unbedingt kennenlernen. Sie hat gefragt, ob du am Samstag vorbeikommen könntest, nachdem sie das Café geschlossen hat. Ist das okay?«

Ich war mir ziemlich sicher, dass er nur versuchte, Wiedergutmachung zu leisten, aber es ärgerte mich auch, dass er sich als mein Agent aufspielte. Trotzdem, auch wenn er lästig war, wenn er sich nicht eingeschaltet hätte, hätte ich vermutlich niemals irgendetwas wegen Jemmas Bitte unternommen.

»Ich nehm's an«, sagte ich unsicher.

»Ich komme und hole dich ab, wenn du willst«, fuhr er fort. »Dann könnten wir danach auf einen Drink in den Pub gehen.«

»Nein«, unterbrach ich ihn rasch. Das ging nun wirklich zu weit. »Danke, aber ich kann selbst in die Stadt fahren.«

»Sicher?«

»Sicher.«

»Na schön«, sagte er, »aber wenn du danach eine Minute hast, komm doch in den Pub und sag mir, wie es gelaufen ist, okay?«

»Wenn ich Zeit habe«, antwortete ich. Ich war mir schon jetzt ziemlich sicher, dass ich keine haben würde.

»Dann bis Samstag.«

»Bevor du gehst«, beeilte ich mich zu sagen.

»Ja?«

»Sag mir, warum hat Jemma mich nicht angerufen, um das direkt mit mir zu besprechen?«

»Sie meinte, sie hätte ein schlechtes Gewissen, weil sie dich anfangs so unter Druck gesetzt hat«, erklärte er, »und wahrscheinlich will sie ihr Glück nicht überstrapazieren. Als sie herausgefunden hat, dass wir wieder miteinander reden, hat sie mich gefragt, ob ich etwas vermitteln könnte.«

Ich konnte noch immer nicht wirklich glauben, dass wir wieder miteinander redeten, und es hätte mich nicht gewundert, wenn er im Gegenzug einen prozentualen Anteil aller künftigen Gewinne für sich beanspruchen würde. Nicht dass es überhaupt irgendwelche Gewinne geben würde. Jemma würde sich meine Mappe kleiner Vögel ansehen und erkennen, dass sie auf dem Holzweg war, und damit wäre die Sache erledigt.

»Weil du absolut kein Problem damit hast, ein bisschen Druck auszuüben, was?«, gab ich zurück.

»Ach, Hayley.« Gavin lachte. »Du kennst mich zu gut.«

Kapitel 23

Es war nicht üblich, dass der Essensgong durchs Herrenhaus hallte, um das Frühstück anzukündigen, aber schließlich war der 1. Dezember auch kein gewöhnlicher Tag, und
um genau zu sein, ertönte er auch gar nicht, um uns zu
unseren Müslischalen zu rufen.

»Kommt her, kommt her!«, rief Angus und scheuchte
uns alle in die Küche.

»Morgen, Molly«, gähnte ich. »Ich hätte nicht damit gerechnet, dich hier so früh und fröhlich zu sehen.«

Ehrlich gesagt hatte ich überhaupt nicht damit gerechnet, sie zu sehen. Sie und Archie ließen sich immer noch
kaum blicken. Offenbar hatten sie jede Menge Neuigkeiten auszutauschen und viel nachzuholen, nachdem er so
lange fort gewesen war.

»Ich bin über Nacht geblieben«, flüsterte sie, während
sie sich ihr wildes Haar hinter die Ohren steckte und den
Ausschnitt ihres regenbogengemusterten Kaftans zurecht-
zupfte.

»Ich habe darauf bestanden«, erklärte Angus. »Ich
wollte, dass heute Morgen alle zusammen hier sind.«

Angus würde sich nie mit einem schlichten Schoko-
laden-Adventskalender zufriedengeben und hatte daher,
zweifellos mit der fachmännischen Unterstützung von
Mick, wieder den von ihm bevorzugten kunstvollen Holz-

kalender aufgehängt, der für jeden Tag eine geräumige Schublade hatte und den er jedes Jahr unter großer Mühe mit einzigartigen Geschenken für uns alle füllte.

»Morgen«, rumorte eine tiefe Stimme, sodass wir alle zusammenzuckten.

»Gabe«, strahlte Angus, »ich freue mich ja so, dass du es einrichten konntest. Wir haben dich diese Woche am Tisch vermisst.«

»Ja, tut mir leid«, begann er verlegen zu erklären, aber Jamie schnitt ihm das Wort ab.

»Keine Entschuldigung nötig, Kumpel«, sagte er und schlug seinem Freund so fest auf den Rücken, dass er zusammenzuckte. »Jetzt bist du ja hier.«

Ich fragte mich, ob Gabe krank gewesen war. Er sah auf jeden Fall etwas angeschlagen aus, mit dunklen Ringen unter den Augen, und sein Bart hatte wohl seit mehreren Tagen keinen Kamm mehr gesehen. Wirklich gestylt, wie die Hipster in der Stadt ihn gern trugen, war er vorher allerdings auch nie gewesen. Ich war mir nicht sicher, was der Grund für sein ungepflegtes Erscheinungsbild sein mochte. Lag es an unserem Zerwürfnis nach unserem Kuss und seinem anschließenden Ärger darüber, mich im Studio mit Gavin erwischt zu haben, oder waren es die Nachwirkungen seiner mysteriösen Besucherin?

»Also«, sagte Angus, klatschte in die Hände und lenkte die allgemeine Aufmerksamkeit, meine eingeschlossen, wieder auf sich. »Die meisten von euch wissen ja schon, wie das hier abläuft, oder?«

»Ja«, riefen wir alle im Chor.

»Es ist ein Adventskalender, Dad«, warf Archie ein, der

eindeutig lieber im Bett geblieben wäre, »keine Raketenwissenschaft.«

»Ich weiß, ich weiß.« Angus grinste. »Also, dann wollen wir mal sehen, wer als Erster dran ist, ja?«

Ich konnte es nicht glauben, als er erst auf Gabe und dann auf mich zeigte.

»Ich fand es nur fair, mit den beiden neuesten Mitbewohnern anzufangen«, sagte er und winkte uns vor.

»Damit habe ich nicht gerechnet«, begann Gabe mit unsicherer Miene. »Ich wohne nicht mal im Herrenhaus.«

»Spiel einfach mit«, sagte ich zu ihm. »Falls du noch nicht darauf gekommen bist, hier zählt jeder zur Familie. Wir gehören alle dazu, und wenn du dich darauf einlässt, wirst du vielleicht sogar feststellen, dass es ganz nett sein kann.«

Er sah mich an und nickte, und ich hoffte, er hatte so viel Verstand zu begreifen, dass ich nicht nur von dem Adventskalender redete. Er hatte einen tollen Start hingelegt, als er einzog, *wir* hatten einen tollen Start hingelegt, aber seit seinem mysteriösen Besuch und meinem unerwarteten, war es eindeutig bergab gegangen.

»Verstanden«, sagte er lächelnd. Auf einmal sah er wieder weitaus mehr wie der Gabe aus, den ich kennengelernt hatte.

»Okay«, sagte Angus ungeduldig, »genug herumgetrödelt. Öffnet einfach die Schublade.«

Manche der Schubladen waren größer als andere, und die, die Gabe und mir zugewiesen worden war, war eine der größten. Sie enthielt ein Päckchen und einen Umschlag für mich und ein Päckchen für Gabe. Ein weiteres steckte in einer Tüte, die Angus mit einer schwungvollen Bewegung unter dem Tisch hervorholte.

»Streng genommen ist das Schummeln«, sagte Angus zu uns, während er Gabe die Tüte überreichte, »denn die Geschenke sollen alle in die Schublade passen, aber es ist mein Spiel, daher mache ich hier eine Ausnahme.«

Alle lachten und scharten sich um uns, um zu sehen, was Gabe und ich bekommen hatten. Ich öffnete meinen Umschlag als Erste und fand darin einen Gutschein für Hardy's in der Stadt.

»Ich weiß, Gutscheine sind nicht besonders originell«, sagte Angus unsicher, »aber ich habe mir gedacht, du brauchst vermutlich noch alles Mögliche für dein Studio, daher geht das doch in Ordnung, oder?«

»Hardy's ist mein Lieblingsgeschäft in der Stadt«, sagte ich und sprang auf, um ihn auf seine bärtige Wange zu küssen. »Vielen Dank, Angus. Ich weiß schon genau, was ich mir davon kaufen werde.«

»Na ja«, kicherte er, »bevor du dich entscheidest, mach besser dein Geschenk auf. Ich bin mir ziemlich sicher, dass du keines von diesen Dingern gekauft hast, als du das letzte Mal dort warst, aber die entzückende Francesca hat mir gesagt, dass sie sie gern gegen etwas anderes umtauscht, wenn sie nicht richtig sind.«

Ich setzte mich wieder und nahm das Päckchen in die Hand, das den Gutschein begleitete. Es war sehr leicht, und ich drehte es in meinen Händen, während ich mich fragte, was darin sein könnte.

»Komm schon«, forderte mich Archie auf, »mach es auf.«

Ich riss das Papier herunter und spürte, wie mir der Atem in der Kehle stockte.

»O Angus«, stöhnte ich, während alle anderen wieder näher an mich herantraten, »das ist zu viel.«

»Mein Spiel, schon vergessen?«, strahlte er, sichtlich zufrieden. »Daher darf ich auswählen, was ich schenke.«

»Aber ...«

»In diesem speziellen Etui werden sie sicher aufbewahrt sein, wenn du im Freien malen willst«, unterbrach er mich. »Deswegen habe ich mich für dieses Set entschieden.«

Ich drehte sie vorsichtig in meinen Händen. Es waren wunderschöne Aquarellpinsel in unterschiedlichen Größen. Der Markenname entging mir nicht, und ich wusste, dass sie ein kleines Vermögen gekostet haben mussten. Falls ich noch irgendeine Bestätigung gebraucht hatte, dass er meine Talente als einer Investition würdig erachtete, dann hatte mein großzügiger Arbeitgeber sie soeben geliefert.

»Danke«, sagte ich, »vielen, vielen Dank, Angus.«

»Pinsel?«, fragte Mick, wobei er so verwirrt klang, wie alle anderen aussahen. »Ich dachte, du hättest Pinsel.«

»Ich habe«, schluckte ich, »Dutzende, aber absolut keiner von ihnen ist auch nur annähernd so wie diese.«

Als Nächstes war Gabe an der Reihe. Sein Gesicht lief knallrot an, als er sein eigenes Päckchen aufriss. Offensichtlich war er eine solche Zeremonie vor dem Frühstück nicht gewohnt, aber er würde bestimmt bald hineinfinden.

»Ach du großer Gott«, stöhnte er auf, als er sich endlich durch das Geschenkpapier und eine dicke Schicht Luftpolsterfolie hindurchgearbeitet hatte. »Wow.«

»Was ist das denn?«, fragte ich.

»Meißel«, sagte er mit erstickter Stimme. »Holzschnitz-meißel.«

»Sie haben meinem Urgroßvater gehört«, erklärte Angus, während er zusah, wie Gabe mit den Händen über die Griffe glitt. »Ich dachte, ich würde eines Tages vielleicht lernen, wie man sie benutzt, daher habe ich bis jetzt an ihnen festgehalten. Aber es mangelt mir immer noch kläglich an Geschick, und da wir jetzt einen solch talentierten Holzarbeiter in unserer Mitte haben, dachte ich, ich gebe sie weiter.«

»Sie sind wunderschön, Angus, aber ich kann sie nicht annehmen«, sagte Gabe leise. »Sie sollten doch sicher in der Familie bleiben.«

»Du kapierst es noch immer nicht, oder?«, warf Anna freundlich ein. »Du bist Familie, Gabe. Wir alle sind es.«

Er sagte nichts weiter und begann, das andere Päckchen zu öffnen, das einen Lederbeutel enthielt, abgegriffen und weich vom Alter, mit einer kleinen Tasche für jeden der Meißel.

»Sie sind wirklich wunderschön«, sagte er schließlich, »vielen Dank, Angus. Ich weiß wirklich nicht, was ich sonst noch sagen soll.«

»Versprich mir einfach, dass du sie benutzen wirst«, meinte Angus. »Das ist alles, worum ich dich bitte.«

»Das werde ich mit Sicherheit.« Gabe lächelte, während er das Set noch immer betrachtete.

Ich wünschte unwillkürlich, er würde mich so ansehen.

»Sie müssen alle geschärft werden, und eine Gummikappe wird die Klingen schützen, wenn sie nicht in

Gebrauch sind«, sagte er, an niemand Bestimmten gewandt.

Offensichtlich kannte er sich aus, was die Pflege und Instandhaltung von Meißeln betraf. Angus wirkte begeistert.

»Ich frage mich, wer morgen an der Reihe sein wird«, sagte Dorothy, während sie wehmütig auf den Kalender sah und sich zweifellos ausmalte, was für entzückende Dinge in seinen Schubladen versteckt sein könnten.

»Aber nicht schummeln«, sagte Angus streng. »Ich werde es wissen, wenn irgendjemand heimlich hineingelinst hat.«

Wir lachten alle und setzten uns zusammen zum Frühstück.

Bevor Gabe zurück zum Pförtnercottage ging, bot er an, mich in die Stadt mitzunehmen.

»Du willst gleich losziehen, um diesen Gutschein einzulösen, stimmt's?«, sagte er lächelnd, wobei er fast wieder so klang wie früher.

»So ähnlich«, spielte ich mit, bemüht, seinen lässigen Ton nachzuahmen und nicht an das letzte Mal zu denken, als wir allein zusammen waren.

Was für ein Glücksfall genau im richtigen Moment dieses Geschenk von Angus war. In die Stadt zu fahren, um den Gutschein einzulösen, war die ideale Tarnung für mein Treffen mit Jemma, nicht dass eine Tarngeschichte mich davon abhalten würde, nervös zu werden.

»Weißt du schon, wofür du ihn ausgeben wirst?«, fragte Gabe, als wir aufbrachen und ich meinen Umschlag mit Zeichnungen im Fußraum verstaute, in der Hoffnung, dass er nicht anbieten würde, ihn für mich zur Post zu bringen.

»So ziemlich«, sagte ich. »Und außerdem werde ich vielleicht beim Elektroladen vorbeischauen und mir ein Radio fürs Studio besorgen.«

Es war ein hinterlistiger Einstieg, aber trotzdem hatte ich es geschafft, das Gespräch auf mein gewünschtes Thema zu lenken.

»Ich dachte, du hättest lieber Ruhe, wenn du arbeitest.«

»Das stimmt«, sagte ich, »aber es gibt Ruhe, und es gibt völlige Ruhe.«

Er nickte, hielt den Blick aber nach vorn gerichtet, um den Schlaglöchern in der Auffahrt auszuweichen.

»Ich hatte mich irgendwie daran gewöhnt, dass Bran an den Abenden neben mir schnarcht und …«

»Ja«, unterbrach er mich, »tut mir leid, dass ich in letzter Zeit nicht oft da war.«

»Nicht oft?«

»Na schön, überhaupt nicht.«

»Eine einzige hitzige Begegnung am Kamin«, fuhr ich fort, bemüht, mehr wie die alte Hayley zu klingen, als ich mich fühlte, und die berüchtigte Cottagebesucherin nicht zu erwähnen, »und schon bekomme ich dich überhaupt nicht mehr zu Gesicht. Keiner von uns«, ergänzte ich, damit er nicht dachte, dass es nur darum ging, dass *ich* ihn vermisste. Die anderen hatten seine Abwesenheit schließlich auch bemerkt.

»Ich weiß«, sagte er, »es tut mir leid. Ich hatte diese Woche viel im Kopf.«

»Was zum Beispiel?«

»Nur Zeug«, sagte er und sah nach links und rechts, bevor er auf die Straße einbog.

»Zeug?«

»Ja, du weißt schon, Zeug. Dinge, über die ich nachdenken musste.«

»Geht's auch ein bisschen genauer?«

»Nein«, sagte er, wobei er so stur klang wie ein Ziegenbock, »eigentlich nicht, aber wie steht's mit dir? Ich muss sagen, ich habe mich sehr gewundert, dich mit Gavin zu sehen.«

»Hast du das?«, stöhnte ich. »Das hast du dir aber nicht anmerken lassen.«

»Na schön, kleine Miss Sarkastisch«, meinte er kopfschüttelnd. »Lass uns über etwas anderes reden, okay?«

Offensichtlich stand unser Kuss, wie auch seine Besucherin, nicht zur Diskussion. Inzwischen war ich mir sicher, dass ihm nicht bewusst war, dass ich von ihrer Existenz wusste, und ich würde garantiert nicht über Gavin und mich reden, weil es da nichts zu sagen gab.

»Wie kommst du mit deinen Rentier-Baukästen voran?«, fragte ich stattdessen.

Den Rest der Fahrt über umschifften wir die schwierigen Themen und redeten stattdessen über die Veranstaltungen, die vor Weihnachten noch in der Stadt und im Herrenhaus stattfinden würden. Gabe schien kurz zu zögern, als ich das Winterwunderland erwähnte, aber wir waren uns einig, weiterhin zusammenzuarbeiten, um den Schneeflocken-Rundweg anzulegen, was, so nahm ich an, eine Art Versöhnung war. Nicht dass wir uns wirklich gestritten hätten, aber die Situation war doch für eine Weile unbeholfen gewesen, und es fühlte sich gut an, wieder halbwegs normal miteinander umzugehen.

»Ich kann hier noch ein bisschen herumhängen, um dich später mit nach Hause zu nehmen, wenn du willst?«, bot er an, nachdem er einen Parkplatz gefunden hatte.

»Nein, schon gut«, antwortete ich. »Ich komme schon irgendwie zurück. Vielleicht esse ich im Kirschblütencafé noch was, aber trotzdem danke.«

»Na schön«, sagte er lächelnd und sah auf den Umschlag, der jetzt unter meinem Arm klemmte.

Ich fragte mich, ob er wusste, wofür ich wirklich in die Stadt gekommen war, aber ich wollte es nicht riskieren, ihn danach zu fragen. Ich war schon jetzt nervös genug, auch ohne den Druck, dass irgendjemand anders, abgesehen von Gavin, wusste, warum ich wirklich zum Café ging.

»Dann sehen wir uns später«, sagte er, wandte sich um und steuerte auf den Eisenwarenladen zu, wie immer dicht gefolgt von Bran.

»Heißt das, du wirst heute Abend zum Studio kommen?«

»Kann schon sein«, sagte er grinsend. »Mal sehen, ob ich mich danach fühle.«

»Okay«, sagte Jemma, während sie das Caféschild von »Geöffnet« auf »Geschlossen« drehte. »Dann lass mal sehen, was du hast.«

»Und schau nicht so besorgt«, ergänzte Lizzie. Ich hatte gar nicht erwartet, dass sie ebenfalls dabei sein würde. »Du siehst ja aus, als ob du dich gleich übergeben müsstest.«

»Ich fühle mich tatsächlich so, als ob ich mich gleich übergeben müsste«, erwiderte ich.

»Na ja, dann lass dir einen Moment Zeit«, sagte Jemma, »und ich bin gleich wieder da.«

Meine Hände zitterten, während ich den Umschlag aufriss und die Blätter mit den Zeichnungen auf dem Tisch ausbreitete. Dieser Nachmittag war der längste meines Lebens gewesen. Zuerst hatte ich meinen Gutschein von Angus eingelöst. Während ich bei Hardy's durch die Gänge geschlendert war und die Dinge auswählt hatte, die ich haben wollte, hatte Francesca mir erzählt, wie aufgeregt Angus gewesen sei, als er die Pinsel auswählte. Anschließend unternahm ich einen Abstecher zur Bücherei, bevor ich schließlich über den Markt schlenderte, bis es Zeit war, zum Café zu gehen. Mindestens ein halbes Dutzend Mal war ich kurz davor gewesen, mir ein Taxi zu rufen, das mich nach Hause brachte, aber hier war ich nun, bereit, das zu tun, was ich für unmöglich gehalten hatte, und Jemma die Designs zu zeigen, die ich mir hatte einfallen lassen.

»So«, sagte Jemma, stellte mir einen Teller hin und zog einen Stuhl zurück. »Setz dich und iss das. Dann wirst du dich gleich besser fühlen.«

»Was ist das denn?«, fragte ich, während ich mich dankbar auf den Stuhl fallen ließ.

»Zimttoast«, sagte Lizzie lächelnd. »Der steht im Dezember wieder auf der Speisekarte.«

»Er ist köstlich«, sagte ich, nachdem ich zögernd einen Bissen genommen und festgestellt hatte, dass er irgendwie vertraut schmeckte.

»Danke«, sagte Jemma. »Dorothy hat mir das Rezept gegeben.«

Ich prustete, sodass ich meine Arbeit um ein Haar mit halb gekauten Krümeln besprenkelte.

»Großer Gott«, stöhnte ich.

»Ich weiß.« Jemma lachte.

Nicht dass ich die Bestätigung wirklich brauchte, wurde mir bewusst, während ich einen Schluck von dem Wasser trank, das Lizzie in aller Eile geholt hatte, als ich zu husten begonnen hatte, aber ich schien mit der richtigen Person zu reden. Es war noch nie vorgekommen, dass Dorothy irgendeines ihrer Rezepte mit jemandem geteilt hatte, daher musste sie Jemma als äußerst vertrauenswürdig einschätzen.

»Also«, sagte sie noch einmal, »dann lass mal sehen, was du hast.«

Ich würgte noch eine Hälfte des zart gewürzten Toasts hinunter, während die beiden Freundinnen schweigend meine Sammlung gefiederter Freunde musterten.

»Ich hätte ja nie gedacht, dass du so ein Fan von den heimischen Vogelarten bist, Hayley«, sagte Lizzie lächelnd.

»Wynthorpe-Vogelarten, um genau zu sein«, hörte ich mich sagen. »Diese kleinen Knirpse huschen vor meinem Studio im Herrenhaus ständig im Garten herum, und du hast recht, ich hätte mich auch nicht so eingeschätzt.«

Jemma sagte kein Wort, daher nahm ich an, dass die kleinen Kerlchen doch nicht das waren, was ihr vorschwebte.

»Ich weiß, sie sind vermutlich noch nicht ganz das Richtige«, fuhr ich fort, »aber einen ähnlichen Stil habe ich für die Winterwunderland-Anzeige verwendet.«

»Sie sind absolut das Richtige«, platzte Jemma auf einmal heraus. »Sie sind großartig! Wie in aller Welt hast du es geschafft, ihnen so viel Persönlichkeit zu verleihen?«

»Na ja«, sagte ich völlig verdutzt, »das waren sie selbst, nehme ich an. Ich habe sie einfach nur beobachtet und dann versucht, ihre Eigenarten ein bisschen zu betonen.«

»Das ist dir gelungen«, sagte sie strahlend. »Ich liebe sie.«

»Wirklich?«

»Natürlich.« Sie lachte. »Was hast du denn gedacht?«

Ich sah auf das Rotkehlchen namens Gavin und zuckte mit den Schultern.

»Ich weiß eigentlich nicht, was ich gedacht habe.«

»Hast du noch mehr davon?«, fragte Lizzie.

»Nein«, antwortete ich, »aber ich habe ein paar vorläufige Skizzen einer Amsel angefertigt, und da ist auch noch eine Schar aufgeregter Schwanzmeisen herumgehuscht, die sich möglicherweise ganz gut machen würden.«

Jemma wirkte wieder nachdenklich.

»Jemma, ich weiß, du hast gesagt, du wolltest sie auf Bechern und Kissen und so sehen, um sie im Café zu verkaufen«, sagte ich kleinlaut, »aber ich habe nicht die geringste Ahnung, wie ich das alles überhaupt anstellen soll, und ehrlich gesagt dachte ich auch nicht, dass du es wissen würdest. Ist denn nicht Lizzie der Schlaukopf von euch beiden?«

»Du hast recht, ich weiß es nicht«, Jemma nickte, »und ja, das ist sie«, sagte sie und wandte sich an Lizzie. »Ich weiß, ich habe gesagt, ich wollte sie hier im Café verkaufen …«

Also hatte sie es sich anders überlegt. Das Café war auch kaum groß genug, um dort noch mehr Zeug vorrätig zu halten. Es platzte schon jetzt aus allen Nähten. Sie hatte das Angebot gemacht, ohne es wirklich zu durchdenken, und jetzt suchte sie nach einer Möglichkeit, mir eine sanfte Abfuhr zu erteilen. Ich wunderte mich, einen Stich der Enttäuschung zu spüren. Eigentlich war ich davon ausgegangen, erleichtert zu sein. Vielleicht hatte ich mich doch weitaus früher, als ich für möglich gehalten hätte, an die Vorstellung gewöhnt, aus meiner Leidenschaft etwas zu machen.

»Aber hier ist einfach kein Platz dafür«, fuhr sie fort.

»Natürlich«, sagte ich, während ich die Papiere wieder zusammenraffte. »Das verstehe ich.«

»Also mussten wir gründlich über alles nachdenken.«

Sie gab sich auf jeden Fall alle Mühe, es mir schonend beizubringen.

»Und es ist noch nicht offiziell«, ergänzte Lizzie, womit sie mich völlig verwirrte. »Und dabei wird es auch noch eine ganze Weile bleiben. Mindestens ein paar Monate.«

»Aber wir erweitern das Geschäft«, sagte Jemma aufgeregt.

»Und probieren was Neues aus«, warf Lizzie ein.

Ich sah zwischen den beiden hin und her, begriff aber immer noch nicht, was sie mir eigentlich sagen wollten.

»Wir werden den Laden nebenan anmieten«, schwärmte Jemma. »Er steht seit einer Ewigkeit leer, daher hat die Stadt ihn uns zu einer ermäßigten Miete angeboten.«

»Mit ein, zwei günstigen Auflagen«, ergänzte Lizzie lächelnd, »daher werde ich mit meinem Bastelzweig des Geschäfts dort einziehen …«

»Und das Café wird somit einen zusätzlichen Bastelbereich bekommen, aber trotzdem immer noch die Leute aus Lizzies Kurs verpflegen. Ich könnte sogar selbst Backkurse anbieten«, ergänzte Jemma wehmütig.

Es klang alles unglaublich aufregend, aber ich konnte nicht sehen, was das alles mit mir und meiner kleinen Vogelschar zu tun haben sollte.

»Und wo genau komme ich bei alledem ins Spiel?«, fragte ich stirnrunzelnd.

»Na ja«, sagte Jemma, »die Stadt will die Arbeiten einheimischer Künstler und Kunsthandwerker fördern, und eine ihrer Auflagen ist, dass wir ihre Arbeit unterstützen und im Laden verkaufen.«

»Wir haben ein paar Interessenten, darunter eine andere Designerin, aber wir wollten jemand Jüngeres mit an Bord haben«, fuhr Lizzie fort, »deswegen wärst du perfekt. Ich übernehme die Verantwortung dafür, die Designs auf die Becher, Kissen und so drucken zu lassen, das heißt, über das alles würdest du dir gar nicht den Kopf zerbrechen müssen.«

»Und dann würden wir sie in dem Kunsthandwerksladen verkaufen, zusammen mit dem Zeug von allen anderen.«

Es war ein bisschen viel zu verdauen.

»Gott«, sagte ich, »ihr zwei habt ja wirklich einiges vor.«

»Ich weiß«, sagte Jemma, »deswegen haben wir ja auch so lange gebraucht, um das alles auszuarbeiten. Ich hätte es niemals in Betracht gezogen, wenn wir unser Team nicht so erweitern könnten, dass das Vorhaben überhaupt machbar ist. Aber mittlerweile haben wir alles genau durchgerechnet und sind startklar. Was meinst du?«

Ich glaube nicht, dass ich je irgendjemandem mit so viel Ehrgeiz und Vision begegnet war wie diesen beiden fleißigen Freundinnen. Sie waren wirklich inspirierend.

»Mit dem Laden wird es nicht vor Anfang Frühling losgehen«, ergänzte Lizzie, »trotzdem müssten wir bald wissen, wofür du dich entscheidest. Es wird eine wunderbar unterstützende Atmosphäre sein, in der du arbeitest.«

»Und man kann nie wissen«, ergänzte Jemma mit einem einnehmenden Lächeln. »Bald könntest du hier im Café Tee aus einem Becher trinken, auf dem eines deiner eigenen Designs prangt!«

War das hier wirklich wahr? Ich war froh, dass ich saß, denn allein schon der Gedanke an das alles genügte, dass mir schwindelig wurde. Auf einmal war ich ziemlich dankbar, dass Gavin, Anna und Molly mich gefunden und mir einen Schubs in die richtige künstlerische Richtung gegeben hatten.

»Und keine Sorge wegen der geschäftlichen Grundlagen der ganzen Geschichte«, sagte Lizzie, »denn dabei können wir dir helfen. Stimmt's, Jem?«

»Absolut«, bestätigte Jemma, nahm das Blatt Papier wieder in die Hand und lächelte auf meinen plumpen kleinen Zaunkönig hinunter. »Konzentrier du dich fürs Erste einfach darauf, dir noch mehr von diesen entzückenden Charakteren einfallen zu lassen.«

Ich verließ das Café und ging hinüber zum Mermaid. Na ja, ich sage, ich ging, aber ich bin mir nicht sicher, dass meine Füße wirklich den Boden berührten, denn es fühlte sich eher so an, als würde ich schweben.

»Geht es dir gut?«, fragte Evelyn, als ich mir einen doppelten Brandy bestellte. »Du siehst ein bisschen durch den Wind aus.«

»Alles gut, Evelyn, danke.« Ich nickte verträumt. »Das ist nur die frische Luft hier in Wynbridge.«

»Aber seit wann bestellst du Brandy?«, hakte sie nach. »Hast du einen Schock erlitten?«

»Nein«, antwortete ich. »Ich will mich nur aufwärmen, und da gerade kein Bernhardiner in der Nähe ist, dachte ich, ich kümmere mich besser selbst darum.«

Ich suchte mir einen Tisch und setzte mich, während ich mich fragte, wie in aller Welt es sein konnte, dass die kompromittierende Situation, in der ich meinen damaligen Verlobten auf den Toiletten des Pubs erwischt hatte, zu so vielen wundervollen Dingen geführt hatte. Ein neues Zuhause und jetzt möglicherweise die Chance, meine Leidenschaft zu meinem Beruf zu machen, und das alles wenige Wochen, nachdem ich noch über eine zerbrochene Beziehung, ein vergeudetes Büfett und eine ziemlich zermatschte Torte geweint hatte.

»Wie ist es gelaufen?«

Es war Mr. Lebensveränderer persönlich. Ich hatte natürlich nicht vergessen, dass er sich mit mir nach dem Meeting auf einen Drink treffen wollte.

»Warst du bei Jemma? Bitte sag Ja.«

Ich sah auf und schenkte ihm mein dankbarstes Lächeln.

»Das war ich«, sagte ich, »und es ist sehr gut gelaufen, danke.«

Kapitel 24

Nach dem dritten doppelten Brandy von Gavin konnte ich mich an nicht mehr viel erinnern, was an dem Abend passiert war. Ich wusste allerdings noch, dass wir lange darüber redeten, was womöglich aus mir geworden wäre, wenn ich die Kunst nicht aufgegeben hätte, als ich die Schule verließ. Gavin wollte auch unbedingt wissen, was damals wirklich vorgefallen war, und in meinem ungewohnt ungeschützten Zustand erzählte ich letztendlich weitaus mehr, als ich eigentlich wollte. Aber da er die Person war, die meine Leidenschaft neu entfacht und mir geholfen hatte, ein potenzielles Ventil dafür zu finden, nahm ich an, ich könnte ihm ein bisschen mehr von meiner traurigen Geschichte anvertrauen. Na ja, das war jedenfalls, was mein von Brandy durchtränktes Gehirn dachte.

Auf der Fahrt zurück nach Wynthorpe begann ich mich etwas flau zu fühlen, und als wir das obere Ende des Knutschparkplatzes erreichten, flehte ich ihn an, den Van anzuhalten, damit ich hinausspringen und ein bisschen frische Luft schnappen konnte.

»Es ist noch gar nicht so viele Wochen her, da hast du mich aus einem anderen Grund hierhergezerrt«, rief er mir mit einem frechen Augenzwinkern in Erinnerung, während er um den Wagen stürzte und die Beifahrertür öffnete, um mir beim Aussteigen behilflich zu sein.

So viel stimmte. Es hatte mehr als eine süße Verführung auf einem Haufen Arbeitsjacken im Laderaum des Vans gegeben, als wir zusammen waren, aber diese Tage waren ein für alle Mal vorbei.

»Ja«, sagte ich. Ich fühlte mich gleich etwas weniger schlecht, als die kalte Winterluft meine Sinne schärfte. »Und angesichts dessen, was ich inzwischen weiß, würde ich vermuten, dass ich nicht die Einzige war.«

Ich gab ihm keine Gelegenheit, etwas dazu zu sagen, und den Rest der Strecke zurück zum Herrenhaus saßen wir schweigend nebeneinander.

»Danke fürs Nachhausefahren«, flüsterte ich, während ich von meinem Sitz rutschte, froh, dass meine Beine eben noch imstande waren, mein Gewicht zu tragen. »Und dass du mir einen Schubs gegeben hast, mit Jemma zu sprechen.«

»Gern geschehen«, sagte Gavin lächelnd, bevor er etwas ernster hinzufügte: »Wenn du einen Weg finden kannst, die Vergangenheit loszulassen, Hayley, ich bin sicher, dann hast du eine tolle Zukunft vor dir.«

Ich wagte es nicht, die Treppe zu meinem Bett hochzusteigen, und wachte mit einem sehr steifen Hals auf, nachdem ich den Rest der Nacht weggetreten in Gabes Sessel im Wintergarten verbracht hatte. Die Tatsache, dass die Tagesdecke, in die ich mich gewickelt hatte, noch immer nach ihm roch, trug nicht dazu bei, meine Schuldgefühle zu lindern, weil ich den Abend mit meinem Ex verbracht hatte, und als ich die Flasche Wein und die Nachricht entdeckte, die Gabe hinterlassen hatte, schnellten sie noch ein paar Stufen höher.

In meiner Aufregung nach meinem Meeting mit Jemma und Lizzie hatte ich völlig vergessen, dass Gabe angedeutet hatte, er würde vielleicht vorbeischauen. Ich wollte gar nicht erst darüber nachdenken, wie viel netter mein Abend verlaufen wäre, wenn ich sofort nach Hause gefahren wäre. Immerhin war ich nicht so dumm gewesen, mich auf eine Nummer auf dem Knutschparkplatz einzulassen, und niemand hatte gesehen, wie Gavin mich zu Hause abgesetzt hatte. Das hätte die Situation noch zehnmal schlimmer gemacht.

»Evelyn hat gestern Abend hier angerufen und gesagt, du hättest den Pub mit Gavin zusammen verlassen«, informierte mich Dorothy beim Frühstück.

Ach du großer Gott, mein Glück ließ mich im Stich.

»Ach ja, hat sie das, Dorothy?«, sagte ich mit zusammengebissenen Zähnen. »Wie aufmerksam von ihr.«

»Um genau zu sein hat sie gesagt, du seist ein bisschen wackelig auf den Beinen gewesen«, ergänzte Mick.

»Und dass du einen Brandy nach dem anderen gekippt hättest«, warf Jamie ein. »Ich glaube, ich habe dich noch nie Brandy trinken sehen.«

Also wusste so ziemlich jeder, wer mich nach Hause begleitet hatte. Ich wunderte mich, dass sie nicht alle aufgeblieben waren, um zu sehen, dass ich wohlbehalten in meinem Bett lag.

»Bis vor ein paar Wochen«, rief ich ihm schroff in Erinnerung, »hast du mich auch noch nie als Künstlerin gesehen, aber du hast es geschafft, dich irgendwie an den Gedanken zu gewöhnen, daher sollte das hier auch kein besonders großes Problem für dich sein, oder?«

Mein Ton ließ bei ihm keinen Zweifel darüber aufkommen, dass die Frage rhetorisch gemeint war, und in der Stille, die darauf folgte, schnappte ich mir eine Scheibe Toast und flüchtete hoch zu meinem Zimmer.

In den nächsten Tagen folgte ich Gabes Beispiel, hielt mich zurück und konzentrierte mich auf meine Arbeit. Zum Glück ließ Gavin nichts von sich hören. Ich hatte befürchtet, er würde zu viel in den gemeinsamen Abend hineinlesen, aber an der Front schien alles ruhig. Ich stürzte mich glücklich in meine beiden Aufgaben, das Herrenhaus zu schrubben und ein paar neue Designs für Jemma zu zeichnen, was beides half, zu verdrängen, was ich meinem Ex alles erzählt hatte. Ich wollte Anna und Molly unbedingt von den neuesten Kirschblütenplänen berichten, hielt aber mein Versprechen und meine Lippen geschlossen.

Die Pläne für das Winterwunderland waren so gut wie unter Dach und Fach, und sowohl das Zuhause des Weihnachtsmanns als auch der Schneeflocken-Rundweg nahmen Tag für Tag mehr Gestalt an. Angus war völlig aus dem Häuschen gewesen, als die Stempelkissen und die mit Schneeflocken gemusterten Stempel für die Karten eintrafen, und selbst ich freute mich darauf zu sehen, wie Catherines geliebtes Sommerhaus in ein Weihnachtsmannhäuschen verwandelt wurde, vorausgesetzt, natürlich, ich konnte es vermeiden, in die gestreifte Strumpfhose schlüpfen zu müssen.

»Also, bist du für morgen bereit?«, fragte Anna am Abend, bevor wir zusammen im Wald nach Grünzeug suchen würden.

Die Art, wie sie anzüglich die Augenbrauen hob, ließ bei mir keinen Zweifel aufkommen, dass sie unsere alberne Wette noch immer nicht vergessen hatte.

»Ich habe Gabe vorhin gesehen«, warf Molly ein, die uns mit ihrer Anwesenheit beehrte, nachdem sie wieder im Herrenhaus übernachtet hatte, »und er hat gesagt, dass es dieses Jahr eine Rekorderrnte an Misteln gibt und die Stechpalmen von Beeren nur so strotzen.«

Sie klang so unschuldig und ätherisch wie eh und je, daher ließ sich unmöglich sagen, ob Anna ihr von unserer Wette erzählt hatte. Zuzutrauen wäre es ihr.

»Das ist ja eine wundervolle Neuigkeit.« Anna strahlte. »Misteln kann man nie genug haben!«

Das Wetter meinte es gut mit uns am nächsten Tag, und bis ich hinausgegangen war, um mich dem Clan anzuschließen, lichteten sich die Wolken, und die Sonne versuchte sich zwischen ihnen hindurchzuzwängen. Wir machten uns auf den Weg, angeführt von Gabe und Bran. Gabe schien bester Laune, daher sparte ich mir die Entschuldigung, um seiner Stimmung nicht noch einen Dämpfer zu verpassen. Mollys blasse Wangen glühten ungewöhnlich. Die beiden waren buchstäblich in ihrem Element, und bevor wir anfingen, uns in Zweierteams aufzuteilen, nahmen sie sich einen Moment Zeit, um uns in Erinnerung zu rufen, dass die Ernte mit Bedacht erfolgen und nicht alles mitgenommen werden sollte, was in Sichtweite war.

»Dieser Wald ist ein Schutzraum und Rückzugsort, aber auch eine Nahrungsquelle«, erklärte Gabe ernst, »daher sollten wir darauf achten, uns nur unseren Anteil zu nehmen und nicht ein Blatt oder eine Beere mehr.«

Dann untermauerte Molly seine Worte mit irgendeiner Art heidnischem Gebet und die Ernte begann. Ich musste unwillkürlich an den Aufruhr denken, den ich ausgelöst hatte, als ich Jamie schamlos vor allen anderen – einschließlich Anna – geküsst hatte. Ich hatte es nur getan, um zu beweisen, dass sie in ihn verliebt war. Hoffentlich würde sie mir die Aktion in diesem Jahr nicht heimzahlen.

»Wie wär's, wenn du dich mit Gabe zusammentust«, schlug sie vor, nachdem alle anderen ihre Werkzeuge, Körbe und Beutel aus dem Quad-Anhänger geholt hatten und losgezogen waren. »Bei den schwierigeren Teilen wäre es für ihn bestimmt sicherer, wenn er jemanden dabei hat, der ihm hilft.«

»Ausgezeichnete Idee«, pflichtete er bei, drückte mir einen leuchtend orangefarbenen Helm auf den Kopf und reichte mir eine Schutzbrille. »Die hier wirst du brauchen.«

Wie sich herausstellte, hatte Gabe sich bereit erklärt, einige der größten Mistelbüschel zu ernten, die an ein paar Bäumen wuchsen, die für uns anderen im Allgemeinen außer Reichweite waren. Sogar für Angus.

»Wir werden zuerst die größten Büschel herunterholen und einsammeln«, sagte er zu mir, »und dann sehen, wie viele wir noch brauchen. Dort oben sieht alles danach aus, als ob es seit einer ganzen Weile unberührt gewachsen ist. Ein paar der Büschel sind wirklich riesig.«

»Und wie hast du vor, an sie ranzukommen?«, fragte ich, während ich blinzelnd zu den Ästen hochsah, wo die

Misteln am dicksten zu sein schienen. »Du willst da doch nicht etwa hochklettern, oder?«

Ich hatte keine große Lust, dafür verantwortlich zu sein, dass er sicher hoch- und wieder herunterkam, oder mit Kletterseilen herumzuhantieren. Das war alles weitaus mehr Angus' Ding als meines.

»Nein.« Gabe lächelte. »Nicht heute. Ich werde das hier verwenden.«

Das hier erwies sich als eine ausfahrbare Baumschere, die bis hoch in die Äste reichte und fast so leicht durch die Stängel schnitt wie ein Messer durch Butter.

»Sieh nicht hoch!«, brüllte Gabe, als die ersten Büschel fielen, und ich war froh über den Kopfschutz, auch wenn ich damit wie ein Trottel aussah.

Binnen weniger Minuten war der Waldboden mit Büscheln übersät, und wir sammelten sie alle ein und schleppten sie zurück zum Anhänger. Es war eine anstrengende, schweißtreibende Arbeit, und ich war froh, etwas später an diesem Vormittag Dorothy zu sehen, die mit Flaschen, Obst und Siruppfannkuchen zur Stelle war.

»Du hattest recht, Gabe«, sagte Archie, der Molly geholfen hatte. »Im Wald findet man dieses Jahr wirklich jede Menge.«

»Meinst du, das heißt, dass uns ein harter Winter bevorsteht?«, fragte ich.

Das war, was meine Oma jedes Mal vermutete, wenn es reichlich Beeren gab.

»Wollen wir's hoffen«, strahlte Angus. »Echter Schnee für das Winterwunderland wäre so viel netter als dieses synthetische Zeug.«

»Und billiger«, warf Jamie ein.

»Ich würde mich nicht wundern, wenn wir einen strengen Winter bekommen sollten«, meinte Gabe, während er sich umsah.

»Die Vorzeichen deuten alle darauf hin«, ergänzte Molly geheimnistuerisch.

Gabe nickte beipflichtend.

»Apropos Zeichen«, sagte Anna, »dieses Jahr gibt es wirklich ungewöhnlich viele Misteln, oder?«

»Ja.« Archie lachte und drückte Molly an sich, »und ringsum jede Menge Romantik noch dazu.«

»Genau«, fiel Anna begeistert mit ein, während sie mir einen wissenden Blick zuwarf.

»Obwohl, der nordischen Mythologie zufolge«, begann Molly, aber Anna ließ sich nicht von ihrem Kurs abbringen und redete einfach über sie hinweg.

»Ich denke«, sagte sie, während sie ihre Gartenschere zückte und zu schnippeln begann, »im Geiste der Jahreszeit sollten wir alle heute Nachmittag einen Zweig mit uns tragen.«

»Bist du sicher?«, hakte Jamie nach. »Als ich das letzte Mal in diesem Wald Mistelbeeren geschwenkt habe, habe ich mir einen Schmatzer von Hayley eingefangen.«

»Wen wundert's«, murmelte Gabe sarkastisch hinter mir.

Sein Ton war gerade laut genug, dass ich es hören konnte, und alles andere als witzig. Er klang völlig anders als der fröhliche und begeisterte Mann, mit dem ich den ganzen Vormittag über zusammengearbeitet hatte. Ich spürte, wie sich meine Nackenhaare aufstellten.

»Was soll das denn heißen?«, fauchte ich und schnellte herum.

Er hatte erreicht, dass ich mich angepikst und in der Defensive fühlte, und ich wollte eine Antwort, aber er war bereits davongestapft.

»Upps« sagte Jamie mit verlegener Miene, während Anna ihn anfunkelte. »Habe ich was Falsches gesagt?«

»Nein«, meinte ich errötend.

»Läuft zwischen euch beiden etwa irgendwas?«, fragte er misstrauisch.

»Wohl kaum«, schnaubte Anna, die Hände in die Hüften gestemmt, während sie für ihren Wetteinsatz bereits die Felle davonschwimmen sah. »Und schon gar nicht, wenn du herumläufst und solch idiotisches Zeug verbreitest.«

»Was denn?« Jamie wirkte ehrlich verwirrt. »Was habe ich denn getan?«

»Hier«, sagte ich und warf ihm meinen Helm und meine Schutzbrille zu, »du kannst heute Nachmittag mit dem Grüffelo zusammenarbeiten. Ich habe für einen Tag genug von seiner gespaltenen Persönlichkeit.«

Ich wollte unbedingt zurück in mein Studio, hielt es andererseits jedoch besser zu bleiben, um Anna im Auge zu behalten. Weiß Gott, was sie sagen würde, wenn ich nicht da war, um sie in Schach zu halten.

»Ich bleibe bei dir, Anna«, sagte ich entschieden zu ihr. »Gabe meint, wir sollen den Efeu zusammen mit dem ganzen Zeug hier in die Stadt bringen. Offenbar erwürgt er fast die Bäume, deshalb muss er weg.«

In diesem Augenblick hätte ich *sie* am liebsten auch erwürgt.

»Na schön«, pflichtete sie mir bei und gab die Misteln auf, von denen sie gehofft hatte, sie würden Gabe und mich zusammenbringen, »vielleicht wäre das wirklich die bessere Idee.«

Sie versuchte nach allen Regeln der Kunst, mich darüber auszuhorchen, was Gabe gesagt hatte, aber nach der dritten Abfuhr ließ sie das Thema fallen, und wir arbeiteten schweigend, füllten stetig unsere Beutel und schleppten sie zurück zum Anhänger, mit dem Mick immer wieder zum Hof und wieder zurückfuhr.

Am Ende des Nachmittags waren wir alle erschöpft, hatten aber zumindest eine frischere Gesichtsfarbe, und unsere Stimmung war wieder so gut, wie sie es an einem der arbeitsreichsten Tage im Wynthorpe-Kalender sein sollte. Ich hatte das Flattern der kleinen Schwanzmeisen beobachtet, die ich so unbedingt auf Papier festhalten wollte, und die Gesellschaft eines anderen ebenso großspurigen Rotkehlchens genossen, das immer wieder in die Laubstreu hüpfte und nach Leckerbissen suchte, um seine Winterkost zu ergänzen.

»Geht es allen gut?«, fragte Jamie, während wir uns auf den Weg zum Herrenhaus machten, um zu sehen, was Dorothy den Nachmittag über vorbereitet hatte.

»Ja«, riefen wir im Chor.

Während ich in die erschöpften, aber glücklichen Gesichter meiner Freunde blickte, konnte ich sehen, dass ein Tag draußen an der frischen Luft uns allen rundum gutgetan hatte. Selbst Gabe sah weniger mürrisch und etwas charmanter aus.

»Tut mir leid wegen vorhin«, sagte er leise, während

er sich zurückfallen ließ und sich meinen Schritten anpasste.

»Schon gut«, meinte ich schulterzuckend, obwohl ich mir auf die Zunge beißen musste, um ihn nicht zu fragen, worauf er eigentlich hinauswollte.

Im Laufe des Nachmittags, während ich über Gabes bissige Bemerkung nachdachte, war mir der Gedanken gekommen, dass er irgendwie mitbekommen hatte, wie Gavin mich absetzte, und die falschen Schlüsse gezogen hatte, aber ich wusste, dass er das nicht getan hatte. Das Pförtnercottage hatte völlig im Dunkeln gelegen. Darauf hatte ich geachtet.

»Ich habe nur gemeint, was Jamie gesagt hat, klang eher nach etwas, was die *alte* Hayley angestellt hätte, und wie du weißt, war ich schon immer eher angetan von der *neuen* Hayley.«

»Oh«, schluckte ich, »okay.«

Ich war mir nicht sicher, ob es das war, was er wirklich gemeint hatte, aber seine Erklärung war weitaus leichter zu verdauen als das, was ich angenommen hatte, daher entschied ich, sie zu akzeptieren.

»Obwohl«, fuhr ich fort, »um fair zu sein, auch wenn es die alte Hayley war, die Jamie geküsst hat, hat sie es nur mit den besten Absichten getan.«

»Ach ja?«, sagte er lächelnd. »Das heißt, sie hatte es nicht auf den jüngsten Connelly-Sohn abgesehen?«

»Absolut nicht«, stöhnte ich, gespielt verletzt davon, dass er so etwas auch nur andeuten konnte. »Um genau zu sein, war es ein etwas dreister Weckruf für Anna, um ihr klarzumachen, dass sie sich in ihn verknallt hatte.«

»Und, hat es geklappt?«

Ich zeigte nach vorn, wo Anna und Jamie stehen geblieben waren und jetzt eng umschlungen dastanden.

»Wie am Schnürchen.« Ich grinste.

Als ich zu Gabe zurücksah, war er ebenfalls stehen geblieben und hielt mir einen kleinen Mistelzweig über den Kopf.

»Ich bin mir nicht sicher, ob das eine gute Idee ist«, sagte ich mit belegter Stimme.

Das Letzte, was ich wollte, war, dass Anna sich umdrehte und uns beide in einer Umarmung sah.

»Ich auch nicht«, sagte er, warf den Zweig zur Seite und zog mich in seine Arme. »Wer braucht den schon?«

Es war wieder ein absolut berauschender Kuss, der mich bald vergessen ließ, dass Anna sich in unmittelbarer Nähe befand. Gabes volle Lippen, fest auf meine gepresst, jagten einen Hitzeschwall durch meinen Körper, der bis in meine durchgefrorenen Fingerspitzen und Zehen reichte.

»Gabe«, stöhnte ich schließlich, als ich den dumpfen Schmerz in meinem Nacken zu registrieren begann, der mir verriet, dass ich außerordentlich lange jemanden geküsst hatte, der deutlich größer war als ich. »Gabe.«

»Nein«, sagte er, nicht bereit, sich von mir zu lösen. »Ich will nicht aufhören.«

Ich schob alle Gedanken daran beiseite, dass er weder eine flüchtige Begegnung noch etwas Ernstes suchte, oder überhaupt irgendetwas, was auch nur die entfernteste Chance hätte, ihn glücklich zu machen, zusammen mit den Erinnerungen an seinen kürzlichen Hausgast, und konzentrierte mich stattdessen darauf, dem Kuss meine volle und ungeteilte Aufmerksamkeit zu schenken.

Er küsste mich ebenso leidenschaftlich wie ich ihn, und ich hoffte inständig, dieser Kuss bedeutete, dass Gabe sein Gepäck endlich abgelegt hatte, das ihn jedes Mal bremste, wenn wir uns näherkamen. Wenn das hier das grüne Licht war, auf das ich insgeheim immer noch wartete, dann war ich bereit.

»Ihr könnt jetzt aufhören!«, rief eine Stimme irgendwo vor uns. »Wir haben's alle kapiert.«

Annas Lachen durchbrach den unerwarteten, aber absolut wundervollen Moment.

»Großer Gott, Hayley«, sagte Jamie lachend, während er und Anna zu der Stelle zurückkehrten, wo Gabe und ich kurz davor waren, auf den Boden zu fallen und uns noch besser kennenzulernen. »Du bist wirklich unersättlich, weißt du das? Nächstes Jahr werde ich dich nicht in einen Umkreis von fünfzig Metern von allem lassen, was einem Mistelzweig auch nur annähernd ähnelt. Aber wenigstens hast du etwas Positives daraus gewonnen, dass du verloren hast!«

»Wovon redest du denn?«, fragte Gabe, als er endlich zur Besinnung kam.

Ich sah Anna an und schüttelte den Kopf. Die Katastrophe steuerte genau auf mich zu, und ich hatte keine Ahnung, wie ich sie abwenden sollte.

»Anna hat es mir eben erzählt«, plapperte Jamie drauflos, während er zwischen uns beiden hin und her sah.

Anna wirkte panisch, aber genau wie ich war sie außerstande, Jamie zum Schweigen zu bringen.

»Dir was erzählt?«, fragte Gabe, während er sich bückte, um seine Baumschere aufzuheben.

»Nichts«, platzte Anna heraus, »ich habe dir gar nichts erzählt, Jamie.«

»Doch, das hast du«, neckte Jamie sie, in der Annahme, dass es irgendein Spiel war und dass er den letzten Lacher haben würde, indem er seine Angebetete und mich so richtig auflaufen ließ. »Jetzt ist es zu spät, es abzustreiten. Sie hat mir erzählt, dass sie mit Hayley hier eine Wette am Laufen hatte, und als die Verliererin musste sie dich bis zum Ende des Tages unter dem Mistelzweig küssen.«

»Ist das so?«, fragte Gabe, nickte und zwang sich, so ungerührt wie möglich zu klingen. »Na dann, gern geschehen.«

»Nein«, begann ich zu sagen, aber er gab mir keine Chance, ihm in Erinnerung zu rufen, dass er es war, von dem der Kuss ausgegangen war, und dass ich bei der Angelegenheit sehr wenig zu sagen gehabt hatte.

»Na ja, es tut mir leid zu sagen, dass du in diesem Fall nicht gewonnen hast, Anna«, erklärte er mit so viel Würde, wie er aufbringen konnte, »denn wie du sehen kannst, ist hier nicht einmal auch nur eine Mistelbeere in Sicht.«

»Gabe«, schluckte ich.

Anna sagte nichts, aber wirkte aber zumindest beschämt darüber, was sie mit ihrem Gerede angerichtet hatte.

»Das heißt, ich nehme an, diesmal hast du gewonnen, Hayley«, meinte Gabe schulterzuckend und marschierte in die entgegengesetzte Richtung des Herrenhauses davon, bevor ich die Chance hatte, mit ihm zu reden.

Kapitel 25

Als wir am frühen Samstagmorgen aufwachten, stellten wir fest, dass es seit mehreren Stunden ununterbrochen geschneit hatte. Die Baumauktion und der Kuchenbasar in der Stadt würden so noch stimmungsvoller werden. Der Garten sah wunderschön aus, als ich meine Schlafzimmervorhänge zurückzog, und als ich für ein, zwei Sekunden das Fenster öffnete, stellte ich fest, dass er auf eine unheimliche Weise still war. Nicht einmal mein großspuriges Rotkehlchen war in der Stimmung, sich an diesem besonders frostigen Morgen bemerkbar zu machen.

Ich hatte mich nicht als Freiwillige für die Auktion oder den Basar eingetragen, aber ich fuhr trotzdem nach Wynbridge, da ich mich verabredet und außerdem einen riesigen Essenskorb von Dorothy beim Rathaus abzugeben hatte.

»Lass den Korb bloß nicht bei Jemma im Rathaus stehen«, schärfte mir Dorothy zum gefühlt hundertsten Mal ein, »sonst kommt er mit allen anderen durcheinander.«

»Leer ihn gleich bei deiner Ankunft in einen Pappkarton aus«, wiederholte ich die Ansprache, die ich inzwischen auswendig kannte, »und stell den Korb dann sofort wieder zurück in den Land Rover.«

»Danke, Miss Schlauberger«, meinte Dorothy kopfschüttelnd. »Und sag Jemma …«

»Dass du da sein wirst, sobald Anna bereit ist, dich hinzufahren.«

Sie nickte knapp, und ich machte mich auf die Suche nach Mick, der mich in die Stadt fahren und bei der Auktion helfen würde. Gabe war schon weitaus früher aufgebrochen, um das Grünzeug in dem Anhänger zu liefern, der jetzt an seinen Truck anstatt den Land Rover angekuppelt war, und ich fragte mich, ob Mick sich vielleicht ein wenig überflüssig fühlte.

»Du machst wohl Witze«, sagte er lachend, als ich ihn fragte. »Gabe hier zu haben fühlt sich an, als ob Weihnachten für mich dieses Jahr früher gekommen ist.«

Mir ging es genauso, wenn auch aus völlig anderen Gründen.

»Obwohl«, meinte er dann, die Stirn besorgt gefurcht, »ich frage mich doch, ob er deswegen so hart arbeitet, um vor irgendetwas davonzulaufen.«

Ich hatte genug über Mick erfahren, um zu verstehen, dass er schwere Zeiten durchgemacht hatte, nachdem er aus der Armee ausgeschieden war, daher schien er zu wissen, wovon er redete. Er sprach nicht unbedingt viel, aber er war die Art Mann, der Dinge erfasste, und angesichts dessen, was Gabe mir darüber erzählt hatte, dass er noch lernen musste, seine eigenen Ratschläge zu befolgen, nahm ich an, dass Mick vielleicht recht hatte.

»Na ja, er ist am bestmöglichen Ort, wenn er eine Schulter oder auch drei zum Ausweinen braucht, oder?«, sagte ich lächelnd. »Das ist er allerdings«, bestätigte Mick, »aber Weihnachten kann eine harte Zeit sein, selbst wenn man auf Wynthorpe Hall lebt.«

»Wie kommst du darauf, dass seine Probleme, falls er welche hat, irgendetwas mit Weihnachten zu tun haben? Du meinst doch nicht etwa, dass es ihm so geht wie Anna damals, oder?«

Anna war mit einer extremen Abneigung gegen den Dezember und allem, was dazugehörte, auf Wynthorpe Hall angekommen. Sie hatte ihre Mum ausgerechnet am ersten Weihnachtstag an den Krebs verloren, als sie ein kleines Mädchen war. Den Connelly-Clan kennenzulernen und sich in Jamie zu verlieben hatte sie zum Glück wieder mit dem Weihnachtsfest versöhnt.

Mick zuckte mit den Schultern.

»Davon weiß ich nichts«, sagte er zu mir, »aber ich habe den Eindruck, dass diese Zeit des Jahres irgendetwas an sich hat, was Gabe nicht mag.«

Wie vorhergesagt wimmelte es in Wynbridge von Leuten, die alle in Weihnachtsstimmung kommen wollten, und das Winterwunderland, das jetzt in bereits einer Woche stattfinden würde, war in aller Munde. Nachdem ich Dorothys geliebten Korb wie angewiesen ausgeleert und wieder im Land Rover verstaut hatte, stand ich da und sah verstohlen zu, wie sich Gabe an die Arbeit machte, um die wunderschöne Auswahl an Bäumen, die bald zum Verkauf kommen würden, mit einem Seil abzusperren. In meinen Augen sah er aus, als hätte er eine gesunde Einstellung zu Weihnachten, aber Micks Worte hatten mich trotzdem zum Nachdenken gebracht.

Gabe warf nicht einmal einen Blick in meine Richtung, und ich war froh, dass eine hektische, vollauf mit Vorbereitungen ausgefüllte Woche vor uns lag, denn das würde mich davon abhalten, zu viel darüber nachzudenken, was passiert war, und mich zu fragen, wie ich es wieder in Ordnung bringen könnte.

»Hallo, Hayley«, begrüßte Francesca mich, als ich mir durch das Gedränge einen Weg zurück zu ihrem Kunstladen bahnte. »Das ist ja eine nette Überraschung.«

»Morgen, Fran«, gab ich lächelnd zurück.

Sie hatte darauf bestanden, dass ich sie so nannte, als ich meinen Adventsgutschein einlöste, und sie hatte mir auch erzählt, dass ihr Großvater sofort ins Schwärmen geraten war, als sie ihm von mir erzählt hatte.

»Was kann ich heute für dich tun?«, fragte sie.

»Ich brauche einen Rahmen«, sagte ich zu ihr, »etwas Schlichtes für das hier.«

Ich griff in meine Tasche und holte ein kleines, in Luftpolsterfolie gewickeltes Bild hervor, das ich bereits auf Karton gezogen hatte.

»Wahnsinn, hast du das gemalt?«, fragte Fran mit weit aufgerissenen Augen. »Das ist richtig gut.«

»Ja«, sagte ich und musste schlucken, während ich das schlichte Gemälde betrachtete, das ich nach einer Skizze angefertigt hatte, die ich von Mum in einem seltenen Moment der Stille gemacht hatte, als sie zu Hause am Küchentisch eine Zeitschrift las, »aber es ist uralt.«

»Ich finde es wunderschön«, sagte Fran, während sie jedes Detail in Augenschein nahm.

»Danke«, meinte ich errötend. Ob es mir irgendwann gelingen würde, ein Kompliment anzunehmen, ohne dabei so rot zu werden wie der Anzug des Weihnachtsmanns? »Vielen Dank.«

»Und ich habe genau den passenden Rahmen dafür«, ergänzte Fran, ohne meine Gesichtsfarbe zu bemerken.

Zusammen befestigten wir das Gemälde, und dann war sie so lieb, es für mich einzupacken, damit ich es gleich verschenken konnte.

»Und, wie sieht's dort draußen aus?«, fragte sie mit einem Nicken zum Marktplatz.

»Hektisch«, sagte ich zu ihr. »Was der Grund ist, weshalb ich mich gleich zum Mittagessen in den Pub verziehe.«

»Das kann ich gut verstehen«, sagte sie lachend, »dort drinnen wird es bald nur noch Stehplätze geben. Ich bleibe den ganzen Tag geöffnet, um die ganze Laufkundschaft abzupassen, aber ich habe keine Chance, so viele Leute anzulocken wie die Bar.«

»Na ja, man kann nie wissen«, sagte ich zu ihr, während ich meine Jacke zuknöpfte. »Die Leute sind in Kauflaune, daher kann ich mir kaum vorstellen, dass du einen besonders ruhigen Tag haben wirst. Wir sehen uns bald wieder.«

»Nächstes Wochenende«, rief sie mir in Erinnerung. »Wir kommen zum Winterwunderland.«

»Na, dann zieht euch besser warm an«, empfahl ich ihr, »und nehmt euch den ganzen Tag dafür Zeit, denn es gibt jede Menge zu sehen und zu tun.«

Der Pub füllte sich bereits, als ich eine rasche Runde über den Markt gedreht und noch einmal beim Back- und Bastelwarenstand des Kirschblütencafés angehalten hatte, aber ich konnte gerade noch so einen Tisch ergattern, nachdem ich mir an der Bar Skylark-Schinken, Eier, Pommes und einen Kaffee bestellt hatte. Es war viel zu früh am Tag, um Alkohol zu trinken, und ich musste auftauen.

Ich hatte gerade aufgegessen und wollte mich auf den Weg machen, um mein Päckchen abzugeben, als Gavin mit ein paar Kumpeln hereinstolzierte. Er ging direkt an die Bar, um zu bestellen, kam dann aber zu mir und ließ sich auf den Platz mir gegenüber fallen.

»Na«, sagte er, sein Grinsen so breit wie eh und je.

Ich versuchte zu ignorieren, wie sich die Typen, die an der Bar anstanden, mit den Ellenbogen in die Seite stießen, aber Gavin wandte sich um und bemerkte sie.

»Ich habe keiner Menschenseele erzählt, was passiert ist«, flüsterte er mir zu, »kein Wort zu irgendwem.«

Ich war etwas verblüfft, dass er überhaupt davon ausging, dass es irgendetwas zu erzählen gab. Es sei denn, er meinte die Details über meinen Abschied von der Schule damals. Ich bereute es wirklich, ihm davon erzählt zu haben.

»Pfadfinder-Ehrenwort«, versicherte er mir, als ich nichts sagte.

»Ich weiß nicht, wovon du redest, Gavin«, meinte ich stirnrunzelnd.

»Im Van auf dem Nachhauseweg«, meinte er augenzwinkernd. »Du weißt schon.«

»Ich weiß, dass auf dem Nachhauseweg absolut nichts passiert ist«, sagte ich streng zu ihm, »also denk nicht einmal dran, irgendetwas anderes anzudeuten.«

»Ist ja gut«, sagte er, »bleib entspannt. Ich wollte dich nur damit aufziehen, dass du zu viel getrunken hast, aber ich nehme an, an dem Punkt sind wir noch nicht.«

»Glaub mir«, sagte ich, »an dem Punkt werden wir nie wieder sein.«

Er konnte es sich nicht verkneifen, sein frechstes Grinsen aufzusetzen, und meine Stimmung sank, als ich Mick und Gabe hereinkommen sah. Es war ausgeschlossen, dass sie uns nicht bemerkten, daher hatte es gar keinen Sinn, so zu tun, als wäre ich unsichtbar.

»Na ja«, sagte Gavin, streckte eine Hand unter dem Tisch aus und drückte scherzhaft mein Knie, »ich verzieh mich mal wieder zu den Jungs.«

»Nur zu«, sagte ich und lehnte mich etwas weiter auf meinem Platz zurück, sodass ich außerhalb seiner Reichweite war. »Und wenn ich auch nur einen Pieps davon höre, dass du den Leuten erzählt hast, es sei etwas zwischen uns gelaufen, ich schwöre bei Gott, dann werde ich … Na ja, dann werde ich für meine schweren Gewalttaten nicht verantwortlich sein.«

»Mir war gar nicht bewusst, dass auch nur die Andeutung, wieder mit mir zu schlafen, so schlimm wäre«, schmollte er. »Ich weiß, ich habe ein paar Fehler gemacht.«

»Du hast mehr als nur ein paar gemacht«, gab ich schaudernd zurück.

Wie war es möglich, dass er, zusammen mit praktisch jedem anderen, bereits vergessen hatte, dass er vor nicht langer Zeit bereit gewesen war, sich mir für den Rest des Lebens zu versprechen? Zuerst hatte ich gedacht, sein Fremdgehen hätte mich für immer von Beziehungen geheilt, aber jetzt war ich mir da nicht mehr so sicher. Die Gefühle, die ich für Gabe hatte, hatten mich viele Dinge, die ich zu wissen glaubte, hinterfragen lassen, und meine Erfahrungen mit Verliebtheit waren eines davon.

»Weiß Gott, was du getrieben hast«, ergänzte ich gehässig.

Gavin biss sich auf die Lippe, schoss aber nicht zurück. Auf einmal hatte ich den Eindruck, dass es noch viel mehr gab, was er gern gesagt hätte, jetzt, wo er begriffen hatte, dass ich für ein bisschen unverbindlichen Spaß auf der Ladefläche seines Vans nicht zu haben war. Ich bereute es bitter, diese ganzen Brandys gekippt und meine Deckung aufgegeben zu haben. Er hatte mich vielleicht dazu überredet, wieder meiner Leidenschaft nachzugehen, aber der Preis, den ich dafür bezahlte, war zu hoch.

»Na dann, man sieht sich«, sagte er, stand wieder auf und zupfte seinen Hosenbund zurecht, »und übrigens, falls du dir zufällig überlegst, heute Nachmittag bei deiner Mum vorbeizuschauen, ich habe deinen alten Herrn eben bei den Buchmachern gesehen. Das Timing könnte nicht besser sein.«

Das Haus sah genauso aus wie an dem Tag, an dem ich es verlassen hatte. Es war ein Jammer, wirklich. Die kleine Reihe mit Sozialbauten aus den Fünfzigerjahren war bei Weitem nicht die hübscheste in Wynbridge, aber die ausrangierten Möbel, liegen gebliebenen Autos und Bierdosen, die die Gärten von zwei oder drei Häusern, das meiner Eltern eingeschlossen, zierten, weckten in mir Mitleid mit denen, die sich bemühten, das Beste aus dem zu machen, was sie hatten.

Es fühlte sich nicht richtig an, einfach hineinzugehen, daher klopfte ich an der Hintertür und wartete. Als keine Antwort kam, versuchte ich es am Türknauf, aber es war abgeschlossen. Ich wollte das Päckchen ungern einfach dort liegen lassen, wo es jeder finden könnte, also würde ich wohl ein anderes Mal wiederkommen müssen.

»Hayley«, kam eine Stimme von oben. »Bist du das?«

»Ja.« Ich blinzelte hoch und entdeckte Mum, die sich aus dem oberen Dielenfenster lehnte.

»Gib mir eine Minute.«

»Ich will dich nicht stören, wenn du beschäftigt bist«, rief ich hoch und zeigte ihr die Tüte. »Ich kann das hier einfach auf der Türschwelle lassen.«

Bevor ich Zeit hatte, die Tüte abzustellen, hatte sie die Tür aufgeschlossen und mich ins Haus gezogen.

»Bist du allein?«, fragte sie mit einem Blick zur Straße.

»Ja«, sagte ich, »natürlich. Was ist denn los?«

»Ach nichts«, meinte sie schulterzuckend, wobei sie sich noch einmal verstohlen umsah.

Einen verrückten Moment lang fragte ich mich, ob sie oben einen anderen Mann versteckt hatte. Verdenken könnte ich es ihr nicht.

»Mum?«

»Gib mir eine Minute«, sagte sie wieder und stürzte die Treppe hoch. »Setz schon mal Wasser auf, Liebes, und ich erzähle dir gleich, was passiert ist.«

Ich hatte den Tee gekocht und einen Teller mit Keksen von dem Vorrat, den sie vor Dad versteckt hielt, gefüllt, bevor sie wieder herunterkam.

»Tut mir leid, das eben«, entschuldigte sie sich. »Ich musste die Dielenbretter zurücklegen.«

»Du musstest *was*?«

»Die Dielenbretter unter dem Teppich im Flur«, erklärte sie, »dort habe ich das Geld versteckt, das ich auf die Seite legen konnte, für den Zeitpunkt, wenn ich deinen Vater verlasse.«

Ihr Gesicht glühte, und obwohl sie immer noch schmal war, hatte ich den Eindruck, dass sie ein paar Pfund zugenommen hatte. Wir sahen uns an und dann lachten wir beide lauthals los. Ich staunte über ihren gerissenen Plan und ihre Entschlossenheit, ihn durchzuziehen.

»Als ich nichts mehr von dir gehört habe«, sagte ich zu ihr, »dachte ich, du hättest es dir anders überlegt.«

»Du machst wohl Witze.« Sie lachte und biss in einen Keks. »Allein schon der Gedanke daran, abzuhauen, hat mich beflügelt.«

»Das kann ich sehen«, pflichtete ich bei. »Du siehst umwerfend aus. Aber pass bloß auf. Wenn er mitbekommt ...«

Mum lachte wieder auf, sodass sie sich fast an ihrem Keks verschluckte.

»Seit wann hat dein Vater denn irgendetwas bemerkt außer seinen Wettscheinen?«

»Und seinem Bauch«, warf ich ein.

Ich trank einen Schluck von meinem Tee und sah sie über den Rand meines Bechers hinweg an.

»Und, hast du schon was gefunden?«, fragte ich.

Ich hasste den Gedanken, dass sie wegwollte, aber nichts fand, wohin sie gehen könnte. Ich wusste, wenn ich Catherine und Angus fragte, würden sie sie aufnehmen, trotz der Differenzen, die sie in der Vergangenheit gehabt hatten, aber ich war mir nicht sicher, ob das eine gute Idee wäre.

»O ja«, sagte sie grinsend. »Gleich nach Weihnachten bin ich weg von hier.«

»Wirklich?«

»Wirklich«, hauchte sie. »Ich habe einen Job wie deinen gefunden, mit Unterkunft und Verpflegung.«

Ich konnte nicht glauben, was ich da hörte.

»Wo denn?«, fragte ich, »als was?«

»Hauswirtschaft«, kicherte sie, »in einem Internat unten im Süden.«

»Aber wann denn? Wie denn?«

Sie weigerte sich, mir mehr zu erzählen, aus Angst, ihr Glück auf die Probe zu stellen, aber sie erklärte mir, dass sie oben mehr als nur Geld versteckte, dass sie sich auf den Tag vorbereitete, an dem sie gehen würde. Die Leitung der Schule hatte Verständnis für Mums Situation und alles war arrangiert. Mum sah aus und klang wie ein völlig anderer Mensch. Sie *war* ein anderer Mensch.

»Ich werde dir nicht noch mehr erzählen«, sagte sie, »denn es ist das Beste, wenn du nichts weißt, wenn dein Dad auftaucht. Sieh besser zu, dass du loskommst, er wird bald zurück sein.«

Ich ließ ihr das Geschenk da, nahm ihr das Versprechen ab, es nicht zu öffnen, bis sie alles geregelt hatte, und mich im Herrenhaus anzurufen, sobald sie unterwegs war.

»Es wird ein Abenteuer«, sagte sie zu mir, »und das habe ich alles nur dir zu verdanken, Liebes. Ich hoffe, du bist in jeder Hinsicht so glücklich, wie du es verdient hast.«

Da war ich mir nicht so sicher, aber ich hoffte, dass immer noch genug Zeit blieb, um alles in Ordnung zu bringen.

Kapitel 26

Bei so vielen anderen Dingen, die in meinem Leben los waren, wäre es leicht gewesen, die Situation mit Gabe einfach weiter vor sich hinplätschern zu lassen, aber dazu würde ich es nicht kommen lassen. Ich wollte nicht, dass irgendetwas die Vorfreude auf das Winterwunderland dämpfte, und ich nahm an, wenn wir uns aussprachen, die Leidenschaft zügelten und ich mein Herz davon überzeugen konnte, sich eine Auszeit zu nehmen, würden wir es schaffen, uns auf eine Freundschaft zu verständigen.

Ich wunderte mich, dass ich noch immer darüber nachdachte, wie eine ernste Beziehung mit Gabe aussehen und sich anfühlen könnte. Eigentlich wollte ich mich ja nicht mehr auf etwas Ernstes einlassen, und doch hatte ich mich nur Tage, nachdem ich Gavin mit der Hose um seine Knöchel erwischt hatte, in einen Mann verknallt, den ich kaum kannte und der nicht mal mein Typ war.

»Okay, Leute«, donnerte Angus früh am Montagmorgen, als wir mit den Vorbereitungen für das Winterwunderland begannen, »los geht's.«

»Von heute an«, schaltete sich Jamie ein, während er sein überquellendes Klemmbrett konsultierte, »heißt es, volle Kraft voraus. Die Bäume für den Wettbewerb müssen im Herrenhaus aufgestellt werden, und die verschiedenen Gruppen werden die ganze Woche über immer wieder vorbeikommen, um sie zu schmücken. Dad und ich überwachen die Positionierung und stellen sicher, dass jeder mit seinem Platz zufrieden ist.«

»Ich werde zwischendurch einen Blick hineinwerfen, wenn ich kann«, bot Dorothy an, »und wenn es ein Problem gibt, melde ich es dir mit diesem Apparat.«

Der »Apparat« war ein vorsintflutliches Walkie-Talkie. Angus hatte ein halbes Dutzend davon aus seiner Männerhöhle ausgegraben und eingerichtet, womit er wieder einmal bewiesen hatte, dass sein ganzes Horten durchaus auch sein Gutes hatte.

»Danke, Dorothy«, sagte Jamie, bevor er sich an seinen Bruder wandte. »Archie und Molly, wir haben uns gefragt, ob ihr vielleicht gern damit anfangen würdet, den Farngarten in den Nordpol zu verwandeln? Ich habe die Kartons mit den Lichtern und Dekorationen schon ins Sommerhaus gestellt.«

»Klar.« Archie strahlte.

Das war eine Riesenerleichterung. Molly würde in einer gestreiften Strumpfhose weitaus besser aussehen als ich.

»Mick, du bist dafür zuständig, dich um die Ponys und den Schlitten zu kümmern, und Gabe und Hayley«, wandte er sich schließlich an uns, »da ihr beide gemeinsam an der Planung des Schneeflocken-Rundwegs gearbeitet habt, hoffen wir, dass ihr ihn anlegen und noch einmal überprüfen könnt, dass die Details auf der Karte genau dem Rundweg entsprechen, den die Besucher nehmen werden. Ein paar Helfer werden sich um die Abdeckplane für den Bastelbereich kümmern, aber den Rest müsstet ihr übernehmen. Ist das in Ordnung?«

Nachdem er der Hauptverantwortliche für unsere Auseinandersetzung gewesen war und das Zerwürfnis selbst mit angesehen hatte, schien er nicht so sicher, dass wir gemeinsam an einem Strang ziehen würden, aber ich war dabei, wenn Gabe es war.

»Ich wüsste nicht, wieso nicht«, meinte ich eifrig.

Ich hatte keine große Lust, mir die ganze Woche im Wald den Arsch abzufrieren, aber wenn das hieß, dass ich die Chance haben würde, mit Gabe Frieden zu schließen, sollte es mir recht sein.

Jamie wirkte erleichtert.

»Wer als Erster fertig ist, hilft denen, die noch am meisten zu tun haben«, fuhr er fort, »aber wenn wir uns alle ordentlich ins Zeug legen, sollten wir noch vor dem Zeitplan fertig sein. Das würde uns natürlich eine Menge Stress ersparen.«

»Wer ist denn hier gestresst?«, meinte Angus schulterzuckend.

»Catherine und ich werden die Partypläne noch mal durchgehen«, rief Anna uns in Erinnerung, »und im Herrenhaus alles dekorieren, was nicht schon mit Weihnachtskugeln geschmückt ist, aber danach packen wir mit an.«

Dank Jamies Organisationstalent, das die Überschwänglichkeit seines Vaters ausglich, war alles startklar. Na ja, zumindest theoretisch.

»Oh«, meldete sich der Unruhestifter persönlich zu Wort, »und dann gibt es noch einen klitzekleinen Job, der erledigt werden muss, aber ich habe ein paar Jungs aus der Stadt, die kommen und helfen werden, das heißt, wenn ihr ein paar Fremde seht, die hier herumlaufen, keine Panik.«

»Um was geht es denn, Angus?« Catherine war die Einzige, die zu fragen wagte.

»Rentiere«, antwortete er und strahlte dabei vor Aufregung so hell wie der Weihnachtsstern. »Eines der Unternehmen, mit denen ich ursprünglich gesprochen hatte, hatte eine Stornierung, also kommen sie zu uns, neben den Eulen, hoffentlich, und das fast umsonst. Sie bringen drei ausgewachsene und ein Kalb und haben alle Formalitäten für uns erledigt!«

»Ging es nur mir so«, sagte ich in einem freundlichen Ton zu Gabe, während wir den Anhänger mit all den Dingen beluden, die wir benötigen würden, um den Schneeflocken-Rundweg anzulegen, »oder hat sich tatsächlich niemand gewundert, dass es Angus gelungen ist, ein paar Rentiere aufzutreiben?«

»Du hast recht«, pflichtete er lächelnd bei, »ich weiß, ich lebe noch nicht lange hier, aber selbst ich habe bereits kapiert, dass Angus ziemlich gut darin ist, seinen Willen durchzusetzen.«

»Aber er ist nicht egoistisch«, war mir wichtig zu betonen. »Letztlich tut er es immer für andere.«

»Das ist mir klar«, fauchte Gabe. »Hab ich was anderes behauptet?«

Er hatte einen scharfen, abwehrenden Ton angeschlagen.

»Gabe«, sagte ich und biss mir auf die Lippe.

»Was denn?«

»Wegen diesem Kuss«, begann ich. »Dem im Wald«, ergänzte ich, um klarzustellen, worum es mir ging.

»Müssen wir darüber reden?«

»Ja«, schluckte ich, »ich denke, das müssen wir.«

Er setzte seinen Quadhelm auf, reichte mir den Reservehelm und ließ den Motor aufheulen, sodass es unmöglich war, weiterzureden. Er sprang auf und klopfte auf den Sitz, damit ich es ihm gleichtat.

»Dann lass uns einen Ort finden, an dem wir kein Publikum haben«, rief er.

Der Schnee im Wald war fast verschwunden, und Gabe fuhr vorsichtig zu der Lichtung, die wir für seinen Holzbastelbereich vorgesehen hatten. Dank seines besonnenen Fahrstils musste ich mich zum Glück nicht an ihm festklammern, was eine Erleichterung war. Die Arme um seinen kräftigen Körper zu schlingen hätte mich nicht in meiner Überzeugung bestärkt, dass eine Einigung auf Freundschaft eine gute Idee war.

»Also«, sagte er, während er den Motor wieder abstellte, »was ist damit?«

Jetzt, wo ich endlich die Gelegenheit hatte, die Dinge klarzustellen, graute mir davor zu sprechen, aus Angst, wieder alles zu vermasseln. Vielleicht hatte ich doch mehr an der neuen Hayley festgehalten, als mir bewusst war, denn die alte wäre einfach drauflosgestürmt wie ein Elefant im Porzellanladen.

»Na ja«, begann ich schließlich, nahm den Helm wieder ab und fuhr mir durch meine flach gedrückten Haare, »Anna und ich hatten eine Wette am Laufen. Ich habe verloren, und der Wetteinsatz war, dass ich dich im Wald unter dem Mistelzweig küsse.«

»Das weiß ich«, sagte er in einem mürrischen Ton.

»Aber falls du dich erinnerst«, fuhr ich fort, »warst tatsächlich *du* es, der *mich* geküsst hat.«

Gabe runzelte die Stirn, sagte aber nichts.

»Ich habe mir wirklich alle Mühe gegeben, es nicht tun zu müssen.«

»Danke.«

»Aber nicht, weil ich es nicht wollte.«

»Warum denn dann?«

»Na ja«, stammelte ich, »weil …«

»Hör zu«, sagte Gabe, »lass mich etwas sagen, bevor du dich noch tiefer verhedderst.«

Ich scharrte mit der Spitze meines Stiefels in den durchweichten Blättern und wartete.

»Hayley«, sagte er, »ich weiß, ich habe seit dem Augenblick, in dem wir uns begegnet sind, nichts anderes getan, als mich deinetwegen zum Trottel zu machen, und ich habe dir so viele widersprüchliche Botschaften geschickt, dass du inzwischen vermutlich den Überblick verloren hast.«

Da hatte er allerdings recht.

»Aber wenn man bedenkt, dass du dich ständig darüber ausgelassen hast, dass du nichts Ernsteres als eine flüchtige Affäre willst, kann ich nicht verstehen, warum du überhaupt so genervt davon bist. Ich hätte gedacht, die alte Hayley würde das einfach kaltlassen.«

Er war eindeutig noch immer entschlossen, sein Büßerhemd zu tragen, auch wenn ich nicht wusste, warum. Offensichtlich ging er davon aus, dass ich mich diesen ersten paar Tagen nach Gavins Betrug überhaupt geändert hatte.

»Aber ich habe auch gesagt, ich wäre bereit, mich zu ändern, wenn der Richtige daherkommt«, rief ich ihm in Erinnerung. »Wie kommst du darauf, dass ich in dem Punkt gelogen habe?«, fragte ich.

Er schüttelte den Kopf, weigerte sich zu antworten.

»Na los«, forderte ich ihn auf, »spuck's schon aus.«

Er sah mich genau an, biss sich so hart auf die Unterlippe, dass ich dachte, sie würde gleich bluten.

»Ich habe gesehen, wie du auf dem Knutschparkplatz aus Gavins Van geklettert bist«, krächzte er. »Und ich habe gehört, was er nach der Baumauktion gegenüber seinen Kumpeln im Mermaid angedeutet hat.«

Ich spürte, wie mein Gesicht zu glühen begann. Das war das Letzte, was ich erwartet hatte.

»Ich weiß, ich habe dir gesagt, dass ich nicht auf der Suche nach einer Beziehung bin, Hayley, und das bin ich auch nicht, aber wenn ich es wäre, dann hätte das mit uns keine Chance. Was Liebe angeht, liegen Welten zwischen uns ...«

Wie konnte er es wagen, mich aufgrund einer Beobachtung und einer schmutzigen Andeutung zu verurteilen? Er hatte sich nicht einmal die Mühe gemacht, mich um eine Erklärung zu bitten.

»Na ja, ich weiß, dass du am Wochenende des Einschaltens der Weihnachtsbeleuchtung eine Frau in deinem Cottage hattest«, platzte ich heraus, als meine Empörung mit mir durchging. »Wie kannst du dann hier stehen und mir sagen, dass unsere Erwartungen so unterschiedlich sind, denn offensichtlich bist du keinen bisschen besser als ich.«

Ich war so wütend, dass ich ihn um jeden Preis verletzen

wollte, es ihm mit gleicher Münze heimzahlen und sehen, wie er sich dabei fühlte.

»Ach Hayley«, seufzte er, »wenn du nur wüsstest.«

Er klang eher resigniert als verärgert. Meine bissigen Bemerkungen hatten überhaupt nicht den gewünschten Effekt gehabt. Wenn überhaupt, hatten sie nur dazu geführt, dass ich mich noch schlechter fühlte als Gabe, und das war überhaupt nicht meine Absicht gewesen.

»Dann sag's mir.«

»Ich kann nicht«, meinte er schulterzuckend.

»Du willst nicht, meinst du wohl.«

Offenbar waren wir in eine Sackgasse geraten. Ich wusste von seinem Besuch und er war auf Gavins Anspielung reingefallen. Mein Ex hatte mir versprochen, er hätte mich nur aufgezogen, als wir uns das letzte Mal im Pub trafen, aber offenbar hatte er der Versuchung, seinen Ruf auszuschmücken, doch nicht widerstehen können. Vermutlich würde er nie erwachsen werden.

»Okay«, sagte ich, zog meinen Handschuh aus und streckte Gabe die Hand hin, bevor mein Ärger über Gavin die Kluft zwischen uns noch weiter vertiefen konnte. »Ich bin das hier leid. Es ist lächerlich, wir drehen uns nur im Kreis. Können wir einfach alles vergessen, was in den letzten paar Wochen passiert ist, und noch mal von vorn anfangen?«

»Als Freunde?«

»Ja«, sagte ich und schluckte meine Enttäuschung hinunter. »Als Freunde. Lass uns sehen, ob wir Weihnachten überstehen können, ohne dass du mich küsst, wann immer dir danach ist, und ich kann Molly überzeugen, sich einen Zauberspruch einfallen zu lassen, um Gavins Eier auf die Größe von Sultaninen zu schrumpfen, denn ob du's glaubst oder nicht, Gabe, was immer er darüber gesagt hat, was an jenem Abend passiert ist, war eine Lüge.«

Gabe nahm meine Hand und zog mich zu einer Umarmung an sich, die nicht dazu beitrug, mich in meiner Entschlossenheit zu bestärken, ihm und seinem männlichen Charme von jetzt an zu widerstehen.

»Und jetzt komm«, sagte ich und atmete einmal tief ein, bevor ich mich von ihm löste, »gehen wir. Wir haben zu tun.«

Kapitel 27

Wynthorpe Hall war die perfekte Kulisse für ein Winterwunderland, und wir alle hofften, dass die Presse das genauso sah. Es sah wirklich spektakulär aus. Wir hatten alles dafür gegeben und es war jede einzelne Stunde Arbeit wert. Die sanft fallenden Schneeflocken, die genau in dem Augenblick wieder vom Himmel fielen, als die Rentiere gebracht wurden, waren dabei das schönste Sahnehäubchen, das man sich vorstellen konnte. Bevor wir die Pforten öffneten und Catherine das Band durchschnitt, um den offiziellen Startschuss für das Wochenende zu geben, drehten wir alle gemeinsam eine Runde, um uns zu vergewissern, dass alles perfekt war. Wir begannen in dem festlich herausgeputzten Herrenhaus, das hell erleuchtet war von zahlreichen funkelnden Lichterketten und den geschmückten Weihnachtsbäumen des Wettbewerbs.

»Bin ich froh, dass wir keinen Sieger auswählen müssen«, seufzte Angus, »diese Zettel mit den Stickern sind eine weitaus einfachere Option, als die Verantwortung auf den Kopf einer einzigen Person abzuwälzen.«

Die Idee war, dass sich jeder ein Blatt Papier nehmen würde, auf dem alle Bäume aufgelistet waren, und Sticker neben seine drei Top-Favoriten klebte. Am Ende des Wochenendes würde der Baum mit den meisten Stickern zum Sieger erklärt werden.

Im dem Bereich unmittelbar vor dem Herrenhaus, der den Ausgangspunkt für den Weihnachtsspaß bildete, stand Angus' geliebter Schlitten, und die Ponys auf der Koppel wieherten voller Vorfreude. Offensichtlich waren sie ebenso aufgeregt wie wir anderen alle. Der Kirschblütenwohnwagen war ebenfalls dem Anlass entsprechend herausgeputzt; mit weihnachtlichen Schneeflocken-Wimpeln verziert und in die sanften Klänge von Mr. Bublé getaucht, passte er wunderbar zu dem ganz ähnlich geschmückten Ticketkiosk.

»Morgen, Angus!«, rief eine der Damen vom Fraueninstitut, die von Dorothy eingespannt worden war, um mitzuhelfen. »Morgen, allerseits! Sind alle bereit?«

»Ich denke schon, Mrs. Harris«, rief Angus zurück. »Und wenn wir es jetzt nicht sind, werden wir es nie sein.«

Ich nutzte die kurze Unterbrechung, um ein Wort mit Jemma zu wechseln. Ich wollte sie warnen, dass Gavin, trotz seines Versprechens, es nicht zu tun, hinter meinem Rücken tratschte.

»Keine Sorge«, sagte sie und tätschelte meinen Arm. »Direkt nachdem er es mir erzählt hat, habe ich ihn davongeschickt und ihm gesagt, er soll sich um seinen eigenen Kram kümmern.«

»Danke«, sagte ich zu ihr. »Da bin ich erleichtert, auch wenn es mir peinlich ist.«

»Dazu hast du gar keinen Grund«, sagte sie und eilte weiter, um Lizzie zu helfen, noch mehr Wimpel aufzuhängen, »das ist jetzt alles Schnee von gestern und geht niemanden sonst etwas an. Es ist kein wirklicher Schaden entstanden, daher vergessen wir das alles am besten. Es wird für unser kleines Unternehmen nichts ändern.«

Ich wollte ihr nachrufen, aber dafür war keine Zeit, da Angus in diesem Moment die Truppen wieder zusammenscheuchte. Offensichtlich redeten Jemma und ich nicht von derselben Sache, aber jetzt war keine Zeit, dem auf den Grund zu gehen. Es würde erst einmal warten müssen.

»Was war das denn eben?«, fragte Anna stirnrunzelnd.

»Ich habe nicht die geringste Ahnung«, meinte ich schulterzuckend. Ich entschied, die Angelegenheit mindestens für die nächsten achtundvierzig Stunden in meinen Hinterkopf zu verbannen.

Wir gingen los in den Wald, wo Dutzende rot-weiß gestreifter hölzerner Zuckerstangen den Rundweg markierten. Gabe und ich hatten Stunden damit verbracht, sie alle zu bemalen, aber die Mühe hatte sich gelohnt. Die Schneeflockenstempel für die Karten lagen alle geschützt in kleinen Holzkästen, für den Fall, dass das Wetter umschlagen sollte, und Gabes Rentier-Baukästen standen aufgereiht da, bereit, unter die große Abdeckplane zu kommen, die zwischen den Bäumen aufgehängt worden war und die allen begeisterten Holzbastlern einen trockenen Platz zum Arbeiten bieten würde.

»Meinst du, wir haben zu viele aufgestellt?«, fragte er mit einem besorgten Stirnrunzeln. »Wenn man sie jetzt so ansieht, scheint es doch eine Riesenmenge zu sein.«

»Darüber würde ich mir nicht den Kopf zerbrechen«, meinte Jamie, bevor ich die Chance hatte, etwas zu erwidern. »Wenn überhaupt, könntet ihr letztendlich eher noch mehr brauchen.«

»Wirklich?«

»Wirklich«, bestätigte Angus. »Wir erwarten eher Hunderte als Dutzende von Besuchern, weißt du.«

»Na ja, ich habe auf jeden Fall genug Holz, um noch für Nachschub zu sorgen«, meinte Gabe, der alles andere als erleichtert klang.

Seine Hände sahen so wund aus, wie meine sich anfühlten, daher hoffte ich, wir würden nicht mehr viele vorbereiten müssen.

»Horcht mal«, sagte Molly. »Könnt ihr das hören?«

Wir gingen ein paar Schritte weiter den Weg hoch, bis wir zur Quelle des Kreischens und der Stelle kamen, wo Ed und seine Mum, Mags, ihre geliebten Eulen untergebracht hatten. Ed erinnerte an einen Piraten, wie er, die Locken feucht vom Schnee, der mit jeder Sekunde dichter fiel, mit einer Krähe auf der Schulter dastand.

»Wie sieht's aus, Ed?«, fragte Gabe, schritt auf ihn zu und schüttelte ihm die Hand.

Offensichtlich waren sie schon jetzt ein eingespieltes Team.

»Großartig«, strahlte Ed, bevor er sich an Angus wandte. »Vielen Dank, dass wir hierherkommen durften, Mr. Connelly.«

»Ich wünschte wirklich, du würdest mich Angus nennen«, sagte Angus lachend. »Sind alle zufrieden hier? Habt ihr alles, was ihr braucht?«

»Ja«, antwortete Mags, »aber ich bin froh, dass wir entschieden haben, den Baldachin mitzubringen. Mir war nicht klar, dass Schnee angekündigt war.«

Ich sah auf die zur Schau gestellten Eulen. Die Schleiereulen waren wunderschön. Eine war nach einem Zusammenprall mit einem Auto gerettet worden und noch immer fröhlich dabei, sich in Eds Obhut zu erholen, und die andere war von jemandem von Hand aufgezogen, aber dann im Stich gelassen worden, als sich die Verantwortung, sich um sie zu kümmern, als zu groß erwiesen hatte. Sie waren beide sehr ruhig, und ich stellte mir den Jungen als eine Art modernen Dr. Dolittle vor. Die kleine Eule war eindeutig der Spaßvogel der Gruppe, mit der gefurchten Stirn und dem hochnäsigen Blick, aber es war die rundliche gelbbraune mit den großen dunkelbraunen Augen, die mein Herz dahinschmelzen ließ.

»Du kannst sie halten, wenn du willst«, sagte Ed, als sei es das Natürlichste der Welt. »Sie ist sehr freundlich.«

Sie starrte zu mir hoch und blinzelte langsam, zeigte mit ihrem Verhalten, wie unerschütterlich sie war.

»Später vielleicht«, meinte ich, »danke, Ed.«

Ich war mir nicht sicher, ob ich mutig genug war, um mehr zu tun, als sie nur anzusehen.

»Sie beißt nicht«, warf Gabe ein, der fachmännisch die Verantwortung für die von Hand aufgezogene Schleiereule übernommen hatte.

Auf einmal gab es ein Flattern von Flügeln, aber nicht von der kleinen gelbbraunen. Die Eule, die Gabe hielt, war offenbar der Ansicht, dass Bran nach einem weitaus bequemeren Sitzplatz aussah als Gabes Hand, und hatte es sich dort rasch gemütlich gemacht und ihre Krallen um das breite Lederhalsband des Hundes geschlagen.

»Verwandte Seelen«, sagte Molly verträumt, als Bran nicht einmal zusammenzuckte.

»Um genau zu sein«, sagte Mags mit einem Nicken zu der Eule, die sich jetzt gesellig in Brans drahtiges Fell kuschelte, »sind wir auf der Suche nach einem Zuhause für sie.«

Wenn ich mir Gabes entzückten Gesichtsausdruck so ansah, würde sie wohl nicht mehr lange suchen müssen.

»Kommt schon, Leute«, drängte uns Anna, die gerade bemerkt hatte, wie spät es war, »wir sehen besser zu, dass wir weiterkommen, sonst werden die Horden einfallen, noch bevor der Weihnachtsmann es in sein Zuhause geschafft hat.«

»Ich komme wieder«, hörte ich Gabe zu Mags sagen, während sie die Eule, die Jareth hieß, sanft von Brans Rücken hob. »Dann können wir über sie reden.«

Als Nächstes kamen wir zu der Rentierkoppel, und der Anblick der Tiere in dem von Schneeflecken gesprenkelten Wald, mit Schlittenglöckchen an ihren Halftern, die jedes Mal bimmelten, wenn sie sich bewegten, war einfach atemberaubend.

»O Angus«, hauchte Catherine. »Du cleverer Mann!«

Angus schwellte stolz die Brust und machte uns mit den Besitzern bekannt. Aber ich könnte nicht sagen, wie auch nur eines der Rentiere hieß, denn sobald ich das kleine Kalb entdeckt hatte, das ungefähr so groß wie Bran war, schmolz mein Herz dahin, und offensichtlich nicht nur meines.

»Was für ein entzückender kleiner Kerl«, sagte Anna und schnalzte mit der Zunge.

»Meinst du, ich werde Angus überreden können, mir

nicht nur eine Schleiereule, sondern auch ein Rentier zu erlauben?«, sagte Gabe und grinste.

»Ganz bestimmt«, gab ich lachend zurück, während sich der kleine Kerl etwas näher an den Zaun heranwagte, bevor er wieder davonsprang. »Vermutlich wird er dir sogar zwei erlauben.«

Zu guter Letzt führte uns der Rundweg durch die verschneiten Gärten zum Weihnachtsmannhäuschen. Molly und Archie hatten wundervolle Arbeit geleistet, und Angus hatte es geschafft, einen lebensgroßen Pinguin und eine Eisbärenfamilie vom örtlichen Gartencenter auszuleihen, und sie strategisch an den Rändern platziert, sodass der ummauerte Bereich mehr nach Nordpol aussah, als ich für möglich gehalten hätte.

»Wow«, entfuhr es Anna, die, wie der Rest von uns, das alles zum ersten Mal in Augenschein nahm, »das ist einfach atemberaubend.«

»Und heute Nachmittag wird es noch besser werden«, kicherte Molly.

»Wenn es dämmert«, erklärte Archie, »dann werdet ihr sehen, was wir meinen.«

»Okay!«, rief Jamie und holte uns alle mit einem Ruck auf den Boden der Tatsachen zurück. »Fünfundvierzig Minuten, dann geht's los! Holen wir uns was Heißes zu trinken und gehen auf unsere Posten. Es wird Zeit für die Eröffnung des Winterwunderlands!«

Die Besucher strömten in Scharen, und wir hatten kaum Zeit, um zwischendurch Luft zu holen, geschweige denn, die Zimtschnecken und Schneeflockenplätzchen von Dorothy und Jemma zu probieren. Angus hatte wie immer recht gehabt, die Leute waren begeistert, und Gabe und ich arbeiteten bis spät in den Abend, um noch mehr seiner individuell gestalteten Rentier-Baukästen für den nächsten Tag vorzubereiten. Sie waren so beliebt, dass weniger als ein Dutzend übrig blieben, bis die letzten Besucher am Samstagabend aufbrachen.

Nicht dass es irgendjemand eilig gehabt hatte zu gehen, denn sobald die Lichter rund um den Farngarten zum Leben erwacht waren, sah der Ort sogar noch magischer aus, und die letzten paar Familien blieben, solange sie konnten. Ehrlich gesagt hätten wir gut und gern die doppelte Zahl freiwilliger Helfer gebrauchen können, um den Ort die ganze Nacht hindurch offen zu halten. Ich hatte mitbekommen, wie Angus diese Möglichkeit tatsächlich in Betracht gezogen hatte, als er die Rentierbesitzer zurück zu ihrer Unterkunft in den Pferdestallungen begleitete.

»Na ja, ich wollte eigentlich vorschlagen, wir fahren alle in die Stadt, um unseren Erfolg zu feiern«, gähnte Jamie, als wir schließlich die letzten Reste eines sehr späten Abendessens verputzten, »aber der Pub wird geschlossen sein, bis wir dort ankommen.«

»Wie wär's stattdessen mit morgen?«, schlug ich vor. »Dann werden wir für den nächsten Tag nichts vorzubereiten haben, und ich bin sicher, der Boss wird nicht von uns verlangen, alles in der Sekunde abzubauen, in der die Pforten geschlossen werden.«

»Das klingt nach einer ausgezeichneten Idee«, pflichtete Anna bei. »Wir helfen Jemma und Lizzie noch, zusammenzupacken, bringen die Wildtier-Teams auf den Weg, und dann wird gefeiert.«

»Oder«, sagte ich grinsend, »wie verbringen einen ruhigen Abend an der Bar.«

Der Sonntag war in jeder Hinsicht so aufregend wie der Tag davor, und ich wusste, dass ich es nie leid sein würde, das begeisterte Kreischen der Kinder und die entzückten Rufe der Erwachsenen zu hören, während sie dem Schneeflocken-Rundweg folgten, hinter jeder Ecke irgendetwas Neues entdeckten und ihre Karten mit Stempeln füllten, bereit, am Ende ihre Geschenke vom Weihnachtsmann entgegenzunehmen.

Das Winterwunderland war ein voller Erfolg, und Angus und Jamie hatten allen Grund, stolz zu sein. Wynthorpe Hall war ein wundervoller Ort, umso schöner, dass die Familie Connelly sich dazu entschieden hatte, ihn mit der Welt zu teilen. Die einzige Person, die bei alledem von Zeit zu Zeit etwas bedrückt wirkte, war Gabe. Ich nahm an, er war erschöpft von den ganzen Überstunden. Wie The Rock gebaut zu sein, war ja gut und schön, aber dadurch wurde man auch oft um Hilfe gebeten, wenn es ums Schleppen und Wuchten ging.

»Ich kann gar nicht glauben, dass du wirklich hier lebst«, seufzte Fran, als sie mich entdeckte, während ich Gabe im Wald half. »Du bist so ein Glückspilz.«

»Das stimmt«, sagte ich strahlend. Es gab einfach nicht genug Worte, um ihr klarzumachen, wie gesegnet ich mich fühlte, Teil einer solch wundervollen Familie zu sein.

»Das hat mein Weihnachten perfekt gemacht«, meinte

sie. »Ich habe das Gefühl, in Lappland gewesen zu sein, aber zu einem Bruchteil des Preises. Würdest du bitte allen meinen Dank ausrichten?«

Das tat ich sehr gern und viele andere Besucher hatten das Gleiche gesagt. Es war ein ausgesprochen fröhlicher Connelly-Clan, der an jenem Abend nach Wynbridge fuhr. Im Pub wurden wir wie Helden begrüßt.

»Also, was ist das für ein Geschichte mit dir und Gabe?«, fragte Archie, als wir für eine weitere Getränkerunde an die Bar gingen.

»Was meinst du damit?«

»Na ja, ihr zwei seid doch zusammen, oder?«

»Nein«, meinte ich errötend, »absolut nicht.«

Ich verschwieg, dass wir es gut und gern hätten sein können, wenn wir beide uns etwas später auf unseren komplizierten Wegen durchs Leben begegnet wären, und ich entschied auch, Archie nicht in Erinnerung zu rufen, dass Gabe irgendwo eine andere Frau versteckt hatte.

»Aber du magst ihn?«

»Ungefähr so sehr, wie ich dich mag«, sagte ich, »was im Augenblick …«

»Na ja, er mag dich«, sagte er, schnappte sich das aufgefüllte Tablett und ging damit zurück zum Tisch. »Und zwar mehr als nur als Arbeitskollegin«, setzte er noch einen drauf.

Ich hatte keine Chance, ihm zu sagen, dass mir das klar war, mir das in dieser Situation aber nicht weiterhalf. Zu wissen, was Gabe für mich empfand, machte es mir vielmehr noch schwieriger, mit der Situation umzugehen, denn aus irgendeinem unerfindlichen Grund weigerte er sich noch immer, diese Gefühle zuzulassen.

Was hatten verliebte Pärchen nur an sich, dachte ich, während ich zusah, wie Archie sich hinunterbeugte, um Molly zu küssen. Sie wollten immer alle anderen verkuppeln. Ich hatte unwillkürlich Mitleid mit Gabe. Natürlich wusste ich, dass er mich mochte, aber sicher hatte er keine Ahnung, dass seine Gefühle von allen anderen nicht unbemerkt geblieben waren.

»Wohin ist Gabe denn verschwunden?«, fragte Jamie, als ich mich zu den anderen gesellte und Archie half, die Gläser zu verteilen. »Was fragst du mich?«, fauchte ich. »Ich bin nicht seine Aufpasserin.«

Er war noch jemand, der offenbar davon ausging, dass wir beide die Bewegungen des anderen genau im Auge behielten. Ich war drauf und dran, ihn deswegen zur Rede zu stellen, als die Glastüren, die die Bar vom Flur trennten, der zu den berüchtigten Toiletten führte, aufflogen und Gavin auf dem Rücken landete. Blut quoll ihm aus der Nase, und Gabe trat vor, bis er über ihm aufragte. Er sah aus, als sei er kurz davor, ihn hochzuraffen und noch einmal zuzuschlagen. Falls seine Fäuste denn für den ersten Hieb verantwortlich gewesen waren.

»Was zum Teufel?«, riefen Jamie und Archie gleichzeitig und sprangen von ihren Plätzen auf, sodass sie unsere Getränke umstießen.

»Raus!«, bellte Evelyn hinter der Bar, während Jim um die Tische stürzte und Gavin unsanft auf die Füße zerrte.

»Wie kommt es eigentlich«, brüllte Jim, während er ein Geschirrtuch unter Gavins stark blutende Nasenlöcher rammte, »dass jedes Mal, wenn es hier Ärger gibt, du beteiligt bist?«

»Aber *er* hat *mich* geschlagen!«, rief Gavin und zeigte mit einem vorwurfsvollen Finger auf Gabe, der sich einen, wie es aussah, Bluterguss an seiner rechten Hand rieb.

Wie er dort im Türrahmen stand, sah er eher aus wie der Teufel persönlich als wie ein freundlicher Schutzengel.

»Meinetwegen musst du ihn nicht rauswerfen«, knurrte Gabe Jim zu. »Ich gehe.«

»Gabe!«, rief Jim ihm nach, aber er sah nicht noch einmal zurück.

»Er ist übergeschnappt!«, brüllte Gavin jetzt, wo die Bedrohung außer Sichtweite war. »Völlig durchgeknallt!«

Ich war im Moment vielleicht nicht besonders angetan von meinem Ex angesichts der Tatsache, dass er jedem gegenüber angedeutet hatte, wir hätten unsere Differenzen auf eine überaus intime Weise beigelegt, aber ein Teil von mir fragte sich doch, ob er recht hatte. Gavin war vielleicht ein Großmaul, der gern auf alle möglichen Halbwahrheiten zurückgriff, um seinem Ruf gerecht zu werden, aber was war eigentlich mit Gabe? Er schien weitaus mehr zu verbergen, als irgendeiner von uns ahnte.

Kapitel 28

Wäre ich besorgt gewesen, nach dem Winterwunderland-Wochenende könnte meine Aufregung wegen der Erweiterung des Kirschblütencafés und Mums fantastischer Neuigkeit mit mir durchgehen, so wäre diese Besorgnis völlig unnötig gewesen. Dank Gabes und Gavins seltsamen Auftritt im Pub war das Letzte, wonach mir der Sinn stand, meine Neuigkeiten hinauszuposaunen.

»Ich werde nichts von alledem zu Hause erwähnen«, hatte Jamie gesagt, als wir alle wieder in den Land Rover kletterten. »Ich weiß, Mum und Dad neigen nicht dazu, jemanden vorschnell zu verurteilen, aber ich weiß auch, dass Gabe seine ganz eigene Art hat, mit bestimmten Dingen umzugehen.«

Mit den Fäusten, dachte ich, sagte es aber nicht laut.

»Ich denke, wir sollten ihn erst einmal in Ruhe lassen«, meinte Jamie abschließend. »Ich weiß, dass er in letzter Zeit einiges um die Ohren hatte.«

Er führte nicht genauer aus, was das war.

»Da stimme ich dir zu«, meinte Anna, und wir anderen nickten alle. »Wenn Gabe Gavin die Faust ins Gesicht rammt, dann muss er einen guten Grund dafür haben. Ich war ja nie so richtig davon überzeugt, dass dein Ex-Verlobter sich auf einmal in den netten Typen von nebenan verwandelt hat, Hayley.«

Ich nickte wieder, sagte aber nichts. Inzwischen war für uns alle offensichtlich, dass Gavin sich wohl nie ändern würde. Wenn er von seinen Kumpeln umringt war und ein oder zwei Drinks gekippt hatte, würde er immer den Draufgänger raushängen lassen, auch wenn er sich gern einen Heiligenschein aufsetzte, sobald man mit ihm allein war. Ich wartete nur darauf, dass einer von uns vorschlug, ich sollte, trotz dem, was Jamie eben gesagt hatte, zum Pförtnercottage hinübergehen und Gabe um eine Erklärung bitten, aber zum Glück meldete sich niemand zu Wort.

Jamies Plan, seinen Kumpel aus künftigem Ärger herauszuhalten, stieß jedoch bald auf Schwierigkeiten, da wir vergessen hatten, dass viele Leute beim Herrenhaus aufkreuzen würden, um beim Aufräumen zu helfen, und das Einzige, worüber jeder von ihnen in den nächsten paar Tagen reden wollte, war die Schlägerei in der Bar.

Natürlich, nicht dass es eine Schlägerei gewesen war, aber die Gerüchte gingen mittlerweile so weit, dass Gavin angeblich im Krankenhaus lag, die Polizei Gabe verwarnt hatte und Evelyn damit drohte, den Pub zu schließen und nach Australien auszuwandern, da sie sich von dem zunehmenden asozialen Verhalten in der Stadt bedroht fühlte.

»Wie ich höre«, sagte Angus, »gab es am Sonntagabend in der Stadt Ärger.«

»Nur ein kleines bisschen«, meinte Archie schulterzuckend mit einem betonten Blick auf seinen Bruder. »Kaum der Rede wert, wirklich.«

Leugnen war zwecklos.

»Und hat irgendjemand seitdem Gabe gesehen?«, erkundigte sich Catherine.

»Er lässt sich nicht blicken«, sagte Mick, »aber er ist noch immer hier. Oder zumindest sein Truck ist es.«

Ich glaubte nicht, es noch länger ertragen zu können. Die Zeit seit dem Vorfall war wie im Schneckentempo vergangen, und ich wollte mir nicht so viele Gedanken machen, aber offenbar war ich machtlos dagegen. Auch wenn Gabe beschlossen hatte, seinen Gefühlen für mich nicht nachzugeben, und er sich mit Händen und Füßen dagegen sträubte, mir von seiner anderen Frau zu erzählen, machte ich mir dennoch Gedanken und Sorgen um ihn.

»Gabe!«, rief ich und hämmerte an die Cottagetür. »Ich bin's. Mach auf!«

Die vorderen Räume lagen im Dunkeln, und alle Vorhänge waren zugezogen, aber ich konnte Bran drinnen herumscharren hören, daher wusste ich, dass Gabe zu Hause war. Seit dem kurzen Handgemenge waren mittlerweile fast achtundvierzig Stunden vergangen. Genug Zeit also, um das Ganze endlich hinter sich zu lassen.

»Ich gehe hier nicht weg«, legte ich nach, »also mach besser auf, bevor alle anderen auch noch angerannt kommen.«

Ich wollte eben noch einmal klopfen, als ich hörte, wie der Schlüssel im Schloss gedreht und der Riegel zurückgeschoben wurde.

»Was willst du, Hayley?«, knurrte Gabe und wandte mir den Rücken zu, bevor ich die Chance hatte, ihn anzusehen.

»Herausfinden, was zum Teufel mit dir los ist«, sagte ich, während ich ihm hineinfolgte. »Wir sind alle …«

Die Worte blieben mir im Hals stecken, als mein Blick ins Wohnzimmer fiel, erhellt vom Licht, das aus der Küche kam. Es war mit Fotos, Zeitungen und leeren Flaschen übersät. Im Cottage war es eiskalt, und Gabe zuckte zusammen, als ich an ihm vorbeidrängte und die Tischlampe anknipste. Ich stöhnte auf, als ich mich umdrehte und sein Gesicht sah.

»Was ist das denn alles hier?«, fragte ich. »Und was ist mit deinem Gesicht passiert?«

Sein rechtes Auge war fast zugeschwollen und verschönert mit Blutergüssen in allen Farben des Regenbogens.

»Gavin«, meinte er schulterzuckend, ließ sich aufs Sofa fallen und griff nach der nächstbesten Flasche. »Er hat den ersten Schlag ausgeteilt, aber seine Folgen waren nicht sofort offensichtlich.«

»Gavin hat dich geschlagen«, meinte ich stirnrunzelnd, »aber warum?«

Er sah mich betont an, mit seinem einen gesunden Auge.

»Weil er«, seufzte er, »auf der Herrentoilette vor seinen Kumpeln damit geprahlt hat, dass er dich bald wieder zurück zum Herrenhaus begleiten würde, nicht ohne vorher noch einen Zwischenstopp auf dem Knutschparkplatz eingelegt zu haben. Ich wollte ihn zur Rede stellen und habe dafür eins aufs Auge gekriegt.«

»O Gabe«, stöhnte ich. »Du hättest ihn einfach ignorieren sollen.«

Wenn er meinen Ex doch bloß so gut gekannt hätte wie der Rest des Wynthorpe-Clans, dann wäre ihm klar gewesen, was für ein Vollidiot er immer noch sein konnte, wenn er in der Stimmung dafür war. Ich würde vermuten, dass Gavin nur deshalb ausgeteilt hatte, weil er wusste, dass

Gabe kurz davor gewesen war, seinen Kumpeln gegenüber klarzustellen, was *wirklich* passiert war. Nicht dass das eine Rechtfertigung dafür war, gewalttätig zu werden.

»Und ihm durchgehen lassen, was er gesagt hat?«

»Ja«, sagte ich zu Gabe. »Er kann einfach nicht anders, schätze ich. Er ist ein völlig anderer Mensch, wenn er nüchtern und ohne seine Kumpels unterwegs ist. Immer noch ein Sprücheklopfer, klar, aber nicht annähernd so schlimm.«

Gabe wirkte nicht überzeugt.

»Hör zu«, sagte ich, »es tut mir leid, dass er dir ein blaues Auge verpasst hat, aber können wir ihn vielleicht einfach vergessen?«

Ich wollte wirklich nicht noch länger über meinen Ex reden. Teile unseres brandybeflügelten Gesprächs waren noch immer ein bisschen verschwommen, aber im Moment musste ich mich erst einmal darauf konzentrieren, was mit Gabe los war, denn angesichts des Zustands des Cottages war eindeutig irgendetwas passiert.

»Also, was ist das alles hier?«, fragte ich, während ich vorsichtig über das Durcheinander stieg, um den Holzofen anzumachen.

»Nur ein bisschen Zeug, das ich mir hin und wieder ansehe«, murmelte Gabe. »Bitte lass es liegen« ergänzte er, als ich alles zusammenzuschieben begann, während ich darauf wartete, dass das Feuer fasste.

»Das ist die Frau, die hier zu Besuch war, stimmt's?«, sagte ich und nahm eines der Fotos in die Hand.

Natürlich konnte ich mir nicht sicher sein, dass sie es war, aber es war einen Versuch wert. Ich betrachtete den

Rest der verstreuten Bilder und auf einmal hämmerte mein Herz härter in meiner Brust.

»Sie muss jemand ganz Besonderes sein«, schluckte ich, »du hast auf jeden Fall genug Bilder von ihr.«

Es gab auch Dutzende Aufnahmen eines hübschen kleinen Mädchens mit einem dunklen Lockenschopf und Gabes Augen.

»Mein Gott, Hayley«, fauchte er, beugte sich rasch vor und riss mir das Foto aus der Hand. »Was spielt das für eine Rolle? Lass es gut sein, okay?«

»Na schön«, sagte ich, zog meine Jeans hoch und holte einmal tief Luft. »Ich gehe. Wenigstens kann ich den anderen sagen, dass du nicht tot bist oder uns verlassen hast. Man sieht sich.«

»Den anderen?«

»Ja, den anderen«, schoss ich zurück. »Deinen Freunden, deinen Arbeitskollegen, die alle drüben im Herrenhaus krank vor Sorge auf dich warten.«

»Das wusste ich nicht.«

»Na ja, solltest du aber. Du bist lange genug hier, um zu wissen, wie es läuft. Jamie hat gesagt, du wolltest vermutlich in Ruhe gelassen werden, aber allmählich reicht es. Wir kümmern uns hier umeinander, Gabe. Wir sind vielleicht nicht blutsverwandt, aber wir sind trotzdem eine Familie.«

Ich hatte es fast bis zur Tür geschafft, bevor er mir nachrief.

»Sie war es!«, brüllte er.

»Wer?«

Er gab keine Antwort und ich ging zurück zu ihm.

»Penny«, flüsterte er und zeigte auf das Foto. »Sie ist meine Schwester. Sie war es, die zu Besuch war.«

Das Eingeständnis änderte nichts an seiner düsteren Stimmung, aber ich selbst fühlte mich auf einmal wie im siebten Himmel. Also keine mysteriöse Ehefrau, keine heimliche Geliebte, nur eine Schwester. So viel dazu, dass ich es Gabe gegenüber bei rein freundschaftlichen Gefühlen belassen wollte. Die Art, wie mein Körper und mein Gehirn auf seine Enthüllung reagierten, hatte absolut nichts Platonisches an sich.

»Aber warum hast du mir das nicht schon früher gesagt?«, fragte ich stirnrunzelnd. Ich unterdrückte den Drang, einen raschen Freudentanz durchs Zimmer aufzuführen. »Warum die Geheimnistuerei?«

Er schnappte sich ein Bier vom anderen Ende des Sofas und warf mir die Flasche zu.

»Das ist eine lange Geschichte«, sagte er und ließ den Kopf hängen.

»Ich habe die ganze Nacht Zeit«, sagte ich und setzte mich in den Sessel.

Ich schwebte vielleicht auf Wolke sieben, aber Gabe klang noch immer, als ob er im tiefsten Elend steckte. Ich musste für ihn da sein. Ich musste der Sache auf den Grund gehen, die ihn in ein solches Wrack verwandelt hatte, was immer es war.

»Ich habe morgen früh um Punkt acht ein Date mit dem Staubsauger«, sagte ich lächelnd, »aber bis dahin stehe ich dir zur Verfügung.«

»Ich muss aufs Klo«, murmelte er und erhob sich leicht schwankend.

Bran kam herüber und legte den Kopf auf mein Knie. Er sah absolut kläglich aus. Nicht die Spur eines Lächelns auf seinem sonst so fröhlichen Gesicht.

»Ich mache Tee«, sagte ich zu Gabe, als er wiederkam, ließ das Bier stehen und ging zur Küche, »und ich schätze mal, du hättest gern was zu essen.«

Gabe trank dankbar den süßen Tee und verschlang die dicken Scheiben Toast, die ich großzügig mit gesalzener Butter bestrichen hatte.

»Hungrig?«, fragte ich lächelnd.

»Sieht so aus«, gab er ebenfalls lächelnd zurück, wobei er schon etwas weniger mitgenommen aussah. »Dabei war mir das gar nicht bewusst.«

Ich wartete, bis er aufgegessen hatte, dann räumte ich alles weg, und als er keine Einwände erhob, sammelte ich die Papiere und Fotos ein und legte sie neben ihm aufs Sofa. Im Zimmer war es bereits deutlich wärmer, und für ein ungeübtes Auge schien alles wieder in bester Ordnung zu sein, aber irgendetwas nagte an ihm, das konnte ich sehen. Und ich hoffte, dass Gabe sich endlich bereit fühlte, darüber zu reden.

»Also«, begann ich, als klar war, dass er es nicht tun würde oder nicht wusste, wie. »Du hast deine Schwester erwähnt, Penny.«

»Sie ist übers Wochenende zu Besuch gekommen.«

»Am Wochenende des Einschaltens der Weihnachtsbeleuchtung, ich weiß.«

»Um genau zu sein, war es das falsche Datum«, sagte er traurig und nahm das oberste Foto vom Stapel. Er starrte es an und strich mit dem Daumen darüber. »Aber sie konnte nicht an dem Tag selbst kommen, da sie beruflich nach Paris musste.«

Er sprach noch immer in Rätseln.

»Was war denn falsch an dem Datum?«, fragte ich stirnrunzelnd.

»Sie hätte gestern hier sein sollen«, schluckte er.

»Warum?«, fragte ich schulterzuckend. »Was ist am 17. Dezember denn passiert?«

Sein Gesicht fiel in sich zusammen, der Schmerz verkrampfte und verzerrte seine Gesichtszüge, während er verzweifelt darum kämpfte, die Worte hervorzubringen. Es war ein quälender Anblick.

»Das ist der Tag, an dem mein größter Schatz starb«, schluchzte er. »Der Tag, an dem mir mein kleines Mädchen für immer genommen wurde.«

Es war Leukämie, woran Gabes sieben Jahre alte Tochter, Hannah, gestorben war, und Trauer war die Hauptursache für das anschließende Scheitern seiner Ehe mit Hannahs Mum, Rebecca.

»Sie lebt jetzt in Colorado«, erklärte Gabe, »ist verheiratet und hat einen Sohn. Wir haben keinen Kontakt.«

»Aber Penny kümmert sich um dich«, sagte ich nickend. Ich schob die Dinge neben ihm auf dem Sofa beiseite, damit ich mich näher zu ihm setzen konnte. »Sie verbringt Hannahs Gedenktag mit dir.«

»Und ihren Geburtstag«, flüsterte er. »An ihrem Geburtstag besuchen wir immer ihr Grab.«

Ich wusste nicht, was ich sagen sollte. Die Details waren zu entsetzlich, um damit klarzukommen. Ich wusste, dass es keine Worte für die Tragödie gab, die er durchgemacht hatte, noch immer durchmachen musste. Ich hatte keine Ahnung gehabt, dass er diese Last zu tragen hatte. Keiner von uns hatte das. Oder vielleicht doch?

Meine Gedanken huschten zurück zu dem Gespräch zwischen ihm und Jamie, das ich mitgehört hatte. Jamie war besorgt gewesen, Gabe würde nicht mit den trauernden Kindern umgehen können, die für eine Weile bei uns wohnen sollten, aber tatsächlich gab es nur wenige unter uns, die sie besser verstehen könnten.

»Weiß Jamie davon?«, fragte ich, nur um ganz sicher zu sein.

»Ja.« Gabe nickte. »Er weiß von Hannah, kennt aber nicht die Details.«

»Du meinst, er weiß nicht, welche Bedeutung diese Woche für dich hat?«

»Nein.«

Das ergab Sinn. Jamie hätte seinen Freund niemals allein seinem Leiden überlassen, wenn er den wahren Grund hinter seinem Wutausbruch im Pub und seinem anschließenden Abtauchen gekannt hätte.

»Er hat immer mal wieder nachgefragt, seit ich hier bin, aber ich will nicht, dass er oder irgendjemand sonst davon weiß.«

»Aber warum denn nicht? Wir könnten dich unterstützen, versuchen, dir da hindurchzuhelfen.«

»Nein«, antwortete Gabe entschieden, »danke, aber nein. Ich könnte die musternden Blicke und das Mitleid jedes Jahr um diese Zeit nicht ertragen. Es ist besser, wenn ich mir selbst überlassen bleibe.«

»Es tut mir wirklich so leid«, sagte ich. Ich nahm seine Hand, während sich noch ein paar Teile des Puzzles, das seine Persönlichkeit ausmachte, zusammenfügten. »Die Bonfire-Party«, begann ich, als ich mich erinnerte, wie Gabe etwas, das wie ein Name aussah, immer wieder mit seiner Wunderkerze in die Luft gezeichnet hatte.

»Ich konnte es einfach nicht ertragen, in die Stadt zu fahren«, schluckte er. »Hannah hat Feuerwerk geliebt, und sie hätte auch die Süßigkeiten und Backwaren geliebt, die Dorothy für das Winterwunderland gemacht hat. Rebecca hat ständig an mir herumgenörgelt, dass ich sie nicht so verhätscheln soll, aber jetzt wünschte ich, ich hätte ihr die ganze Welt und alles darin zu Füßen gelegt.«

Ich nickte, während ich versuchte, meine Tränen zurückzublinzeln. Mein Herz fühlte sich in meiner Brust wie ein Klumpen Blei an, und die ganze Freude darüber, dass Gabes Schwester die geheimnisvolle Besucherin gewesen war, war verflogen.

»Ich würde alles geben, um sie noch einmal mit Süßigkeiten überhäufen und mit ihr zum Feuerwerk gehen zu können. Sie hatte immer Angst und klammerte sich an meiner Hand fest, bis ich sie hochhob. Ich hätte sie vor allem beschützen sollen, aber das konnte ich nicht.«

Ich nickte wieder, meine Stimme erstickt von dem Gedanken, wie schwer es für Gabe gewesen sein musste, zuzusehen, wie all diese Familien eine schöne Zeit zusammen hatten und sich auf das Weihnachtsfest freuten. Genauso musste es für ihn am Tag der Baumauktion in der Stadt gewesen sein und doch hatte er nie ein Wort darüber verloren. Wie hatte er es bloß geschafft, all diese Dinge durchzustehen, von ganzem Herzen mit dabei zu sein, ohne zusammenzubrechen? Mein eigenes Herz krampfte sich noch mehr zusammen, erfüllt von Mitgefühl.

»Ich kann mir kaum vorstellen, wie schwer die letzten Wochen hier für dich gewesen sein müssen«, flüsterte ich. Mein schlechtes Gewissen meldete sich, weil ich ihn mit unserer holprigen Beziehung nur noch mehr hinuntergezogen hatte. »Ich hätte dich nicht immer wieder drängen sollen, mir das alles zu erzählen. Tut mir leid.«

»Es macht mir nichts aus, dass du es weißt, Hayley«, sagte er und verhakte seine Finger mit meinen.

»Aber du hast gesagt, du wolltest nicht, dass irgendjemand es weiß.«

»Ja, aber du bist nicht irgendjemand, oder?«

Ich konnte spüren, wie sich die Hitze zwischen uns aufzubauen begann, und sie hatte nichts damit zu tun, wie viel Holz ich in den Ofen geschichtet hatte. Mir schien, dass Gabe, auch wenn er seinen Gefühlen für mich nicht nachgeben würde, die Existenz dieser Gefühle unmöglich leugnen konnte. Ich holte einmal tief Luft, um all meine Entschlossenheit zusammenzunehmen. Ich durfte der Versuchung jetzt nicht nachgeben. Wenn Gabe es sich auf einmal anders überlegte und einen Annäherungsversuch unternahm, dann nur, weil er Trost suchte, und so gern ich ihm auch helfen wollte, wäre ein One-Night-Stand letztendlich nicht die Lösung, für keinen von uns.

»Weißt du«, begann ich, obwohl ich die Worte noch nie aus freien Stücken zu irgendjemandem gesagt hatte, »ich habe selbst einmal ein Baby verloren. Nicht auf die gleiche

Weise wie du. Meines war eine frühe Fehlgeburt, aber es vergeht nie, oder? Der Schmerz, meine ich.«

Gabe sah mich an und schüttelte den Kopf.

»Nein, nein, das tut er nicht. In der ersten Zeit dachte ich, er würde mich umbringen. Ich wollte, dass er das tat. Er verzehrte mich völlig, und ich dachte, warum sollte ich leben, wenn mein Mädchen …«

Ich drückte seine Hand fester.

»Das mit deinem Baby tut mir so leid«, flüsterte er, als er sich wieder gefangen hatte.

»Und mir tut das mit deiner Tochter so leid«, flüsterte ich zurück.

»Und es tut mir leid, dass Gavin dich so enttäuscht hat«, ergänzte er.

»Ehrlich gesagt«, gestand ich ihm, »berührt mich das kaum noch.«

»Wirklich?«

»Nein. Um genau zu sein, denke ich, dass er mir vielleicht sogar einen Gefallen getan hat.«

»Wie kommst du darauf?«

»Na ja«, sagte ich, »wenn er nicht auf der Herrentoilette das Maul aufgerissen hätte, dann hätten wir dieses Gespräch hier nie geführt, und ich denke, es ist wichtig, dass wir das getan haben, meinst du nicht auch?«

Gabe schwieg eine Minute, seine Finger noch immer um meine geschlungen.

»Ja«, erwiderte er und ließ das erste Lächeln aufblitzen, das ich sah, seit ich angekommen war, aber angesichts der Umstände war das wohl kaum verwunderlich. »Ja, ich nehme an, das ist es.«

Ich lächelte zu ihm zurück.

»Und weißt du«, ergänzte er, während er etwas näher an mich heranrutschte, »ich schätze deine Freundschaft mehr als alles andere, Hayley.«

»Ich weiß«, sagte ich und wich zurück, bevor ich schwach werden und mich in dem Moment verlieren konnte. »Und ich würde nicht wollen, dass wir uns hinreißen lassen und irgendetwas tun, was sie gefährden könnte, du etwa?«

Gabe hatte vielleicht bei mehr als einer Gelegenheit bereitwillig zugegeben, dass er mich attraktiv fand, aber er hatte auch gesagt, dass er nicht auf der Suche nach einer Beziehung war, und angesichts der Tiefe meiner Gefühle für ihn durfte ich mein Herz nicht aufs Spiel setzen. Nicht noch einmal. Auch wenn ich lautstark herumposaunt hatte, dass ich nur auf Vergnügen aus war, traf das bei Gabe nicht zu. Wenn ich jetzt schwach wurde, ließ sich unmöglich sagen, wie ich mich danach fühlen würde.

»Das würde ich auch nicht wollen«, antwortete er, »aber ich denke wirklich nicht, dass wir irgendeine Gefahr laufen, das zu tun. Wenn überhaupt, dann würde es sie nur festigen.«

Ich gestattete mir einen kurzen Blick in seine schönen Augen; Augen, die jetzt von Sehnsucht erfüllt waren, die Pupillen gefährlich geweitet. Wollte er damit andeuten, dass es gut für unsere Freundschaft wäre, noch weiter zu gehen? Denn falls er auf irgendeine Art Freunde-mit-gewissen-Vorzügen-Arrangement aus war, dann war das nicht genug für mich.

»Gabe«, keuchte ich, stöhnend vor Verlangen, während er mich nah an sich zog. Er begann, meinen Nacken zu küssen, während er mit den Fingern leicht über mein Schlüsselbein und dann weiter nach unten glitt, um meine Bluse aufzuknöpfen. »Ich glaube wirklich nicht, dass das eine gute Idee ist. Ich meine ... du hast gesagt ...«

Mein Rücken krümmte sich zur Antwort, und mein Widerstand schmolz dahin, als seine Hände den Stoff langsam teilten. Seine Küsse wanderten weiter nach unten, und meine Entschlossenheit, ihm nicht den größtmöglichen Trost zu schenken, löste sich in Luft auf.

Mein Bauchgefühl, dass ich mein Herz aufs Spiel setzen würde, erwies sich als richtig. Eigentlich hätte ich mich mit Händen und Füßen gegen Gabes süße Verführung wehren müssen. Während ich mich ihm hingab und er mich nicht ein- oder zwei-, sondern gleich dreimal zum Höhepunkt führte, wurde mir bewusst, dass ich zwar schon früher Sex, aber noch nie Liebe mit einem Mann gemacht hatte. Möglicherweise war ich bisher auch noch nie wirklich verliebt gewesen.

Als ich schließlich aufwachte, lag ich einen Augenblick oder zwei reglos da. Das sanfte Licht vom Treppenabsatz fiel über das Bett, während ich zusah, wie sich Gabes breite Brust gleichmäßig hob und senkte und seine Lippen sich teilten, wenn er ausatmete. Dann schlüpfte ich aus dem Bett, zog mich an und wählte unter dem sternklaren Dezemberhimmel den kürzesten, aber kältesten Weg der Schande aller Zeiten zurück zum Herrenhaus.

Ich schaffte es allerdings nicht, alles mit zurück zum Herrenhaus zu nehmen. Mein Herz blieb von Gabes kräftigen Armen umschlungen zurück, und ich hatte so ein Gefühl, dass es mir in absehbarer Zeit nicht gelingen würde, es zurückzuholen. Wenn er nur nicht so entschlossen wäre, auf alles zu verzichten, was ihn glücklich machen könnte. Ich war mir sicher, wenn er sich auch nur ein winziges bisschen öffnen würde, könnten wir etwas ganz Besonderes haben.

»Was ist denn mit dir passiert?«, fragte Anna ungefähr eine Stunde später, als ich ihr in der Küche über den Weg lief, wo sie sich für ihre morgendliche Joggingrunde fertig machte.

»Was meinst du damit?«

»Du bist gestern Abend rüber zu Gabe gegangen und dann nicht mehr aufgetaucht. Geht es ihm gut?«

»Nicht wirklich«, antwortete ich und begann, an dem Wasserkocher herumzuhantieren, »aber ich habe ihm versprochen, nichts zu sagen.«

»Worüber?«

Ich sah sie an und seufzte.

»Entschuldige«, kicherte sie, »das war ein billiger Trick.«

Ich ignorierte sie und gab einen Schuss Milch in meinen Becher. Ich war nicht wirklich in Stimmung für albernes Geplauder.

»Aber weißt du, ihr zwei wärt wirklich ein tolles Paar«, begann sie.

»Das wären wir mit Sicherheit nicht«, sagte ich, eher aus Gewohnheit und mit weitaus weniger Überzeugung als jedes andere Mal, als sie es zufällig erwähnt hatte.

»Warum denn nicht?«

»Na ja«, begann ich, »erstens einmal hat Gabe, nach dem, was ich weiß, zurzeit kein Interesse an einer Beziehung, und ich bin noch immer verkatert von meiner letzten. Ich habe einfach den Kopf nicht frei und keine Lust, darüber nachzudenken, etwas Neues anzufangen. Ehrlich gesagt werde ich vermutlich nie wieder den Mut haben, mich auf etwas Ernsthaftes einzulassen.«

Nicht, solange mein Herz so fest von Gabes Armen umschlungen war.

»Unsinn«, platzte Jamie wenig hilfreich dazwischen, stellte sich zu Anna und begann sich zu strecken, um ein Gähnen zu unterdrücken.

»Welcher Teil?« Anna lächelte.

Warum dachte sie eigentlich so beharrlich, dass das alles irgendeine Art Witz war?

»Du weißt genau, welcher Teil.«

»Nichts davon ist Unsinn«, fuhr ich dazwischen. Ich spürte, wie die Wut in mir zu brodeln begann wie in einem blubbernden Hexenkessel. »Aber selbst wenn es so wäre, die Art, wie ich inzwischen über Beziehungen denke, ist ohnehin allein deine Schuld«, schimpfte ich und zeigte mit einem vorwurfsvollen Finger auf Anna.

»Was habe ich denn verbrochen?«, fragte sie, offensichtlich aufrichtig bestürzt von meinem plötzlichen Wutausbruch.

»Du und dein Mr. Perfekt hier«, sagte ich, während ich achtlos Wasser in meinen Becher goss, sodass ich die Hälfte daneben schüttete. »Ihr zwei habt mir vor Augen geführt, wie schön eine Beziehung sein kann, und das ist vermutlich ein Teil des Grundes, weshalb ich nicht den Mund halten und mich mit Gavin zufriedengeben konnte. Wenn ich geschwiegen und mich einfach abgefunden hätte, dann würde ich in diesem Moment meine Hochzeit planen.«

»Und das wäre etwas Gutes, oder was?«, fragte Anna stirnrunzelnd. »Du denkst, du wärst besser dran, wenn du bei einem Kerl geblieben wärst, der ständig alles tut, was er für nötig hält, um seine Kumpel zu beeindrucken?«

Natürlich dachte ich das nicht, aber ich war zu wütend, um es zuzugeben.

»Na ja, es wäre wesentlich besser, als dass du zu jeder verdammten Stunde des Tages versuchst, mich mit Gabe zu verkuppeln«, fauchte ich.

»Aber Gabe ist nicht Gavin«, rief Jamie mir überflüssigerweise in Erinnerung, während er begann, die Überschwemmung, die ich angerichtet hatte, mit Dorothys bestem Geschirrtuch aufzuwischen.

»Darüber bin ich mir durchaus im Klaren!«, brüllte ich zurück. »Ich behaupte ja auch gar nicht, dass er das ist, aber keiner von uns beiden braucht im Moment irgendjemanden, der sich in unser Leben einmischt. Gerade du«, sagte ich und zeigte mit einem Finger auf Jamie, »solltest das besser wissen als irgendjemand sonst.«

»Ich dachte nur …«, begann er, während er rot anlief.

»Aber du hast nicht gedacht, oder?«, beschuldigte ich ihn. »Dabei solltest du sein Freund sein!«

»Das bin ich ja auch.«

Ich wusste, dass ich meine Wut an den falschen Leuten ausließ, aber es war niemand sonst da, den ich anbrüllen konnte. Ich konnte wohl kaum zurückgehen und Gabe anbrüllen. Es war schließlich nicht seine Schuld, dass ich, im

Gegensatz zu ihm, mehr von unserer gemeinsamen Nacht wollte als eine gefestigte Freundschaft.

Wie war es möglich, dass ich es geschafft hatte, mich in einen Mann zu verlieben, der mich mochte, aber so entschlossen war, mich nicht zu haben? Wenn das hier der letzte Rest des Karmas war, von dem ich immer erwartet hatte, dass es eines Tages kommen würde, um mir einen Arschtritt zu verpassen, dann hatte es auf jeden Fall einen langen Anlauf genommen, um den maximalen Effekt zu erzielen.

»Dann solltest du besser als irgendjemand sonst wissen, dass das Letzte, was er …«

»Was tust du da mit meinem besten Geschirrtuch?«, unterbrach mich Dorothy und riss es Jamie aus der Hand. »Und seid bitte leise, es ist viel zu früh für so ein Drama!«

Ich stürmte aus der Küche und hoch in mein Zimmer, ohne einen Blick zurück. Ich sah nicht mal aus dem Fenster, um zu erfahren, ob Gabe schon auf war. Stattdessen stürzte ich den kochend heißen Inhalt meines Bechers hinunter und tauchte unter die Decke, entschlossen, erst wieder zum Vorschein zu kommen, wenn irgendein Wissenschaftler herausgefunden hatte, wie man die Zeit zurückdrehte.

Kapitel 29

Mein Entschluss hielt natürlich nicht lange an. Am 21. Dezember war Annas Geburtstag, zeitgleich mit der Sonnwendfeier, die Molly organisierte, daher blieb mir keine andere Wahl, als aus dem Bett zu steigen und mit meiner besten Freundin Frieden zu schließen. Ich hatte noch immer keine Ahnung, was ich zu Gabe sagen würde, wenn ich ihn sah, aber damit würde ich mich befassen, wenn es dazu kam.

»Alles Gute zum Geburtstag!«, sagte ich zu Anna und drückte ihr ein Päckchen in den Schoß, bevor ich mich zu allen anderen an den Frühstückstisch setzte. »Tut mir leid, dass ich so ein Biest war«, ergänzte ich auf meine typische schroffe Art.

»Das sollte es auch«, strahlte sie, während sie das Papier herunterriss. »Und ich weiß, du denkst vermutlich, ich sollte mich für alles entschuldigen, was ich gesagt habe, und dafür, wie du dich deswegen fühlst«, ergänzte sie betont, »aber das werde ich nicht tun.«

Wäre es irgendein anderer Tag gewesen, hätte ich ihr das nicht durchgehen lassen.

»Einigen wir uns einfach darauf, dass wir uns nicht einigen können«, sagte ich, »und belassen wir es dabei, okay?«

»O mein Gott, Hayley!«, kreischte sie auf einmal, sodass

Suki und Floss von ihren Hundebetten aufsprangen, »das ist wundervoll. Vielen Dank.«

Es war genau die Reaktion, die ich mir erhofft hatte. Offenbar konnte mein künstlerisches Talent Freundinnen dazu bringen, ihre Meinungsverschiedenheiten beizulegen *und* gleichzeitig zu weinen. Perfekt.

»Ich hatte gehofft, dass es dir gefällt«, sagte ich und beugte mich vor, um die kleine Tuschezeichnung zu betrachten. Ich fragte mich, ob Gabe, wenn ich ihm seine überreichte, sich ebenso sehr freuen würde wie Anna.

»Zeig mal her«, bat Dorothy, ebenso begierig wie alle anderen, einen Blick darauf zu werfen.

»O mein Gott«, hauchte Catherine. »Du hast sie wunderschön eingefangen, Hayley.«

Auf der Zeichnung saß Anna im Schneidersitz auf einem der weichen Sofas im Wohnzimmer, ein aufgeschlagenes Buch im Schoß.

»Zum Glück«, sagte ich lächelnd, »bist du eine richtige Tagträumerin, Anna, sodass ich den Großteil von dem hier zu Papier bringen konnte, während du aus dem Fenster gestarrt hast.«

Ich erwähnte nicht, dass ich es erst in den letzten Tagen schmollend in meinem Zimmer fertiggestellt hatte. Kaum zu glauben, dass ich jetzt so entspannt hier sitzen und über den Moment reden konnte, in dem die Kreativität Besitz von mir ergriffen hatte. Jahrelang hatte ich meine Arbeit – vor mir selbst ebenso wie vor allen anderen – versteckt und mich geweigert, dem Verlangen, einen Bleistift in die Hand zu nehmen, nachzugeben, und doch war ich jetzt hier, bereit, sie mit all meinen Freunden und, sollten die

Kirschblütenpläne zum Tragen kommen, sogar mit der großen weiten Welt zu teilen. Wenn das alles wirklich Gestalt annahm, dann würde ich nächstes Jahr um diese Zeit Geschenke verteilen können, auf denen meine eigenen Designs prangten. Wie aufregend!

»Ich werde es immer in Ehren halten«, sagte Anna und drückte es sich an die Brust. »Das ist eines der schönsten Geschenke, die ich je bekommen habe.«

Eines ihrer anderen schönen Geschenke steckte an ihrer Bluse. Eine Kamee, identisch mit der, die ihrer Mutter gehört hatte, die Anna aber verloren hatte. Diese neue Kamee hatte Angus ihr an dem Weihnachten geschenkt, an dem sie entschieden hatte, Wynthorpe zu ihrem Zuhause zu machen, und sie trug sie immer an hohen Fest- und Feiertagen.

»Ich bin ja so froh, dass es dir gefällt«, sagte ich lächelnd und sah wieder auf das Bild.

»Ich liebe es«, strahlte sie. »Sieh mal, Molly. Sieh mal, was Hayley mir zum Geburtstag geschenkt hat.«

Molly und Archie trafen natürlich zusammen ein, gerötet von dem eiskalten Spaziergang hierher.

»Also, sind wir dann so weit?«, fragte Mick, nachdem alle mein Werk zur Genüge bewundert hatten. »Wie sieht das Wetter dieses Jahr aus? Irgendeine Chance, bei dieser speziellen Sonnenwende die Sonne tatsächlich zu sehen?«

»Es ist alles bereit«, schniefte Molly und schälte sich erst aus ihrem groben selbst gestrickten Schal, dann ihrer Jacke und schließlich ihrer dicken Strickweste, ebenfalls eine ihrer Eigenkreationen. Archie zog ihr die Filzmütze vom Kopf, sodass ihre wilde Mähne über die Schultern fiel.

Kein Wunder, dass sie einen rosigen Schimmer hatte.

»Und ja, es besteht eindeutig eine gute Chance, die Sonne heute noch zu sehen«, ergänzte sie. »Es wird ein perfekter Tag werden.«

»Genau das wollte ich hören«, bemerkte Anna.

In den letzten Jahren, wurde mir bewusst, hatten wir beide etwas wiedergewonnen, das wir verloren geglaubt hatten. Ich selbst hatte mich gegen meine Kunst gesträubt, und Anna hatte sich, seit dem Tod ihrer Mutter, jede Art von Geburtstags- oder Weihnachtsfeier versagt, aber seit sie auf Wynthorpe angekommen war, nahm sie beides mit Begeisterung wieder an. Ich führte es auf die Magie innerhalb der Wände des Herrenhauses zurück und hoffte, Gabe würde in absehbarer Zeit ebenfalls von ihrer heilenden Umarmung profitieren.

»Wird Gabe sich uns anschließen?«, fragte Molly, als ich aufsah und sie dabei ertappte, wie sie mich anstarrte.

Sie besaß ein unheimliches und irgendwie aufreibendes Talent dafür. An diesem Frühstückstisch fand eindeutig noch mehr Magie statt als die, die in die Wände des Herrenhauses gewoben war.

»Hoffen wir's«, sagte Jamie, dessen Blick ebenfalls zu mir huschte. »Er ist in den letzten paar Tagen für sich geblieben, aber drücken wir die Daumen, dass er sich blicken lässt.«

Irgendetwas an seiner Miene ließ mich vermuten, dass er inzwischen etwas genauer darüber Bescheid wusste, warum Gabe sich vor uns verkrochen hatte. Ich hoffte nur, dass sein Wissen nicht bedeutete, dass er außerdem ahnte, welche Rolle ich beim Fernbleiben seines Freundes vom Herrenhaus gespielt hatte. Gabe hatte mir gesagt, er glaube, unser Zusammensein würde unsere Freundschaft nur noch festigen, aber angesichts seiner anhaltenden Abwesenheit schien eher das Gegenteil zuzutreffen.

»Er ist bestimmt erschöpft nach der harten Arbeit beim Winterwunderland«, meinte Angus. »Seine Bemühungen, mit Hayleys fachmännischer Unterstützung natürlich, haben mehr Gewinn erzielt als wir anderen alle zusammen.«

»Ja«, warf Catherine ein, »dafür müssen wir uns bei ihm noch richtig bedanken.«

»Und als der neueste Wynthorpe-Rekrut«, meldete sich Molly zu Wort, »wird er sich hoffentlich bereit erklären, den Weihnachtsklotz fürs Herrenhaus auszuwählen. Obwohl, so kräftig, wie er ist, werden wir ihn vielleicht erinnern müssen, nichts zu Großes auszuwählen«, ergänzte sie, und alle lachten.

Seit er mich die schmale Treppe im Pförtnercottage mit Leichtigkeit hochgetragen hatte, konnte ich für Gabes Kraft garantieren, aber ich hielt es für das Beste, diese Details für mich zu behalten.

Ich war enttäuscht, als Gabe für die Sonnwendfeier nicht auftauchte, aber auch nicht besonders überrascht. Ich hatte gehofft, unsere erste Unterhaltung nach der gemeinsamen Nacht würde unter den anderen Weihnachtsklotz-Sammlern aus der Stadt und dem Rest der Familie stattfinden. Ja, es war eine durch und durch egoistische und feige Idee, aber während sich die Woche hinzog, hatte ich mich immer mehr dafür geschämt, dass ich von ihm weggelaufen war, vor allem, nachdem er mir so viel anvertraut hatte.

Ich war kaum die gute Freundin, die ich für ihn sein sollte, und ich wollte das richtigstellen, wusste aber nicht wie. Ich hoffte einfach, dass es nicht zu spät war, um es wiedergutzumachen. Er konnte schließlich nichts dafür, dass ich mein Herz in seiner Umarmung zurückgelassen hatte. Und ich hatte auch nicht die Absicht, ihn mit meinen Gefühlen zu belasten, vor allem jetzt, wo ich wusste, wie viel sein eigenes Herz zu bewältigen hatte. Auch wenn ich mir selbst mehr als nur Freundschaft von ihm wünschte, musste ich das loslassen und für ihn da sein.

»Ich hatte gehofft, Gabe heute Nachmittag hier zu sehen«, sagte Mags vom Eulenschutzprojekt, während sie sich neben mir meinen Schritten anpasste.

»Ich auch«, erwiderte ich.

»Als wir uns das letzte Mal gesprochen haben, nach dem Winterwunderland, schien er wirklich ehrliches Interesse an unserer Schleiereule, Jareth, zu haben.«

Vor meinem geistigen Auge konnte ich regelrecht sehen, wie Gabe über die neblige frühmorgendliche Fenland-Landschaft schritt, Jareth auf dem Arm und Bran an den Fersen, aber ich war mir nicht sicher, was ich bei diesem Bild fühlte. Bran schien damals in die geheimnisvolle Schönheit ebenso vernarrt zu sein wie sein Herrchen, aber Gabes Wunsch, die Eule zu besitzen, passte nicht recht zu seiner Entschlossenheit, sich alles zu versagen, was ihn glücklich machte. Vielleicht ging es ihm dabei nur um Leute wie mich, die ihn eine Nacht lang geliebt und dann verlassen hatten.

»Aber ich glaube nicht, dass es jetzt noch dazu kommen wird«, meinte Mags schulterzuckend.

»Warum denn nicht?«, fragte ich stirnrunzelnd. Das Bild verschwand mit einem Schlag, während ich meine Aufmerksamkeit wieder auf das lenkte, was sie sagte.

»Jamie sagt, dass Gabe für eine Weile weggefahren ist. Wir könnten ihm Jareth nicht anvertrauen, wenn er so etwas öfter macht.«

»Verstehe«, sagte ich, während sich mir der Kopf drehte.

»Er ist ein Geschöpf mit einer schwierigen Vergangenheit, und er braucht etwas Beständigkeit in seinem Leben.«

Ich war mir nicht sicher, ob sie von Jareth oder von Gabe redete, aber egal wer, ich wusste genau, wie es sich anfühlte.

»Na ja, ich bin sicher, Gabe wird bald wieder da sein«, meinte ich und beschleunigte meine Schritte, um Jamie einzuholen. »Und er ist ganz bestimmt die perfekte Person für Jareth.«

Sobald Molly und ihr Hexenzirkel – auch wenn sie es vorzog, dass ich sie ihre Freundinnen nannte – Mick dazu auserkoren hatten, den Weihnachtsklotz zu suchen, ergriff ich die Gelegenheit, Jamie zu fragen, was los war.

»Warum hast du uns vorhin nicht gesagt, dass Gabe weggefahren ist?«

Ich wollte nicht streitlustig klingen oder noch mehr Unfrieden stiften, aber ich fühlte mich wie vor den Kopf gestoßen. Was, wenn unsere gemeinsame Nacht und mein frühmorgendlicher Weggang danach der Grund war? Ich hatte ihm versprochen, dass Freundschaft und Trost für alle auf Wynthorpe Hall zu haben waren, und ich hasste die Vorstellung, dass unsere gemeinsame Nacht ihm das womöglich kaputtgemacht hatte.

»Weil ich es nicht gewusst habe«, antwortete Jamie schlicht. »Er hat mich auf dem Handy angerufen, kurz bevor wir das Haus verlassen haben, um zu sagen, er hätte einen Zwischenstopp in der Stadt eingelegt, er würde vom Kirschblütencafé aus anrufen und dann weiterfahren, um Verwandte zu besuchen. Nach Weihnachten will er wieder zurück sein.«

Soweit ich wusste, hatte er, abgesehen von Penny, die in Paris war, keine Verwandten. Ich stieß einen Schluchzer aus, als ich mir vorstellte, dass er Weihnachten damit verbringen würde, neben dem Grab seiner Tochter zu kampieren.

»Geht es dir gut?«, fragte Jamie. »Ist zwischen euch beiden irgendetwas vorgefallen?«

»Nein«, schluckte ich, »nichts. Natürlich nicht.«

»Das hatte ich befürchtet«, sagte er in einem vollkommen unbeeindruckten Tonfall. »Was seid ihr nur für zwei Idioten.«

Ich gab keinen Kommentar ab, und Jamie schlenderte davon, um zu sehen, wie Mick vorankam.

Ich stand wie angewurzelt da, während meine Füße immer mehr am Waldboden festfroren. Ich hätte erleichtert sein sollen, dass Gabe weggefahren war und es mir überlassen hatte, mein Herz in aller Ruhe wieder an mich zu nehmen, aber tatsächlich war ich am Boden zerstört. Genau wie ich prophezeit hatte, hatte der flüchtige Trost, den unsere gemeinsame Nacht gespendet hatte, unsere Freundschaft ruiniert, anstatt sie zu festigen. Ich war schwach gewesen, und jetzt bezahlte ich, genau wie Gabe, den Preis dafür.

»Hayley«, sagte Anna und legte mir eine Hand auf den Arm. »Geht es dir gut?«

»Du siehst ja völlig steifgefroren aus«, sagte Molly, die auf meiner anderen Seite stand.

»Alles in Ordnung«, sagte ich zu ihnen, holte einmal tief Luft und schüttelte die beiden ab.

Sie wirkten alles andere als überzeugt und schienen auch ein wenig verletzt von meiner Abfuhr zu sein.

»Ehrlich«, sagte ich und ließ ein, wie ich hoffte, beschwichtigendes Lächeln aufblitzen, »ich war nur mit den Gedanken kurz woanders. Kommt schon«, forderte ich sie auf, »sehen wir zu, dass wir die anderen einholen.«

Das Letzte, wonach mir der Sinn stand, war es, den ganzen Nachmittag zwischen den Bäumen herumzustapfen und Sprechgesänge anzustimmen, während die Sonne allmählich unterging, aber ich spielte trotzdem mit. Ich antwortete, wenn ich angesprochen wurde, ich half Molly, ihren Jutesack mit Blättern für eine saisonale Collage zu füllen, und ich posierte für die obligatorischen Fotos, als Mick erklärte, er hätte den Wynthorpe-Weihnachtsklotz gefunden, aber während alledem weinte mein Herz.

Dabei ging es mir inzwischen gar nicht mehr so sehr um mich selbst, sondern vielmehr um den armen Gabe. Wie hatte ich ihn so im Stich lassen können, während er immer für mich da gewesen war? Buchstäblich von dem Augenblick an, in dem wir uns zum ersten Mal begegnet waren, hatte er mich mit seinen mächtigen Flügeln beschützt. Jetzt war es doch sicher an der Zeit, dass ich das Gleiche für ihn tat.

Es war an mir, ihn zur Vernunft zu bringen, begriff ich. Ich musste ihn überzeugen, dass der Weg nach vorn nicht darin bestand, sich selbst jede Chance auf Glück zu versagen. Im Gegenteil, seine Entschlossenheit, allein zu sein, würde seine Trauer nur in die Länge ziehen, und ich war sicher, dass seine Tochter nicht gewollt hätte, dass ihr Vater noch mehr litt, als er es ohnehin schon getan hatte.

Ich musste zu ihm durchdringen. Selbst wenn er wirklich entscheiden sollte, dass er nicht mit mir zusammen sein wollte, könnten wir immer noch Freunde sein, die einander auf dem felsigen Pfad des Lebens beistanden. Es war eine aufregende Aussicht, gedämpft lediglich von der Tatsache, dass ihm Flügel gewachsen waren und er davongeflogen war, nur Stunden bevor ich mir zurechtgelegt hatte, was ich tun könnte, um ihm wirklich zu helfen.

Kapitel 30

Nachdem es mich so viel Mühe gekostet hatte, Jamie zu sagen, dass zwischen Gabe und mir nichts vorgefallen war, fühlte es sich unmöglich an, ihn noch mehr darüber auszufragen, wohin er seiner Ansicht nach gefahren sein könnte. Die Tatsache, dass Jamie sich überhaupt keine Sorgen zu machen schien, ließ für mich allerdings nur den Schluss zu, dass Gabe vielleicht doch noch weitere Verwandte hatte. Trotzdem nagte irgendetwas an mir und sagte mir, dass es nicht so war.

»Ich hatte gehofft«, meinte Anna, während wir den Hauptsaal ausmaßen, um herauszufinden, wie die Tische, Stühle und anderen Dinge für die Party am besten hineinpassten, »dass die Männer uns helfen.«

Ich schüttelte missbilligend den Kopf.

»Willst du damit sagen, dass wir das nicht selbst hinbekommen?«, fragte ich stirnrunzelnd.

»Nein«, antwortete sie etwas spitz, »das nicht, aber wir zwei allein könnten ein Problem damit haben, den langen Tisch zu bewegen und die Bühne aufzubauen.«

Da hatte sie recht; der Tisch war aus massiver Eiche und die Bühne für nur zwei Leute schwer zu manövrieren.

»Du hast nicht zufällig etwas von Gabe gehört, oder?«, fragte sie unschuldig. »So jemanden wie ihn könnten wir jetzt gut gebrauchen.«

Ich fragte mich, wie lange sie darauf hingearbeitet hatte, das Gespräch auf ihn zu lenken.

»Da gibt es offenbar eine ganze Menge zu sortieren«, sagte ich mit einem Nicken zu der neuesten Lieferung großer Pappkartons.

»Ich schätze, das hier sind die Schneeflocken für die Decke«, sagte sie. Das Maßband hatte sie bereits vergessen und glücklicherweise auch ihr Verhör.

Sie zauberte ein kleines Taschenmesser aus ihrer Hosentasche hervor.

»Wo in aller Welt hast du das denn her?«, stöhnte ich leicht verblüfft, während ich zusah, wie sie einen der Kartons fachmännisch aufschlitzte und die Hände hineintauchte.

»Angus natürlich«, strahlte sie. »Es war mein Adventskalendergeschenk an dem Tag, an dem du in deinem Zimmer geschmollt hast.«

»Ich habe nicht geschmollt …«, begann ich, aber sie redete einfach über mich hinweg.

»Er dachte, ich könnte es gut gebrauchen«, fuhr sie fort, »und er hatte recht. Oh, ja, die hier sind perfekt.«

Sie öffnete einen großen Beutel und schüttete einen Haufen Schneeflocken in unterschiedlicher Größe, die aus eisblauem Tonpapier ausgeschnitten waren, auf dem Boden aus. Manche waren mit funkelndem Silberglitzer beklebt, andere schlicht. Viele waren girlandenartig aneinandergehängt. Sie reichte mir ein Ende und wir breiteten sie gemeinsam über die Länge des Bodens aus.

»Das ist eine Schneeflocken-Wimpelkette«, erklärte sie mir. »Um euer Thema vom Winterwunderland aufzugreifen. Hübsch, oder? Und diese hier«, ergänzte sie, während sie eine der kürzeren Ketten in die Hand nahm, »lassen wir von der Decke baumeln.«

»Zauberhaft«, sagte ich zu ihr.

Wenn sie nicht aufpasste, würde es hier bald wie in Elsas Palast aus *Die Eiskönigin* aussehen, aber Anna wusste sicher, was sie tat.

»Wie haben die Gäste darauf reagiert, dass es einen Dresscode?«, fragte ich.

Ich hatte keine Zeit gehabt, die Einladungen selbst zu entwerfen, aber Anna hatte bereits angekündigt, meine Dienste für die nächste Party in Anspruch zu nehmen.

»Alle finden es großartig«, antwortete sie warmherzig. »Auch wenn wir, wie du weißt, wegen den Herren der Schöpfung ein kleines Zugeständnis machen mussten. Es war praktisch unmöglich, weiße Anzüge aufzutreiben.«

»Das kann ich mir vorstellen«, sagte ich mit einem ironischen Lächeln. Die Gäste waren gebeten worden, Weiß zu tragen, passend zum Schneethema. Die Farbpalette war dann aber im Nachhinein noch um Blau erweitert worden.

»O mein Gott.« Sie lachte auf. »Kannst du dir Angus in einem weißen Anzug vorstellen? Er würde aussehen wie ein Schneemann. Und was ist mit Gabe? Ihn könnte man womöglich mit einem Engel verwechseln, stimmt's?«

Zum Glück begann mein Handy, in genau diesem Augenblick zu vibrieren, und mir blieb die Antwort erspart. Während ich es aus meiner Jeanstasche zog, hoffte ich, es wäre Gabe, aber da er selbst kein Handy besaß, hatte ich mir natürlich nie die Mühe gemacht, ihm meine Nummer zu geben.

»Hayley?«

»Ja?«

»Hier ist Evelyn, vom Mermaid.«

»Hallo, Evelyn, ist alles in Ordnung?«

Ich hatte keine Ahnung, warum die Wirtin meiner Stammkneipe mich anrufen sollte.

»Ja, Liebes«, sagte sie. »Mehr oder weniger.«

Ich war etwas überrumpelt. So liebenswürdig klang sie sonst nie. Irgendetwas stimmte eindeutig nicht.

»Ist jetzt ein schlechter Zeitpunkt zum Reden?«, fragte sie. »Ich will dich nicht bei der Arbeit stören.«

»Nein, schon gut«, sagte ich und gab Anna ein Zeichen, dass ich zurückkommen würde, sobald ich das Gespräch beendet hatte. »Es ist doch nicht wegen Dad, oder?«, entfuhr es mir, und ich rechnete bereits mit dem Schlimmsten. »Er hat doch nicht wieder ein kleines Vermögen anschreiben lassen, oder?«

»Nach dem letzten Mal«, schnaubte Evelyn, wobei sie wieder etwas mehr wie sonst klang, »soll das wohl ein Witz ein. Nein, es geht um den anderen Fluch in deinem Leben.«

»Gavin?«

»Gavin.«

»Was hat er denn schon wieder angestellt?«, stöhnte ich.

Es wurde Zeit, dass die Leute ihn nicht länger mit mir in Verbindung brachten. Zumindest wünschte ich mir das.

»Es ist nichts, was er angestellt hat«, sagte sie, wobei sie wieder etwas nervöser klang, »eher etwas, das er gesagt hat.«

»Falls er noch immer andeutet, wir hätten auf dem Knutschparkplatz etwas am Laufen gehabt …«

»Nein«, unterbrach sie mich, »das ist es nicht.«

»Was denn dann?«

»Na ja«, sagte sie und räusperte sich, sodass meine Paranoia noch eine Stufe höher schnellte, »er hatte gestern Abend ein oder zwei Drinks und fing an zu labern … von dem kleinen Ärgernis, das du hattest, als du damals die Schule verlassen hast.«

»Dass ich schwanger war, meinst du?«

Es hatte keinen Sinn, um den heißen Brei herumzureden. Wenn mir weiterer Ärger ins Haus stand, musste ich die Dinge beim Namen nennen, auch wenn es mich ins Taumeln brachte.

»Genau das«, sagte sie mit einem tiefen Seufzer. »Gestern Abend hat er allen erzählt, dein Kunstlehrer sei gar nicht der Vater gewesen, wie du immer behauptet hast.«

Ich spürte, wie meine innere Temperatur anstieg und meine Knie weich wurden, und ließ mich auf die Treppenstufen sinken. Gavin hatte offensichtlich entschieden, sich ein noch größeres Publikum zu suchen. Und um die Aufmerksamkeit auf sich zu ziehen, hätte er sich wohl kaum ein besseres Thema aussuchen können.

»Oh?«, krächzte ich.

Ich konnte nicht leugnen, dass Gavin recht hatte. Mr. Ridley war nicht der Vater. Es stand nie zur Debatte, dass er es sein könnte, aber als ich herausfand, dass er die Schule wegen eines anderen Jobs verlassen würde, und das genau in dem Augenblick, in dem ich ihn am dringendsten brauchte, sorgte ich dafür, dass alle anderen das Gegenteil glaubten.

Er hatte mein Talent gefördert, mein Selbstvertrauen gestärkt, mir eine Zukunft vor Augen geführt, die ich mir, unter dem unkultivierten Dach meiner Eltern, niemals hätte vorstellen können, geschweige denn, mutig genug gewesen wäre, sie zu ergreifen. Und dann war er gegangen.

Ich war am Boden zerstört.

Ich war außerdem verbittert, gehässig und in der siebten Woche schwanger.

»Okay.« Ich schluckte.

Was dachten alle in der Stadt jetzt wohl über mich? Ich würde mich nie wieder in Wynbridge blicken lassen können.

»Ich dachte nur, du solltest es wissen«, meinte Evelyn. »Vorgewarnt sein und das alles«, ergänzte sie entschieden.

»Danke, Evelyn.«

»Aber es hat natürlich niemanden gekümmert«, fuhr sie fort. »Er hat uns nichts erzählt, was wir uns nicht schon selbst zusammengereimt hatten, und er hat sich mit seinem Getratsche mit Sicherheit keine Freunde gemacht.«

»Entschuldigung?«

»Na ja, das war doch offensichtlich«, fuhr sie fort, »wir alle haben es von Anfang an gewusst. Das mit dem Lehrer, meine ich.«

»Ich verstehe nicht.«

»Uns war klar, dass du es dir nur ausgedacht hast«, sagte sie leise. »Alle wussten, wenn die Behörden davon ausgegangen wären, dass auch nur ein Körnchen Wahrheit hinter dem steckt, was du den Leuten erzählt hast, dann hätten sie Ermittlungen eingeleitet. Ein Lehrer, der eine Schülerin schwängert, das wäre ein Skandal gewesen.«

Da hatte sie natürlich recht. Es klang alles so, als ob ich die Einzige war, die sich noch immer an dem Lügennetz festklammerte, das ich selbst gesponnen hatte. Jahrelang hatte ich Scham und Schuldgefühle wegen dieser ganzen Geschichte empfunden, dabei hatten alle anderen die Wahrheit von Anfang an durchschaut. Was für eine Glanznummer.

»Und was, meinst du, hat Gavin sich von alldem erhofft?«, fragte ich.

»Ein bisschen Aufmerksamkeit«, antwortete sie, »aber es hat nicht funktioniert. Niemanden hat es gekümmert. Wenn überhaupt, hatten sie Mitleid mit dir, und waren traurig wegen dem, was du durchmachen musstest. Alle wissen, dass du es nicht leicht hattest, und dann bist du auch noch auf diesen Idioten, Gavin, reingefallen.«

Es war eine Erleichterung, dass endlich alles heraus war. Ich hatte nie vorgehabt, irgendjemanden zu verletzen, schon gar nicht Mr. Ridley.

»Ich werde mit Gavin reden müssen, oder?«, sagte ich, als mir klarwurde, dass es das war, wovon Jemma gesprochen hatte, als sie für das Winterwunderland aufbaute. Damals war ich zu beschäftig gewesen, um nachzufragen. Offensichtlich hatte er auch ohne den Einfluss von ein paar Gläsern Bier getratscht. Es schien sich zu einer hässlichen Angewohnheit zu entwickeln, die er unbedingt ablegen musste. »Das ist nicht nötig«, erklärte Evelyn entschieden. »Außerdem kommst du eh zu spät. Er ist weg.«

»Was meinst du damit?«

»Er hat den Pub gerade mit eingezogenem Schwanz verlassen.«

»Du meinst, er war den ganzen Abend da?«

»Nein«, antwortete sie. »Wohl kaum. Als er auf einmal wieder hier hereinschneite, sah er aus wie eine Leiche auf Urlaub und fragte, ob er sich wirklich so schlimm aufgeführt hatte.«

»Ich hoffe, du hast ihm gesagt, dass er das hat.«

»Natürlich habe ich das«, fuhr sie fort. »Kurz dachte ich, er würde sich im nächsten Moment übergeben. Er sagte, er hätte auch Jemma die ganze Geschichte erzählt. An dem Abend war er allerdings stocknüchtern.«

»Klingt für mich, als ob er auf den Geschmack gekommen ist, Geheimnisse auszuplaudern.«

»Da hast du recht«, pflichtete sie bei, »aber er schien aufrichtig bestürzt und klang, als ob es ihm ziemlich leidtäte.«

»Er tut sich nur selbst leid«, warf ich ein.

Ich hoffte, dass Evelyn auf seine Welpennummer nicht hereingefallen war.

»Na ja«, meinte sie, »das kann schon sein. Jedenfalls hatte er einen Rucksack bei sich, und als ich ihn fragte, ob er vorhätte zu verreisen, sagte er, er würde zu einem Cousin oben im Norden fahren, um bei ihm zu wohnen. Ihm sei klargeworden, dass er, obwohl er immer versucht hätte sich zu bessern, dabei sei, zu jemandem zu werden, den er nicht leiden konnte. Er dachte, etwas Abstand von hier sei vielleicht keine schlechte Idee, um zu versuchen, mit sich selbst ins Reine zu kommen.«

»Das ist doch immerhin etwas, nehme ich an«, räumte ich ein. »Auch wenn ich ihn zu gern zur Rede gestellt hätte für das, was er getan hat.«

»Ich glaube nicht, dass das auch nur einem von euch beiden helfen würde«, sagte Evelyn. »Es ist Zeit, einen Schlussstrich zu ziehen, Liebes. Lass ihn los und blick nach vorn.«

Ich ging mit gemischten Gefühlen zurück zu Anna, in dem Wissen, dass ich meiner Freundin reinen Wein einschenken musste. Ich hatte ihr dieselbe Lüge aufgetischt, als sie damals ins Herrenhaus gezogen war, und ich wollte, dass sie die Wahrheit von mir selbst erfuhr, nicht durch Getratsche in der Stadt.

»Ich habe es mir irgendwie schon denken können«, sagte sie, sobald ich mit meiner Erklärung fertig war. »Ehrlich gesagt dachte ich nicht, dass ein Lehrer mit so etwas davonkommen würde, aber ich war wohl kaum in der Position, dich ins Kreuzverhör zu nehmen, oder? Außerdem«, fügte sie hinzu, »ging es mich auch nicht mehr an als Gavin, daher dachte ich, die Sache bleibt am besten vergessen.«

Ich nickte und schluckte, entschlossen, nicht zu weinen.

»Und genau das solltest du tun«, sagte sie und rieb mir den Rücken. »Das alles einfach vergessen.«

»Das werde ich«, sagte ich zu ihr. Und das würde ich auch. Aber erst wollte ich Mr. Ridleys Adresse herausfinden und ihm schreiben. Ich wollte mich erklären und mich entschuldigen. Das war ich ihm schuldig.

»Na, wer das wohl ist?«, fragte Anna, als jemand einen Trommelwirbel gegen die Vordertür zu schlagen begann. »Alle wissen doch, dass sie ums Haus zur Küche gehen sollen.«

»Ich sehe mal nach«, sagte ich zu ihr, »die anderen scheinen heute Morgen ja verschwunden zu sein.«

Meine Gedanken kehrten zurück zu Gabe und dass ich noch keine Gelegenheit gehabt hatte, mich zu entschuldigen. Ich fragte mich, ob Gavin sich auf der Herrentoilette auch über meine Lüge ausgelassen hatte. Kein Wunder, dass Gabe ihn in diesem Fall zu Boden geschlagen hatte.

»Hayley, hi. Wie geht es dir?« Es war Will, der Tierarzt von Wynbridge. »Ich habe es hinten versucht, aber da war niemand«, erklärte er. »Ich soll mir eines der Ponys ansehen.«

Ich hatte keine Ahnung, wohin alle verschwunden waren, aber ich schnappte mir rasch meine Jacke und führte ihn hinaus zur Koppel. Draußen war es eiskalt, aber ich war froh, Anna mit ihren Schneeflocken allein und meine Gedanken an unseren fehlenden Engel für ein paar Minuten hinter mir zu lassen.

»Weißt du, welches?«, fragte ich schniefend. Ich rieb die Hände aneinander und blies auf sie, während wir uns der Koppel näherten.

Die beiden Ponys waren dafür zuständig gewesen, den Schlitten durch das Winterwunderland zu ziehen, und Mick zufolge lahmte eines davon jetzt ein wenig. Ich konnte nicht behaupten, dass mich das sehr wunderte nach so vielen Besuchern und Schlittenfahrten. Die beiden waren zwar kräftig und stämmig, aber falls Angus und Jamie vorhatten, das Ganze nächstes Jahr zu wiederholen, würden sie für noch ein paar zusätzliche Ponys sorgen müssen.

»Ich würde sagen, das da«, meinte Will und zeigte auf

eines, das auf uns zugetrottet kam und eindeutig etwas mitgenommen aussah. »Was meinst du?«

»Ja«, sagte ich. Ich kam mir ein bisschen idiotisch vor, denn ihr Hinken war tatsächlich kaum zu übersehen. »Ja, ich schätze, du hast recht.«

Die beiden waren mit einem Eimer Ponyfutter leicht in den Stall zu locken, und ich schloss die Tür, in der Hoffnung, dass Will keine Assistentin benötigen würde. Die Ponys waren hübsch anzusehen, aber ich hatte noch nie aus nächster Nähe mit ihnen zu tun gehabt.

»Würde es dir etwas ausmachen, ihren Kopf zu halten?«, fragte Will, bevor ich den Gedanken auch nur zu Ende gedacht hatte. »Sorg einfach dafür, dass sie stillhält, während ich sie mir rasch ansehe. Sie ist vielleicht ein bisschen empfindlich. Aber ich bin sicher, wenn du ihr ein paar süße Worte ins Ohr flüsterst«, sagte er grinsend, »schafft sie das schon.«

Ich hielt Peppermint vorsichtig am Zügel fest und gab mir alle Mühe, meine Angst nicht auf sie zu übertragen. Zum Glück stand sie stocksteif da und ertrug ihr Schicksal stoisch. Ich hatte keine Ahnung, was Will mit ihrem Hinterhuf anstellte, aber das kleine Pony wieherte nur einmal kurz auf, dann gab es einen kleinen Spritzer aus einer Spraydose, und schon war alles vorbei.

»So, das war's schon«, erklärte er, tätschelte ihr Hinterteil und rieb sie freundschaftlich. »Ein tapferes Mädchen warst du.«

»Danke.« Ich grinste. »Aber wenn es dir nichts ausmacht, würde ich das lieber nicht gewohnheitsmäßig machen.«

Mit den Hunden kam ich klar, aber alles auf dem Anwesen, was mit den Ponys zu tun hatte, war im Großen und Ganzen Micks Gebiet.

Will lachte. »Ich hätte noch Zeit für ein Tässchen Tee, denke ich«, sagte er dann, nachdem er kurz auf seine Uhr gesehen hatte.

Während wir zurück zum Herrenhaus gingen, erklärte er mir, dass Peppermint nicht mehr gequält hatte als ein Dorn, der an einer empfindlichen Stelle zwischen ihrem Huf und dem fleischigen Teil an ihrem Fuß eingewachsen war. Offenbar war das Schlittenziehen gar nicht verantwortlich dafür gewesen.

»Das Spray ist ein Antibiotikum«, fuhr er fort, »das heißt, jetzt müsste mit ihr eigentlich alles in Ordnung sein, aber vielleicht könntest du Mick trotzdem bitten, sie im Auge zu behalten. Ich kann mir nicht vorstellen, dass es irgendwelche Komplikationen geben wird, aber mit seiner Erfahrung wird er es erkennen können, wenn irgendetwas nicht stimmt.«

Mick wartete bereits an der Hintertür auf uns, und die beiden gingen zusammen in die Küche, freundlich miteinander plaudernd, während ich dem Postboten entgegenlief, dessen Van ich bereits über die von Schlaglöchern übersäte Auffahrt holpern gesehen hatte.

»Ich kann Ihnen das abnehmen, wenn Sie wollen«, rief ich ihm zu, »und Ihrer Aufhängung das letzte Wegstück ersparen.«

»Danke«, sagte er und reichte mir das Bündel, das von einem Gummiband zusammengehalten wurde.

Ich entfernte das Gummiband, während ich zum Haus zurückkehrte, und ging die verschiedenen Umschläge durch. Das Herrenhaus bekam immer jede Menge Post, aber es war selten etwas für mich dabei. Doch an diesem Morgen entdeckte ich einen Umschlag für mich, mit einer Handschrift, die ich nicht erkannte.

Ich nahm mir einen Becher Tee vom Tisch und ging hoch zu meinem Zimmer, um das geheimnisvolle Schreiben zu öffnen. Mein Bauchgefühl sagte mir, dass das hier nichts war, was ich in Gesellschaft öffnen sollte.

»Bin gleich wieder da«, sagte ich zu Anna. »Hat mich gefreut, dich zu sehen, Will.«

Meine Hände zitterten, als ich den Umschlag aufriss und den Brief herauszog. Er war von Gabe. So wie ich ihn inzwischen kannte, schien es passend, dass er schrieb, anstatt anzurufen. Ich holte ein paarmal tief Luft und nahm meinen Mut zusammen, um zu lesen, was er zu sagen hatte. Das kontrollierte Atmen trug nicht dazu bei, das wilde Flattern meines Herzens zu beruhigen.

Seine Worte waren traurig, resigniert und besiegt, und sie zerrissen mir das Herz. Ich hätte leichter damit umgehen können, wenn sie wütend, aufgebracht und vorwurfsvoll gewesen wären; das war schließlich nicht weniger als das, was ich verdient hatte, nachdem ich von ihm weggelaufen war, aber sein Ton war durchweg abgrundtief traurig.

Ich weiß, als ich damals zum Herrenhaus kam, konntest du nicht verstehen, warum es mir immer so schwerfiel, mich zu entspannen und zu amüsieren, und du dachtest, dir zu sagen, dass ich dich mag, und dann einen Rückzieher zu machen, sei irgendeine Art kranke Selbstentsagung, aber ich hoffe, jetzt kannst du es verstehen. Kannst erkennen, warum ich mir nicht einmal einen Augenblick des Glücks oder das Versprechen einer besseren Zukunft gestatten kann, wenn meine geliebte Tochter keines von beidem vergönnt war.

Wie könnte ich lächeln und lachen, singen und tanzen in dem Bewusstsein, dass Hannah das nie wieder tun wird? Ich sollte ihr helfen zu lernen und zu wachsen; ich sollte ihr zusehen, wie sie in Schultheaterstücken auftritt, an Sportwettbewerben teilnimmt, ihr bei den Hausaufgaben helfen und sie abends ins Bett bringen. Kurz, ich sollte ihr Daddy sein, aber alles, was ich bin, ist ein Besucher an ihrem Grab. Es wäre falsch von mir, es auch nur in Betracht zu ziehen, mehr als das Leben zu leben, das ich jetzt habe.

Während meiner Zeit in Afrika hatte ich mir das alles im Kopf zurechtgelegt, Hayley. Ich würde mein Leben weiterleben, anderen eine Hilfe sein, etwas zu bewirken, während mein eigenes Leben mir nichts mehr bedeutete. Aber dir zu begegnen, war, als würde mich der Blitz treffen.

Du hast dir deinen Weg in meinen Truck und dann in mein Leben gebahnt, und auf einmal begann die Welt wieder zu strahlen. Du hast dafür gesorgt, dass ich Dinge fühlte, dass es mir besser ging, dass ich lachte und tanzte, an allem teilnahm, von dem ich wusste, dass ich kein Recht darauf hatte, und ich gestattete mir törichterweise, mich mitreißen zu lassen. Ich war willig, begeistert sogar, und das war uns beiden gegenüber nicht fair. Ich kann nur um Entschuldigung bitten für mein Verhalten dir gegenüber in einer Zeit, die, wie ich weiß, in deinem eigenen Leben *schwierig war, auch wenn du versuchst, so zu tun, als ob es nicht so wäre.*

Ich weiß, dass du nicht so hart bist, wie du dich gibst. Die alte Hayley hat wirklich keine Macht mehr über dich, oder? Das konnte ich sehen, als wir die Nacht zusammen verbrachten. In diesen wenigen Stunden hast du mir geholfen, meinen Schmerz zu vergessen, aber ich bin mir nicht sicher, ob ich das wirklich hätte tun sollen.

Ich gebe zu, dass ich erleichtert war, aufzuwachen und festzustellen, dass du weg warst, denn ich hätte damals auch nicht besser gewusst als jetzt, was ich zu dir sagen sollte. Ich habe schreckliche Angst, dich zu bitten, die Meine zu sein, denn das würde einen Neuanfang und ein neues Leben bedeuten, und ich habe nicht das Gefühl, auch nur zu einem davon berechtigt zu sein, aber gleichzeitig fühle ich mich jedes Mal hundeelend, wenn ich versuche, mir mein Leben ohne dich darin vorzustellen.

Die Sache ist die, Hayley, ich bin in dich verliebt. Ich glaube, ich war es von dem Augenblick an, in dem wir im Flur im Mermaid zusammengeprallt sind, und ich weiß nicht, was ich dagegen tun kann. So hatte ich mir meine Zeit auf Wynthorpe nicht vorgestellt, deswegen werde ich auch nicht zurückkommen können.

Es tut mir so leid.

Ich ließ mich auf dem Bett nach hinten fallen, erschöpft und emotional ausgelaugt. Gabe hatte endlich zugegeben, dass er in mich verliebt war, und er war gegangen. Warum war ich nicht im Cottage geblieben, um ihn dazu zu bringen, über alles zu reden? Warum hatte ich voreilige Schlüsse gezogen, anstatt zu erkennen, dass er sich an die irregeleitete, trauerbedingte Überzeugung klammerte, sich nie wieder einen Moment des Glücks gönnen zu dürfen, weil er Hannah verloren hatte?

Wenn mir der Anruf von Evelyn eines klargemacht hatte, dann, dass es sinnlos war, an früheren Verletzungen festzuhalten. Es war nichts dadurch zu gewinnen, jedenfalls nichts Positives. Ich hatte mich zu viele Jahre an etwas geklammert, das mich zurückhielt, und auch wenn ich nicht die Absicht hatte, Gabe nahezulegen, er solle Hannah loslassen, wusste ich, dass er, wenn es um seine Zukunft ging, sich von seiner Trauer leiten lassen sollte, nicht beherrschen.

Ich musste ihn finden. Ich musste ihn dazu bringen, es zu verstehen.

Ich riss den Umschlag wieder hoch und studierte den Poststempel. Der Brief war in Wynbridge abgeschickt worden. Wenn Gabe ihn an dem Tag aufgegeben hatte, an dem er gegangen war, hatte er ganz schön lange gebraucht. Angesichts des Weihnachtsstresses bei der Post war das kaum verwunderlich, aber er war nicht an dem Tag frankiert worden, an dem er gegangen war. War es möglich, dass er gar nicht so weit weggefahren war?

Ich stürzte zurück zur Küche, während ich mir die Augen an den Ärmeln trocknete, ohne darauf zu achten, welche Folgen meine Tränen für meinen Kajalstrich hatten.

»Hayley«, rief Dorothy, als ich hereinplatzte, »was in aller Welt ist denn los?«

»Du hast geweint«, meinte Anna stirnrunzelnd. »Was ist passiert?«

»Es ist wegen Gabe.« Ich schluckte den Kloß in meiner

Kehle hinunter und weigerte mich, wieder loszuschluchzen. »Ich muss ihn finden, aber ich weiß nicht, wo ich anfangen soll.«

Die beiden Frauen sahen sich verständnislos an und dann zurück zu mir.

»Er ist beim Cuckoo Cottage«, sagte Will, der noch immer am Tisch saß und Tee trank, ohne dass ich es bemerkt hatte.

»Was?«, entfuhr es mir.

Er sah von mir zu den anderen und schüttelte dann den Kopf.

»O Gott«, sagte er, die Augen geweitet vor Panik, während er sich zweifellos an seine frühere militärische Ausbildung erinnerte. »Ich kann nicht glauben, dass ich dir das gesagt habe. Wie konnte ich unter einem Verhör nur so zusammenbrechen?«

Als ob ich ihn verhört hätte.

»Vergiss einfach, was ich gesagt habe«, fuhr er hastig fort. »Vermutlich irre ich mich. Ich meine, er könnte es sein«, stammelte er, »er könnte es aber auch nicht sein …«

»Will!«, brüllte ich. »Wenn du etwas weißt, dann sag es mir bitte.«

»Ich kann nicht«, sagte er, »ich soll nicht …«

»Will, bitte«, flehte ich. »Das hier ist wichtig.«

»Okay, na schön«, seufzte er. »Jetzt ist es sowieso zu spät, oder? Er hat einen der Wohnwagen von Lottie gemietet«, fuhr er fort.

»Red weiter«, forderte ich ihn auf.

»Na ja«, sagte er und rutschte auf seinem Platz hin und her. »Normalerweise schließt sie den Luxuscampingplatz über den Winter, aber dann ist Gabe aufgetaucht und hat gefragt, ob die Möglichkeit besteht, dass er ein paar Wochen bleiben könnte.«

Wir anderen sahen uns alle verständnislos an.

»Ich fand es ja ein bisschen seltsam, dass er über Weihnachten nicht hier sein würde«, meinte Will, während er sich am Kopf kratzte, »aber er sagte, es wäre ihm lieber, wenn niemand wüsste, wo er ist, und dass er bis zum neuen Jahr untertauchen würde. Er hat gesagt, er hätte einfach Lust auf ein bisschen Ruhe und Frieden. Es gab doch keinen Ärger mit ihm, oder?«

»Nein«, sagte Mick, »natürlich nicht.«

»Aber du könntest welchen kriegen«, wandte sich Anna an Will, »wenn er herausfindet, dass du ihn verpetzt hast.«

»Ach verdammt«, sagte Will, »mit einem Typen wie ihm legt man sich nur ungern an.«

Und das von einem Kerl, der in den höchsten Rängen der britischen Armee gedient hatte und gebaut war wie ein … na ja, er war durchtrainiert.

»Schon gut«, sagte ich zu ihm. Ich fühlte mich schon weitaus besser und wusste genau, was ich zu tun hatte. »Morgen um diese Zeit wird er dir die Hand schütteln und sich bei dir bedanken.«

Will wirkte nicht überzeugt. »Ich gehe besser und warne Lottie, dass ich Gabe verraten habe«, sagte er, stand auf und bürstete Kekskrümel auf den Boden.

»Gute Idee«, sagte ich und schnappte mir meine Jacke. »Und da du sowieso in die Richtung fährst, kannst du mich mitnehmen. Ich habe keine große Lust, mich bei diesem Wetter aufs Fahrrad zu schwingen.«

Kapitel 31

Will war nicht wirklich begeistert von der Idee, mich zum Cuckoo Cottage mitzunehmen, aber der Gedanke, dass ich Leib und Leben riskierte, indem ich auf zwei Rädern über die vereisten Straßen schlitterte, genügte, um ihn zum Einlenken zu bewegen. Wir fuhren schweigend zu dem Vintage-Luxuscampingplatz, den Lottie Foster aus ihrem ererbten Vermächtnis – einer Reihe absolut entzückender alter Wohnwagen, einer Ansammlung von Scheunen und dem dazugehörigen Feld – erschaffen hatte.

»Welcher Wohnwagen?«, fragte ich, während wir langsam durch das Gatter fuhren und Will vor dem hübschen Cottage anhielt. »Du kannst es mir ruhig sagen«, fuhr ich fort, als er sich weigerte, sich noch weiter in die Sache hineinziehen zu lassen, »ich werde sie sowieso alle abklappern.«

»Der hinterste«, sagte er und zeigte in die Richtung.

»Ich kann seinen Truck nicht sehen.«

»Er steht oben in einer der Scheunen«, erklärte er. »Er wollte wirklich nicht gefunden werden, verstehst du.«

Ich nickte.

»Na ja«, seufzte ich, »jetzt hast du ihn wohl endgültig verraten. Aber ich verspreche dir, ich werde deinen Namen nicht erwähnen, falls er fragt.«

»Danke«, sagte Will, »und viel Glück. Ich nehme nicht an, dass er in besonders guter Stimmung sein wird.«

»Schon gut«, sagte ich lächelnd, »das habe ich auch nicht erwartet.«

Es war nicht schwer, sich dem Wohnwagen still und heimlich zu Fuß zu nähern, und während ich über das gefrorene Feld schlich, versuchte ich mir zurechtzulegen, was genau ich zu ihm sagen könnte. Es tat mir so leid, dass ich die Ursache für so viel Angst und Verwirrung gewesen war, aber gleichzeitig war ich entschlossen, Gabe einen Weg aufzuzeigen, mit allem, was ihm passiert war, seinen Frieden zu schließen, und ihm zu beweisen, dass seine Vergangenheit nicht seine Zukunft überschatten sollte. Ich hoffte aufrichtig, ihn auf seinem Weg begleiten zu dürfen, aber erst musste ich die richtigen Worte finden.

Ich schickte ein stilles Gebet zum Himmel, als ich schließlich vor dem Wohnwagen stand, schluckte schwer und holte einmal tief Luft, bevor ich an die Tür klopfte. Die Vorhänge waren zugezogen und es war totenstill. Ich hatte ein überwältigendes Gefühl von Déjà-vu. So ähnlich hatte das Pförtnercottage an dem Abend ausgesehen, als Gabe betrunken und völlig am Ende gewesen war.

»Gabe«, sagte ich. Meine Stimme brach, als sie mir in der Kehle stecken blieb.

Als keine Antwort kam, versuchte ich es noch einmal.

»Gabe! Ich bin's, Hayley. Bitte lass mich rein.«

Ich war eigentlich kein Mädchen, das schnell weinte, aber jetzt füllten sich meine Augen mit Tränen, die sich nicht wegblinzeln ließen. Sie strömten mir über die Wangen, schmerzhaft in der eisigen Brise, und nahmen den letzten Rest meines ohnehin schon verschmierten Kajalstrich mit.

»Es tut mir so leid, wegen allem«, schluchzte ich. »Ich hätte an dem Abend neulich niemals von dir weglaufen sollen. Ich hätte bleiben sollen. Ich hätte erkennen sollen, was los war, und einen Weg finden, dir vor Augen zu führen, dass du dich nicht für den Rest deines Lebens wegen dem, was mit Hannah passiert ist, bestrafen musst. Nichts davon war deine Schuld, Gabe, und du wirst nichts dadurch gewinnen, dass du dich selbst quälst. Ich bin sicher, sie hätte nicht gewollt, dass du das tust.«

Noch immer nichts.

»Die Sache ist die«, fuhr ich mit erstickter Stimme fort, »ich weiß, wie es ist, wenn du versuchst, dein Leben zu leben, während dir irgendetwas um den Hals hängt, das dich runterzieht.«

Meine eigene Erfahrung war nicht annähernd so traumatisch wie Gabes, aber ich näherte mich rasch dem Punkt, an dem ich alles tun, sagen oder zugeben würde, um ihm die Augen zu öffnen.

»Es ist leicht, Dinge im Kopf zu verdrehen, wenn man so tief in seinem Elend steckt, und irgendwann fängt man an, sie zu glauben, nicht sicher, wie man einen Weg nach vorn finden soll, ohne sie mitzuschleppen. Ich sage nicht, dass du nach vorn blicken und Hannah hinter dir lassen sollst, denn sie ist ein Teil von dir, und das wird sie immer sein, das *sollte* sie immer sein, aber du hast es verdient, glücklich zu werden, Gabe. Du lässt sie nicht im Stich, indem du dich um dich selbst kümmerst.«

Noch immer nichts.

Ich zog ein zerknittertes Taschentuch aus meiner Tasche und putzte mir kräftig die Nase. Es half nicht viel und die Tränen flossen immer weiter.

»Ich habe deinen Brief bekommen«, fuhr ich fort und klopfte mit der Hand auf die Tasche, in die ich ihn gesteckt hatte, »und ich weiß, du wirfst mir vor, dich wachgerüttelt zu haben, aber du hast mich auch wachgerüttelt. Ich dachte schon früher oft, ich sei verliebt, aber bevor ich dich getroffen habe, kannte ich nicht einmal die Bedeutung dieses Worts. Wir haben einander dazu gebracht, neue Dinge zu denken und zu fühlen. Wir sind beide dafür verantwortlich, den anderen verändert zu haben, und das muss doch etwas Gutes sein.«

Allmählich wurde mir klar, dass es nicht funktionieren würde. Ich würde hinüber zum Cottage gehen und Lottie bitten, mich dort warten zu lassen, bis Anna kommen und mich abholen konnte. Wenigstens hatte ich es versucht.

»Ich gehe jetzt«, schniefte ich, die kalte Luft so scharf, dass sie mich in der Nase kitzelte, »aber bitte, *bitte,* gib nicht meinetwegen dein Zuhause und deine Arbeit beim Herrenhaus auf. Diese Kinder brauchen dich, Gabe.« Ich schluchzte wieder, als ich daran denken musste, was ihnen alles entgehen würde, wenn er wegging. »Sie brauchen dich in jeder Hinsicht ebenso sehr, wie du, glaube ich, sie brauchst.«

Ich hatte kaum zwei Schritte getan, bevor ich hörte, wie die Wohnwagentür knarrend aufging, und ich von hinten herumgewirbelt und in Gabes kräftige Arme gezogen wurde.

»Es tut mir so leid«, sagte ich noch einmal, während seine Lippen auf meine trafen.

»Ich weiß«, sagte er, als er sich schließlich zurücklehnte, mich an den Oberarmen festhielt und in mein tränenverschmiertes Gesicht hinuntersah. »Ich weiß und mir tut es auch leid. Ich liebe dich, Hayley, aber ich weiß beim besten Willen nicht, wie ich nach vorn blicken kann, wenn ich mir noch immer nicht sicher bin, dass ich das tun sollte.«

Wenigstens klang er jetzt ein klein wenig zuversichtlicher.

»Na ja, wie wär's, wenn wir mit ganz kleinen Schritten anfangen«, schlug ich vor. »Wir werden über Dinge reden und uns Zeit lassen und nicht erwarten, dass wir rennen können, bevor wir Tritt gefasst haben.«

»Aber ich habe solche Angst, es nicht hinzubekommen«, krächzte Gabe. »Ich glaube, ich könnte es nicht ertragen, wenn ich emotional nicht mit dir Schritt halten kann und dich letztendlich auch noch verliere.«

»Ich werde dir nicht davonlaufen«, sagte ich zu ihm. »Da kannst du ganz unbesorgt sein.«

Gabe unterdrückte einen Schluchzer und nickte, und wir hielten uns aneinander fest, bis die Kälte schließlich in unsere Umarmung kroch.

»Könnten wir vielleicht reingehen, was meinst du?«, schniefte ich mit einem Blick auf den Wohnwagen und den wunderschönen großen Bran, der vom Eingang umrahmt dastand.

»Nein«, sagte Gabe und wischte sich mit einer Hand über die Augen. »Es tut mir leid, Hayley, aber ich glaube nicht, dass das eine gute Idee wäre.«

Ich konnte es nicht glauben. So fest, wie er mich gehalten hatte, hatte ich gedacht, wir würden es schaffen. Ich hatte zu glauben gewagt, alles würde gut werden. Ich ließ die Hände an den Seiten sinken und löste mich von dem Arm, den er noch immer um mich gelegt hatte.

»Da ist kein Platz«, sagte er lächelnd, womit er meine Ängste im Nu verscheuchte, und zog mich wieder an sich. »Wir beide haben dort drinnen fast einen Koller gekriegt, weil wir uns ständig gegenseitig auf die Füße getreten sind. Ich glaube nicht, dass wir noch irgendetwas dort hineinquetschen könnten, nicht einmal eine kleine Nervensäge wie dich!«

Ich schubste ihn hart gegen die Brust und verdrehte die Augen. »Warum bist du denn dann dort geblieben?«, sagte ich lachend und deutete auf den Wohnwagen. »Warum hast du nicht einfach deinen Truck gepackt und irgendetwas Größeres gesucht?«

»Weil ich, sobald ich diesen Brief aufgegeben hatte, wusste, dass ich einen Fehler gemacht hatte«, sagte er schroff. »Ich wusste, ich würde dich nicht loslassen können, und habe gehofft …«

»Ja?«

»Ich nehme an, ich habe gehofft, du würdest mich finden.«

»Wirklich?«

»Auch wenn ich mir noch immer nicht ganz sicher war, ob das der richtige Weg ist. Ich wollte, dass du mich rettest.«

Ich kuschelte mich wieder in seine Arme. Wer hätte gedacht, dass Engel uns manchmal ebenso sehr brauchen wie wir sie?

Kapitel 32

Die von Schneeflocken inspirierte Weihnachtsparty auf Wynthorpe Hall war in jeder Hinsicht so bezaubernd, wie man es sich nur vorstellen konnte. Das eisige Thema war elegant und kein bisschen übertrieben umgesetzt, und Anna und Catherine waren begeistert von den Ergebnissen. Der Weihnachtsklotz loderte hell in dem prächtigen Kamin und verlieh den Gästen einen rosigen Schimmer, trotz der weihnachtlichen Schneedekorationen. Die Luft war erfüllt von dem würzigen Duft von Glühwein und den festlichen Leckereien, die Dorothy vorbereitet hatte, darunter noch mehr Zimtschnecken, die sich auf den voll beladenen Büfetttischen türmten. Der diesjährige Gewinnerbaum des Wettbewerbs – in diesem Jahr stammte er vom Buchclub und der Bücherei – hatte seinen Platz neben der prächtigen Tanne der Familie gefunden, und alle waren so gekleidet wie in den Einladungen gewünscht, begeistert, wieder Teil einer Wynthorpe-Weihnachtsfeier zu sein.

Gabe und ich verspäteten uns ein wenig, obwohl wir den kürzesten Weg hatten. Aber das war nicht, wie Archie andeutete, weil wir nur schwer aus dem Bett kamen, sondern weil wir mit Mags gesprochen und arrangiert hatten, dass Jareth, die Schleiereule, im neuen Jahr zu uns kommen würde.

Zum Glück hatte ich Gabe nicht lange überreden müssen, für Weihnachten zurück ins Cottage zu ziehen, statt in Lotties Wohnwagen zu bleiben, so hübsch er auch war, und seitdem hatten wir uns mehr oder weniger im Pförtnercottage verkrochen. Er hatte mir gegenüber sogar zugegeben, dass Molly, als er damals zum Herrenhaus kam, ihm prophezeit hatte, wie sein Jahr enden würde, er ihr aber nicht geglaubt hatte. Er hatte es für ausgeschlossen gehalten, dass sich in so kurzer Zeit so vieles ändern würde.

Ich konnte mich nicht erinnern, je zuvor in meinem Leben so glücklich gewesen zu sein, und wusste, dass es ein Gefühl war, an das ich mich gern gewöhnen würde, jetzt, wo ich Gabe endlich überzeugt hatte, dass wir eine glückliche Zukunft vor uns hatten.

Ich hatte in den vergangenen Monaten eine Menge erlebt, nicht nur Gutes, aber ich hatte mich mit der Liebe eines wundervollen Mannes und der Aussicht auf eine Karriere in meinem neuen Zuhause eingerichtet. Ich konnte mir unmöglich noch mehr wünschen.

Ich hatte nicht die Absicht, meine Arbeit im Herrenhaus aufzugeben, aber der Gedanke, meinen alten Job mit etwas Neuem zu verbinden, war aufregend, und ich freute mich auch darauf, engeren Kontakt zu Mum zu haben, der ich jedes nur erdenkliche Glück für ihr neues Abenteuer wünschte. Das neue Jahr würde für beide Hurren-Frauen jede Menge Schönes bereithalten.

»Hayley«, sagte Jamie lächelnd, als Gabe und ich endlich auf der Party eintrafen, »Gott, du hast dich ja ganz schön in Schale geschmissen, was?«

»Was für ein Charmeur!«, sagte ich lachend, während

er mein marineblaues Kleid etwas anerkennender musterte.

Für meine Verhältnisse war es ein mädchenhaftes Outfit – schulterfrei, mit einem Tellerrock, einem weißen Netzpetticoat und einer weißen Schleife um die Taille. Ich hatte erwartet, dass ich mich darin eingeengt und unwohl fühlen würde, aber tatsächlich war es in Ordnung. Mit meinen hochgesteckten Haaren und den hübschen Perlenohrhängern, die von meinen Ohren baumelten, fühlte ich mich fast elegant. *Fast.*

»Aber ist das nicht …?«, fragte Jamie stirnrunzelnd, als Molly und Anna in Sicht kamen und er uns drei in Augenschein nahm.

»Ja.« Ich lächelte und hakte mich bei meinen beiden Freundinnen unter. »Das ist es.«

Wir drei sahen uns an und lachten. Annas und Mollys Kleider waren genau die gleichen wie meines, nur dass sich Anna für Weiß und Molly für Eisblau entschieden hatte, was ihre fast gebändigte rote Mähne wunderschön zum Leuchten brachte.

»Ich hab's dir doch gesagt«, meinte Anna augenzwinkernd. »Ein voller Erfolg, oder?«

Ich hatte gedacht, sie sei übergeschnappt, als sie vorschlug, wir drei sollten alle das gleiche Kleid tragen, aber sie hatte recht, es machte sich gut, und Anna, die fast wie eine Braut aussah, strahlte. Jamie streckte die Hand nach ihr aus und ich trat einen Schritt vor.

»Wenn du sie heute Abend nicht bittest, dich zu heiraten«, flüsterte ich ihm ins Ohr, »dann bist du ein noch größerer Trottel als ich.«

Er sah mich an und lächelte, und ich wusste sofort, dass ein Antrag ganz oben auf seiner Liste stand. Archie neben ihm berührte mit den Fingern sanft Mollys Schultern, und ich fragte mich, ob er das Gleiche dachte.

»Hayley Hurren«, meinte Gabe kopfschüttelnd, während wir zusahen, wie die anderen sich entfernten, und er mich dorthin zog, wo alle tanzten, »ich will doch hoffen, dass du dich nicht in Herzensangelegenheiten eingemischt hast?«

»Das würde mir nicht im Traum einfallen«, sagte ich lachend. »Dafür bin ich wohl kaum qualifiziert, oder?«

»Ach, das würde ich so nicht sagen.« Er lächelte, während wir begannen, uns sanft zu der Musik zu wiegen, »das würde ich überhaupt nicht sagen.«

Der Abend verging in einem glücklichen Rausch, und der einzige Zeitpunkt, zu dem sich Stille über das Herrenhaus senkte, war, als Angus seine übliche Ansprache hielt. Er bedankte sich bei den Gästen für ihr Kommen und ihren großzügigen Beitrag zu dem Hilfsprojekt, außerdem für die Unterstützung beim Winterwunderland, das, wie er hoffte, von jetzt an ein fester Bestandteil des Wynthorpe-Kalenders sein würde.

»Ich möchte außerdem unsere beiden neuen Mitbewohner willkommen heißen«, ergänzte er und zeigte dorthin, wo wir versuchten, mit dem Hintergrund zu verschmelzen. »Und schließlich«, sagte er strahlend und erhob sein Glas, wobei er aussah, als würde er vor Stolz gleich aus seiner Weste platzen, »möchte ich das Wort an meinen jüngsten Sohn, Jamie, übergeben, der gern etwas sagen würde.«

»Danke, Dad.« Jamie grinste und zog Anna mit sich nach vorn. »Ich werde euch nicht lange aufhalten, ich habe nur etwas, das ich Anna gern fragen würde.«

Alle, Anna eingeschlossen, hielten die Luft an, als er sich umwandte und sich auf ein Knie fallen ließ.

»Anna«, sagte er und zog etwas Großes und Glitzerndes aus seiner Jackentasche, »du weißt, dass ich dich mehr liebe als Dorothys Sonntagsessen, oder?«

Sie lachte und verdrehte die Augen, aber ihre Wangen glühten vor Aufregung, während sie den Kopf schüttelte.

»Selbst das Huhn mit der speziellen Soße?«, kicherte sie.

»Selbst das«, schluckte er, und dann wirkte er auf einmal ernster. »Wirst du mich zum glücklichsten Mann der Welt machen? Wirst du mir versprechen, beim Sonntagsessen immer an meiner Seite zu sein? Wirst du mich heiraten?«

Man hätte eine Stecknadel fallen hören können, während sich alle mit angehaltenem Atem vorbeugten, um Annas Antwort zu hören.

»Natürlich werde ich das!«, strahlte sie. »Ja!«

Jamie steckte ihr den Ring an den Finger, und dann sprang er auf, zog sie in seine Arme und küsste sie zärtlich. Der Saal brach in Jubel, Beifall und Jauchzer aus.

»Würdet ihr alle«, rief Angus, Catherine jetzt dicht an seiner Seite, »bitte mit uns die Gläser erheben, um auf Jamie und unsere zukünftige Schwiegertochter, Anna, anzustoßen.«

»Auf Jamie und Anna!«, riefen die Gäste im Chor, bevor ihre Stimmen unter noch mehr Beifall und Jubel untergingen und das glückliche Paar von Gratulanten umringt wurde, die alle ihre eigenen Glückwünsche aussprechen wollten.

»Du hast es gewusst, stimmt's?«, sagte Anna lachend, als ich mir schließlich einen Weg zu ihr bahnte.

»Ich hatte so ein Gefühl.« Ich lächelte und küsste ihr die Wange. »Aber ich hatte keine Ahnung, dass er Dorothys Sonntagsbraten in seiner Rede erwähnen würde! Ich weiß, ihr werdet beide sehr glücklich sein«, ergänzte ich, entschlossen, nicht wieder feuchte Augen zu bekommen, während Archie sich zwischen uns zwängte. »Komm«, sagte ich zu Gabe und zog ihn zur Tür, während alle anderen mit dem glücklichen Paar beschäftigt waren. »Komm mit. Ich habe etwas für dich.«

»Oh, Hayley«, sagte er lachend, »ich glaube nicht, dass ich die Energie dafür habe. Nicht schon wieder.«

»Nicht das«, prustete ich los.

Ich lachte sogar noch lauter, als ich seine enttäuschte Miene sah.

»Ich habe wirklich ein Geschenk für dich«, erklärte ich, »aber trotzdem kannst du mich später auch gern noch auspacken, wenn du willst.«

»Und ob ich das will«, sagte er mit einem Funkeln in den Augen, schlüpfte aus seiner Jacke und legte sie mir um die Schultern.

Wie zu erwarten, schafften wir es nicht mehr zurück zur Party, und Gabe packte sein Geschenk auch nicht aus, bevor er mich ausgepackt hatte. Wir lagen im Pförtnercottage in seinem Bett, unsere Kleider in einem Haufen neben uns auf dem Boden, und ich streckte einen Arm zur Seite aus und nahm das Geschenk in die Hand, für das ich so viel Zeit aufgewendet hatte.

»Ich hoffe, es gefällt dir«, sagte ich. Ich konnte kaum zusehen, wie er das Papier mit ebenso viel Begeisterung herunterriss, wie Anna vor kurzem an ihrem Geburtstag.

Vorsichtig lugte ich über die Bettdecke, während er es still betrachtete. Mein Herz brach in Panik aus, als er nichts sagte, und ich hoffte, dass ich nicht eine Grenze überschritten hatte. Vielleicht hätte ich mich stattdessen auf die Zeichnung von ihm und Bran konzentrieren sollen, mit der ich fast fertig war.

»Ich dachte, du könntest es über dem Kamin aufhängen«, schlug ich vor, besorgt, dass meine wahren Absichten falsch ausgelegt werden könnten. »Diese wenigen Monate«, fuhr ich fort, »in denen ich hier und mit dir zusammen war, haben mir vor Augen geführt, dass es ein paar Dinge gibt, denen man sich stellen sollte, anstatt vor ihnen zurückzuschrecken. Es gibt ein paar Erfahrungen im Leben, die zu bedeutend sind, um sie wegzupacken und so zu tun, als wären sie nie passiert, selbst wenn sie nicht so ausgegangen sind, wie man es sich erhofft hatte.«

Er nickte, sagte aber immer noch nichts.

»Das Leben ist zu kurz, um die guten Seiten nicht zu schätzen«, nahm ich einen neuen Anlauf.

Gabe legte das Gemälde aufs Bett und zog mich an sich.

»Es ist absolut wunderschön«, sagte er, »vielen Dank.«

Ich spürte, wie sich die Anspannung, die sich in meinen Schultern aufgebaut hatte, legte.

»Und du hast recht«, flüsterte er. »Ich bin lange genug davongelaufen. Ich muss die guten Zeiten schätzen, genau wie du tief in dir akzeptieren musst, dass du ein kleiner Softie bist, Hayley Hurren.«

Das ließ sich nicht bestreiten. Ich streckte eine Hand aus und hielt den Rahmen ein wenig schräg, sodass ich das Bild sehen konnte. Gabe und seine Tochter waren am Strand, an einem sonnigen Tag, die Köpfe zusammengesteckt, während sie einen Felstümpel betrachteten. Ich hatte die Inspiration von einem Foto, das ich an dem Abend gesehen hatte, an dem wir das erste Mal zusammen im Bett landeten. Ich wusste, dass er die guten Zeiten, die er mit seiner Tochter geteilt hatte, in Erinnerung behalten musste, und ich wollte etwas Neues schaffen, das ihm das ermöglichen würde.

»Ich fürchte«, sagte er und küsste mich auf den Kopf, »ich habe noch immer kein Weihnachtsgeschenk für dich.«

»Darüber würde ich mir nicht den Kopf zerbrechen«, sagte ich zu ihm und ließ mich wieder ins Bett sinken, »du hast mir das größte Geschenk von allen gemacht, mein Schutzengel, und mehr werde ich mir niemals wünschen.«

»Ich dachte«, sagte er, während er das Gemälde behutsam zur Seite legte, sodass er sich unter der Decke an mich kuscheln konnte, »du seist die Art Mädchen, die behauptet hat, sie sei nicht auf der Suche nach Liebe?«

Es berührte mich, dass er wusste, wovon ich redete.

»Nein«, sagte ich kichernd, »das war nicht ich. Das war irgendein anderes Mädchen, das früher hier herumhing, aber jetzt ist sie verschwunden«, sagte ich zu ihm. »Ich glaube an die wahre Liebe, und zwar für immer.«

Danksagung

Vor etwas über einem Jahr hatte ich das Vergnügen, die Danksagung für *Apfelpunsch und Winterleuchten* zu schreiben. Damals wusste ich noch nicht, wie Anna, die Familie Connelly und Wynthorpe Hall bei meinen Leser*innen ankommen würden, aber ich sollte es bald herausfinden. Zu meinem Entzücken wurde der ganze Wynthorpe-Clan aufs Herzlichste in der Welt willkommen geheißen, meine Träume, einen *Sunday-Times*-Bestseller zu schreiben, wurden wahr, und die Gelegenheit, dem Herrenhaus einen erneuten Besuch abzustatten, war garantiert. Das letzte Weihnachten war zweifellos eines der schönsten überhaupt, und ich bin voller Hoffnung, dass die festliche Magie, von der die Seiten dieses neuen Buchs durchdrungen sind, den Weg in Ihre Herzen finden wird!

Wie immer hatte ich die Unterstützung eines professionellen und engagierten Teams, das mir dabei geholfen hat, diese Geschichte zu erzählen. Meine Agentin, Amanda Preston, meine Lektorin, Emma Capron, zusammen mit Rebecca Farrell, Gemma Conley-Smith, Pip Watkins, Harriett Collins, Hayley McMullan, Alice Rodgers und S-J Virtue, um genau zu sein, das ganze Team von Books and the City, alle waren zur Stelle. Ich danke euch vielmals. Ihr gebt wirklich alles, und die Gelegenheit, an eurer Seite zu arbeiten, macht mich zu einer sehr glücklichen Autorin.

Und apropos alles geben …

Die fabelhafte Buchblogger-Community hat ebenfalls wieder einmal kräftig mitgeholfen, dieses Buch über Social Media bekannt zu machen, indem ihr euch zu Blogtouren verpflichtet habt, zu Events gekommen seid, Cover online geteilt habt und Giveaways organisiert habt. Ich danke euch allen dafür, dass ihr dieses Jahr noch aufregender gemacht habt als das letzte.

Das Gleiche gilt natürlich für meine Autorenfreund*innen, vor allem diejenigen in der Nähe meines Zuhauses, die mir Freundschaft, Unterstützung und, was am wichtigsten ist, zwischenmenschlichen Kontakt bieten! Schreiben kann eine einsame Angelegenheit sein, daher danke ich euch, Jen, Clare, Rosie und allen anderen dafür, dass ihr mich vom Bildschirm wegzerrt, wenn die Zeit es zulässt.

Und wo wäre ich ohne Sie, die wundervollen Leser*innen? Bitte schicken Sie mir auch weiterhin Nachrichten, E-Mails und diese brillanten #shelfies. Jedes Einzelne wird gewürdigt und ruft mir in Erinnerung, dass die Welt von Wynbridge und dem Nightingale Square weit über die verschlungenen Wege meiner Fantasie hinausreicht. Es gibt keine größere Belohnung für all die Stunden an der Tastatur, als festzustellen, dass die Worte berühren, dass sie womöglich jemanden inspiriert haben, ein neues Hobby aufzunehmen, sich bei alten Freunden zu melden oder vielleicht sogar die Weihnachtszeit wieder zu feiern.

Und last, aber keineswegs least kommt die Familie. Sie ist da, wartet geduldig mit der Katze auf das Ende eines weiteren Schreibtags, und das, wenn ich Glück habe, mit einer belebenden Tasse Tee, um mir den Übergang von meiner fiktiven Welt zurück in die wirkliche zu erleichtern. Ich bin sicher, mit einer Schriftstellerin zu leben kann nicht einfach sein, aber ihr alle meistert das großartig. Vielen Dank!

Jetzt bleibt mir nur noch, Ihnen allen ein überaus frohes Weihnachtsfest zu wünschen. Mögen Ihre Bücherregale, ob virtuelle oder reale, immer mit fabelhaften Romanen gefüllt sein!

Alles Liebe, Heidi